Siete años para pecar

Siete años para pecar

Sylvia Day

Planeta

Obra editada en colaboración con Editorial Planeta – España

Los personajes, eventos y sucesos presentados en esta obra son ficticios.
Cualquier semejanza con personas o vivas o desaparecidas es pura coincidencia.

Título original: *Seven Years To Sin*

© Shutterstock, de la imagen de portada
© David LaPonte, de la fotografía de la autora

© 2011, Sylvia Day
© 2013, Anna Turró i Casanovas, por la traducción
© 2013, Editorial Planeta, S. A. – Barcelona, España

Derechos reservados

© 2013, Editorial Planeta Mexicana, S.A. de C.V.
Bajo el sello editorial PLANETA M.R.
Avenida Presidente Masarik núm. 111, 2o. piso
Colonia Chapultepec Morales
C.P. 11570, México, D.F.
www.editorialplaneta.com.mx

Primera edición impresa en España: febrero de 2013
ISBN: 978-84-08-03580-0

Primera edición impresa en México: abril de 2013
ISBN: 978-607-07-1614-0

Impreso en los talleres de Litográfica Ingramex, S.A. de C.V.
Centeno núm. 162-1, colonia Granjas Esmeralda, México, D.F.
Impreso en México – *Printed in Mexico*

Para todas las lectoras a las que les encantó Un extraño en mi cama...
He escrito esta novela para vosotras

Agradecimientos

Mando todo mi amor a mis queridas amigas Karin Tabke y Maya Banks, que se sentaron conmigo en un apartamento alquilado en la isla Catalina y me consolaron mientras derramaba lágrimas de frustración. Su amistad hace que mi vida sea mucho mejor.

Gracias también a mi editora, Alicia Condon, por dejarme escribir esta historia tal como yo quería. Me hiciste un gran regalo y te lo agradezco.

¡Abrazos para Bonnie H. y para Gina D., las mejores moderadoras del mundo! Gracias por todo el trabajo que hacéis en www.thewickedwriters.com

Y gracias a todos los maravillosos foreros de Wicked. Gracias por los fabulosos y apasionados comentarios que dejan a diario. Besos y abrazos.

Prólogo

Había algo irresistiblemente excitante en observar a un par de hombres atléticos luchando el uno contra el otro. La crueldad y la violencia dominaban la naturaleza animal y tomaban el control, y sus cuerpos desprendían tal poder que despertaban los instintos más primitivos de cualquier mujer.

Y lady Jessica Sheffield no era una excepción; ella no era inmune a tal visión, como se suponía que tenía que serlo una dama.

Jessica no podía apartar la vista de los dos hombres que estaban peleando con tanto empeño en el prado que bajaba hasta la otra orilla del diminuto lago. Uno de ellos no tardaría en convertirse en su cuñado; el segundo era amigo del primero, un caradura cuyos encantos habían evitado que se le criticase y censurase tanto como merecía.

—Me gustaría revolcarme en la hierba como ellos —suspiró su hermana.

Hester también los estaba mirando, sentada a la sombra del viejo roble. Una brisa muy agradable se coló por entre las ramas y agitó las briznas de hierba que cubrían el impresionante prado de la mansión Pennington. La casa se elevaba plácidamente, cobijada tras la colina repleta de árboles; su fachada de piedra dorada con las ventanas del mismo color resplandecía con los rayos del sol y ofrecía serenidad a todo el que la visitaba.

Jess volvió a centrar su atención en el bordado y lamentó tener que reñir a su hermana por algo de lo que ella también era culpable.

—A las mujeres sólo nos está permitido jugar cuando somos pequeñas. De nada sirve desear cosas imposibles.

—¿Por qué los hombres pueden comportarse como niños toda la vida mientras que a nosotras nos hacen envejecer cuando todavía somos jóvenes?

—El mundo es de los hombres —contestó Jess en voz baja.

Por debajo del ala del sombrero de paja, miró de reojo a los dos que seguían revolcándose en la hierba. Una orden dada a voces desde lejos los detuvo de repente y Jessica irguió la espalda. Los cuatro se volvieron al unísono en la misma dirección y ella vio a su prometido acercándose a los dos jóvenes. La tensión que la había invadido abandonó su cuerpo poco a poco, dejándola abatida, igual que una ola después de romper en la orilla. No por primera vez, se preguntó si algún día perdería la aprensión que experimentaba siempre que presentía un desacuerdo, o si estaba tan acostumbrada a temer la ira de un hombre que jamás podría deshacerse de ese instinto.

Alto y vestido con suma elegancia, Benedict Reginald Sinclair, vizconde de Tarley y futuro conde de Pennington, atravesó el prado, consciente del poder que emanaba de él a cada paso que daba.

A Jessica, la arrogancia inherente de la aristocracia la tranquilizaba y asustaba a partes iguales. Algunos hombres se conformaban con saber que eran importantes, otros necesitaban demostrarlo constantemente.

—¿Y qué papel se supone que tiene la mujer en el mundo? —le preguntó Hester con una expresión tan obstinada que la hizo parecer más joven de los dieciséis años que tenía. Impaciente, se apartó un rizo del mismo color que el pelo de su hermana de la mejilla—. ¿Servir a los hombres?

—Crearlos —contestó Jessica, tras devolverle el breve saludo a Tarley.

Al día siguiente iban a casarse en la capilla de la familia Sinclair, ante un selecto grupo de miembros de la buena sociedad. Jessica estaba impaciente por que llegara el momento por muchos motivos, aunque sin duda el más importante era que por fin se libraría de los impredecibles e injustificables ataques de ira de su padre.

Era consciente de que el marqués de Hadley estaba sometido a mucha presión y que tenía derecho a inculcarle a su hija la importancia de cumplir con las normas sociales, pero eso no justificaba que la castigase con tanta severidad cada vez que ella erraba en su cumplimiento.

—Ésas son las palabras de padre —se burló Hester.

—Y la opinión de la gran mayoría del mundo. Y tú y yo lo sabemos mejor que nadie, ¿no?

Las fallidas tentativas de su madre para darle a Hadley un hijo varón habían acabado costándole la vida. El marqués se había visto entonces obligado a buscar otra esposa, que le dio otra hija, aunque cinco años más tarde la mujer dio a luz por fin al ansiado heredero.

—A mí me parece que Tarley no se casa contigo sólo para que le des hijos —señaló Hester—. De hecho, creo que le gustas.

—Seré afortunada si es así. Pero la verdad es que no me habría pedido matrimonio si yo hubiese carecido del linaje adecuado.

Jess observó que Benedict reñía a su hermano por haberse estado peleando. Michael Sinclair parecía arrepentido, pero Alistair Caulfield ni lo más mínimo. Su postura, sin ser desafiante, desprendía demasiado orgullo como para que estuviese sintiendo el menor remordimiento.

Los tres hombres constituían un grupo de lo más atractivo; los hermanos Sinclair, con el pelo color chocolate y su físico imponente, y Caulfield, del que se decía que era la viva imagen de Mefistófeles, con el pelo negro como la noche y un rostro perfecto.

—Dime que serás feliz con él —le susurró Hester, inclinándose hacia adelante.

Los iris de la muchacha eran del mismo verde que la hierba que tenían bajo los pies y brillaban de preocupación. Hester había heredado el color de ojos de su madre, junto con su tez pálida. Jess tenía en cambio los ojos grises de su padre. Era lo único que éste le había dado. Una circunstancia que a ella no le parecía nada lamentable.

—Eso pretendo.

Nada podía garantizarlo, pero ¿de qué serviría preocupar a su hermana si no podía hacer nada para evitarlo? Tarley había sido elegido por su padre, y Jess no tendría más remedio que acostumbrarse a él, pasara lo que pasase.

—No quiero que ninguna de nosotras dos se vaya de este mundo con la misma resignación que mamá —insistió Hester—. La vida está hecha para saborearla y para disfrutarla.

Jess se volvió en el banco de mármol en el que estaba sentada y, con cuidado, guardó el tambor de bordado en la bolsa que tenía junto a ella. Rezó para que Hester conservase siempre aquella naturaleza tan dulce y optimista.

—Tarley y yo nos respetamos el uno al otro. Siempre he disfrutado de su compañía y de sus conversaciones. Es un hombre inteligente y considerado, paciente y educado. Y es enormemente atractivo. Un detalle que sin duda ninguna mujer puede pasar por alto.

La sonrisa de Hester iluminó el lugar con mucha más eficacia de lo que lo habría hecho el sol.

—Sí, sí, lo es. Espero que padre también elija a un hombre tan apuesto para mí.

—¿Piensas en algún caballero en particular?

—No, la verdad es que no. Todavía estoy buscando a alguien que tenga la combinación de características que me gusta. —Hester desvió la vista hacia los tres hombres que ahora estaban hablando seriamente—. Me gustaría casarme con alguien con el estatus de Tarley pero que tuviese la personalidad jovial del señor Sinclair y el aspecto del señor Caulfield. Aunque me parece que Alistair Caulfield es el hombre más guapo de toda Inglaterra, o del mundo entero, así que creo que en ese sentido tendré que conformarme con menos.

—A mí me parece que él todavía es demasiado joven para que puedas hacer tal afirmación —dijo Jess, observando el sujeto en cuestión.

—Tonterías. Es muy maduro para su edad, lo dice todo el mundo.

—Es un malcriado al que nunca han educado con mano firme. Es distinto.

A diferencia de Jess, que había crecido rodeada de restricciones, Caulfield nunca las había sufrido. Sus tres hermanos mayores desempeñaban sus respectivos papeles de heredero, militar y clérigo a la perfección, lo que lo había dejado a él sin ninguna ocupación, y si a eso se le sumaban los mimos exagerados de su madre, el resultado era que el joven nunca había aprendido a ser responsable.

Alistair era famoso por los riesgos que corría y porque nunca se amedrentaba ante un desafío. Desde que Jess lo conocía, Alistair Caulfield era más impetuoso con cada año que pasaba.

—Dos años de diferencia no es nada —dijo Hester.

—Quizá no cuando comparas treinta con treinta y dos. Pero ¿y si comparas dieciséis con dieciocho? Es toda una vida.

Jess vio a la madre de Benedict acercándose hacia ella apresurada y comprendió que el respiro que se había tomado de los preparativos de la boda había terminado. Se puso en pie.

—Sea como sea, es mejor que te fijes en otro. Es poco probable que el señor Caulfield haga nada bueno con su vida. Su lamentable estatus social como cuarto hijo lo convierte prácticamente en prescindible. Es una lástima que haya decidido no aprovechar la reputación de su familia y que sólo sea un vividor, pero es mejor que pague él y no tú las consecuencias de dicha decisión.

—He oído decir que su padre le ha dado un barco y una plantación de caña de azúcar.

—Es muy probable que Masterson lo haya hecho con la esperanza de que su hijo lleve sus malas costumbres a costas distantes.

Hester suspiró.

—A veces me gustaría poder viajar muy, muy lejos. ¿Soy la única que desea tal imposible?

«En absoluto», quiso decir Jess. De vez en cuando, ella también soñaba con escapar, pero su papel estaba estrictamente definido.

En ese sentido, salía mucho peor parada que una mujer de clase baja. Era la hija del marqués de Hadley y la futura esposa del vizconde Tarley. Si a ninguno de los dos les apetecía viajar, ella jamás tendría la oportunidad de hacerlo. Sin embargo, sería injusto que le confesase sus deseos a su impresionable hermana pequeña.

—Dios mediante —optó por decir—, algún día tendrás un esposo que se desvivirá por hacer realidad todos tus deseos. Te lo mereces.

Jess soltó la correa de su querida mascota, *Temperance*, y le indicó a su doncella que le cogiese la bolsa de la labor. Cuando pasó junto a su hermana, se detuvo y le dio un beso en la frente.

—Esta noche, durante la cena, fíjate en lord Regmont. No es muy guapo, pero es encantador y acaba de volver de su Grand Tour. Serás una de las primeras bellezas que conozca desde su regreso.

—Todavía faltan dos años para mi presentación en sociedad. Tendrá que esperarme todo ese tiempo —se quejó Hester, molesta.

—Por ti vale la pena esperar y cualquier hombre con dos dedos de frente se dará cuenta.

—Lo dices como si yo pudiese hacer algo al respecto. Aun en el caso de que le resultase fascinante, tendría que esperar igualmente.

Jess le guiñó un ojo y bajó la voz para contestarle:

—Regmont es amigo de Tarley. Estoy convencida de que, llegado el momento, Benedict hablaría a favor de él ante nuestro padre.

—¿De verdad? —Hester levantó los hombros con el vigor propio de la juventud—. Tienes que presentarnos.

—Por supuesto. —Jess se despidió—. Mantente alejada de los inútiles hasta entonces.

Su hermana se tapó los ojos con un gesto muy dramático, aunque Jess estaba convencida de que volvería a mirar babeante a los tres hombres en cuanto pudiese.

Ella haría lo mismo.

—Tarley está muy tenso —comentó Michael Sinclair sacudiéndose el polvo, sin dejar de mirar la espalda de su hermano mientras éste se alejaba.

—¿Y qué esperabas? —Alistair Caulfield cogió la chaqueta del suelo y le quitó las briznas de hierba que se le habían pegado—. Mañana le ponen la soga al cuello.

—Pero se la pone el Diamante de la Temporada. No es un verdugo nada desagradable. Mi madre dice que ni Helena de Troya empequeñecería su belleza.

—Y ninguna estatua de mármol rivalizaría con su frialdad.

Michael lo miró atónito.

—¿Disculpa?

A través del lago que los separaba, Alistair miró cómo lady Jessica Sheffield cruzaba el prado hacia la mansión, con su perrita detrás. Su perfecta silueta estaba cubierta desde el cuello hasta los tobillos por un delicado vestido de seda estampado con flores, que se le pegaba al cuerpo con la brisa. Lady Jessica tenía la cara ladeada y se la protegía con un sombrero, así que no podía verla, pero Alistair se sabía sus facciones de memoria. Se sentía irresistiblemente atraído por ella. Igual que muchos hombres.

El pelo de lady Jessica era un milagro de la naturaleza. Él nunca había visto unos mechones tan largos y espesos en ninguna otra rubia. Su cabellera era tan pálida que parecía de plata y las vetas más oscuras eran del color del oro oscuro, añadiéndole una riqueza que dejaba sin aliento. Antes de su presentación en sociedad, llevaba el pelo suelto en algunas ocasiones, pero ahora se lo peinaba tan tirante como su actitud. Para ser tan joven, lady Jessica se comportaba con la frialdad y el distanciamiento propios de una mujer mucho mayor.

—Tiene el pelo muy rubio y su piel parece de seda —murmuró—. Y esos ojos grises...

—¿Sí?

Alistar detectó la burla en el tono de su amigo y le siguió el juego.

—Reflejan a la perfección su personalidad —añadió al instante—. Es la Princesa del Hielo. A tu hermano más le vale dejarla embarazada cuanto antes o se le congelará el pito en el intento.

—Y a ti más te vale morderte la lengua —le advirtió Michael, intentando alisarse su melena castaña con ambas manos— o tendré que ofenderme por tus palabras. Lady Jessica pronto será mi cuñada.

Alistair asintió sin prestar demasiada atención y volvió a fijarse en aquella joven de físico y estatus social perfectos. Estaba fascinado con ella y buscaba ansioso alguna grieta en aquel inmaculado exterior de porcelana. No dejaba de preguntarse cómo una mujer tan joven podía soportar tanta presión; la misma a la que lo habían sometido a él y contra la que se había rebelado.

—Discúlpame.

Michael lo observó un segundo.

—¿Acaso has discutido alguna vez con ella? Me ha parecido notar algo en tu tono de voz que lo sugería.

—Quizá sí esté un poco resentido —reconoció él a regañadientes—, porque la otra noche no me saludó. A diferencia de su hermana, lady Hester, que fue muy simpática, lady Jessica me ignoró por completo.

—Sí, Hester es un encanto —comentó Michael con el mismo tono de admiración que había empleado él para hablar de lady Jessica.

Alistair se percató y enarcó las cejas inquisitivamente. Michael se sonrojó y retomó la conversación.

—Lo más probable es que lady Jessica no te oyese.

Él se encogió de hombros y se puso la chaqueta.

—Estaba justo a su lado.

—¿El izquierdo? Lady Jessica es sorda de ese oído.

Alistair tardó unos segundos en asimilar esa información y poder contestar. Nunca se habría imaginado que lady Jessica pudiese tener alguna imperfección, aunque se sintió aliviado al comprobar que así era. Eso la hacía más mortal y la alejaba de su imagen de diosa griega.

—No lo sabía.

—La mayoría de las veces nadie se da cuenta. Lady Jessica sólo tiene problemas cuando hay mucho ruido a su alrededor o si hay mucha gente.

—Ahora entiendo por qué la ha elegido Tarley. Tener una esposa que no puede oír los rumores puede ser una bendición.

Michael se rió por lo bajo y echó a andar hacia la casa.

—Es una dama muy reservada —explicó—, tal como se espera de la futura condesa de Pennington. Tarley está convencido de que es mucho más complicada de lo que aparenta.

—Hum...

—Veo que no terminas de estar de acuerdo con mi hermano, pero a pesar de tu gran atractivo, no tienes tanta experiencia con las mujeres como él.

—¿Eso crees? —le preguntó Alistair con una mueca.

—Teniendo en cuenta que te lleva diez años, sí, eso creo. —Michael le pasó un brazo por los hombros—. Mi consejo es que asumas que, dada su madurez, Tarley es perfectamente capaz de discernir si su prometida tiene cualidades ocultas.

—Nunca me ha gustado darles la razón a los demás.

—Lo sé, amigo mío. Sin embargo, me temo que no tienes más remedio que admitir que, si no nos hubiesen interrumpido, hubieras perdido la pelea. Unos segundos más y me habría proclamado vencedor.

Alistair le dio un codazo en las costillas.

—Si tu hermano no te hubiese salvado, ahora mismo estarías suplicando clemencia.

—¡Ja! La victoria será para el primero que llegue a...

Y Alistair echó a correr antes de que Michael terminase la frase.

Al cabo de unas horas estaría casada.

La oscuridad de la noche iba adquiriendo los tonos grises que precedían al alba cuando Jessica se abrigó bien con el chal que llevaba alrededor de los hombros y, con *Temperance* pegada a sus pies, se adentró en el bosque que rodeaba la mansión Pennington. Las ágiles patas de la perrita faldera hacían resonar la grava del camino y el familiar sonido tranquilizó a su dueña.

—¿Es necesario que seas tan maniática? —riñó a su mascota y el vaho de su aliento se condensó en el aire frío. Jessica añoró la cama en la que todavía no se había acostado—. Tendrías que poder hacerlo en cualquier parte.

Temperance la miró con una cara que ella interpretó como de exasperación.

—Está bien —dijo resignada e incapaz de resistir aquella mirada—. Iremos un poco más lejos.

Doblaron un recodo y *Temperance* se detuvo y olfateó. Aparentemente satisfecha con el lugar, le dio la espalda a su ama y se fue detrás de un árbol.

Jess sonrió al ver que buscaba cierta intimidad y, dándole también la espalda, observó los alrededores, decidiendo que los exploraría a la luz del día.

A diferencia de otras propiedades donde los jardines y los bosques estaban invadidos por obeliscos o reproducciones de estatuas y templos griegos, así como alguna que otra pagoda, en la mansión Pennington se valoraba el lenguaje sin artificios de la naturaleza. En algunos recovecos del camino una persona podía sentirse a kilómetros de distancia de la civilización y sus habitantes.

Jessica nunca habría dicho que le gustase tanto esa sensación, pero le gustaba, en especial después de haber perdido tantas horas relacionándose con personas a las que sólo les importaba el título del hombre con el que iba a casarse.

—Cuando salga el sol, vendré a pasear por aquí —dijo por encima del hombro—, ataviada con la ropa adecuada.

Temperance terminó lo que estaba haciendo y salió de su escondite. La perrita retomó el camino hacia la casa y tiró de la correa con notable impaciencia, teniendo en cuenta el tiempo que le había llevado elegir el lugar adecuado para hacer sus necesidades. Jess se dispuso a seguirla cuando un ruido proveniente de la izquierda alertó a la mascota, que levantó las orejas y la cola y tensó el lomo, expectante.

A Jess se le aceleró el corazón. Sería catastrófico que se encontrasen con un jabalí salvaje o con un zorro. Se moriría si a *Temperance* le ocurriese algo malo; aquel animal era la única criatura que no la juzgaba cuando no lograba cumplir con todo lo que se esperaba de ella.

Apareció una ardilla en medio del camino y Jess sintió tal alivio que incluso se rió por lo bajo. Pero la perrita no se relajó, sino que se precipitó hacia adelante, arrancándole la correa de la mano.

—Maldita sea. ¡*Temperance*!

En un abrir y cerrar de ojos, su mascota y la peluda criatura desaparecieron de su vista. Los sonidos de la persecución, el crujir de las hojas y los ladridos se perdieron en la distancia.

Jess levantó las manos, resignada, y abandonó el camino de grava para adentrarse en el follaje. Estaba tan concentrada siguiendo las pisadas de *Temperance* que casi se dio de bruces con una glorieta. Giró hacia la derecha para esquivarla cuando la risa profunda de una mujer irrumpió en medio del silencio de la noche.

Jess se detuvo de repente, asustada.

—Date prisa, Lucius —urgió una voz femenina sin aliento—, o Trent se percatará de mi ausencia.

Wilhelmina, lady Trent.

Jessica se quedó inmóvil, sin atreverse apenas a respirar.

Oyó el lento crujir de la madera.

—Ten paciencia, cariño. —La conocida voz de un hombre se unió a la de la mujer, con el mismo tono seductor de ésta—. Deja que te demuestre que valgo lo que me has pagado.

La glorieta volvió a crujir, esta vez con más fuerza. El sonido se hizo más rítmico y estridente y lady Trent gimió.

Alistair Lucius Caulfield *in flagrante delicto* con la condesa de Trent. Dios santo. La mujer prácticamente le doblaba la edad. Sí, era hermosa, pero podía ser su madre.

Que hubiese llamado a Alistair por su segundo nombre era inquietante. Y probablemente revelador... Dejando a un lado lo obvio, quizá tenían una relación más íntima de lo que parecía. ¿Era posible que el crápula de Caulfield sintiese afecto por la bella condesa hasta el punto de que ella lo llamara con un nombre distinto al que utilizaba el resto del mundo?

—Tú —gimió la condesa— vales todo lo que te he pagado y más.

Dios santo. Quizá no tenían ninguna relación íntima y lo único que existía entre ellos era... una relación comercial. Un negocio. Un hombre que proporcionaba sus servicios sexuales a cambio...

Cruzando los dedos para poder irse de allí sin ser vista, Jess dio un paso hacia atrás, pero un ligero movimiento proveniente de la glorieta la detuvo de nuevo en seco. Entrecerró los ojos e intentó enfocar la vista a pesar de la poca luz que había. Por desgracia, ella estaba iluminada por el único rayo de luna que brillaba esa noche, mientras que el interior de la glorieta estaba completamente a oscuras gracias a la cúpula formada por las copas de los árboles.

Vio una mano aferrando uno de los postes de madera de la glorieta y otra más arriba. Las manos de un hombre que se apoyaba para empujar. A juzgar por la altura a la que estaban, Jess dedujo que Alistair estaba de pie.

—Lucius... Por Dios santo, no pares ahora.

Lady Trent estaba atrapada entre Caulfield y el poste de madera. Lo que significaba que él estaba de cara a Jess.

Unos ojos brillaron en medio de la oscuridad y parpadearon.

La había visto. De hecho, la estaba mirando.

Ella deseó con todas sus fuerzas que se la tragase la tierra. ¿Qué podía decirle? ¿Cómo se suponía que tenía que actuar una cuando la pillaban en semejante situación?

—¡Lucius!, maldito seas. —La madera se quejó de las acometidas que recibía—. Tener tu miembro dentro de mí es delicioso, pero es mucho mejor cuando te mueves.

Jess se llevó una mano a la garganta. A pesar del frío, tenía la frente perlada de sudor. El horror que debería sentir por estar viendo a un hombre practicar el acto sexual brillaba por su ausencia. Porque aquel hombre era Caulfield y éste la tenía cautivada. La fascinación que Jessica sentía por él era de lo más extraña; por una parte envidiaba su libertad y por otra la horrorizaba que no le importase lo más mínimo la opinión de la gente.

Tenía que irse de allí antes de que la viese lady Trent. Dio un pequeño paso hacia adelante...

—Espera... —dijo Caulfield, con la voz más ronca que antes.

Jessica se quedó helada.

—¡No puedo! —se quejó lady Trent sin aliento.

Pero no era a ella a quien él se había dirigido.

Había soltado una mano y la tenía extendida hacia Jess. La petición la dejó completamente petrificada.

Pasó un largo momento durante el cual su mirada siguió fija

en las rutilantes pupilas de Alistair. A éste se le aceleró la respiración de manera audible.

Entonces, vio que volvía a sujetarse del poste y que empezaba a moverse.

Al principio lo hizo despacio, hacia adelante y hacia atrás; después, sus movimientos se tornaron frenéticos y mantuvieron un ritmo creciente. La madera se quejó al mismo compás y el sonido envolvió a Jess. No podía ver nada más que las dos manos y la ardiente mirada de él, pero los sonidos que oía llenaron su mente de imágenes.

Caulfield no dejó de mirarla ni un segundo, a pesar de que estaba cogiendo con tanto vigor que Jessica se preguntó cómo podía la condesa sentir placer con unos movimientos tan violentos. Lady Trent decía incoherencias; entre grito y grito soltaba palabras malsonantes para halagar a su amante.

Jess se quedó hipnotizada al descubrir esa vertiente hasta entonces desconocida para ella del acto sexual. Sabía básicamente en qué consistía, su madrastra se lo había explicado.

«No pongas cara de dolor y no llores cuando entre dentro de ti. Intenta relajarte; así te hará menos daño. No hagas ningún tipo de sonido. Y nunca te quejes.»

Sin embargo, Jess había visto la mirada de muchas mujeres cuando hablaban del tema, las confidencias que compartían, ocultas tras sus abanicos, e intuía que el sexo consistía en algo más. Y ahora tenía la prueba de ello. Todos y cada uno de los gemidos de placer de lady Trent se repetían dentro de Jessica y recorrían sus sentidos igual que una piedra rebotando por la superficie del agua. Su cuerpo reaccionó instintivamente; se notaba la piel más sensible y tenía la respiración entrecortada.

Empezó a temblar bajo el peso de la mirada de Caulfield. A pesar de que quería huir de aquella desconcertante sensación de intimidad, era incapaz de moverse. Le resultaba imposible. Era como si él estuviese mirando en su interior, como si hubiese penetrado la armadura que las manos de su padre habían forjado sobre ella.

Las invisibles esposas que la retenían la liberaron sólo cuando Caulfield se liberó a su vez. El rugido de placer que salió de sus labios cuando alcanzó el orgasmo tuvo el efecto de una fusta espoleando el costado de Jessica.

Echó a correr, aferrando el chal con ambas manos por encima de los pechos, que no dejaban de temblarle. Cuando *Temperance* salió de unos arbustos para ir a su encuentro, Jess suspiró aliviada. Cogió a la perrita en brazos y corrió hacia el camino de grava que conducía a la mansión.

—¡Jessica!

Al oír su nombre cuando estaba ya a salvo en la parte trasera del jardín, el corazón se le aceleró de nuevo al pensar que la habían descubierto. Se dio media vuelta, con la falda de seda azul ondeando a su alrededor, y buscó con la vista a su interlocutor, temiendo que fuese Alistair Caulfield para pedirle que fuese discreta, o algo mucho peor, su padre.

—Jessica. Dios, te he estado buscando por todas partes.

Se sintió muy aliviada al ver que era Benedict quien se acercaba a ella desde la casa, pero el alivio pronto se convirtió en suspicacia. Su prometido avanzaba entre los árboles con paso firme y decidido. Jessica tuvo un escalofrío. ¿Estaba enfadado?

—¿Sucede algo? —le preguntó con cautela en cuanto lo tuvo cerca. Sabía que algo tenía que haber pasado para que él fuese a buscarla a esas horas.

—Llevas mucho rato fuera. Hace media hora, tu doncella me

ha dicho que habías llevado a *Temperance* a pasear y cuando se lo he preguntado ya hacía quince minutos que te habías marchado.

Jessica bajó la vista para que Benedict no creyera que lo estaba desafiando.

—Me disculpo por haberte preocupado.

—No hace falta que te disculpes —le dijo él, serio—. Sólo quería hablar contigo a solas. Hoy vamos a casarnos y quería disipar cualquier inquietud que pudieses tener.

Jess parpadeó y lo miró atónita, sorprendida por que su futuro esposo tuviese tal consideración con ella.

—Milord...

—Benedict —la corrigió él, cogiéndole la mano—. Estás helada. ¿Dónde has estado?

La preocupación que tiñó su tono de voz era innegable. Jessica no sabía cómo responder. La reacción de Benedict era completamente opuesta a la que su padre habría tenido.

La había pillado con la guardia baja y Jessica se sentía tan confusa que empezó a hablar sin pensar lo que estaba diciendo. Mientras le contaba cómo *Temperance* se había escapado para perseguir una ardilla, estudiaba el rostro de su futuro esposo con más detenimiento que en mucho tiempo.

Benedict se había convertido en el eje de su vida, en una obligación que ella había aceptado sin cuestionárselo. En la medida de lo posible, Jessica se había hecho a la idea de que, inevitablemente, iba a compartir su vida con aquel hombre. Pero ahora se sentía inquieta. Seguía alterada por el modo en que Caulfield la había utilizado para incrementar su placer.

—Habría salido a pasear contigo si me lo hubieses pedido —le dijo Benedict cuando ella terminó su explicación, apretándole ligeramente la mano—. En el futuro, me gustaría que lo hicieras.

Envalentonada por la ternura que le estaba demostrando su

prometido y gracias también probablemente a los efectos del vino que había bebido durante la cena, Jess se atrevió a continuar:

—*Temperance* y yo hemos encontrado algo más entre los árboles.

—¿Ah, sí?

Y le habló a Benedict de lo que había visto en la glorieta; lo hizo en voz baja y tropezándose con las palabras, pues carecía del vocabulario y de la madurez necesarios. No le contó que la relación entre la condesa y Caulfield se basaba en un intercambio económico y también omitió la identidad de los sujetos.

Benedict permaneció inmóvil durante su relato y, cuando ella terminó, se aclaró la garganta y dijo:

—Maldita sea, me horroriza que te hayas visto expuesta a una conducta tan desagradable la noche antes de nuestra boda.

—A ellos dos no les parecía en absoluto desagradable.

—¡Jessica...! —exclamó él, sonrojado.

—Antes has dicho que querías disipar las dudas o los nervios que tuviese —lo interrumpió ella, antes de perder el valor—. Me gustaría ser sincera contigo, pero tengo miedo de abusar de tu paciencia.

—Si eso llegase a suceder, te lo haría saber.

—¿Cómo?

—¿Qué quieres decir? —le preguntó Benedict, confuso.

Jess tragó saliva.

—¿Cómo me lo harías saber? ¿Hablarías conmigo? ¿Me castigarías y me quitarías algún privilegio? ¿O harías algo más... drástico?

Él se tensó.

—Yo jamás te pondría la mano encima, ni a ti ni a ninguna mujer. Y jamás te castigaría por haber sido sincera conmigo. La verdad es que presiento que seré mucho más indulgente contigo que con el resto de la gente que me rodea. Tú eres muy importante para mí, Jessica. He esperado impaciente a que llegase el día de hacerte mía.

—¿Por qué?

—Eres una mujer muy bella —contestó Benedict con timidez.

Jessica se quedó atónita y, acto seguido, la embargó un inesperado sentimiento de esperanza.

—Milord, ¿te enfadarías si te dijese que rezo con todas mis fuerzas para que la vertiente física de nuestro matrimonio sea... agradable? Para los dos.

Él se aflojó el elegante nudo del pañuelo, demostrando así que el tema lo incomodaba.

—Yo siempre he tenido intención de que lo fuese. Y lo será si confías en mí.

—Benedict. —Jess inhaló el aroma que emanaba de él, a tabaco y oporto. A pesar de que era obvio que Benedict jamás había esperado tener esa conversación con su futura esposa, le había contestado con la misma franqueza con que la estaba mirando. Con cada segundo que pasaba, a Jessica más le gustaba su prometido—. Te estás tomando todo esto muy bien. No puedo evitar preguntarme hasta qué punto puedo seguir planteándote dudas.

—Habla con absoluta libertad, por favor —le pidió él—. Quiero que vayas al altar libre de cualquier duda o inquietud.

Jess dijo, casi sin tomar aire:

—Me gustaría ir contigo a la glorieta que hay junto al lago. Ahora.

A Benedict se le aceleró la respiración y su rostro se endureció. La mano con que estaba sujetando la de ella se cerró con fuerza.

—¿Por qué?

—Te he hecho enfadar. —Jessica apartó la mirada e intentó retroceder—. Perdóname. Y, por favor, no dudes de mi inocencia. Es tarde y no sé qué me pasa.

Benedict le levantó la mano y se la llevó al pecho, tirando de ella para que volviese a acercarse.

—Mírame, Jessica.

Ella lo hizo y casi se mareó de alivio al ver su mirada. Benedict ya no la observaba incómodo ni preocupado.

—Apenas unas cuantas horas nos separan del lecho matrimonial —le recordó él, con una voz mucho más ronca de lo que Jessica le había oído nunca—. Soy consciente de que la escena que has presenciado entre los árboles ha despertado en ti unos sentimientos que todavía no comprendes y ni te imaginas cómo me está afectando saber que estás fascinada por dicha reacción y que no sientes asco, como les sucedería a algunas mujeres. Pero vas a ser mi esposa y mereces que te respete.

—¿Y en la glorieta no me respetarías?

Benedict se quedó perplejo un segundo y después echó la cabeza hacia atrás y se rió. El sonido gutural y sonoro se extendió por el jardín. Jess observó embobada cómo el rostro de su prometido se transformaba al reír, volviéndolo más cercano y, si eso fuese posible, más atractivo.

Benedict la acercó más a él y le dio un beso en la frente.

—Eres un tesoro.

—Por lo que tengo entendido —susurró Jessica, apoyándose en él—, las relaciones matrimoniales son por obligación, mientras que las extramatrimoniales son por placer. ¿Tengo algún defecto si te digo que prefiero que me trates como si fuese tu amante y no tu esposa? Al menos en la cama.

—No tienes ningún defecto. Eres tan perfecta como cualquier otra mujer que haya visto o haya podido conocer.

Ella distaba mucho de ser perfecta, como atestiguaban las cicatrices que tenía en la parte trasera de los muslos, pero no había tenido más remedio que aprender a ocultar sus defectos.

¿Cómo había sabido Caulfield que aceptaría su petición de que se quedase a observarlo? ¿Cómo había descubierto ese aspecto de su personalidad que hasta entonces incluso ella desconocía?

Pero ahora eso ya no importaba y Jessica se sentía profundamente aliviada de que a Benedict no le pareciese mal su recién descubierta sexualidad y que ella no le resultase indeseable. La comprensión de su prometido la dotó de un coraje inusual.

—¿Crees que es posible que quieras tener ese tipo de relación conmigo?

—Es más que posible.

Los labios de él cubrieron los de ella, silenciando cualquier palabra de alivio o de agradecimiento que Jessica hubiese podido decirle. Fue un beso de prueba, tierno y cuidadoso, pero al mismo tiempo tranquilo y reafirmante. Ella se sujetó de las solapas de la chamarra de él y le costó recuperar el aliento que le estaba arrebatando.

Benedict le deslizó la lengua por la comisura de los labios e insistió seductor hasta que los abrió. Y cuando entró en su boca, a Jessica se le derritieron las rodillas. Él la estrechó contra su cuerpo y le dio pruebas del deseo que sentía, apretando su erección contra su cadera. Le acarició la piel con los dedos y su caricia delató lo excitado que estaba. Cuando se apartó, Benedict apoyó la frente en la de ella y le dijo con la respiración entrecortada:

—Que Dios me ayude. A pesar de tu inocencia, me has seducido sin remedio.

La tomó en brazos y la llevó con paso apresurado hasta la glorieta.

Consciente de la tensión que se palpaba en el ambiente, *Temperance* los acompañó en silencio. Una vez llegaron a su destino, la perrita se quedó fuera y, con una calma inusual en ella, miró salir el sol.

1

Siete años después...

—Te suplico que lo reconsideres.

Jessica, lady Tarley, alargó la mano por encima de la mesita de té del salón de la mansión Regmont y apretó levemente la de su hermana.

—Tengo el presentimiento de que tengo que ir.

—¿Por qué? —Las comisuras de los labios de Hester se inclinaron hacia abajo—. Lo entendería, si Tarley estuviese contigo, pero ahora que ha fallecido... ¿Te parece seguro viajar sola?

Esa pregunta se la había hecho Jess a sí misma miles de veces, pero la respuesta carecía de importancia. Estaba decidida a ir. Ahora se daban todas las condiciones para hacerlo y era poco probable que volviese a tener otra oportunidad.

—Por supuesto que sí —afirmó convencida—. El hermano de Benedict, Michael, aunque supongo que tengo que acostumbrarme a llamarlo Tarley, se ha encargado de organizar el viaje y un miembro del servicio irá a buscarme al puerto. Todo saldrá bien.

—Eso no me tranquiliza —contestó Hester, pensativa y triste, sin dejar de jugar con el asa de la taza de porcelana de estampado floral.

—Hubo una época en que tú también querías viajar a tierras lejanas —le recordó Jess, que odiaba ver a su hermana tan preocupada—. ¿Has perdido el espíritu aventurero?

Hester suspiró abatida y miró a través de la ventana que tenía al lado. Las cortinas proporcionaban cierta intimidad y, al mismo tiempo, dejaban ver el tráfico que circulaba por delante de la mansión de Mayfair, pero Jess sólo tenía ojos para su hermana. Se había convertido en una joven muy hermosa, a la que alababan por su melena dorada y sus ojos verdes, enmarcados por espesas pestañas negras. Tiempo atrás, sus curvas habían sido más sensuales que las de Jess y su carácter más alegre, pero el paso de los años había menguado ambas características y se había convertido en una mujer delgada como un junco y dotada de una serena elegancia.

La condesa de Regmont se había ganado fama de reservada, lo que no dejaba de sorprender a Jess, teniendo en cuenta lo encantador y abierto que era lord Regmont. Ella le echaba la culpa de los cambios de Hester al padre de ambas, a su maldito orgullo y a su misoginia.

—Estás pálida y muy delgada —dijo—. ¿Te encuentras bien?

—Estoy de luto por tu pérdida. Y tengo que confesarte que no he dormido bien desde que anunciaste que tenías intención de hacer este viaje. —Hester volvió a mirarla—. No puedo entender por qué quieres ir.

Ya hacía casi un año que Benedict había muerto y, antes de eso, había estado tres meses enfermo. Jess había tenido tiempo de sobra de resignarse a vivir sin él. Sin embargo, el enorme pesar que sentía se pegaba a ella como la niebla sobre el mar. La familia y los amigos intentaban que dejase atrás el pasado y siguiera adelante, pero Jessica no sabía cómo hacerlo.

—Necesito alejarme del pasado para volver a tener un futuro.

—¿Y no te basta con retirarte al campo?

—El invierno pasado no me bastó. Y ahora la nueva Temporada está a punto de empezar y seguimos atrapados en esta nube negra que se cierne sobre mí. Tengo que romper con la rutina para que todos podamos recuperar nuestras vidas y seguir adelante.

—Dios santo, Jess —suspiró Hester, pálida—. No es posible que estés insinuando que tienes que morir, igual que Tarley, para que los demás podamos superarlo. Tú todavía eres joven y puedes volver a casarte. Tu vida no está ni de lejos terminada.

—Estoy de acuerdo. Por favor, no te preocupes por mí. —Volvió a servirle té a su hermana y le echó dos cucharadas de azúcar—. Sólo estaré fuera el tiempo necesario para vender la plantación. Volveré como nueva y con energías renovadas y así os animaré a todos los que me queréis y os preocupáis por mí.

—Todavía no puedo creerme que Benedict te haya dejado ese lugar. ¿En qué estaría pensando?

Jessica sonrió con cariño y miró las cortinas de seda amarilla con flores azules. Hester había redecorado la mansión poco tiempo después de casarse y aquel salón reflejaba su innato optimismo.

—Benedict quería que fuese completamente autosuficiente y ese lugar tenía además un valor sentimental para nosotros. Tarley sabía lo mucho que me gustó nuestro viaje a su finca de Jamaica.

—El sentimentalismo está bien, excepto cuando te manda a la otra punta del mundo —masculló Hester.

—Tal como te he dicho, *quiero* ir. Diría incluso que lo necesito. Es una especie de despedida.

Su hermana gruñó exasperada y capituló.

—¿Me prometes que me escribirás y que volverás en cuanto te sea posible?

—Por supuesto. Y tú también tienes que prometerme que me escribirás.

Hester asintió y levantó la taza de té, que se bebió de golpe, en un gesto nada propio de una dama.

El té era una bebida tonificante. Jess lo sabía mejor que nadie, pues, a medida que iba acercándose el aniversario de la muerte de Tarley, cada vez bebía más tazas.

—Te traeré un montón de regalos —le prometió a su hermana, en un intento de aligerar el tono de la conversación y con la esperanza de arrancarle una sonrisa.

—Me basta con que vuelvas tú —replicó Hester, señalándola con un dedo.

El gesto le recordó tanto a su infancia, que Jess no pudo evitar preguntar:

—¿Vendrás a buscarme si tardo demasiado?

—Regmont jamás lo permitiría. Pero te prometo que convencería a alguien para que fuese tras de ti. Quizá a una de esas matronas que tanto se preocupan por ti.

Jess fingió horrorizarse ante la perspectiva.

—Me ha quedado claro, hermanita. Cuando quieres, puedes ser muy cruel. Volveré cuanto antes.

Alistair Caulfield estaba de espaldas a la puerta de su despacho, en la sede de su naviera, cuando aquélla se abrió. La salada brisa del mar se coló en la oficina y le arrancó de la mano derecha el documento que iba a archivar.

Lo atrapó con rapidez y, acto seguido, miró por encima del hombro. Se quedó petrificado al ver quién era su visita.

—Michael.

Los ojos del nuevo lord Tarley se abrieron igual de sorprendidos y sus labios esbozaron una media sonrisa.

—Alistair, viejo granuja. No me dijiste que estuvieras en la ciudad.

—Acabo de regresar. —Guardó el documento en el archivador que correspondía y cerró el cajón—. ¿Cómo estás, milord?

Michael se quitó el sombrero y se pasó una mano por el pelo castaño. El título de vizconde le pesaba y le otorgaba una madurez que hasta entonces Alistair no le había visto nunca. Michael iba vestido en tonos marrones y apretaba nervioso el sombrero que sujetaba en la mano izquierda, en la que lucía el sello de Tarley, como si no pudiese acostumbrarse a llevarlo.

—Tan bien como me lo permiten las circunstancias.

—Mis más sinceras condolencias para ti y para tu familia. ¿Recibiste mi carta?

—Sí, la recibí. Gracias. Quería contestarte, pero el tiempo se me ha escurrido entre los dedos. El último año se me ha pasado tan rápido que apenas he conseguido recuperar el aliento.

—Lo entiendo.

Michael asintió.

—Me alegro de volver a verte, amigo mío. Has estado demasiado tiempo fuera.

—La vida del hombre de negocios.

Alistair podría haber delegado más, pero quedarse en Inglaterra equivalía a correr el riesgo de cruzarse con su padre o con Jessica. Su padre se quejaba del éxito de Alistair con la misma virulencia con que se había quejado de su vida disipada. Y eso causaba múltiples dolores de cabeza a su madre, así que lo único que podía hacer él para aliviarla era estar ausente el mayor tiempo posible.

Y, en cuanto a Jessica, ésta se había esmerado en que no se encontrasen siempre que él estaba en la ciudad. Y cuando vio cómo la había cambiado su matrimonio con Tarley, Alistair hizo lo mismo.

Jessica seguía comportándose con el mismo decoro de siempre, pero a él no se le pasó por alto el modo más sensual en que movía las caderas ni la mirada de conocimiento de sus grandes y grises ojos. Algunos hombres deseaban resolver el misterio que ella significaba, pero Alistair sabía lo que se escondía detrás de ese velo y ésa era la mujer a la que él deseaba.

Sabía que en el mundo real Jessica estaba fuera de su alcance, pero siempre la tenía presente. El fuego de la juventud se la había grabado en la memoria y el paso de los años no había logrado que la olvidase ni siquiera un poco.

—La verdad es que me alegro mucho de tu pericia para los negocios —le dijo Michael—. Los capitanes de tus navíos son los únicos en los que confío para llevar a mi cuñada sana y salva hasta Jamaica.

Alistair logró mantener el rostro impasible gracias a la más que considerable práctica que tenía en ocultar sus emociones, pero se le tensó todo el cuerpo al oír la noticia.

—¿Lady Tarley tiene previsto viajar a Jamaica?

—Sí, esta misma mañana. He aquí el motivo de mi visita. Tengo intención de hablar con el capitán en persona y de asegurarme de que cuide de ella hasta llegar a puerto.

—¿Quién viaja con lady Tarley?

—Sólo su doncella. Me gustaría acompañarla, pero ahora mismo no puedo dejar la ciudad.

—¿Y no puede posponer el viaje?

—No. —Michael esbozó una mueca—. No he logrado disuadirla.

—Di mejor que eres incapaz de decirle que no —lo corrigió Alistair acercándose a la ventana, desde la cual podía ver los muelles de la Compañía de las Indias Occidentales.

Los navíos llegaban por los muelles del norte y allí descargaban las valiosas mercancías que transportaban, antes de navegar luego hasta los muelles del sur, donde los cargaban de nuevo. Alrededor se levantaba un muro de ladrillo, con el fin de detener la ola de robos que azotaban los embarcaderos de Londres.

Ese muro había hecho aumentar el atractivo de la compañía naviera de Alistair ante los ojos de los propietarios de la Compañía de las Indias Occidentales, que buscaban un medio de transporte seguro para sus bienes.

—Y Hester tampoco puede acompañarla..., perdón: lady Regmont.

La última parte de la frase la dijo con dificultad. Hacía tiempo, Alistair había sospechado que su amigo sentía algo por la hermana pequeña de Jessica y había dado por hecho que Michael la cortejaría abiertamente. Pero antes de que tuviera tiempo de hacerlo, Hester fue presentada en sociedad y comprometida casi en seguida, rompiendo los corazones de muchos posibles pretendientes.

—¿Por qué está tan decidida a ir?

—Benedict le dejó en herencia la finca, «Calipso». Jessica dice que tiene que gestionar la venta personalmente. Me temo que la pérdida de mi hermano la ha afectado mucho y que busca sentirse útil. He intentado ayudarla a superarlo, pero me temo que mis obligaciones me han dejado exhausto.

—Yo puedo ayudarla con la venta —se ofreció Alistair con voz neutra—. Puedo presentarle a la gente apropiada y proporcionarle información que sin mí tardaría meses en obtener.

—Es una oferta muy amable por tu parte. —Michael lo estudió con la mirada—. Pero acabas de regresar y no puedo pedirte que vuelvas a irte tan pronto.

Alistair se dio media vuelta y le contestó:

—Mi plantación linda con la suya y me gustaría comprarla. Tengo intención de hacerle una oferta inmejorable y, evidentemente, generosa.

El alivio se hizo evidente en el rostro de Michael.

—De ser así, me quedaré mucho más tranquilo. Hablaré con mi cuñada de inmediato.

—Tal vez deberías dejar que lo hiciese yo. Si, tal como me has dicho, lady Tarley busca sentirse útil, querrá tener la última palabra. Además, tiene derecho a dictar los términos y las condiciones de nuestro acuerdo según estime pertinente. Y, al contrario que tú, yo dispongo de todo el tiempo del mundo. Ocúpate de tus obligaciones más apremiantes y deja a lady Tarley en mis manos.

—Siempre has sido un buen amigo —dijo Michael—. Rezaré para que vuelvas pronto a Inglaterra y te instales aquí definitivamente. Me iría bien tener a mano tus consejos y tu vista para los negocios. Mientras, te pido por favor que animes a Jessica a escribirme a menudo para mantenerme al tanto de la situación. Me gustaría que estuviese de vuelta antes de que nos fuésemos a pasar el invierno al campo.

—Haré todo lo que pueda.

Alistair se quedó de pie en su despacho varios minutos después de que Michael se fuera y luego se sentó tras el escritorio. Escribió la lista de las provisiones que necesitaban para el viaje, con el objetivo de hacerlo lo más agradable posible, e hizo varios cambios en la lista de pasajeros; transfirió dos a otro de sus navíos, con el coste adicional correspondiente para él.

Jessica, su doncella y él serían los únicos pasajeros que viajarían en el *Aqueronte*, además de la tripulación.

Ella iba a estar en el barco durante semanas; era una oportunidad extraordinaria y Alistair no iba a desaprovecharla por nada del mundo.

Desde el cálido interior del carruaje, Jessica observó el navío que flotaba ante de ella. Recorrió la resplandeciente borda con la mirada y luego subió la vista por los tres mástiles que se elevaban orgullosos desde la cubierta. Era uno de los barcos más impresionantes del puerto, lo que era de esperar, teniendo en cuenta el esmero con que Michael le había organizado el viaje.

Seguro que se había asegurado de que sus aposentos fuesen cómodos y de que estuviese muy bien cuidada durante toda la travesía.

Jessica sospechaba que a Michael, ocuparse de la viuda de su hermano lo ayudaba a superar el luto; ése era también uno de los motivos por los que ella sentía la necesidad de irse de allí.

El olor del océano llamó su atención y se dirigió hacia los muelles de la Compañía de las Indias Occidentales. Tenía tantas ganas de emprender el viaje que se le aceleró el corazón, o quizá fueran los nervios.

La buena sociedad de las islas caribeñas —la poca que había— apenas sabía nada de ella y allí las normas sociales eran más laxas. Después de los últimos meses en que, siempre con la mejor intención, su familia y sus amigos no la habían dejado ni a sol ni a sombra, Jess estaba impaciente por disfrutar de la soledad.

Se quedó observando cómo sus sirvientes subían sus baúles por la rampa que conducía a la cubierta principal. El azul brillante que predominaba en las libreas de Pennington hacía que éstas destacasen entre las ropas de colores más sobrios de los marinos.

Pronto, Jess no tuvo ningún motivo para seguir en el carruaje y bajó del mismo con la ayuda de un lacayo. Se alisó la falda de seda color lavanda y después echó a andar hacia el barco, sin mirar atrás. En cuanto subió a bordo, notó el balanceo bajo sus pies y se dio unos segundos para adaptarse a la sensación.

—Lady Tarley.

Jess se dio media vuelta y vio a un hombre corpulento y elegantemente vestido que se le acercaba. Gracias a su porte y a su atuendo, adivinó quién era antes de que él se lo confirmase.

—Soy el capitán Smith —se presentó. Ella le tendió la mano

y el hombre se la besó, haciéndole una pequeña reverencia—. Es un placer tenerla a bordo.

—El placer es mío —contestó Jessica, sonriéndole como él estaba haciendo por entre la barba blanca—. Tiene usted un navío magnífico, capitán.

—Sí, sí, lo es. —El hombre se ladeó la gorra para poder verla mejor—. Me haría un gran honor si aceptase cenar conmigo durante el viaje, milady.

—Estaré encantada, gracias.

—Excelente. —Smith le hizo señas a un joven marino—. Miller la acompañará a su camarote. Si tiene cualquier duda o pregunta, él se encargará de resolvérselas.

—Le estoy muy agradecida.

El capitán se fue para preparar el barco para zarpar y Jess se dirigió a Miller, quien no parecía tener más de diecisiete años.

—Señora. —El joven le señaló la escalerilla que conducía a la cubierta inferior—. Es por aquí.

Jessica lo siguió por la crujía del barco y se quedó fascinada por el coraje de los marinos que trepaban por las jarcias como si fuesen escarabajos. Pero en cuanto descendió la escalerilla, toda su admiración fue para el impresionante interior del navío.

La barandilla y el pasillo estaban recién encerados y resplandecían, igual que los picaportes y los candelabros de las paredes. Jessica no había sabido qué esperar y aquella atención por el detalle era toda una sorpresa y un placer para los sentidos. Miller se detuvo ante una puerta y llamó. Segundos después, la voz de Beth, la doncella, respondía.

El camarote era pequeño, pero estaba muy bien distribuido; tenía una cama individual, una ventana algo estrecha y una mesa de madera con dos sillas. En el suelo, al lado de uno de sus baúles, Jess vio una caja llena de botellas de su clarete preferido.

Aunque era la habitación más pequeña en la que había estado nunca, aquel espacio tan reducido la tranquilizó y se sintió agradecida porque, al menos durante las próximas semanas, no iba a tener que pensar en qué decir para hacer que la gente que la rodeaba se sintiera mejor.

Se quitó el alfiler que le sujetaba el sombrero y le entregó ambos a Beth.

Miller prometió que volvería a las seis para acompañarla a cenar y después salió del camarote. En cuanto el marino cerró la puerta, Jess buscó la mirada de Beth.

La doncella se mordió el labio inferior y dio una vuelta sobre sí misma.

—Vamos a vivir una gran aventura, señora. Echo de menos Jamaica desde que nos fuimos.

Ella suspiró para ver si así se aflojaba el nudo que tenía en el estómago y luego sonrió.

—Y a cierto joven.

—Sí —reconoció la doncella—, a él también.

Beth la había ayudado mucho los últimos días; había sido la única que le había dado ánimos, mientras sus amigos y su familia la censuraban por aquel viaje.

—Una aventura —repitió Jess—. Sí, lo va a ser.

Cuando pasadas las seis alguien llamó a la puerta de su camarote, Jess dejó a un lado el libro que estaba leyendo y se puso de pie sin demasiadas ganas. Beth estaba remendando unas medias sentada al otro extremo de la mesa y resultaba muy agradable estar allí juntas y en silencio.

La doncella dejó también lo que estaba haciendo y fue a abrir la puerta. En cuanto lo hizo, apareció el rostro del joven Miller, que sonrió tímidamente. Jess se despidió de Beth, deseándole una tranquila cena, y siguió al joven hacia el amplio camarote del capitán.

A medida que iban acercándose a la enorme puerta del final del pasillo, Jess oía las notas de un violín. Alguien estaba tocando el instrumento con suma maestría y la melodía era dulce a la vez que perturbadora. Gran aficionada a la música, Jess aceleró el paso.

Miller llamó a la puerta con un solo golpe y abrió sin esperar respuesta. Tendiendo un brazo, le indicó a Jess que entrase.

Ella lo hizo esbozando una de sus estudiadas sonrisas y vio que el capitán Smith se ponía en pie desde el extremo más alejado de la mesa, acompañado por otros dos hombres que a Jessica le habían presentado antes: el contramaestre y el médico del barco. Intercambió las frases de cortesía habituales con ambos y luego volvió a centrar su atención en el violinista.

Estaba de pie frente al enorme ventanal que coronaba la popa, dándoles la espalda. Iba en mangas de camisa, lo que hizo que Jess apartase la vista de inmediato, pero cuando el capitán se acercó para acompañarla hasta la mesa, se atrevió a volver a echar otro vistazo a aquel caballero tan escandalosamente vestido. Sin los faldones del chaqué tapándolo, pudo apreciar con claridad su magnífico trasero.

Nunca antes se había fijado especialmente en esa parte de la anatomía masculina, pero descubrió que le encantaba mirar las nalgas tan fuertes y bien torneadas de aquel hombre.

Mientras charlaba con los responsables del navío, Jess iba desviando cada pocos minutos la mirada hacia el violinista moreno que tocaba con tanto sentimiento. Los fluidos movimientos de su brazo hacían que los hombros se le flexionasen de una manera que a ella siempre le había resultado fascinante.

El cuerpo de un hombre era mucho más admirable que el de una mujer, era capaz de actuar con contundencia y, al mismo tiempo, ser ágil y elegante.

La partitura llegó a su fin y el músico se volvió para dejar el violín en la funda que tenía al lado, encima de una silla. Jess vio el perfil del violinista un instante y, al reconocerlo, un escalofrío le recorrió la piel.

Él tomó la chamarra del respaldo de la silla y se la puso. A Jessica nunca le había parecido que ver vestirse a alguien fuese tan sensual y erótico como ver a esa persona desnudarse, pero con aquel hombre lo era. La economía de sus movimientos era enormemente atractiva e iba acorde con la seguridad y el poder que emanaban de él.

—Y éste es —dijo el capitán, señalando al músico— el señor Alistair Caulfield, propietario de este navío y excelente violinista, como ha podido comprobar.

Jess podría jurar que durante un segundo se le paró el corazón. De lo que no le cabía ninguna duda era de que dejó de respirar. Alistair la miró y la saludó con una reverencia perfecta. Sin embargo, en ningún momento agachó la cabeza y sus ojos no se apartaron de los suyos.

Dios Santo...

2

¿Qué probabilidades había de que se encontrasen de esa manera?

El hombre que Jess tenía delante se parecía muy poco al joven que había conocido años atrás. Alistair Caulfield ya no era sólo un chico guapo. Las facciones se le habían endurecido y ahora su rostro era la viva imagen del poder masculino. Unas profundas cejas negras, a juego con unas pestañas muy espesas, se cernían sobre aquellos descarados ojos azules. La luz de las lámparas de trementina, junto con los últimos rayos del sol, que se estaba poniendo, hacían que el pelo negro como el carbón de Alistair resplandeciese. De joven, su atractivo dejaba sin aliento, pero ahora conseguía mucho más. Ahora parecía un hombre maduro y de mundo. Un hombre innegablemente formidable.

Demoledoramente masculino.

—Lady Tarley —la saludó al incorporarse—. Me produce un gran placer volver a verla.

Tenía la voz más ronca y grave de lo que Jessica recordaba. Tenía una cualidad baja y ronroneante. Casi como un quedo rugido. Alistair caminó asimismo como un felino, con pasos firmes y seguros al mismo tiempo que gráciles, teniendo en cuenta su imponente estatura.

No había apartado su intensa mirada de ella ni un segundo. Retándola. Igual que aquella vez, fue como si pudiese ver dentro de su corazón y como si la estuviese desafiando a que le dijese que no poseía tal capacidad.

Jessica intentó respirar y fue a su encuentro a mitad de camino, tendiéndole la mano.

—Señor Caulfield. Ha pasado mucho tiempo desde la última vez que nos vimos.

—Años.

La miraba de un modo tan íntimo, que Jess no pudo evitar pensar en aquella noche entre los árboles de Pennington. Notó que una corriente de calor se le extendía por el brazo, empezando en el punto donde sus pieles se tocaban.

Alistair siguió hablando.

—Acepte por favor mis condolencias por su reciente pérdida. Tarley era un buen hombre. Lo admiraba y me gustaba mucho.

—Le agradezco sus palabras —consiguió decir Jessica, a pesar de que tenía la boca seca—. Y le digo lo mismo. Lamenté profundamente saber que su hermano había fallecido.

Alistair apretó la mandíbula y le soltó la mano, pero lo hizo apartando la suya con lentitud y rozándole el interior de la palma con las yemas de los dedos.

—Dos de mis hermanos —puntualizó él, apesadumbrado.

Jess se frotó la mano discretamente contra el muslo. En vano; el cosquilleo que le había provocado con su caricia era imborrable.

—¿Nos sentamos? —sugirió el capitán, señalando la mesa con la cabeza.

Caulfield tomó asiento en la banqueta para quedar justo delante de ella. Al principio, Jessica se sintió un poco incómoda, pero él pareció olvidarse de su presencia en cuanto trajeron la comida.

Con el fin de asegurarse de que no decaía la conversación, Jess se esforzó por sacar temas relacionados con el barco y con la navegación y los hombres imitaron su ejemplo. Sin duda se sintieron aliviados por no tener que preguntarle por su aburrida vida, que, por otro lado, probablemente no les interesaba.

Durante la hora siguiente, Jessica disfrutó de una comida excelente y de una conversación como no la había tenido en toda su vida. Los hombres no solían hablar de negocios delante de ella.

No tardó en darse cuenta de que Alistair Caulfield había triunfado económicamente. Él no lo dijo así, pero no dudó en hablar de negocios ni en dejar claro que estaba involucrado hasta en los más pequeños quehaceres de sus inversiones. E iba muy bien vestido. La chaqueta de su chaqué era de un precioso terciopelo verde grisáceo y los pantalones, hechos a medida, acentuaban sus impresionantes piernas.

—¿Viaja a menudo a Jamaica, capitán? —preguntó Jess.

—No tan a menudo como otros barcos del señor Caulfield. —Apoyó los codos en la mesa y jugueteó con su barba—. El puerto en el que amarramos más a menudo es el de Londres. Aunque también lo hacemos en el de Liverpool y el de Bristol.

—¿De cuántos barcos se compone la flota?

El capitán miró a Caulfield antes de contestar.

—¿Cuántos tiene ya? ¿Cinco?

—Seis —contestó Alistair mirándola directamente.

Jessica se enfrentó a su mirada con dificultad. No podía explicar por qué se sentía así, era como si aquel acto tan íntimo que había presenciado aquella noche entre los árboles lo hubiese hecho con ella y no con otra mujer. En aquel instante, había sucedido algo muy profundo entre los dos, cuando se descubrieron el uno al otro en medio de la oscuridad. Esa noche se tejió una conexión muy especial entre ellos y Jess no sabía cómo romperla. Sabía cosas sobre aquel hombre que no debería saber y le resultaba imposible fingir que las ignoraba.

—Felicidades por su éxito —murmuró.

—Yo podría decirle lo mismo a usted.

Colocó un antebrazo en la mesa. El puño del abrigo era largo, tal como dictaba la moda, y le cubría casi toda la mano hasta los nudillos. A pesar de ello, al vérselos, Jess recordó otra ocasión en que le habían llamado la atención: la noche en que las manos de él se sujetaron con fuerza del poste de la glorieta para poder mover mejor las caderas.

Alistair tamborileó los dedos sobre el mantel y la sacó de su ensimismamiento.

—Oh —consiguió decir ella, tras beber un poco de vino para ver si así se centraba.

—Mis barcos transportan la producción de «Calipso».

A Jess no le sorprendió la noticia.

—Entonces, me gustaría hablar con usted del tema, señor Caulfield.

Él arqueó las cejas y el resto de los caballeros se quedaron en silencio.

—Cuando tenga tiempo —especificó Jessica—. No hay prisa.

—Ahora tengo tiempo.

Ella vio que la miraba como un halcón y supo que había captado la atención del hombre de negocios. Se puso nerviosa, pero rezó para que él no se diese cuenta. A lo largo de su vida, no había tenido más remedio que distinguir la clase de hombres a los que no se podía provocar y estaba segura de que Alistair Caulfield pertenecía a ese grupo.

Él le sonrió con amabilidad, pero la sonrisa no le llegó a los ojos.

—Es muy amable por su parte —le contestó.

Observó cómo Alistair se ponía en pie y rodeaba la mesa para ir hacia ella sin ninguna prisa. Le dio la mano y la ayudó a salir del banco.

Jessica miró a la presidencia de la mesa.

—Gracias por esta velada tan agradable, capitán.

—Espero que acepte acompañarnos cada noche.

Aunque consiguió mantenerse erguida sin temblar, era dolorosamente consciente de que tenía a Caulfield muy cerca. Y cuando por fin salieron del camarote, esa sensación se incrementó mil veces. La puerta se cerró tras ellos y el clic del picaporte resonó en los nervios de Jess. Tarley había hecho lo imposible para conseguir que se sintiese segura y tranquila y a Caulfield le bastaba con no hacer nada para que perdiese su preciada calma.

Alistair Caulfield poseía la indescriptible cualidad de conseguir que se sintiese femenina y, por tanto, vulnerable.

—¿Le apetece pasear por la cubierta? —le preguntó, con aquel tono de voz tan ronco; su voz resonó por el pasillo donde estaban.

Alistair estaba demasiado cerca y era tan alto que tenía que agachar la cabeza para no darse contra el techo.

El aroma que desprendía era delicioso e impregnó a Jessica de sándalo, almizcle y rastros de verbena.

—Tengo que ir a buscar mi chal —dijo, con la voz más ronca de lo que le habría gustado.

—Por supuesto —contestó él.

Alistair la acompañó hasta el camarote en silencio, permitiendo que, de ese modo, destacasen otros sonidos: la firme pisada de las botas de él, la respiración acelerada de ella, el ir y venir de las olas golpeando el casco del barco.

Jessica entró en sus aposentos sin decir nada y en un gesto de muy mala educación, cerró la puerta de inmediato. Intentó recuperar el aliento mientras Beth la miraba boquiabierta. La doncella dejó la ropa que estaba cosiendo encima de la mesa y se puso en pie.

—Dios santo, está muy acalorada —dijo, con su típica voz autoritaria que hacía que todo, incluido ese viaje a Jamaica, pareciese más que posible. Empapó un paño con el agua que había en un barreño, junto a la cama—. No se estará poniendo enferma, ¿no?

—No. —Jess cogió el paño húmedo y se lo llevó a las mejillas—. Creo que he bebido más vino de la cuenta durante la cena. ¿Te importaría acercarme el chal?

Beth abrió el baúl que estaba frente a los pies de la cama y sacó un chal de seda negra. Luego, intercambiaron el chal por el paño empapado con una sonrisa.

Pero la doncella no dejó de mirarla, preocupada.

—Quizá debería descansar, señora.

—Sí —convino Jess, maldiciéndose a sí misma por haber iniciado aquella conversación con Caulfield. Tendría que haber esperado a que fuese de día, como mínimo. O mejor aún, tendría que haber dejado que se ocupase del tema su administrador, que se habría encargado de darle las respuestas que buscaba sin causarle ningún problema—. No tardaré mucho y entonces podrás acostarte.

—No se preocupe por mí. Estoy demasiado excitada como para dormir.

Jess se colocó el chal sobre los hombros y salió de nuevo al pasillo.

Caulfield estaba apoyado como si nada en la pared, pero se apartó en cuanto la vio. La poca luz que se coló por la puerta del camarote permitió a Jessica darse cuenta de que la estaba recorriendo con la mirada y volvió a acalorarse.

Él se apresuró a disimular la admiración que sentía por ella y esbozó una sonrisa. Pero Jessica recordaba demasiado bien lo que había sentido años atrás, al ser mirada del mismo modo. Y ahora volvió a experimentar el mismo efecto paralizante.

Alistair señaló la escalera con una mano y el gesto consiguió que Jessica pudiese moverse de nuevo. Lo precedió por la escalerilla hasta la cubierta y dio gracias por la fresca brisa del océano y por la luna amarillenta, que vaciaba el mundo de color. A su alrededor todo era blanco y de distintas tonalidades de gris, lo que conseguía mitigar la abrumadora vitalidad que siempre había distinguido a Alistair Caulfield.

—¿Qué probabilidades había —empezó ella para romper el silencio— de que nos encontrásemos viajando en el mismo navío al mismo tiempo?

—Muchas, si tenemos en cuenta que yo me encargué de que así fuese —contestó él como si nada—. Espero que de momento el viaje le esté resultando agradable.

—¿De verdad cree que a alguien podría resultarle lo contrario? Es un barco magnífico.

Alistair esbozó una media sonrisa y a Jess le dio un vuelco el estómago.

—Me gusta oírle decir eso. Si necesita cualquier cosa, estoy a su servicio. Cuando lleguemos a nuestro destino, le prometí a Michael que le presentaría a todo el mundo y que le proporcionaría la información necesaria para ayudarla a vender «Calipso».

—Michael —susurró ella y la tomó desprevenida saber que su sobreprotector cuñado la había dejado en manos de Alistair Caulfield, unas manos que llevaba años intentando olvidar.

—No se enfade con él. Fui yo quien le pidió que me dejase decírselo a mí. Michael está sobrepasado y yo sólo quería aligerarle un poco la carga.

—Sí, por supuesto. Es muy considerado de su parte.

Jess caminó hacia el castillo de proa para liberar un poco de tensión. No conocía a Caulfield lo bastante bien como para poder afirmar que había cambiado, sin embargo, el hombre con el que estaba hablando no se parecía en nada al joven despreocupado y mujeriego que ella recordaba de antaño.

—Mi motivación no fue del todo altruista —puntualizó él entonces, colocándose a su lado.

Se sujetaba las manos en la espalda y el gesto realzaba sus fuertes hombros y la anchura de su pecho. Él siempre había sido más musculoso que los hermanos Sinclair. Y mucho más que sus propios hermanos.

—¿Ah, no? —Lo miró como no debería hacerlo.

Alistair la observó.

—Me he pasado muchos años fuera del país, visitándolo sólo las veces necesarias para evitar que mi madre mandase un equipo de rescate a buscarme. Me gustaría que usted me ayudase a recuperar mi posición en la sociedad inglesa cuando regrese, igual que yo haré por usted en Jamaica.

—¿Va a regresar a Londres para quedarse una temporada?

—Sí. —Volvió a mirar hacia adelante.

—Comprendo. —Dios, había sonado como si hubiese perdido el aliento—. Seguro que su familia y sus amigos estarán encantados.

Caulfield tomó aire, llenándose el pecho.

Jess recordó entonces que la familia a la que Alistair volvía había quedado reducida a la mitad desde su partida y se apresuró a añadir.

—Sus hermanos...

Bajó la cabeza. Se arrepentía de haberlos mencionado, porque sabía perfectamente lo que se sentía al recordar algo que uno ha perdido para siempre.

Él se detuvo junto al palo mayor, colocó una mano en el codo de Jess y la instó a detenerse.

Ella lo miró y Alistair dio un innecesario paso en su dirección, como si fuesen a bailar.

—Vuelvo a Inglaterra, porque la razón que me mantenía alejado ya no existe, y la razón para que vuelva, acaba de presentarse.

Su tono de voz era muy íntimo y Jess no pudo evitar preguntarse si sería una mujer la que lo impulsaba a volver.

—Intentaré serle de tanta ayuda como sin duda me lo será usted —le prometió.

—Gracias. —Dudó un momento como si fuese a decirle algo más, pero finalmente no lo hizo y reanudaron la marcha—. ¿Quería hablar conmigo del transporte de la producción de «Calipso»?

—Sean cuales sean las obligaciones contractuales anteriores, ahora debo hacerme cargo yo, así que debería conocerlas. Eso es todo lo que quería decirle. Mi administrador puede ponerme al día de todo. No me haga caso, por favor.

—Yo puedo darle las respuestas que busca. No quiero que se las dé otro. Quiero que acuda a mí para cualquier cosa que necesite.

Jess lo miró y descubrió que la estaba mirando con suma intensidad.

—Usted es un hombre muy ocupado. No quiero robarle más tiempo del necesario.

—Usted no me robará nada, se lo doy libremente. Para mí sería un gran placer poder ayudarla en todo lo que desee.

—Está bien —accedió ella en voz baja.

La calidez que hasta entonces había impregnado la voz de Caulfield cambió y se endureció.

—Lo dice como si estuviese enfadada.

Igual que había hecho años atrás, Alistair le dio el valor necesario para que hablase con más sinceridad de la que ella habría creído posible.

—Aunque le estoy agradecida por su amabilidad, señor Caulfield, le confieso que estoy harta de que todo el mundo me trate así. No soy una figurilla de cristal y no me romperé por hacer las cosas sola. En parte, he emprendido este viaje para distanciarme de toda la gente que insiste en tratarme como si fuese una mujer frágil.

—No tengo ni idea de cómo mimar a una mujer —replicó él—. De hecho, si quisiera hacerlo, me temo que fracasaría estrepitosamente. La verdad es que he coincidido con su administrador en varias ocasiones y me parece que es un hombre al que le resulta difícil hablarle sin tapujos a una mujer. Yo sólo quiero que usted disponga de toda la información y el único modo que tengo de asegurarme de que confía en mí para proteger sus intereses es mostrándole las condiciones de los contratos que tiene con mi empresa y resolviendo cualquier duda que le pueda surgir al respecto. —Le sonrió con picardía—. Yo quiero que se enfrente a la realidad, no protegerla de ella.

Jessica sonrió levemente. A su manera, Caulfield era encantador.

—Se está haciendo tarde —dijo él, dirigiéndola de nuevo hacia el pasillo—. ¿Me permite que la acompañe de regreso al camarote?

—Gracias. —Jess se sorprendió al darse cuenta de que estaba disfrutando de su compañía.

Cuando llegaron a la puerta, Alistair retrocedió y le hizo la breve reverencia que le permitió el reducido espacio.

—Le deseo buenas noches, lady Tarley. Dulces sueños.

Y se fue antes de que Jessica pudiese contestarle. Su lugar lo ocupó un innegable vacío.

3

Michael Sinclair, vizconde de Tarley, se encontraba frente a la mansión Regmont de Mayfair cuando ya había transcurrido media hora de las dos que lady Regmont dedicaba a recibir visitas. Desmontó antes de que pudiese cambiar de opinión y entregó las riendas de su montura a uno de los lacayos que había fuera; después, subió los escalones de dos en dos hasta llegar a la puerta principal. Contuvo las ganas que tenía de colocarse bien el pañuelo de cuello, que se había atado con un sencillo nudo. Estaba tan nervioso que se había pasado horas intentando decidir qué chaleco conjuntaba mejor con la chaqueta azul oscuro que llevaba y todo porque ella le había dicho en una ocasión que el azul oscuro le favorecía.

En cuestión de segundos, lo hicieron pasar al salón en el que había media docena más de visitas. Hester estaba sentada en una butaca, en el centro de su corte, y se la veía tan frágil y bella como siempre.

—Lord Tarley —lo saludó, tendiéndole ambas manos sin levantarse.

Michael atravesó la alfombra oriental con paso firme y besó el dorso de aquellas delicadas manos.

—Lady Regmont. Mi día resplandece sólo por haberlo empezado con su presencia.

Y palidecería cuando se fuese, igual que si saliera del sol para adentrarse en las sombras. Michael estaba convencido de que

Hester estaba hecha para él, de hecho, lo creía con tanta certeza que ni una sola vez se había planteado la posibilidad de casarse con otra. De joven, pensaba que sería perfecto que los dos hermanos Sinclair se casasen con las dos hermanas Sheffield y viviesen juntos y felices. Sin embargo, Hadley tenía grandes planes para sus hijas y, dado que Michael era tan sólo el hijo segundo, su posición social no era lo bastante elevada como para que el padre de Hester lo tuviese en cuenta.

Nunca había tenido la más mínima posibilidad de casarse con ella.

Y, para empeorar las cosas, Hester, al igual que su hermana, ni siquiera pudo disfrutar de una Temporada como es debido. La comprometieron casi al mismo tiempo que se presentaba en sociedad.

—Pensaba que se había olvidado de mí —dijo ella—. Hacía una eternidad que no me visitaba.

—Jamás podría olvidarme de usted.

Aunque había noches en que deseaba que tal hazaña fuese posible.

Hester miró por encima del hombro de Michael y un lacayo se apresuró a colocar una butaca adamascada junto a su señora. El resto de los invitados respondieron al breve saludo que les hizo Michael con amplias sonrisas.

Él tomó asiento y, con la mirada, devoró ávidamente el rostro de Hester. Ésta llevaba la melena rubia recogida tal como dictaba la moda, con unos rizos sueltos en la frente y otros colgándole por encima de las orejas, e iba ataviada con un precioso vestido rosa y con un camafeo sujeto alrededor del cuello por una amplia cinta negra.

—He venido a decirle que Jessica está en buenas manos. Alistair Caulfield aceptó cuidar de ella durante su viaje. Él ha vivido en Jamaica los últimos años y sabe moverse entre la buena sociedad del lugar.

—¿El señor Caulfield, dice? —Hester frunció el cejo—. No estoy segura de que a mi hermana le cayese demasiado bien.

—Me temo que el sentimiento puede ser mutuo. En las pocas ocasiones en que los vi juntos, era obvio que los dos se incomodaban. Sin embargo, ahora ambos son personas adultas y Jessica necesita ayuda en un ámbito en que Caulfield es un experto. Además, ella quiere vender la plantación y la propiedad de él linda con «Calipso», así que lo más probable es que eso la ayude a concluir sus asuntos con rapidez, de modo que pueda volver pronto con usted.

—Milord —los preciosos ojos verdes de Hester resplandecieron con ternura—, es usted muy astuto. Adoro esa característica en un hombre.

Esas últimas palabras hicieron que Michael sintiese una punzada en el pecho. Adoración era una minúscula parte de lo que él sentía por ella.

—El mérito no es todo mío. La verdad es que Caulfield prácticamente se ofreció voluntario. Lo único que hice yo fue pedírselo en el momento oportuno y saber aprovecharme.

—Es usted como un regalo caído del cielo. —La sonrisa de Hester se desvaneció—. Ya echo terriblemente de menos a mi hermana y sólo hace un día que se ha ido. Sé que parezco una egoísta. Jessica se esforzó mucho por ocultármelo, pero la verdad es que tenía muchas ganas de hacer este viaje. De hecho, estaba impaciente por partir. Supongo que al menos tendría que intentar alegrarme por ella.

—Por eso mismo he venido a verla hoy. Sé lo unidas que están y lo mucho que le está doliendo su ausencia. Quiero que sepa que, hasta que ella vuelva..., estoy a su disposición para cualquier cosa que necesite.

—Usted siempre ha sido muy amable conmigo. —Alargó una mano y, por un instante demasiado breve, le tocó el antebrazo. La melancolía que desprendía el gesto dejó a Michael muy preocupado—. Pero ya tiene usted demasiadas preocupaciones como para que además yo me convierta en una de ellas.

—Usted nunca será una preocupación para mí. Será todo un privilegio poder ayudarla siempre que lo necesite.

—Quizá algún día se arrepienta de haberme hecho este ofrecimiento —se burló ella, animándose de nuevo—. Estoy segura de que pueden ocurrírseme varias formas de torturarlo.

Aunque la frase fue inocente, la reacción de Michael al escucharla no lo fue tanto.

—Adelante, no se contenga —la retó con voz ronca—. Estoy ansioso por demostrarle que estoy más que preparado para el desafío.

Un delicado rubor rosado tiñó las pálidas mejillas de Hester.

—Milady —los interrumpió el mayordomo, acercándose con una bandeja de plata en la que había una cajita con una lazada. Parecía un regalo.

Una de las invitadas de Hester, la marquesa de Grayson, bromeó diciendo que tenía un admirador secreto y lo celoso que se pondría Regmont.

De todos era sabido que su marido era muy posesivo. De hecho, estaba tan pendiente de ella que rozaba el mal gusto.

Hester leyó primero la pequeña tarjeta que acompañaba el regalo y después la dejó en el reposabrazos de la butaca. Michael se dio cuenta de que le temblaban las manos al abrir la cajita y descubrir un broche de piedras preciosas que era sin duda muy caro.

Al ver la tristeza que empañaba los ojos de ella, Michael desvió la vista hacia la tarjeta, que sólo estaba parcialmente doblada.

No pudo leer entero su contenido, pero el «perdóname» lo leyó sin ninguna dificultad. Apretó la mandíbula para contener la avalancha de preguntas que se le amontonaron en los labios.

—¿Y bien? —preguntó lady Bencott—. No nos tengas en ascuas. ¿Qué es y quién te lo ha mandado?

Hester depositó la cajita en la expectante palma de la condesa.

—Regmont, por supuesto.

Mientras el broche iba de mano en mano, recibiendo la aprobación de todas las invitadas, Michael pensó que la sonrisa de la joven se veía muy forzada y estaba demasiado pálida como para que él no se preocupase.

Se puso en pie y se disculpó, incapaz de seguir allí teniendo el presentimiento de que algo iba muy mal en el mundo de Hester y consciente de que él carecía del derecho de hacer nada para evitarlo.

La tarde estaba ya muy avanzada y Jessica todavía tenía que hacer acto de presencia en cubierta.

Lo único que evitó que Alistair se pusiese a pasear de un lado a otro fue su fuerza de voluntad. Si ella decidía evitarlo durante la travesía, cortejarla sería mucho más difícil, pero él no era de los que se rendían fácilmente. Tenía intención de iniciar una relación con Jessica durante el viaje e iba a conseguirlo. Tenía que haber alguna manera de poder entablar, como mínimo, amistad con ella. Lo único que tenía que hacer era encontrar la llave que abría el tesoro que en realidad era aquella mujer. La noche anterior pensó que el mejor modo de enfocar las cosas era siendo absolutamente sincero, pero quizá la había malinterpretado.

Se sujetó a la borda y miró el mar. No le pasó por alto que en aquel preciso instante el agua tenía el mismo color azul grisáceo de los ojos de ella.

Dios santo, Jessica quitaba el aliento.

Recordó el instante en que entró en el camarote para cenar; el aire se alteró a su alrededor y Alistair *sintió* su presencia. El peso y el calor de la mirada de Jessica viajó hasta rozarle la espalda como si lo estuviese acariciando físicamente. Él se había encargado de que ella lo encontrase de aquella manera; de pie, sin la chaqueta y ocupado en otra cosa. Quería que lo viese como el hombre que era ahora; educado y de mundo. Sofisticado. Esa presentación estaba destinada a ser el disparo de salida de un lento y perfectamente estudiado cortejo.

Sin embargo, lo que en realidad pasó fue que Jessica lo impactó con la misma fuerza con que él había querido impresionarla. Se quedó allí de pie, con el pelo rubio recogido, la piel tan pálida y perfecta como si fuese de porcelana, el cuerpo, antes delgado por la juventud, ahora lleno de curvas por la madurez... Los pechos llenos y turgentes, la cintura delicada, unas piernas largas que él deseaba sentir alrededor de la cintura.

Había algo en ella que apelaba a los instintos más primarios de Alistair.

Quería cautivarla. Poseerla.

Por un segundo, el rostro de Jessica la traicionó y dejó al descubierto lo que sintió al descubrir quién era él en realidad. Igual que siete años atrás, se sentía atraída. Alistair podía utilizarlo en su favor, si lo hacía con mucho cuidado.

—Buenas tardes, señor Caulfield.

Maldición. Incluso el sonido de su voz conseguía que su mente lujuriosa empezase a conjurar imágenes. Era una voz tan precisa y contenida como su actitud. Alistair quería convertir esa contención en algo más ronco. Más suave. Quería oírla decir su nombre en medio de gemidos de placer.

Respiró hondo y se volvió hacia ella.

—Hola, lady Tarley. Parece descansada. ¿Ha dormido bien?

—Sí, gracias.

No sólo estaba descansada, estaba impresionantemente hermosa. Llevaba un vestido azul oscuro y una pequeña sombrilla y semejaba una aparición en medio de la cubierta del barco. Alistair no podía apartar la mirada de ella, pero estaba seguro de que el resto de la tripulación también se habían quedado embobados mirándola. Jessica era perfecta.

Se acercó a él en la borda y apoyó una mano enguantada en la madera, mientras dejaba la vista perdida en el mar que se extendía ante ellos.

—Siempre me ha encantado navegar —dijo apresuradamente—. Hay algo liberador y al mismo tiempo relajante en saber que no tienes ningún obstáculo delante. La verdad es que no me gustaría perderme sola en el océano, pero en un barco tan magnífico como éste y con toda su tripulación, sólo puedo sentir alegría. Lord y lady Masterson deben de sentirse muy orgullosos de usted.

Al oír el título de su padre, Alistair reaccionó como siempre, poniéndose a la defensiva. Intentó quitarse de encima esa sensación moviendo los hombros hacia atrás.

—Orgullo no es la palabra que yo utilizaría, pero le aseguro que están al corriente de mis quehaceres.

Jessica lo miró. Los nervios que había delatado al hablar tan rápido se hicieron también evidentes cuando se mordió el labio inferior.

Aunque ninguno de los dos había hecho referencia a aquella noche de tiempo atrás, en los bosques de Pennington, el recuerdo pesaba entre los dos y, al ignorarlo, se volvía cada vez más omnipresente.

Alistair quería hablar de ello. Dios, qué ganas tenía de hablar de ello. Tenía tantas cosas que preguntarle a Jessica. Pero en vez de eso recondujo la conversación hacia un tema con el que los dos se pudieran sentir cómodos.

—Coincido con usted, el mar abierto es como una hoja en blanco. Las posibilidades y los misterios que ofrece son infinitos.

—Sí —contestó ella con una sonrisa preciosa.

—¿Cómo está su familia?

—Muy bien. Mi hermano está en Oxford. Mi padre está muy satisfecho por ello, evidentemente. Y mi hermana se ha convertido en una anfitriona de gran renombre. Le será de mucha ayuda cuando vuelva usted a Inglaterra.

—¿Se casó con el conde de Regmont, no?

—Sí. Yo los presenté la víspera de mi boda y se enamoraron a primera vista. Cometieron la vulgaridad de casarse por amor.

—Fue una noche para recordar —no pudo resistir la tentación de añadir él.

—¿Y su familia? —Un leve rubor le tiñó las mejillas—. ¿Cómo están?

—Como siempre. Mi hermano Albert, aunque ahora se llama lord Baybury, todavía tiene que engendrar un heredero, algo que perturba enormemente a mi padre. Tiene miedo de que algún día sea yo el que tenga que heredar el ducado y que su peor pesadilla se haga realidad.

Ella lo reprendió con la mirada.

—Qué tontería. A todo el mundo le resulta difícil afrontar los problemas para concebir. Seguro que lady Baybury también lo está pasando mal.

La comprensión con que Jessica habló sin duda procedía de un lugar muy profundo, lo que hizo que Alistair recordase que ella había estado seis años casada sin tener hijos.

Se apresuró a cambiar de tema.

—No recuerdo en qué época del año la llevó Tarley a Jamaica, pero ahora hará mucho calor. De vez en cuando, hay una pequeña tormenta durante la tarde, pero en seguida sale el sol. A la mayoría de la gente le parece encantador, espero que a usted también.

Ella le sonrió de un modo que no pretendía ser seductor, pero que a él se lo pareció.

—Navega por conversaciones peliagudas con sumo aplomo.

—Una cualidad necesaria a la hora de hacer negocios. —La miró a los ojos—. ¿Está sorprendida? ¿Impresionada?

—¿Le gustaría que lo estuviese?

—Por supuesto.

—¿Por qué? —Arqueó una ceja perfecta.

—Usted es el epítome de la aristocracia. Si alguien recibe su aprobación, el resto creerá que es digno de ella.

—Me concede más importancia de la que merezco —replicó ella, cambiando de expresión.

Alistair se volvió un poco, se apoyó en la barandilla y la miró.

—Entonces, permítame que le diga que me haría muy feliz ganarme su estima.

Jessica movió la sombrilla y ocultó el rostro tras ella.

—De momento está haciendo un trabajo excelente.

—Gracias. Sin embargo, no me culpe si me esfuerzo un poco más.

—Ya se está esforzando bastante.

Se lo dijo en un tono de voz tan recatado que Alistair volvió a sonreír.

Esa vez fue ella la que cambió de tema.

—¿El mar alrededor de la isla es tan cristalino como recuerdo?

—Transparente como el cristal. Desde la orilla pueden verse

nadar los peces. Y hay varios lugares en la costa donde el mar es tan poco profundo que uno puede ir caminando hasta el coral.

—Tendré que buscar uno de esos lugares.

—Yo la llevaré.

Esa frase consiguió que Jessica levantase el parasol.

—No me dirá que su obligación para con Michael llega hasta ese extremo.

—Le aseguro que nada me gustaría más.

En cuanto las palabras salieron de su boca, Alistair supo que el tono ronco de su voz había sido demasiado revelador. Pero no podía hacer nada para cambiarlo. Y menos ahora, con la imagen de ella jugando en la orilla, con la falda levantada y los tobillos al descubierto. Quizá incluso las pantorrillas...

—Creo que por hoy ya he tomado bastante el sol —anunció Jessica, dando un paso hacia atrás—. Ha sido muy agradable hablar con usted, señor Caulfield.

Alistair se irguió.

—Estaré por aquí las próximas semanas —bromeó—, lo digo por si le apetece volver a compartir el sol conmigo.

—Lo tendré en cuenta —contestó ella por encima del hombro, mientras se iba.

La suave insinuación que tiñó la voz de Jessica llenó a Alistair de satisfacción. Era una victoria pequeña, pero hacía mucho tiempo que había aprendido que tenía que conformarse con lo que ella le diese, por insignificante que fuese.

4

Mientras Jessica volvía a disfrutar de una cena sorprendentemente deliciosa en el camarote del capitán, desvió la mirada repetidas veces hacia Alistair Caulfield. No podía dejar de pensar en lo fascinante que era el hombre en que se había convertido. No tenía ningún problema en darle órdenes al capitán, un hombre formidable y mucho mayor que él. El médico del barco, que a ella le habían presentado sólo con el nombre de Morley, también lo respetaba mucho más allá de lo que requería su relación profesional. Ambos caballeros parecían tener muy en cuenta a Alistair y sus opiniones. Y, a cambio, él los trataba como a iguales, lo que dejaba a Jess muy impresionada.

Igual que la noche anterior, Jessica se esforzó porque fluyese la conversación y la dirigió hacia temas amenos para los hombres. En aquel mismo instante estaban hablando sobre la esclavitud, un asunto que generaba conflictos en algunos círculos. Al principio, Caulfield dudó en expresar su punto de vista sobre el asunto y en explicar cómo conseguía mano de obra para su plantación. Pero cuando ella mostró interés por el tema, accedió a explicárselo.

Jessica recordó una época en que había criticado a Alistair por la facilidad con la que iba en contra de las normas establecidas; sin embargo, ahora se dio cuenta de que ésa era una de sus mejores cualidades. Ni el padre de Jessica ni Tarley hablaban de negocios o de política delante de ella. Que Caulfield estuviese dispuesto a hacerlo le daba fuerzas para ser más atrevida y para hablar de temas que nunca antes se habría atrevido a tocar.

—¿La mayoría de las plantaciones siguen recurriendo a la esclavitud? —preguntó, consciente de que la abolición de la trata de esclavos no había conllevado la desaparición de la esclavitud en sí misma.

El capitán se tocó la barba.

—Es igual que con la piratería, una ley no puede cambiar el modo de hacer negocios. El Escuadrón Preventivo no tiene suficientes hombres.

—¿Los piratas son un problema para usted, capitán?

—Son como una plaga para todos, pero me enorgullece poder afirmar que ningún barco bajo mi mando ha sido abordado.

—Por supuesto que no —afirmó Jess con convicción, ganándose así una sonrisa del capitán Smith. Dirigió entonces su atención hacia Alistair, preparándose mentalmente para el impacto que siempre le causaba mirarlo. El esfuerzo fue en vano. El efecto que le producía aquel hombre no iba a menos con el paso del tiempo ni perdía intensidad al haber aumentado la frecuencia con que lo veía—. ¿Hay esclavos en «Calipso»?

Él asintió.

—La mayoría de las plantaciones tienen esclavos.

—¿Incluida la suya?

Alistair se apoyó contra el respaldo de la silla y apretó los labios antes de contestar, como si estuviese calibrando la respuesta antes de dársela. Jessica valoró positivamente que fuese tan precavido, una característica que antes jamás le habría atribuido.

—Desde un punto de vista empresarial, la esclavitud es poco práctica. Y desde un punto de vista personal, prefiero que la gente que trabaja para mí lo haga porque así desea hacerlo, libremente.

—Está esquivando mi pregunta.

—No tengo esclavos en «Sous la Lune» —contestó, mirándola de un modo que dejaba claro que estaba pendiente de su reacción—. Mis empleados trabajan con contrato. La mayoría son chinos o indios, aunque también hay algunos negros, pero todos son hombres libres.

—«Bajo la luna»... —murmuró ella, traduciendo el nombre de la plantación—. Qué bonito.

—Sí. —Esbozó una enigmática sonrisa—. Soy un sentimental...

A Jess se le puso la piel de gallina. De nuevo Alistair volvía a hacer referencia a aquella noche en el bosque de Pennington. Pero no lo estaba haciendo del modo en que ella había esperado. Había hablado con ternura, como si fuese algo íntimo entre los dos y no burlándose de ello o sugiriendo nada indiscreto.

Pero ¿por qué tenía valor sentimental para él aquel incidente tan lujurioso?

Lo vio llevarse la copa a los labios y seguir mirándola por encima del borde. Aquellos ojos azules suyos la retenían con tanto ardor que Jessica sintió como si los rayos del sol le estuviesen acariciando la piel.

No tuvo más remedio que reconsiderar la opinión que tenía de esa noche. El acto en el que participaba Alistair era obsceno y, durante mucho tiempo, ella sólo se había fijado en eso. Sin embargo, durante los instantes en que sus miradas se encontraron había... había habido algo más. No podía entenderlo y tampoco podía explicarlo y eso la asustaba. Si alguien le hubiese descrito esa escena en la glorieta, le habría resultado horrible y no habría podido atribuirle nada positivo. Pero le había pasado a ella y la conversación que mantuvo luego, esa misma noche, con Tarley cambió su vida irrevocablemente.

Se vio obligada a reconocer necesidades que no sabía que tenía, y el deseo le dio la tenacidad necesaria para buscar al hombre con el que iba a casarse y pedirle que las satisficiera. Y el resultado habían sido seis años de maravilloso matrimonio.

Quizá Alistair también hubiese ganado algo. Jessica confió en tener algún día el suficiente valor para preguntárselo.

—¿Por qué Tarley seguía utilizando esclavos si había otros sistemas disponibles? —preguntó, porque necesitaba centrarse en algo menos personal.

—No piense mal de él —contestó Alistair—. Su marido no supervisaba la gestión de «Calipso». El capataz y el encargado de la plantación se ocupan de esas cosas, siempre pensando en proteger los intereses del propietario.

—O sea, obtener el máximo beneficio.

—¿Acaso las dos cosas no son lo mismo? —Alistair se inclinó hacia adelante y la miró directamente a los ojos—. Espero que sea consciente de eso. Los ideales están muy bien, pero no dan de comer y no compran ropa y tampoco te hacen entrar en calor.

—Usted utiliza otro sistema —le recordó Jess.

No le había sentado bien pensar que sus vestidos, sus joyas, su carruaje y otros muchos lujos habían sido pagados con el sudor de hombres esclavizados. Ella sabía mejor que nadie lo que era sentirse indefensa y a merced de otra persona.

—Mis otros negocios me permiten esa licencia.

—Entonces, ¿tengo que entender que los ideales se compran con dinero, que los tienen los que poseen bastantes monedas y, los que no, se ven obligados a venderlos para poder comprárselos?

—Quizá sea poco romántico —contestó él—, pero así es la realidad.

Allí estaba. El joven que apostaba, el que estaba dispuesto a acostarse con una mujer a cambio de dinero. Jessica se había preguntado dónde se había escondido y ahora sabía que no se había ido a ninguna parte. Sencillamente, había aprendido a ocultarse.

—Una respuesta de lo más esclarecedora —murmuró, antes de beber un largo trago de vino.

En cuanto le fue posible, se disculpó y se dispuso a volver a su camarote. Recorrió el pasillo tan rápido como se lo permitió el decoro.

—Jessica.

El sonido de su nombre pronunciado por la profunda voz de Alistair le causó una reacción de lo más enervante. No se detuvo hasta que llegó frente a la puerta de su habitación y allí se dio media vuelta y lo miró.

—¿Sí, señor Caulfield?

Igual que la noche anterior, Alistair Caulfield ocupaba casi todo el espacio.

—No era mi intención ofenderla.

—Por supuesto que no.

Aunque parecía tranquilo, el modo en que se pasó la mano por el pelo sugería lo contrario.

—No quiero que piense mal de Tarley por las decisiones que tomó con el fin de cuidarla lo mejor posible. No era ningún tonto. Sencillamente, aprovechó las oportunidades que se le presentaron.

—Me ha malinterpretado —dijo ella, sintiendo una extraña sensación de euforia. Igual que con Benedict, con Alistair no tenía miedo de decir lo que pensaba—. El sentido común no me ofende, ni tampoco la gente que es práctica, ni siquiera la avaricia bien intencionada. Lo que me molesta es que me subestimen. Sé por experiencia que no es bueno ceder por cuestiones sentimentales, aunque sea por un buen fin. Sin embargo, me gustaría renegociar el contrato que «Calipso» tiene con usted para ver si así consigo los fondos necesarios para contratar trabajadores libres. O quizá lo que debería hacer es aumentar la producción de ron. En cualquier caso, es posible que encuentre la manera de permitirme tener ideales, si ése es mi deseo.

A él le brillaron los ojos bajo la luz de las lámparas.

—Me siento debidamente reprendido, milady. Estaba convencido de que quería vender «Calipso», y por eso he dado por hecho que sus preguntas hacían referencia al pasado y no al futuro.

—Hum... —dijo ella, escéptica.

—Hubo una vez en que la subestimé —reconoció él, cogiéndose las manos detrás de la espalda—. Pero de eso hace mucho tiempo.

Jess no pudo resistir la tentación de preguntar:

—¿Qué le hizo cambiar de opinión?

—Usted. —Y esbozó su famosa e irresistible sonrisa—. Cuando se le presentó el dilema entre huir o quedarse, eligió quedarse.

La punzada que sintió Jess en el pecho desinfló su valor. Se dio media vuelta hacia la puerta, pero se detuvo antes de entrar en el camarote.

—Yo nunca le he subestimado.

Alistair le hizo una leve reverencia.

—Entonces, le ruego que no empiece ahora. Buenas noches, lady Tarley.

Ya en el interior de su habitación, Jess se apoyó en la puerta y deseó que el corazón le dejase de latir tan rápido.

La siempre eficiente Beth la estaba esperando con un paño empapado. Mientras ella se refrescaba las mejillas, vio que su doncella la miraba y adivinaba lo que estaba pasando. Jess se dio media vuelta y le mostró los botones del vestido.

Por esa noche, con una persona que pudiese ver en su interior le bastaba.

Hester acababa de colocarse la última pluma blanca de su tocado cuando su esposo entró en el dormitorio medio vestido. Llevaba el pañuelo suelto alrededor del cuello y el chaleco desabrochado. Regmont estaba recién bañado y afeitado, a juzgar por el pelo húmedo y las mejillas sin barba. No cabía ninguna duda de lo atractivo que era, con aquel pelo rubio y los ojos azules. Juntos formaban una pareja resplandeciente; él rubio y exudando encanto por los cuatro costados, ella también rubia y de comportamiento ejemplar.

Regmont le hizo un gesto con la cabeza a la doncella, Sarah, que estaba eliminando las últimas arrugas del vestido azul que Hester iba a estrenar esa noche.

—Esperaba que te pusieras el de bordados rosa. Estás preciosa cuando lo llevas, en especial si también te pones las perlas de mi madre.

Ella buscó la mirada de su doncella en el espejo y asintió, cediendo a los deseos de su esposo. La alternativa implicaba una discusión que sería mucho mejor evitar.

Sarah le quitó el vestido con suma rapidez y, en cuanto el rosa estuvo encima de la cama, Regmont la despidió. La doncella palideció y salió del dormitorio, temiéndose sin duda lo peor. El comportamiento de Regmont no seguía ningún patrón lógico y sus actos de violencia carecían de cualquier explicación.

En cuanto se quedaron a solas, él colocó las manos en los hombros de Hester y le masajeó los hombros. Cuando sus dedos la rozaron, ella tembló de dolor y Regmont se dio cuenta. Se tensó y miró el lugar que había estado tocando.

Hester miró a su esposo a través del espejo, esperando ver en su rostro muestras de remordimiento. En aquel aspecto era distinto de su padre, que nunca se había arrepentido de sus acciones.

—¿Recibiste mi regalo? —susurró, acariciándole con más suavidad el morado que le cubría el hombro derecho.

—Sí. —Señaló la cajita encima del tocador, justo delante de ella—. Gracias. Es precioso.

—Palidece a tu lado. —Al hablar, le rozó el lóbulo de la oreja con los labios—. No te merezco.

Hester pensaba a menudo que se merecían el uno al otro. Por todas las veces que Jess la había defendido y había ocupado su lugar ante la furia de su padre. Al menos, su hermana había sido feliz durante lo que había durado su breve matrimonio.

Era tristemente irónico que tiempo atrás Hester hubiese pensado que Regmont y ella podían ser felices porque los dos provenían de hogares marcados por el abuso paterno. Ambos comprendían las cicatrices del otro y sabían lo que tenía que sufrir un niño para sobrevivir en un hogar así. Pero Hester había descubierto que las personalidades de los que sufren esos abusos desde muy pequeños quedan marcadas de un modo distinto. Les dejan una huella en el alma y se manifiestan de modos que no siempre son evidentes.

Ya lo dice el refrán: «De tal palo, tal astilla».

—¿Cómo te ha ido el día? —le preguntó a su esposo.

—Se me ha hecho muy largo. Lo he pasado pensando en ti. —Le dio un leve empujón para que se diese la vuelta y ella lo hizo, girando despacio en el taburete hasta que el espejo del tocador quedó a su espalda.

Regmont se arrodilló delante de ella y deslizó las manos hasta sujetarla por las pantorrillas. Le apoyó la cabeza en el regazo y dijo:

—Perdóname, cariño.

—Edward —suspiró ella.

—Lo eres todo para mí. Nadie me entiende como tú. Sin ti, estaría perdido.

Hester le pasó las manos por el pelo todavía húmedo.

—No eres tú mismo cuando bebes.

—No, no lo soy —convino él, frotando la mejilla en el muslo que sabía que ella tenía amoratado—. No puedo controlarme. Tú sabes que yo jamás te haría daño a propósito.

No tenían alcohol en ninguna de sus residencias, pero Regmont podía conseguirlo sin dificultades en otra parte. Cualquiera que lo viera cuando bebía, diría que era un borracho simpático, un tipo de lo más divertido. Hasta que volvía a casa, donde estaban Hester y todos los demonios que lo atormentaban.

Ella notó que las lágrimas de él le empapaban la ropa y los muslos.

Edward levantó la cabeza y la miró con los ojos enrojecidos.

—¿Puedes perdonarme?

Cada vez que le hacía esa pregunta, le costaba más responder. Durante la mayor parte del tiempo era el marido perfecto. Afectuoso y detallista. La cubría de regalos y era muy cariñoso, le escribía cartas de amor y le compraba siempre lo que quería. La escuchaba cuando hablaba y se acordaba de todo lo que ella decía y de lo que le gustaba. Hester medía sus palabras cuando algo le gustaba, porque si lo decía claramente, Edward hacía lo que fuese necesario para poder dárselo.

Pero había otras ocasiones en que se convertía en un monstruo.

Todavía había una parte de ella que estaba locamente enamorada de los recuerdos que habían vivido durante los primeros tiempos de su matrimonio. Pero a la vez, lo odiaba.

—Mi querida Hester —murmuró él, subiendo las manos hasta su cintura—. Permíteme que te compense. Deja que te adore como mereces.

—Milord, por favor. —Le cogió las muñecas con los dedos—. Nos esperan en el baile de Grayson. Ya me he arreglado el pelo.

—No te despeinaré —le prometió con aquella voz tan ronca que en el pasado la había llevado a cometer actos lascivos en carruajes y alcobas y en cualquier lugar que les ofreciese algo de intimidad—. Déjame hacerlo.

Regmont la miró con los ojos entrecerrados. Estaba excitado y decidido y cuando él tenía ganas de hacer el amor, «no» no era una respuesta bien recibida. Las pocas ocasiones en que Hester había intentado negarse porque se sentía incapaz de soportar que volviese a tocarla con ternura, Edward bebía hasta ponerse furioso y entonces hacía que ella se arrepintiese de haberlo rechazado. Luego la poseía por la fuerza y después se justificaba diciendo que Hester también había alcanzado el orgasmo. Al fin y al cabo, razonaba en su mente, ella también debía de tener ganas si al final terminaba gustándole tanto.

Hester prefería el dolor que le causaban los puños de Edward a sentirse traicionada por su propio cuerpo.

Notó que le deslizaba la ropa interior por debajo de las nalgas y cómo las medias seguían el mismo camino hasta dejarla completamente desnuda. Edward le colocó sus enormes manos en las rodillas y se las separó. Le acarició la parte interior de los muslos con el aliento.

—Eres tan preciosa —la halagó, abriéndole el sexo con los dedos—. Tan suave y tan dulce y rosada como una concha.

El conde de Regmont era todo un seductor antes de casarse con ella. Sus manos, su boca y su miembro habían adquirido más pericia sexual que muchos hombres. Y cuando desplegaba todas sus habilidades con su esposa, el cuerpo de ésta siempre la traicionaba.

No importaba lo decidida que Hester estuviese a seguir distanciada de él para ver si así conseguía sobrevivir con su cordura intacta, él era más tozudo que ella y podía llevarle minutos u horas, no importaba.

Edward le recorrió el clítoris con la punta de la lengua. En vano, Hester intentó resistir el placer; cerró los ojos, apretó los dientes y se sujetó con fuerza de los antebrazos de la banqueta. Cuando el inevitable clímax le recorrió el cuerpo, tenía los ojos llenos de lágrimas.

—Te amo —dijo él con sentimiento.

¿Qué decía de ella que sintiese tanto placer en manos del hombre que le causaba tanto dolor? Quizá, en su caso, el legado de su padre se manifestaba más claramente en la intimidad que en su faceta pública.

Regmont retomó su asalto sexual y la inclinó hacia atrás, separándole más las piernas. La penetró con la lengua, y la mente de Hester retrocedió hasta un lugar muy oscuro, completamente separado de su cuerpo. Al menos, eso era una bendición. Una muy bienvenida.

5

—¡Izad las velas!

Beth levantó la vista hacia el puente de cubierta como si pudiese ver algo en medio de tanta actividad.

—Dios, ¿qué significa eso?

Jess dejó el libro que estaba leyendo y frunció el cejo. Era media tarde y se había quedado en el camarote para seguir pensando en la creciente fascinación que sentía por Alistair Caulfield. Le daba un poco de miedo ese constante descubrimiento de un hombre por el que se sentía innegablemente atraída. Un hombre tan alejado de la vida para la que a ella la habían educado que no sabía cómo podría ser nada más que un placer transitorio. Esa fascinación podría por tanto resultar peligrosa, teniendo en cuenta que el bien más preciado de Jessica era su reputación.

Pero aunque poseyese la naturaleza adecuada para ello, Jess jamás podría ser la amante de ningún hombre. Los conocimientos que tenía del arte del flirteo y de la seducción eran prácticamente inexistentes. Su padre la comprometió con Tarley antes incluso de presentarla en sociedad y ella no tenía ni idea de cómo hacía la gente para tener aventuras clandestinas. ¿Cuántas terminaban llevándose a cabo en glorietas? ¿Cuántos amantes prohibidos se cruzaban en público sin dirigirse una mirada o una sonrisa, o la más leve muestra de afecto? ¿Cómo podía tener nadie una aventura sin convertirla en algo rastrero? Jess no entendía que alguien pudiera hacerlo y no sentirse sucio por haberse rebajado a tal comportamiento.

El sonido de pasos acelerados y de órdenes dadas a gritos provenientes del pasillo la alertaron de que algo iba mal. Y el sonido de unos objetos pesados siendo arrastrados por la cubierta la preocupó todavía más.

—¿Cañones? —le preguntó Beth con los ojos muy abiertos.

—Quédate aquí —le dijo Jess, poniéndose en pie.

Al abrir la puerta, vio que el caos se había instalado en el barco. El pasillo estaba lleno de marinos abriéndose paso; unos para ir a cubierta y otros para obedecer las órdenes que llegaban desde abajo.

Gritó para ver si alguien la oía.

—¿Qué está pasando?

—Piratas, señora.

—Dios santo —farfulló Beth, que estaba espiando por encima del hombro de su señora.

—El capitán me dijo que ningún barco comandado por él había sido abordado nunca.

—Entonces, ¿por qué está cundiendo el pánico?

—Querer estar preparado no es señal de indefensión ni de terror —le señaló Jess—. ¿Acaso no prefieres que los piratas vean que estamos listos para luchar?

—Preferiría que los piratas no nos vieran de ninguna manera.

Jess le señaló la caja de botellas.

—Tómate una copa. Volveré en seguida.

Y lanzándose en medio de la marea de hombres que seguían en el pasillo, fue esquivándolos hasta llegar a cubierta. Una vez allí, buscó el otro navío con la mirada, pero lo único que distinguió fue el mar. Sin embargo, lo que vio junto al timón del *Aqueronte* la dejó sin aliento; Alistair capitaneaba la embarcación y parecía la imagen misma de un pirata. Iba sin chaqueta ni chaleco y estaba de pie, con las piernas ligeramente separadas y un sable colgándole de la cintura.

Se quedó hipnotizada mirándolo. El viento sacudió el pelo de él y le hinchó las voluminosas mangas de la camisa. Verlo con aquel aspecto tan peligroso le aceleró el corazón.

Alistair la vio y una emoción muy intensa atravesó su semblante. Negó con la cabeza, pero para Jessica fue como si la hubiese llamado.

Esquivó los obstáculos de cubierta y llegó hasta él casi sin aliento. Alistair la cogió por una muñeca en cuanto Jess estuvo lo bastante cerca y tiró de ella.

—Estar aquí arriba es demasiado peligroso. —De algún modo consiguió hacerse oír por encima del ruido sin necesidad de gritar—. Vaya abajo y manténgase alejada de los ojos de buey.

Jess volvió a mirar hacia el océano y gritó.

—No veo a ningún pirata. ¿Dónde están?

Antes de que supiera lo que Alistair iba hacer, éste la colocó delante de él. Jessica estaba atrapada entre el timón y su cuerpo.

—Demasiado cerca —le contestó Alistair.

Sí, lo tenía demasiado cerca.

—¿Qué está haciendo?

Respondió con los labios pegados a su oreja.

—Dado que está decidida a mantener una conversación conmigo en circunstancias peligrosas, me veo obligado a protegerla.

—No es necesario, me iré a...

Un estallido la hizo saltar. Segundos más tarde, la bala de un cañón aterrizó en el agua detrás de ellos, salpicando en el aire.

—Demasiado tarde. —Alistair se tensó detrás de ella, fuerte como una piedra, pero cálido como el sol—. No puedo correr el riesgo de perderla.

Cada vez que él respiraba, le acariciaba la oreja con su aliento y a ella un escalofrío le recorría la espalda. Le habría parecido imposible excitarse rodeada de tantos extraños, pero era innegable que los pezones se le habían endurecido y que buscaban ansiosos las caricias de la brisa marina que soplaba contra su vestido de seda.

Alistair tensó el brazo y la apretó con más fuerza. Los pechos de Jess quedaron encima de su antebrazo. Teniéndolo como lo tenía pegado a su espalda, Jess pudo percibir sin ninguna duda que él estaba respondiendo físicamente a su cercanía.

Lo único que se interponía entre ella y Alistair Caulfield, famoso por sus aventuras y porque no le importaba lo más mínimo respetar las normas de la sociedad, eran unas meras capas de ropa. Jessica deseó que no hubiese nada entre los dos. Echaba de menos sentir las manos de un hombre sobre su piel, la sensación de tener un cuerpo tan fuerte encima, dentro de ella...

Llevaba un año sola y un hombre guapo y encantador la estaba convirtiendo en una buscona.

Dios santo..., un año. *El aniversario.* Recordó qué fecha era y todo su cuerpo se tensó. Al día siguiente se cumpliría un año de la muerte de Tarley y allí estaba ella, apretando las nalgas contra un hombre cuyas intenciones era imposible que fuesen honorables y recordando que hacía siete años que no se sentía tan... llena de vida.

Sentir ese deseo le pareció una traición. Era la viuda de un buen hombre, uno que le había dado una paz y una seguridad con las que ella jamás se habría atrevido a soñar. Un hombre que la había amado de verdad. Entonces, ¿por qué se sentía tan unida a aquel seductor que tenía pegado a la espalda? Alistair la fascinaba de un modo como jamás la había fascinado su querido esposo.

Al notar el cambio en ella, Alistair dijo:

—¿Jessica?

Un marino gritó justo a su derecha, asustándola. La ruda voz del hombre resonó en su oído y la forzó a darse cuenta del caos que los rodeaba. Cada grito y cada orden, cada golpe y cada explosión retumbaban en su interior.

Sintió pánico y forcejó para apartarse de los brazos de Alistair.

—Suélteme.

Él lo hizo de inmediato y ella corrió.

—¡Jessica!

Con la respiración acelerada, ella se abrió paso entre la tripulación y los cabestrantes. Desde antes de casarse con Tarley no había tenido un ataque de pánico de tal magnitud. Los recuerdos la bombardeaban: los gritos de su padre, los llantos de su madre, cristales rotos, lágrimas de desesperación... Esos recuerdos se mezclaban con lo que estaba sucediendo a su alrededor y no podía asimilarlo todo. La conmoción estalló junto a la oreja por la que no oía y la hizo perder el equilibrio.

Tambaleándose y sin importarle lo que sucedía a su alrededor, Jessica aceleró el paso, desesperada por recuperar la paz en su camarote.

Alistair apenas durmió y se despertó antes de que saliese el sol. Se puso a trabajar en la cubierta junto con el resto de la tripulación, con la esperanza de que eso le sirviese de vía de escape de toda la tensión que acumulaba.

La noche anterior, Jessica había declinado la invitación para cenar en el camarote del capitán. Y ahora brillaba el sol de un nuevo día y ella aún no se había dejado ver.

¿Qué lo había impulsado a sujetarla de ese modo? El poco terreno que había ganado con ella desde que habían zarpado lo había perdido al comportarse de manera tan insensata.

Alistair sabía que la culpa era sólo suya, pero cuando notó el viento en la cara y todo lo que sucedía a su alrededor, le hirvió la sangre. Y cuando Jessica apareció, sintió la apremiante necesidad de abrazarla y no soltarla nunca.

La habría seguido cuando se fue, pero no podía dejar el timón. Y luego se sintió enormemente decepcionado al ver que no asistía a la cena. Ella animaba la mesa con su conversación y con su ingenio. Su honestidad era refrescante y Alistair disfrutaba viendo con qué facilidad encandilaba al resto de comensales.

Estaba sopesando los pros y los contras de ir a buscarla cuando su doncella apareció en cubierta. La chica llevaba el pelo oscuro oculto bajo una cofia y un chal de lana gruesa alrededor de los hombros. Saludó a Miller, que la miró como hacen los jóvenes embelesados, y luego se acercó a la borda para mirar el mar.

Alistair se acercó a ella y la saludó.

La muchacha le hizo una breve reverencia.

—¿Señor?

—Confío en que su señora se encuentre bien. Anoche la echamos mucho de menos durante la cena. Si necesita algo, por favor no dude en decírmelo.

La doncella le sonrió antes de contestar.

—Me temo que mi señora no necesita nada. Hoy se cumple un año de la muerte del señor.

—¿Está así porque es el aniversario de la muerte de Tarley?

Alistair frunció el cejo. La tarde anterior, Jessica se había ido muy alterada de cubierta... Estaba seguro de que había tenido que ver con él.

—Creo que sólo necesita estar sola, señor. Me ha dicho que podía retirarme y acostarme pronto. Mañana lo verá todo más claro.

Alistair asintió y se dio media vuelta, apretando la mandíbula tan fuerte que incluso le dolió.

Maldición, tenía celos de un muerto. Llevaba años celoso de

él. Desde aquella noche en los jardines de Pennington, cuando la siguió y la encontró seduciendo al siempre correcto vizconde de Tarley para que éste satisficiese el deseo que *él* le había despertado. Él le había descubierto lo que era la pasión, pero Tarley era el único con derecho a saciarla. Sólo de pensar que la historia pudiese repetirse de nuevo...

¿Jessica se había apoyado contra él de aquel modo tan sensual y eso la había hecho pensar en Tarley?

Suspiró en voz queda y bajó la escalera. Cuando llegó a la puerta del camarote de Jessica, se aseguró de que no lo veía nadie y entró.

Pero entonces se detuvo de golpe. El cerebro dejó de funcionarle del todo, pues la visión que lo recibió lo dejó tan atónito que tardó un momento en recordar que tenía que cerrar la puerta. La cerró de inmediato, aunque antes volvió a echar un vistazo al pasillo para asegurarse de que nadie más había visto lo que a él lo había desarmado por completo.

—Señor Caulfield —susurró el objeto de su obsesión—. ¿Acaso no le han enseñado que tiene que llamar antes de entrar?

Una pierna larga y desnuda colgaba por el lateral de la bañera de cobre. Jessica estaba sonrojada por el calor que desprendía el agua caliente y por el clarete que había bebido... a juzgar por el modo en que arrastraba las palabras, la falta de pudor y la botella que había encima del taburete. Llevaba el pelo recogido en lo alto de la cabeza, lo que le daba un aspecto tan desaliñado y sensual que parecía sacada de los sueños eróticos que Alistair llevaba años teniendo con ella.

Se sentía más que satisfecho de presenciar aquella imagen tan sensual. Jessica tenía una piel preciosa, del mismo color y tacto que el melocotón, los pechos más voluptuosos de lo que se había imaginado y las piernas más largas de lo que había soñado.

Embarcar aquellos barriles de agua para que ella pudiese bañarse había sido una genialidad.

Al ver que él seguía mudo, Jessica arqueó una ceja y le preguntó:

—¿Le apetece tomar una copa?

Alistair se acercó al taburete con tanto aplomo como le fue posible, teniendo en cuenta la impresionante erección que tenía bajo los pantalones. Cogió la botella y bebió directamente de ella. Quedaba muy poco vino y, aunque era una cosecha excelente, no consiguió calmar su sed, que sólo fue a peor, ahora que podía ver a Jessica de frente.

Tenía la cabeza echada hacia atrás y lo estaba mirando con los ojos entrecerrados.

—Está sorprendentemente cómodo viendo a una mujer bañarse.

—Está sorprendentemente cómoda dejando que un hombre la vea bañarse.

—¿Hace este tipo de cosas a menudo?

A Alistair hablar de antiguas amantes nunca le había parecido recomendable y no iba a empezar a hacerlo en ese momento.

—¿Y usted?

—Es la primera vez.

—Me siento honrado.

Se acercó a una de las sillas que había junto a la mesa y se preguntó cómo proceder. Aquello era territorio desconocido para él. El día anterior se había precipitado y la había asustado, ahora no podía correr el riesgo de volver a cometer el mismo error.

Y, sin embargo, estaba delante de una mujer desnuda, bebida y sin inhibiciones, que encima resultaba ser la mujer que llevaba años deseando. Incluso un santo se sentiría tentado y Dios sabía que él no era un santo.

Se sentó y vio la caja de botellas de clarete junto a la cama. Que Jessica hubiese viajado con tal cantidad de botellas le indicaba que era una mujer que a menudo buscaba el olvido en ellas.

Le dolió pensar que estuviese tan unida a Tarley. ¿Cómo podía competir con un fantasma? En especial con uno que era evidente que la había satisfecho de un modo que Alistair jamás podría.

—¿Te estás arreglando para venir a cenar con nosotros? —le preguntó, con el tono de voz más despreocupado que pudo.

—No, no voy a acompañaros. —Jessica apoyó la cabeza en la bañera y cerró los ojos—. Y usted no debería estar aquí, señor Caulfield.

—Alistair —la corrigió él—. Entonces dime que me vaya. Aunque creo que te hará falta que alguien te ayude. Y dado que le has dado permiso a tu doncella para retirarse, estaré encantado de ocupar su lugar.

—Has averiguado que estaba sola y te has aprovechado. Eres un inconsciente y actúas sin pensar...

—Y estoy muy arrepentido por haberte hecho enfadar ayer.

Jessica suspiró. Él esperó a que continuase, pero en vez de eso, ella dijo:

—Mi reputación es muy importante para mí.

Aunque no lo dijo, Alistair interpretó que le estaba insinuando que él no compartía la misma preocupación.

—Tu buen nombre también es importante para mí.

—¿Por qué? —Jessica abrió un ojo.

—Porque es importante para ti.

Sentirse observado por un único ojo gris le resultó algo desconcertante, pero había sido completamente sincero. Ella asintió y volvió a cerrar el ojo.

—Me gusta notar tu mirada sobre mi piel —dijo, con sorprendente candor—. Y me preocupa que me guste.

Alistair ocultó una sonrisa tras el cuello de la botella. Jessica era de esa clase de borrachos que dicen la verdad cuando beben.

—A mí me gusta mirarte. Siempre me ha gustado. Dudo de que a estas alturas pueda hacer algo para cambiarlo. No eres la única que está sintiendo esta atracción.

—Esta atracción no tiene cabida en nuestras vidas.

Él estiró las piernas.

—Pero ahora no estamos en nuestras vidas —dijo—. Ni lo estaremos durante los próximos meses.

—Tú y yo somos personas muy distintas. Tal vez creas que porque me quedé allí esa noche en el bosque de Pennington soy una mujer más enigmática o interesante, pero te aseguro que no es así. Lo único que pasó fue que estaba confusa y muerta de vergüenza. Nada más.

—Y sin embargo estás aquí. Viajando sola a un país lejano. Y no por necesidad, sino porque así lo has decidido. Tarley te ha dejado una gran fortuna ¿Por qué no se limitó a dejarte bien instalada en vez de escandalosamente rica? Al dejarte sus propiedades no sólo te ha dado la posibilidad de hacer lo que quieras, sino que, al mismo tiempo, te ha obligado a tomar las riendas de un negocio a gran escala. Por un lado te protegió y por otro te ha metido de lleno en un nuevo mundo. Me resulta muy intrigante.

Jessica se terminó el vino de la copa y la dejó en el taburete que antes había ocupado la botella. Luego se sentó y se rodeó las rodillas con los brazos, mirando hacia la puerta.

—No puedo ser tu amante.

—Jamás te pediría que lo fueras. —Apoyó un brazo en la mesa y centró toda su atención en un rizo que se había pegado a la espalda de Jessica. Estaba excitado y duro como el acero, su erección temblaba y era más que evidente debajo de aquellos pantalones hechos a medida—. No quiero esa clase de relación contigo. No quiero que me prestes tus servicios. Lo que quiero es que me desees libremente, que me confieses todos tus anhelos y exigencias.

Los ojos grises de ella se clavaron en los suyos.

—Quiero hacerte sentir placer, Jessica. Quiero terminar lo que empezamos hace siete años.

6

Alistair vio que Jessica estaba considerando su propuesta.

—No consigo entender por qué precisamente hoy —le dijo al fin— estoy teniendo esta conversación contigo.

—¿Es por eso por lo que Tarley te dejó «Calipso»? ¿Porque quería que siempre fueses suya? ¿Porque no quería que tuvieses ninguna excusa para buscar a otro hombre que te cuidase?

Jessica ladeó la cabeza y apoyó la mejilla en las rodillas.

—Tarley era demasiado bueno para ser tan egoísta. Me dijo que quería que volviese a ser feliz. Que volviese a amar. Y que esta vez eligiese al hombre que yo quisiera. Pero estoy segura de que se refería a que volviese a casarme, no a que tuviera una aventura con un hombre famoso por su promiscuidad.

Alistair apretó los dedos alrededor de la copa, pero tuvo el acierto de morderse la lengua.

—Los hombres tenéis mucha más libertad —continuó ella tras un largo suspiro.

—Si lo que quieres es ser libre, ¿por qué piensas en volver a casarte?

—No tengo la más mínima intención de volver a casarme. ¿De qué me serviría? No necesito que me mantengan y, como soy estéril, tampoco puedo ofrecerle nada a ningún hombre respetable.

—La cuestión económica es importante, sin duda, pero ¿qué me dices de tus necesidades como mujer? ¿Te negarás el placer de volver a sentir las manos de un hombre sobre tu piel?

—Hay hombres que sólo producen dolor con sus manos.

Alistair sabía que no estaba hablando de Tarley. Todo el mundo que los conocía sabía que el matrimonio estaba muy bien avenido.

—¿De quién estás hablando?

Jessica se movió, se sujetó a los bordes de la bañera y se levantó igual que la Venus de Botticelli. El agua le resbalaba por el cuerpo escandalosamente desnudo. Se llevó las manos a los pechos y luego se las deslizó hasta el abdomen, siguiendo el recorrido con los ojos. Cuando levantó la cabeza para mirarlo, Alistair se quedó sin respiración. Era la mirada de una sirena. Una mirada llena de calor y deseo.

—Dios —farfulló con torpeza—. Eres preciosa.

Nunca antes había estado tan excitado. Estaba a punto de volverse loco de las ganas que tenía de tumbarla sobre la cama y satisfacer de una vez por todas aquel maldito deseo que llevaba demasiados años atormentándolo.

—Me haces sentir como si lo fuera —dijo ella levantando una pierna por el borde de la bañera.

La sinuosa invitación de sus movimientos no le pasó por alto a Alistair. Al parecer, la bebida excitaba la pasión de Jessica.

—Puedo hacerte sentir muchas más cosas.

Tenía los pezones rosados y sensualmente erguidos. Por el frío y su piel mojada, pero también porque suplicaban que la boca y las manos de Alistair los tocasen.

Él se pasó la lengua por el labio inferior adrede, para que ella supiese en qué estaba pensando y se imaginase al mismo tiempo esa lengua por encima de algunas partes de su cuerpo. Alistair sabía que podía volverla loca de deseo. El sexo había sido moneda de cambio para él y era condenadamente bueno en la cama. Si Jessica le daba la más mínima oportunidad, podía demostrarle que ningún otro hombre lograría jamás darle tanto placer. Y estaba decidido a conseguirlo.

A ella no le pasó por alto lo que Alistair estaba sintiendo, ni tampoco lo excitado que estaba, y se sonrojó aún más. Desvió la vista hacia el albornoz y dudó si tomarlo o no.

Si hubiera sido capaz, él la habría ayudado a ponérselo, aunque sólo fuese para ver si así recuperaba parte de su cordura. Pero no podía moverse. Su cuerpo ya no le pertenecía. Tenía todos los músculos tensos y alerta y su miembro completamente erecto entre las piernas.

—Puedes ver lo mucho que te deseo —le dijo con voz ronca.

—No tienes vergüenza.

—La tendría si no te desease. Pero entonces no sería un hombre.

Una leve sonrisa apareció en los labios de ella, que cogió una toalla.

—Quizá entonces sea inevitable que yo también te desee. Las demás mujeres son susceptibles a tus encantos. Sería extraño que yo no lo fuese.

La sonrisa de él escondía intenciones pecaminosas.

—Así pues, la última cuestión que te queda por resolver es: ¿qué piensas hacer al respecto?

Jess se detuvo sujetando la toalla. Estar allí de pie, desnuda delante de Alistair Caulfield era una locura. No se reconocía a sí misma ni tampoco cómo se sentía: desinhibida, atrevida, vacía.

¿Qué iba a hacer al respecto? Muestra de su ignorancia era que no se le había ocurrido hacer nada. Pero ahora que se le presentaba el dilema entre actuar o no, comprendió que era ella quien tenía el poder. Ni siquiera se había planteado que la fascinación que le producía Alistair pudiese inclinar a su favor la balanza. De hecho, hasta aquel instante se había sentido bastante indefensa.

Soltó la toalla y lo miró.

—Si quisiera que me tocases, ¿por dónde empezarías?

Él dejó la botella encima de la mesa y se sentó más erguido, en una postura que ponía de manifiesto lo incómodo que estaba. Jessica podía imaginarse el porqué, a juzgar por la erección que se le marcaba descaradamente.

—Ven aquí —dijo Alistair con aquella voz tan roca que a ella le gustaba tanto— y te lo enseñaré.

Era increíblemente atractivo. Irresistible. Se movía con la gracia de una pantera, conteniendo todo su poder y ocultando la violencia de la que era capaz. Tenía los músculos de los muslos muy bien definidos y Jessica recordó lo fuertes que eran y lo cautivada que la habían tenido siempre. Era muy fácil imaginar lo bien que sabría tocar a una mujer..., a ella...

La recorrió un escalofrío al recordar las manos de Alistair sujetándose al poste de la glorieta.

—Puedo hacerte entrar en calor —murmuró él, alargando una mano.

Le bastaba con que la mirase para hacerla arder.

—Me temo que eres demasiado para mí.

—¿En qué sentido?

Ella desvió los ojos hacia el bulto de su entrepierna.

—En todos los sentidos.

—Permíteme que te demuestre que te equivocas.

La llamó doblando un dedo con arrogancia.

Jessica miró su copa y deseó que no estuviese vacía.

—Tengo la botella aquí —le recordó Alistair—. Acércame la copa y te serviré lo que queda.

Ella optó por rechazar el vino y aceptar todo lo demás. Fue una decisión tomada a toda velocidad y se apresuró hacia Alistair antes de que su cerebro, bien por la sobriedad o bien por un ataque de sentido común, la hiciese cambiar de opinión. Consciente de que él podía hacerle olvidar todo lo que había a su alrededor, tenía prisa por sentir sus manos sobre su piel, pero perdió el equilibrio, resbaló por culpa de los pies mojados y se precipitó hacia el suelo con un movimiento nada digno.

Él se puso de pie tan rápido que Jessica ni siquiera lo vio. Lo único que su mente tuvo tiempo de procesar fue que, en vez de ir a parar al suelo, estaba pegada al enorme y fuerte cuerpo de Alistair.

—Es una suerte que hayas dejado la copa —se burló él con la voz ronca y cálida como el whisky.

Los ojos se le veían tan oscuros que parecían zafiros.

Por un instante, ella no supo qué hacer. Su mente estaba demasiado ocupada sintiendo su cuerpo pegado al suyo y oliendo el aroma de su piel.

Alistair se sentó de nuevo y la acomodó encima de él.

—Has conseguido que me tiemblen las rodillas.

Ahora que tenía los ojos a la misma altura que los de él, Jessica se quedó hipnotizada por la fiereza de su mirada.

—Te he dejado empapado —le dijo, a falta de una frase más ingeniosa.

—Pues creo que ahora me toca a mí.

Esa respuesta tan picante la hizo reír.

—Vuelve a hacer eso —le pidió él, enarcando una ceja negra.

—Me parece que no. Podría haberme hecho daño si tú no hubieras sido tan ágil.

Al imaginarse en qué otras cosas sería ágil, su cuerpo reaccionó del modo esperado.

—No me refiero a la caída —puntualizó Alistair, irónico—. Me refería a la risa.

Jessica irguió la cabeza.

—No puedo. No sé reír a la fuerza.

Él le recorrió las costillas con los dedos haciéndole cosquillas y ella se rió de nuevo.

Alistair paró tan de repente como había empezado.

—Basta de cosquillas. Si vuelves a moverte así encima de mi regazo, pasarán más cosas de las que estoy dispuesto a dejar que pasen mientras tú estás embriagada.

Jessica notaba su erección presionando insistentemente en la parte trasera de sus muslos. Y al comprender que se había estado moviendo encima de esa parte del cuerpo de él, se le subió la sangre a la cabeza y se sintió todavía más embriagada.

—Nos estamos portando muy mal —susurró.

—No tanto como me gustaría, pero tengo intención de remediarlo. Sujétate fuerte.

Se puso en pie y la llevó hasta la cama, donde la dejó y la ayudó a tumbarse; después se tumbó a su lado, de costado, y apoyó la cabeza en una mano.

El cambio de postura afectó radicalmente a Jessica, le ralentizó la circulación de la sangre y le dificultó la capacidad de raciocinio. En la cama se sentía más desnuda que estando de pie y se tapó los pechos con los brazos.

Alistair le sonrió con ternura y calidez. Le pasó un dedo por el antebrazo y un escalofrío le recorrió todo el cuerpo.

—¿No preferirías que te tocasen mis manos en vez de las tuyas?

Era una pregunta muy tentadora.

—¿Dónde?

—Donde tú quieras.

Jessica exhaló el aire despacio y levantó una mano para acariciarle la mejilla. Tenía la piel áspera debido a la hora que era. A ella le gustaba. Una ola de cariño se extendió por su interior antes de darse cuenta de qué estaba haciendo.

La sonrisa de Alistair se desvaneció y se puso tenso de un modo alarmante.

Jessica apartó la mano bruscamente.

—Es evidente que no conozco las normas de una aventura.

Tras soltar el aliento, él le cogió la mano y volvió a colocársela en la mejilla.

—Las aventuras no se rigen por ninguna norma.

—Excepto la de no ser romántico —replicó ella—. Trataré de tocarte sólo con la finalidad de consumar.

Alistair se tumbó en la cama y se rió. Y siguió riéndose hasta que ella se acostó a su lado. La risa de él era contagiosa y Jessica se quedó mirándolo con una sonrisa en los labios.

—Pues lo has hecho a la perfección —dijo él al fin, todavía con mirada risueña—. Te juro que es la frase menos romántica que he oído en toda mi vida.

Jess se sintió como una boba, pero le gustó. Era bonito que la animase a mostrarse como era.

Alistair levantó una mano y le acarició la mejilla, igual que ella había hecho antes. La ternura que se escondía tras ese gesto la sorprendió y emocionó.

—¿Te gusta? —le preguntó él.

—Me parece muy cariñoso.

—A mí también, yo he pensado lo mismo cuando lo has hecho tú. ¿Por qué no hacemos lo que nos apetezca, lo que nos parezca natural?

Jessica agachó la cabeza, se lamió los labios y se acercó a él para besarlo. Lo miró y, en los ojos de Alistair, vio que había adivinado lo que ella pretendía hacer. Se quedó completamente quieto, expectante, alerta. Le había cedido las riendas del encuentro, pero cuando sus labios por fin se tocaron, fue él quien retomó el control. Le sujetó la nuca con las manos y la movió hasta que sus bocas encajaron a la perfección, abrió los labios debajo de los suyos, controlando a duras penas sus ganas de devorarla.

Jess suspiró y se derrumbó encima de él, porque el brazo en el que se apoyaba dejó de sostenerla. Los labios de Alistair eran fuertes pero suaves al mismo tiempo; era obvio que sabía lo que hacía y que estaba intentando dominarse. Los besos de Tarley habían sido reverentes, en cambio los de Alistair estaban impregnados de sensualidad. El modo en que la besaba y la saboreaba era decadente. Los gemidos de aprobación que salían de los labios de él cada vez que la lamía y el modo en que movía la boca la llevaron a pensar que iba a volverse loca si no se sentía más cerca de él.

Movió la cabeza en busca de lo que estaba buscando y, sorprendentemente, Alistair se lo permitió. Aunque siguió sujetándola de la nuca, como si quisiera evitar tocar cualquier otra parte menos inocua de su anatomía.

Como si ella fuese a negárselo.

Jessica se apartó un poco para tomar el aire que tanto necesitaba. La dulce presión de los dedos de él en aquel lugar tan inocente consiguió que sintiese como si unos dedos imaginarios se le deslizasen por la espina dorsal hasta la entrepierna.

—Alistair...

A pesar de que estaba sin aliento, su nombre salió de sus labios con pasmosa facilidad. Él se apartó de repente y los movió a ambos hasta que Jessica volvió a estar tumbada en la cama, con él encima. La besó en los labios y, con las manos, le acarició el torso hasta llegar a su cintura y su cadera. La sujetó sin hacerle daño, pero con suficiente fuerza como para que ella se diese cuenta de lo mucho que la deseaba. Ese gesto tan revelador excitó a Jessica, la hizo sentir poderosa y femenina y también seductora.

Levantó las manos y acarició el pelo de Alistair, enredando los dedos entre sus mechones para transmitirle que sentía la misma pasión. El modo en que él movía la lengua, despacio, imitaba tan bien lo que Jessica deseaba que ocurriese entre ellos, que se humedeció entre las piernas y las partes más sensibles de su sexo empezaron a temblar de deseo.

Arqueó la espalda y pegó los pechos contra la seda del chaleco que Alistair todavía llevaba puesto. Él la sujetó con más fuerza por las caderas y la empujó hacia la cama.

—Tranquila —le dijo, acariciándola como si fuese una yegua salvaje—. Te tengo.

—Todavía no —contestó Jessica casi sin aliento y sintiendo como si su cuerpo no le perteneciese—. No lo suficiente.

Él le recorrió la mandíbula con los labios y luego se detuvo junto a su oreja derecha.

—Deja que cuide de ti.

—Por favor.

Sus labios descendieron por su cuello, succionando lo bastante fuerte como para que lo notase, pero no tanto como para dejar una marca. Notar la dulce y hambrienta boca de Alistair besándola de ese modo le hacía arder la piel y la atormentaba deliciosamente. Jessica abrió y cerró los dedos entre el pelo de él y estiró los dedos de los pies cuando le besó la clavícula.

Aquel hombre la embriagaba mucho más que el vino, pero al mismo tiempo le agudizaba los sentidos. Era la mejor y la peor manera de enloquecer.

—¿Por favor qué? —le preguntó él, con su aliento rozándole un pecho.

La miró mientras con la lengua le acariciaba el pezón. Una oscura satisfacción brilló en su mirada cuando Jessica gimió de placer y se sujetó de sus hombros. Notó el terciopelo de su chaqueta bajo las palmas de las manos y recordó que él iba completamente vestido mientras que ella estaba completamente desnuda.

La dicotomía le pareció deliciosa y la hizo sentir atrevida y provocadora, dos adjetivos que antes nunca habría relacionado con ella.

—Por favor, tócame.

—¿Dóndc?

—¡Tú lo sabes mejor que yo! —exclamó, intentando llevar la cabeza de él hacia sus pechos, pero incapaz de superarlo en fuerza.

—Lo sabré —le prometió en voz baja—. Conoceré tu cuerpo mejor de lo que nadie lo ha conocido nunca, mejor que tú. Pero ahora todavía estoy aprendiendo. Dime lo que te gusta y cómo te gusta que lo haga.

Jessica echó los hombros hacia atrás y levantó los pechos hacia sus labios, en clara ofrenda.

—Aquí. Más.

Él enseñó los dientes y adquirió un aspecto tan pecaminoso que sólo una tonta confundiría aquello con una sonrisa. Llevó una mano al pecho de ella y se lo apretó sólo lo necesario para que Jessica lo desease todavía más.

—¿Con la mano?

—Con la boca.

Era el vino lo que le daba valor para ser tan atrevida, pero incluso así cerró los ojos para no sentirse tan vulnerable.

Notó el húmedo aliento de Alistair un segundo antes de que sus labios le capturasen el pezón. El sonido que salió de la boca de Jessica fue tan desesperado que se negó a creer que había sido ella. Pero cuando su lengua la recorrió, sintió la caricia hasta el interior de su cuerpo y ya no le importó si sonaba desesperada.

Levantó una pierna y la colocó alrededor de una de las botas de él, moviéndose sensualmente bajo su peso. Alistair se le había metido bajo la piel varios años atrás y por fin estaba satisfaciendo el anhelo que había creado dentro de ella.

Sus hábiles labios se apartaron, dejándola desnuda.

—Quédate quieta —le ordenó con voz ronca.

Estaba sonrojado y le brillaban los ojos casi como si estuviese enfermo.

Estaba tan loco de deseo como ella, que se sentía envalentonada al ver que casi había conseguido hacerle perder el control. Le sonrió como sólo sabe hacerlo una mujer.

—Oblígame.

7

Alistair estaba fascinado con la mujer que tenía tumbada debajo de él. Ardía con demasiado deseo como para ser aquella chica tímida que él no podía dejar de seguir con la vista. Pero tanto si se debía al vino como a sus besos, no le importaba. Sencillamente, se sentía condenadamente agradecido de que así fuese.

Sin embargo, si Jessica seguía moviéndose de ese modo, no tendría la fuerza de voluntad necesaria para no poseerla hasta perder el sentido, algo que preferiría hacer cuando ella estuviese sobria y en plena posesión de sus facultades.

—Que te obligue —repitió él al fin y ella acompañó su sonrisa de satisfacción con otro movimiento de caderas—. ¿Y cómo sugieres que lo haga?

El modo en que Jessica frunció el cejo echó a perder su imagen de mujer fatal. Alistair supuso que no tenía ni idea, en cambio, a él, se le había ocurrido un idea deliciosa.

—Podrías dejarme exhausta —dijo Jessica mordiéndose el labio inferior.

El gesto no consiguió ocultar su interés por la respuesta de él.

Demasiado para ella, eso era lo que le había dicho. Alistair estaba convencido de que cuando Jessica perdiese del todo su inhibición, tendría que esforzarse para seguir su ritmo. Y Dios sabía que jamás se saciaría de ella. Sólo de pensarlo se le perló la frente de sudor. ¿Cómo diablos iba a salir de aquel camarote con aquella erección?

—Quítame el pañuelo —le pidió a Jessica.

—Hum... —ronroneó ella, aprobando la sugerencia de quitarle por fin la ropa.

Llevó las manos al nudo del pañuelo y se lo aflojó tan rápido como se lo permitió su estado de embriaguez.

Por su parte, Alistair estaba encantando de ver que le gustaba tanto la idea de desvestirlo. Aunque lo hubiese querido, no podría haber encontrado un lugar mejor que Jamaica para empezar su aventura, una tierra donde el calor y la humedad obligaban a que la gente llevase la menor cantidad de ropa posible.

Cuando Jessica tiró de su pañuelo para quitárselo del cuello, Alistair le sujetó las muñecas y sonrió. Luego agachó la cabeza y la distrajo con un beso muy sensual. La apasionada respuesta de ella estuvo a punto de distraerlo a él, pero al final consiguió tumbarla de nuevo en la cama y pasar el pañuelo por uno de los postes de la cabecera. Le cogió luego las muñecas y se las colocó por encima de la cabeza sin que ella opusiese resistencia, sino todo lo contrario; Jessica gimió de placer y le succionó la punta de la lengua con tanta fuerza que Alistair notó que una gota de pre eyaculación se deslizaba por la punta de su miembro.

Ella sabía a vino, a lujuria y a pecado, y lo único que quería hacer él era beberse hasta la última gota. Hasta la última gota. Pero sospechaba que, aunque consiguiese hacerlo, jamás saciaría su sed de aquella mujer.

Jessica notó que le anudaba una muñeca y entonces comprendió lo que estaba sucediendo. Abrió la boca sorprendida y se apartó de él para tener una mejor perspectiva. Alistair se arrodilló y le ató la otra muñeca antes de que ella pudiese quejarse.

—¿Qué has hecho? —le preguntó, con los ojos grises dilatados de deseo y con algo de temor.

—Te he obligado a estar quieta, tal como tú has sugerido. Ya tendrías que saber cómo reacciono ante los retos.

—No estoy segura de que esto me guste —le dijo en voz baja.

—Te gustará.

La necesidad lo había obligado a perfeccionar el arte de dar placer, pues habría sido muy perjudicial para él que una mujer se hubiese quejado de que no la dejaba satisfecha. No era suficiente con saciarlas; tenía que convertirlas en adictas a sus caricias y a su pene incansable, y Alistair se había dedicado en cuerpo y alma a conseguir precisamente eso, aunque durante todo el tiempo se decía que lo hacía por Jessica.

Todo eso lo convertía en un hombre mejor preparado, y aunque ni él mismo se lo creía del todo, no podía permitirse pensar en la alternativa: que Jessica quizá lo rechazase a causa de su pasado.

Volvió a centrar toda su atención en los pechos de ella. Podría jurar que nunca había visto unos tan hermosos. Eran del tamaño perfecto para su delicada figura, subrayaban la curva de la cintura y compensaban sus voluptuosas caderas.

La moda actual era absurda, con aquellos vestidos de cinturas altas y faldas sin forma. Él ya se había imaginado que Jessica tendría unos pechos preciosos, pero la realidad era como descubrir un tesoro. Tardaría muchísimo tiempo en sentir indiferencia ante tales joyas.

Recurriría a todos sus encantos para convencerla de que se quedase más tiempo en la isla. Cuando Jessica lo abandonase, Alistair quería haberse saciado de ella. No podría soportar volver a sentir el mismo deseo insatisfecho que lo había estado atormentando durante todos esos años.

Se sentó a horcajadas encima de ella y se tomó su tiempo para disfrutar de la vista de aquellos pechos enhiestos y su estómago prieto y se preguntó por dónde empezar.

—Alistair —suspiró ella, tirando de sus ataduras.

Plenamente consciente de que era un bruto, verla resistirse le pareció sumamente excitante. Combinado con el modo en que pronunció su nombre, casi lo llevó a cuestionarse su decisión de esperar a que estuviese sobria. Se puso bien el pantalón por encima de la erección.

Mientras, Jessica se quedó quieta, con los ojos fijos en las manos de él. Se lamió el labio inferior y Alistair se preguntó si ella le habría dado placer a un hombre con la boca alguna vez. Ése no era el día para practicar tal juego de cama, pero quizá, en algún otro momento...

Tan incómodo como era de esperar dadas las circunstancias, Alistair se decidió por los pechos. Colocó las manos a ambos lados de la cabeza de Jessica y bajó hasta que su torso quedó pegado al suyo, entonces, movió las rodillas hacia atrás para tumbarse encima. La retenía presionando con los muslos encima de los de ella, al tiempo que se los separaba y permitía que su excitado miembro quedase acunado entre sus piernas.

Se dispuso a darse un festín. Con la boca buscó el pezón que todavía no había tenido el placer de saborear y Jessica se quedó sin aliento cuando le pasó la lengua por la punta. Estaba tan sensible, respondía de tal modo a las caricias de él... Los sonidos que hacía mientras Alistair le lamía el pecho eran de puro placer. Teniendo en cuenta lo recatada que era en público, en la intimidad de la cama no dudaba en expresar lo que sentía. Esos sonidos, los gemidos, las respiraciones entrecortadas, se convirtieron en afrodisíacos para él.

Ésa era la mujer que había visto en el bosque de Pennington. Ésa era la amante con la que había soñado hasta dolerle las entrañas.

Le cogió el otro pecho con una mano y se lo acarició, experimentando un profundo sentimiento de satisfacción. El cuerpo de Jessica respondía a sus caricias. Alistair sabía que estaba excitada y húmeda entre las piernas y se movió hacia abajo para poder ver la prueba de su deseo con sus propios ojos. Necesitaba saborearla con la lengua y sentirla temblar contra sus labios.

Le lamió el ombligo y consiguió hacerla estremecer de los pies a la cabeza. Jessica tenía cosquillas, algo que a él le encantaba. Podía hacerla reír a voluntad y eso lo haría feliz. La risa de ella era cálida y profunda. Seductora. Un poco ronca por falta de costumbre, pero Alistair tenía intención de remediarlo. Su risa procedía de la mujer sensual que habitaba en su interior, no de la rígida lady Tarley, el epítome de la aristocracia.

Ella tembló a medida que Alistair iba acercándose al triángulo de rizos rubio oscuro que protegían su sexo.

Él levantó la vista y se encontró con la suya.

—Te gusta mirar.

—Y a ti te gusta que te miren. Los dos sabemos que eres un exhibicionista.

Que le dijese aquello con su voz recatada, pero al mismo tiempo con la respiración entrecortada, hizo sonreír a Alistair.

—Sólo cuando eres tú la que me mira.

—Quiero tocarte.

—¿Por qué?

—¿Cómo seré capaz de recordarte si mis dedos no recorren tu cuerpo?

Él respondió colocando un muslo entre los suyos, separándole las piernas. Si Jessica pensaba que ésa sería la única indiscreción que cometerían juntos, estaba muy equivocada. Pero lo mejor sería no decirle todavía cuáles eran sus planes exactamente.

—Podrás aprovecharte de mí otro día.

Antes de que ella lograse responderle, Alistair le cogió una pierna y se la colocó encima del hombro. Verla quedarse sin respiración lo excitó todavía más. Jessica tenía los ojos medio cerrados, los labios entreabiertos, húmedos por sus besos y el pecho le subía y bajaba acelerado. Arqueó las caderas ofreciéndosele descaradamente. Aquel acto no era nuevo para ella y él admiró y envidió a Tarley al mismo tiempo.

El vizconde había poseído todo lo que un hombre podía desear; había sido respetado y popular, había disfrutado de un matrimonio feliz, a pesar de que éstos no se estilaban entre la aristocracia, y había tenido una vida sexual satisfactoria con una mujer muy bien considerada por la buena sociedad y que muchos creían que estaba por encima de esos instintos primarios.

Él tenía tan poco que ofrecerle comparado con Tarley... Aparte de tener mucho dinero y buena cabeza para los negocios, lo único que Alistair tenía a su favor era la descontrolada pasión que sentía por ella y lo bueno que era en la cama. Y quizá su falta de vergüenza y la intención de tratarla como a su igual.

Jessica levantó la otra pierna y la colocó por encima de su otro hombro. Arqueó una ceja y lo retó en silencio con la mirada.

—Cómo me tientas... —Le separó los labios del sexo y apretó las caderas contra la cama para ver si así conseguía aliviar la fuerte presión que sentía en su descuidado miembro—. Incluso aquí eres perfecta.

Con la lengua recorrió sus delicados pliegues y todas las hendiduras antes de rodearle la punta del clítoris. Jessica estaba tan húmeda como Alistair había esperado, el sedoso fluido de su deseo se le pegaba a la piel, el llanto primitivo de su cuerpo, sollozando para que el duro miembro de él lo penetrase.

—Sí... —suspiró—. Sí.

Alistair posó la lengua sobre la abertura temblorosa de Jessica y gimió al notar que los movimientos de ella se tornaban frenéticos. Los guturales requerimientos de ella lo excitaban y lo urgían a ir más rápido, hasta que empezó a penetrarla con la lengua. Hambriento, Alistair la devoró, se bebió su deseo y sus gemidos. Jessica empezó a suplicarle que terminase y luego lo amenazó con vengarse de él. Alistair la llevó más allá, hasta el punto en que ella le prometió que haría lo que él quisiese si dejaba de atormentarla.

Alistair podía pedirle muchas cosas a cambio de esa promesa. Le lamió la empapada hendidura y luego la besó con la boca abierta en el clítoris, hasta hacerla caer por el precipicio. Alistair succionó con ternura, al mismo tiempo que le pasaba la lengua por el punto en que se acumulaban las terminaciones nerviosas del cuerpo de Jessica. La sacudieron los primeros espasmos del clímax y cuando estaba en el punto álgido, Alistair deslizó dos dedos en su interior.

El cabezal de la cama crujió cuando Jessica se puso a tirar del pañuelo que la retenía; los músculos del interior de su sexo le apretaron los dedos mientras él seguía torturándola con la boca. Alistair la lamió sin piedad, sin darle cuartel, y la lanzó a otro orgasmo antes incluso de que terminase el primero.

Jessica gritó al correrse de nuevo y se cubrió la boca con los brazos para reprimir el ruido.

Alistair gruñó al mismo tiempo que ella se estremecía, tan hambriento del placer de Jessica como lo había estado siempre del suyo propio. Deslizó un tercer dedo junto con los otros dos y la excitó. Sólo de pensar en cómo sería si fuese su pene en vez de sus dedos, se puso frenético. Le pasó los dientes con cuidado por el clítoris y la llevó a otro orgasmo justo cuando terminaba el segundo. La mantuvo allí hasta que volvió a correrse, acariciándola rápido y con fuerza, desesperado por poseer su placer por completo.

—Más no... —le suplicó ella con la voz ronca, apartándose de la ávida boca de él—. Por favor...

Alistair levantó la cabeza de mala gana y apartó los dedos empapados del tembloroso interior de Jessica. Se secó los labios con la parte interior del muslo de ella y retiró los hombros de debajo de sus laxas piernas. Después se levantó de la cama.

—¿Adónde...? —empezó a decir Jessica al ver que se incorporaba.

—No puedo quedarme.

Se acercó a ella para soltarla y recuperar el pañuelo. Aflojó el nudo y Jessica hizo una mueca de dolor al bajar los brazos. Alistair recordó que había tirado de sus ataduras durante sus orgasmos y dedujo que le dolían los músculos de haberlos tensado tanto. Se agachó para darle un masaje en los hombros y se los amasó con firmeza hasta que notó que se le aflojaba la tensión.

—No te vayas —le pidió ella.

—Tengo que hacerlo.

—Quiero... —Tragó saliva—. Te deseo.

—Ésa era mi intención.

Dios santo, iba a matarlo salir de aquella habitación con ella suplicándole que se quedase. Pero sería mucho peor que Jessica lo mirarse con remordimientos a la mañana siguiente. La sujetó por la nuca y la besó.

—Has estado magnífica.

Ella lo sujetó por la muñeca antes de que pudiese apartarse.

—¿Por qué tienes que irte?

—Necesito que estés sobria. No quiero que haya ninguna clase de acusaciones o de recuerdos borrosos entre nosotros. —Empezó a ponerse el pañuelo alrededor del cuello—. Vuelve a pedírmelo cuando estés lúcida y te aseguro que estaré encantado de quedarme.

Jessica se apoyó en un codo.

—Si te quedas, te pagaré lo que quieras.

Alistair se quedó petrificado. Un cubo de agua fría no habría enfriado su deseo con mayor rapidez. Peor aún, también sintió que le clavaba un puñal en el pecho y se lo retorcía cruelmente hasta hacerlo tambalear y apartarse de la cama para alejarse de la culpable de su tormento.

Se dio media vuelta y se anudó el pañuelo con movimientos rápidos y torpes.

—Buenas noches, Jessica.

Sólo la gracia de Dios permitió que no hubiese nadie en el pasillo mientras él huía de aquel camarote.

Pasaba de la medianoche cuando Michael bajó de su carruaje delante del impresionante edificio de tres pisos que era el Club para Caballeros Remington.

Subió la amplia escalinata con columnas que precedía a las dos puertas de cristal de la entrada, y dos lacayos con librea negra y plateada las abrieron. Le entregó el sombrero y los guantes a un empleado y se fijó en el centro floral que había encima de la enorme mesa del vestíbulo. Lucien Remington era famoso por tener un gusto impecable y su establecimiento era uno de los más exclusivos de Inglaterra, gracias a que continuamente cambiaba la decoración. Remington no seguía los dictados de la moda: los establecía.

Justo enfrente de Michael se abría la zona de juego, donde también se realizaban todos los negocios. Desde allí, uno podía acceder a la escalera que conducía a la sala de esgrima y a los dormitorios privados, donde se encontraban las cortesanas más sofisticadas. En el piso inferior había cuadriláteros para boxear o para entrenar. A la izquierda, el bar y la cocina, y a la derecha, el despacho de Lucien Remington.

Michael recorrió el suelo de mármol blanco y negro y se dirigió a las mesas de apuestas para después seguir hasta el salón principal.

El olor a cuero y el fragante aroma del tabaco lo ayudaron a apaciguar los nervios, que tenía alterados desde su visita a Hester, el día anterior.

O al menos así era hasta que vio al conde de Regmont.

Sentado en una de la media docena de butacas que había alrededor de la mesa de café, Regmont se reía de algo que había dicho lord Westfield. En aquel círculo también se encontraban lord Trenton, lord Hammond y lord Spencer Faulkner. Dado que Michael los conocía a todos muy bien excepto a Regmont, no tuvo ningún reparo en ocupar la butaca que quedaba libre.

—Buenas noches, Tarley —lo saludó Ridgely, haciéndole señas a un lacayo—. ¿Escondiéndote de las debutantes que andan detrás de tu título?

—Digamos que ahora comprendo lo agotadora que puede ser la Temporada para un lord soltero.

Michael le pidió una copa de coñac al sirviente, igual que Regmont. El resto de los presentes tenían sendas copas medio llenas.

—Un brindis —sugirió Westfield, levantando la suya.

—Para que te persigan a ti y no a mí —dijo lord Spencer.

Al ser el hijo segundo, Spencer disfrutaba de una existencia más relajada y el resto de los comensales estaban casados.

Michael se quedó mirando a Regmont y se preguntó por qué estaba de copas con sus amigos en vez de en casa, haciendo las paces con Hester. Le costó morderse la lengua después de haber presenciado la infelicidad de ésta. Si Hester fuese suya, se aseguraría de que nada enturbiase su existencia.

El sirviente volvió con las dos copas de coñac. Regmont bebió de ella de inmediato y, mientras la sujetaba, su mano llamó la atención de Michael. El conde tenía los nudillos hinchados y amoratados.

—¿Te has metido en alguna pelea últimamente, Regmont? —le preguntó antes de beber.

Según había oído, el conde era un tipo genial que caía bien a todo el mundo. Las mujeres elogiaban su melena rubia, su sonrisa y sus encantos. Michael, en cambio, no le tenía simpatía. Le parecía demasiado alegre, como si le faltase profundidad. Pero quizá por eso le gustaba a Hester, que una vez había sido la mujer más feliz y encantadora. Y para Michael siempre seguiría siendo lo segundo.

—Pugilismo —contestó Regmont—. Es un deporte excelente.

—Estoy de acuerdo. Yo también lo practico. ¿Vienes aquí a boxear?

—A menudo, sí. Si algún día te apetece que boxeemos juntos...

—Por supuesto —lo interrumpió Michael, aferrándose a la posibilidad de defender a Hester, aunque sólo él supiese que ésa era su verdadera motivación. A juzgar por los nudillos de Regmont, el hombre prefería entrenarse sin guantes, lo que en esa ocasión encajaba perfectamente con los deseos de Michael—. Elige día y hora y aquí estaré.

—Creo que pediré el libro de apuestas —añadió lord Spencer en voz alta, llamando adrede la atención.

—¿Tienes ganas de pelea, no es así, Tarley? —le dijo Regmont a Michael con una sonrisa—. Yo también tengo días así. Si quieres, podemos hacerlo ahora mismo.

Michael midió al conde con la mirada. Regmont era más bajo que él y estaba más delgado, pero tenía los músculos bien definidos y resaltaban con aquellos trajes tan estrechos que estaban de moda. Él era más alto y tenía la ventaja de tener los brazos más largos y fuertes. Se sentó cómodamente en el sofá y dijo.

—Preferiría quedar a primera hora de la tarde. Los dos disfrutaremos más del combate si estamos descansados y libres de los efectos de la bebida.

El libro de apuestas apareció en la mesa.

El rostro de Regmont adquirió un repentino aspecto sombrío.

—Tienes toda la razón. Dentro de una semana, ¿el mismo día? ¿A las tres?

—Perfecto. —Una sonrisa de anticipación se dibujó en los labios de Michael, que cogió el libro de apuestas y, bajo el nombre de Alistair, apostó a favor de sí mismo.

Era la clase de apuesta que haría su amigo.

8

Jessica se despertó la mañana siguiente con lo que parecía ser una migraña. El incesante y persistente zumbido que tenía en la cabeza, acompañado de aquel mal sabor de boca, le dio ganas de vomitar. Intentó contener las náuseas, pero fracasó. Además, todavía notaba cierta incomodidad entre las piernas. Los recuerdos de la noche anterior primero le dieron calor y luego remordimientos. ¿Cómo era posible que hubiese perdido tanto el control? Y, aunque las manos y los labios de Alistair la habían enloquecido de deseo, ¿cómo había sido capaz de hacer aquel comentario tan de mal gusto que lo había obligado a abandonar enfadado su cama?

Ella sabía la respuesta: Alistair Caulfield siempre había tenido un efecto muy peculiar en su persona. Cuando estaba con él, dejaba de ser ella misma y se convertía en una mujer desconocida. Y le resultaba difícil decidir si quería ser o no esa mujer. ¿Le sería posible serlo si al mismo tiempo se sentía tan confusa, avergonzada y culpable?

Beth, como siempre, apareció en el momento oportuno. Le preparó un barreño con agua caliente para que pudiera bañarse y le trajo un plato con galletas, lo que consiguió tranquilizar el alterado estómago de Jess.

Al llegar la noche, se sentía lo bastante recompuesta como para ver a Alistair. Sabía perfectamente lo que era la ira de un hombre, así que se aseguró de que no estuviese solo y fue a su encuentro a la hora de la cena, cuando estaba en compañía del resto de los caballeros en el camarote del capitán.

Durante la cena, Alistair fue muy meticuloso y evitó mirarla o hablar con ella siempre que pudo y Jess se reafirmó en la decisión que había tomado. Sin embargo, le resultó doloroso sentir aquel distanciamiento entre los dos.

Pero quizá fuera mejor así. Si desalentaba su interés, entonces ella dejaría de sentir aquel tormento que no cejaba desde que había vuelto a verlo.

Lo que él le había pedido, que fuese su amante, se alejaba tanto de lo que Jess era capaz de ofrecer sin traicionarse a sí misma que ni siquiera podía planteárselo. Sin embargo, era más que evidente que Alistair era muy capaz de minar sus defensas. La compostura que ella quería mantener tenía que originarse en él y, aunque Jessica lamentaba tener que hacerle daño para conseguirla, lo mejor para ambos sería que no volviesen a estar juntos a solas.

Se disculpó en cuanto le fue posible. Y, cuando los hombres se pusieron en pie para despedirla, Alistair le dijo:

—¿Me concedería el honor de acompañarla a cubierta, lady Tarley? Quizá el aire fresco la ayude a recuperarse.

Nerviosa, consiguió sonreírle un poco al aceptar la invitación. Abandonaron el camarote junto con el contramaestre, que en seguida siguió por el pasillo, dejándolos a solas.

Jessica se detuvo frente a la puerta de su habitación.

—Deja que coja un chal.

—Toma —contestó él, desabrochándose los botones de la chaqueta.

Jessica protestó y apartó la mirada del torso de él.

—¡Un caballero jamás se deja ver en mangas de camisa!

—Tú eres la única persona de este barco que se quejaría de tal ofensa, Jessica —respondió él, deliberadamente mordaz— y después de lo que ocurrió ayer, me parece absurdo que los dos finjamos seguir las normas de decoro.

A ella le dio un vuelco el corazón al ver su severa expresión. Sus ojos azules resplandecían con el brillo del diablo y el modo en que apretaba la mandíbula le dijo que no sería fácil hacerle cambiar de opinión. ¡Qué bien conocía ella ese gesto de ira contenida! Nunca auguraba nada bueno.

—Quizá sería mejor que hablásemos en otro momento.

—Hay ciertos temas que tenemos que aclarar cuanto antes.

A pesar de su mal presentimiento, Jess accedió a los deseos de Alistair y lo acompañó por el pasillo. Una maravillosa sensación de calidez se extendió por su cuerpo cuando él le colocó su chaqueta sobre los hombros. Su olor atormentó sus sentidos con aquella esencia innegablemente masculina. Era un hombre muy viril y el cuerpo de Jessica se excitó al recordar los acontecimientos de la noche anterior.

Subieron la escalera hacia cubierta. Caulfield se detuvo en un claro libre de mástiles y de cuerdas y, con un gesto impaciente, les indicó a dos marineros que estaban trabajando por allí que se fueran.

Luego se acercó a ella de un modo que la inquietó y excitó al mismo tiempo. Alistair era enormemente atractivo. Sus facciones clásicas resaltaban a la luz de la luna, que lo rodeaba de un halo plateado. Podría haber sido una estatua de un héroe clásico de una época pasada, de no ser por el aire que vibraba a su alrededor. Alistair Caulfield estaba vivo de una manera en que Jessica nunca lo había estado.

—Yo no sé hacer esto —dijo nervioso, pasándose las manos por el pelo.

—¿El qué?

—Bailar alrededor de la verdad, fingir que las cosas no son como son, utilizar las normas de educación como escudo.

—Seguir las normas de educación es como bailar —reconoció ella en voz baja—. Nos proporciona los pasos necesarios para establecer una relación entre dos individuos dispares durante el período de tiempo que están juntos, para obtener un fin común. Proporcionan una base con la que pueden empezar a trabajar unos desconocidos.

—No estoy interesado en bailar, ni en que seamos unos desconocidos. ¿Por qué te quedaste?

—¿Perdona?

—No te hagas la tonta. ¿Por qué te quedaste en el bosque aquella noche?

Jessica aferró las solapas de la chaqueta de él y se la cerró sobre el pecho. No porque hiciese frío, sino porque se sentía demasiado expuesta.

—Tú me pediste que me quedara.

—Ah. —La boca de Alistair esbozó una mueca cruel—. ¿Obedecías cualquier orden mía?

—Por supuesto que no.

—¿Por qué obedeciste precisamente ésa?

—¿Por qué no? —Ella también lo desafió, levantando la barbilla.

Alistair se acercó más.

—Eras inocente. Tendrías que haberte horrorizado. Deberías haber salido corriendo.

—¿Qué quieres que te diga?

Él la cogió por los codos y la levantó, hasta ponerla de puntillas.

—¿Has pensado alguna vez en esa noche desde entonces? ¿Pensaste en ella cuando estabas en la cama con Tarley? ¿Te ha atormentado ese recuerdo?

Jess se asustó al ver lo mucho que se acercaba Alistair a la verdad con esas preguntas.

—¿Por qué es tan importante?

Él levantó una mano y la sujetó por la nuca para colocarle los labios en la posición que quería. Las siguientes palabras salieron de su boca y humedecieron la de ella.

—Yo recuerdo cada segundo de los que estuviste allí de pie. Recuerdo cómo te subían y bajaban los pechos cada vez que tomabas aire. Recuerdo el modo ardiente en que te brillaban los ojos. Recuerdo que te llevaste la mano al cuello para contener los gemidos de placer.

—Nos están viendo —susurró entre dientes, temblando de miedo y de deseo.

No podía creerse que respondiese de aquel modo a las brutales caricias de Alistair. A ella más que a nadie en el mundo tendrían que parecerle horribles. Le daba miedo pensar que quizá una parte de su cerebro estuviese entrenada para buscar a alguien que la tratase así.

—No me importa.

Aturdida por su propia confusión, Jessica dijo sin pensar:

—Quizá tu estilo de matón les guste a muchas mujeres, pero te aseguro que a mí no.

Alistair apartó las manos tan rápido que ella casi se cayó.

—Cariño, te aseguro que sí te gusto. Ahora mismo me deseas con la misma intensidad que hace siete años.

Jessica se asustó y retrocedió, y una emoción oscura y dolorosa cruzó por el rostro de Alistair antes de que éste pudiese darse media vuelta. Soltó una maldición y habló sin volverse.

—He intentado olvidar esa noche, pero me resulta imposible.

Jess apartó la vista de la rígida espalda de él y dejó que la fría brisa del mar le refrescase la cara.

—¿Por qué te atormenta tanto el recuerdo de esa noche? Siempre has contado con mi discreción.

—Y siempre te he estado agradecido por ello.

Con el rabillo del ojo, Jess vio que Alistair se metía las manos en los bolsillos de los pantalones.

—A partir de entonces —dijo él de nuevo—, pasaste años evitándome. ¿Por qué, si lo que sucedió en el bosque no te importaba?

—Sé algo de ti que no debería saber y eso me hacía sentirme incómoda.

—Yo te hacía sentir incómoda —la corrigió—. Todavía lo hago.

Tanto si era consciente de ello como si no, Jess era perfectamente capaz de reconocer a una persona atormentada. Percibió el turbulento deseo que Alistair sentía por ella y se asustó. Y quizá lo que la asustó no fue la intensidad de la emoción de él, sino la suya propia.

Alistair se movió y se colocó delante de ella, ocupando todo su campo visual.

—Cuanto más intentas alejarte de mí, más decidido estoy a hacerte mía. Sí, sabes algo de mí, algo que sólo existe entre tú y yo. Y eso tendría que unirnos más, no separarnos.

—¿Unirnos como ahora, para tener conversaciones como ésta?

—Unirnos como anoche, pero sin que tuvieses que beber dos copas de más. Aunque ninguno de los dos hubiésemos tenido intención de cruzar la línea que trazamos hace siete años, ahora la hemos cruzado y ya no hay vuelta atrás. Yo te pedí que te quedases y tú no te fuiste. Compartimos un momento único y completamente alejado de nuestras vidas, tanto de las de antes como de las de ahora. Tú te aferras a las convenciones sociales, a las normas de educación y a las reglas de conducta igual que a los chales que siempre llevas, pero tú y yo estamos por encima de esas limitaciones. El destino ha conspirado para que estemos juntos, y yo, para variar, estoy harto de luchar contra él.

La posibilidad de que estuviesen destinados a ser amantes era en sí misma reconfortante. Jessica sentía como si le hubiesen quitado la capacidad de decisión de las manos y la hubiesen liberado de asumir las consecuencias de cometer tal acto. Era un modo muy cobarde de ver las cosas, sin embargo, a ella le dio valor.

Tomó aire y dijo de corrido:

—Siento lo que te dije ayer por la noche antes de irte. Yo... quería que te quedases...

—Me prostituí por dinero —la interrumpió él, brusco—. Necesito que sepas por qué.

En cuanto las palabras salieron de sus labios, Alistair se sintió profundamente aliviado y acto seguido se tensó. Desnudar su alma era algo que siempre había evitado a toda costa.

Jessica ladeó la cabeza y un rizo rubio le resbaló por el hombro. Se sujetó las solapas de la chaqueta y apretó los labios. Había perdido a un marido al que había querido profundamente y, sin embargo, Alistair la había obligado a dejar de pensar en eso para centrarse en lo que él sentía por ella. Incluso en esos momentos, la pálida tez de Jessica dejaba claro que estaba de luto. Alistair odiaba ver otra prueba más de la existencia de ese hombre con cuya conducta impecable y moral ejemplar jamás podría competir.

—Cuéntamelo —le pidió ella—. Explícamelo para que pueda entenderlo.

Él empezó a hablar antes de que se disuadiese a sí mismo de hacerlo.

—Por petición de mi madre, mi padre me dio una parcela de tierra en Jamaica. Lo único que la finca tenía de destacable era su tamaño insignificante y la escasez de cosechas aprovechables. No tenía esclavos, ni edificios, ni ningún tipo de maquinaria. Mi madre también se encargó de que su señoría me diese un barco y él se las ingenió para encontrar el navío más decrépito que he tenido la desgracia de ver. Me tentó con la posibilidad de convertirme en alguien y al mismo tiempo no me proporcionó los medios necesarios para conseguirlo.

—No me imagino lo doloroso que tiene que ser que te pase eso, sabiendo que tu porvenir depende de ello.

—Tú nunca tendrás que verte en esa situación, gracias a Dios. Pero quizá puedas entender por qué me vi obligado a vender lo único que tenía para conseguir el dinero necesario para prosperar.

—Por eso tenías fama de aceptar cualquier apuesta.

Alistair asintió.

—Cualquier carrera, cualquier juego. Cualquier cosa que pudiese hacerme ganar dinero. Y tuve suerte de resultarles bastante atractivo a las mujeres.

—Enormemente atractivo —reconoció ella—. Pero eras muy joven.

—Y sin embargo lo bastante mayor como para saber que no podía permitirme tener ideales —terminó él, serio. Nunca se había permitido pensar demasiado en la decisión que había tomado. Si la falta de misericordia era necesaria para sobrevivir, él no se sentía culpable por haber hecho cualquier cosa que fuese necesaria para lograrlo—. Y en algunos aspectos mi juventud fue una ventaja. Era joven, tenía un fuerte apetito sexual y poco criterio.

Lo último lo dijo con más rencor del que había querido dejar entrever, pero estaba al límite y se sentía el estómago encogido del miedo que tenía a que Jessica no pudiese soportar su pasado.

—Al principio me gustó. Tenía todo el sexo que deseaba, que era una cantidad más que considerable, con mujeres de mundo que sabían lo que querían. La primera vez que me dieron un regalo caro me cogió por sorpresa. Ahora sé que algunas lo hacían porque se sentían culpables por haber estado con un hombre al que le doblaban la edad, pero en esa época me pareció un juego: ¿qué podía sacarles a cambio de hacerles algo de lo que yo también disfrutaba inmensamente? Y también aprendí todos los secretos del cuerpo de una mujer; cómo interpretar sus reacciones, cómo escucharlas y cómo volverlas locas de deseo. Dar placer es un arte y me di cuenta de que podía aprenderlo y convertirme en un maestro, igual que si fuese cualquier otra técnica.

—Está claro que fuiste un alumno aplicado —susurró Jess.

—Las mujeres hablan mucho —continuó él, adusto, incapaz de adivinar cómo estaba reaccionando ella a su brutal y sincera confesión—, en especial de las cosas que les gustan. Y como con cualquier otro producto, cuanta más demanda, más alto es el precio. Vi que podía conseguir dinero y pensé que sería un idiota si le daba la espalda a aquel modo de ganarme la vida, sobre todo teniendo en cuenta mis circunstancias. Y al cabo de un tiempo, a cualquiera deja de importarle cómo se siente respecto a lo que hace. Aprendes a dominar tu cuerpo a pesar de las circunstancias.

Jessica tardó muchísimo rato en volver a hablar; cuando por fin lo hizo, dijo:

—Soy una idiota. Jamás se me ocurrió pensar que tú..., que no estuvieses disfrutando con lo que hacías. Al fin y al cabo, lady Trent es muy atractiva.

—Algunas lo eran, otras no. Algunas sólo eran atractivas por fuera. Sea como sea, cuando vendes algo, ya no te pertenece. Pierdes el derecho de negarte o de exigir nada y si quieres que hablen bien de ti y tener más clientes no te atreves a poner pegas ni a ser quisquilloso. Cuando comprendí que me había convertido en un objeto que cualquiera podía usar a discreción, dejé de sentir el poco placer que había sentido antes. Se convirtió en un trabajo como cualquier otro, aunque quizá más lucrativo.

—¿Y qué me dices de tu familia? ¿No podrían...?

—Acepté el jodido barco y la propiedad en Jamaica. Mi orgullo no me impidió decir que sí. Créeme, si hubiese podido pedirle ayuda a alguien, lo habría hecho.

Esperó que Jessica le preguntase por qué no había podido acudir a su padre, y se preguntó cómo le respondería cuando lo hiciese. Jamás le había confesado a nadie tantas cosas acerca de su sórdido pasado. Y compartirlo con ella, con la mujer que lo atraía a un nivel que iba más allá de lo visceral, era una tortura. Alistair quería ser el hombre que Jessica desease por encima de cualquier otro y, sin embargo, estaba muy por debajo de lo que ella podía aspirar.

—Hiciste lo que tenías que hacer —dijo Jessica con tal convicción que Alistair se quedó atónito—. Sé lo que es tener que convertirse en cualquier cosa que sea necesaria para sobrevivir.

Con qué facilidad había asumido su confesión. Apenas podía creérselo.

Dio un paso hacia ella, incapaz de soportar la distancia que había entre los dos.

—¿Puedes estar conmigo a pesar de ello? ¿Puedes ignorar mi pasado? Por mucho que quiera lo contrario, mis manos te mancillarán, pero también te darán mucho placer. Te adorarán. Nunca he deseado nada como te deseo a ti.

—Te acepto, Alistair. De verdad. —Respiró hondo—. Pero en cuanto al resto...

—Sigue —le pidió él, emocionado.

—No soy mejor que esas otras mujeres que te utilizaron para

su propio placer. —Tenía las pupilas dilatadas y oscuras, su precioso rostro delataba su tormento—. Quería poder darte órdenes igual que lady Trent, pero no porque esa clase de relación me parezca más segura, sino porque me excita pensarlo.

La sangre se le acumuló en el miembro tan de golpe, que Alistair tuvo que cambiar de postura. La honestidad de Jessica lo enardeció tanto como la imagen de ella utilizándolo para darse placer.

—Jessica.

Ella se apartó de repente y lo esquivó para acercarse a la borda, a la que se aferró con tanta fuerza que se le pusieron los nudillos blancos.

Alistair la siguió y se le colocó detrás, con una mano a cada lado de su cuerpo. Jessica mantenía la columna dolorosamente recta y de ella emanaba mucha tensión. Él inclinó la cabeza y le dio un beso en el pelo. De algún modo tenía que hacerle entender que si estaba tan alterada era porque también sentía algo.

—¿Es mi sumisión lo que deseas? ¿Te excita imaginarte obligándome a darte placer?

—¡No! —Notó que él tragaba saliva—. Quiero que estés conmigo porque quieras estarlo, pero al mismo tiempo me siento abrumada. Necesito recuperar el control...

—¿Acaso crees que lo tengo yo? Lo que sucede entre nosotros nunca ha sido seguro y nunca lo será. Tienes que aceptar nuestra atracción como lo que es, con todos sus defectos y dificultades. Tienes que confiar en que merecerá la pena, pase lo que pase.

—No creo que pueda.

—Inténtalo.

Jessica se dio media vuelta entre los brazos de él y lo miró.

—Perdóname por haber sido tan injusta. Sólo quería que te quedases. Lo deseaba tanto que hablé sin pensar.

Alistair le cogió un rizo entre dos dedos y se lo acarició.

—Nunca te disculpes por desearme. Pero permíteme que te deje clara una cosa: me entrego a ti sin máscaras. Tú no tendrás a Lucius, jamás. Ese hombre ya no existe y para ti no ha existido nunca.

En esa época, Alistair se dijo que utilizaba su segundo nombre para proteger su identidad, pero la verdad era que lo hizo para protegerse a sí mismo y para distanciarse de la degradación que suponía aceptar dinero a cambio de dar placer a mujeres que sólo lo querían porque con él no corrían el riesgo de causar un escándalo o de sufrir el ostracismo social.

Aunque algunas lo habían deseado por su belleza o por su cuerpo, la mayoría querían algo completamente distinto. Querían tener un amante famoso por aceptar cualquier apuesta..., por correr cualquier riesgo... Un hombre capaz de hacer cualquier cosa por dinero. Esas mujeres se sentían menos depravadas porque creían que, como habían pagado, podían cometer todas las bajezas que quisiesen.

—Lo entiendo —asintió ella.

Alistair apoyó la frente en la suya; se moriría si Jessica le pidiese esa parte de él y no podría soportar tener que dársela.

—Tú nunca has estado con él, ¿sabes? Esa noche, en cuanto te vi, sólo estábamos tú y yo. Lucius se quedó cumpliendo con lady Trent. Yo estaba contigo.

—Mejor —suspiró ella—. A él no lo quiero. Ahora sé que cuando te ofrecí pagarte se lo estaba ofreciendo a él. Después de que el que me había tocado... hubieses sido tú. Lo siento.

Su mirada era honesta y sincera y estaba llena de tristeza y de remordimientos. Y quizá también de lástima, algo que Alistair no quería que Jessica sintiese jamás por él.

—Te daré todo lo que quieras. Libremente. Sólo tienes que

pedírmelo. —Deslizó una mano por debajo de la chaqueta que le había prestado y se la colocó encima de la cadera—. Cuéntame con detalle lo que has imaginado.

—¡No! —exclamó, tan horrorizada que lo hizo sonreír—. Es indecente.

Él se inclinó un poco más y le lamió el lóbulo de la oreja.

—Confía en mí —le recordó, haciéndola estremecer—. Yo he confiado en ti, te he contado algo que sólo puede hacer que pienses mal de mí...

—No, yo no te juzgo por tu pasado.

—Y significa mucho para mí que pienses eso. Deja que te compense. Dime qué deseas.

—No deberías tomarte tantas libertades. —Miró a su alrededor y vio a alguien en cubierta—. Aquí no tenemos intimidad.

—¿Puedo ir a tu camarote esta noche?

Esperó una eternidad su respuesta, que no llegó a recibir. En vez de contestarle, Jessica se puso todavía más nerviosa; jugó con las solapas de la chaqueta y se balanceó sobre los pies. Como no quería volver a asustarla ni a pedirle demasiado antes de tiempo, Alistair se apartó.

—Mi camarote está dos puertas más allá del tuyo, en el lado opuesto —le dijo—. Puedes venir si quieres.

Jessica lo miró atónita.

—No seré capaz.

Alistair le sonrió. Quizá no, pero la espera ya valdría la pena.

9

Igual que le llevaba sucediendo las últimas dos semanas, Hester se despertó con la incontrolable necesidad de vomitar.

Salió de la cama y corrió al baño, donde se pasó una hora vaciando el contenido de su estómago.

—Milady —murmuró su doncella—, le he traído té y unas tostadas.

—Gracias.

—Tal vez si le dijese al señor que está embarazada —sugirió Sarah en voz baja—, corregiría su comportamiento.

Hester miró a la doncella con los ojos llenos de lágrimas; el pecho le subía y bajaba, dolorido por culpa de las arcadas.

—No se lo digas a nadie.

—Hasta que usted me dé permiso, no se lo diré a nadie.

Se pasó un paño empapado por la frente y dejó que las lágrimas le resbalasen por las mejillas. Durante los primeros años de su matrimonio, no había nada que desease más que un hijo para completar su felicidad con Edward. Pero sin que ella supiese todavía el motivo, Dios había tenido la bondad de negárselo. Y cuando salió a la luz el lado oscuro de su marido, Hester empezó a utilizar esponjas empapadas en brandy para prevenir el embarazo. No podía soportar la idea de llevar un inocente a aquella casa. Después de todo lo que habían pasado Jessica y ella de niñas, ¿cómo iba a ser capaz de darle esa clase de vida a su propio hijo?

Pero Regmont no era de esos hombres que siempre posponen

la lujuria para satisfacerla a última hora de la noche y el destino tenía otros planes para ella.

—Ojalá estuvieses aquí, Jess —susurró egoístamente, deseando tener a su lado a la única persona que la entendía, que la escucharía y que le daría consejo.

Hester ya sospechaba que podía estar embarazada antes de que su hermana partiese, pero no se atrevió a darle la noticia. A Jessica le dolía mucho ser estéril y ella no se veía capaz de lamentar un embarazo que a Jess le habría supuesto una inmensa alegría.

Cuando por fin se puso en pie, Sarah la ayudó a volver a meterse en la cama. Regmont dormía en su dormitorio, ignorando, afortunadamente, todo lo que sucedía.

—Le suplico que se lo diga al señor cuanto antes —susurró la doncella, colocándole las almohadas para que estuviese más cómoda.

Hester cerró los ojos y suspiró apesadumbrada.

—Creo que parte del mal que aflige al señor es culpa mía y no sé cómo arreglarlo. ¿Por qué si no iban a tener que enfrentarse a tantos demonios los hombres de mi vida?

Pero cuando volvió a ver a Edward a la hora de la cena, éste no parecía estar afligido por ningún mal. La verdad era que tenía un aspecto excelente. Sonreía, radiante, y estaba de muy buen humor. Le dio un beso a Hester en la mejilla cuando ella pasó por su lado de camino a su silla.

—¿Arenques y huevos? —le ofreció él antes de levantarse para ir al aparador, donde se encontraban las bandejas de comida.

—No, gracias —contestó ella con el estómago revuelto.

—No comes lo suficiente, cariño —la riñó Edward.

—He comido unas tostadas en mi habitación.

—Y aun así me haces compañía durante el desayuno —dijo él con una sonrisa gloriosa—. En verdad eres maravillosa. ¿Qué hiciste anoche?

—Nada en especial, pero fue muy agradable.

Hester odiaba esos momentos de fingida cotidianidad. La farsa de que todo iba bien y de que no había ningún monstruo escondido en la oscuridad, que él era un marido maravilloso y ella una esposa feliz. Era como estar mirando una caja sabiendo que de un momento a otro va a explotar, pero ignorando si la sorpresa va a ser algo horrible o no. La espera era una agonía.

Hester lo siguió con la mirada mientras se movía por el salón. Sus amigos siempre alababan los colores vivos de su casa, como por ejemplo las rayas azules que cubrían las paredes del comedor por encima del fondo color crema.

Habían comprado la casa antes de casarse para que así los dos empezasen de cero; un lugar libre de la mácula del pasado. Pero ahora Hester sabía que todas esas esperanzas habían sido en vano. La mácula la llevaban ellos por dentro..., en su alma, y la llevarían consigo dondequiera que fuesen.

—Ayer por la noche tomé una copa con Tarley —explicó Regmont entre bocado y bocado—. Estaba escondiéndose de las debutantes. Me temo que la presión de estar en el punto de mira de tantas jóvenes casaderas le está pasando factura.

Hester miró a su esposo. El ritmo de los latidos de su corazón se aceleró inexplicablemente.

—¿Ah, sí?

—Todavía me acuerdo de esa época. Me salvaste de más de lo que crees, amor. Voy a ayudar a Tarley a relajarse un poco. Se enteró de mi afición al pugilismo y he accedido a tener un combate con él.

Dios Santo. Hester sabía perfectamente lo ágil que era Regmont moviéndose y lo taimado que podía llegar a ser. No soportaba perder; exacerbaba su ya de por sí abrumador complejo de inferioridad. Se le encogió el estómago.

—¿Un combate? ¿Entre ustedes dos?

—¿Por casualidad no sabrás si es bueno en ese deporte?

—Cuando éramos jóvenes, practicaba con Alistair Caulfield. Eso es todo lo que sé. Él y yo estuvimos muy unidos en esa época, pero apenas lo he visto desde que nos casamos.

—Entonces seguro que no me costará ganarlo.

—Quizá deberías sugerirle que se buscase un compañero de pelea con menos horas de entrenamiento a sus espaldas.

—¿Tienes miedo de lo que pueda pasarle? —le preguntó Edward con una sonrisa.

—Jessica lo tiene en gran estima —contestó Hester.

—Ya veo que se la tiene todo el mundo. No es necesario que te preocupes por él, amor. Te aseguro que sólo lo pasaremos bien. —Desvió la vista hacia uno de los dos lacayos que había allí de pie y le dijo—: Lady Regmont desayunará tostadas con mantequilla.

Hester suspiró y se resignó a comer, tanto si le apetecía como si no.

—Esta mañana estás muy pálida —señaló Edward—. ¿No has dormido bien?

—Bastante bien—respondió, cogiendo uno de los periódicos que tenía junto al codo, encima de la mesa.

No tenía lógica que la hubiese alterado tanto enterarse de que Michael iba a boxear con Regmont, en especial teniendo en cuenta que el motivo era que Michael quería descansar de la presión que tenía para elegir esposa.

En ese sentido, ella podía ayudarlo mucho más que su esposo. Había muy pocas cosas que Hester no supiese acerca de todas las mujeres de la buena sociedad, empezando por las matronas más asentadas y terminando por las debutantes más recientes. Quizá Michael aceptase su ayuda.

A ella le haría mucho bien verlo feliz. Él se lo merecía.

Regmont dejó los cubiertos encima del plato, ahora vacío.

—Me gustaría mucho poder pasear contigo por el parque esta tarde. Dime que no tienes otros planes.

Si los tuviese, los cancelaría. Hester sabía perfectamente que cuando Edward quería pasar tiempo con ella, daba por hecho que así sería. Al fin y al cabo, era su esposa. Suya. La poseería irrevocablemente hasta que la muerte los separase...

Apartó la vista del periódico y consiguió esbozar una sonrisa.

—Una idea maravillosa, milord. Gracias.

Quizá a lo largo del día surgiera la posibilidad de decirle que estaba embarazada. Fuera, a la luz del sol, cuando estuviesen rodeados por todos esos hombres a los que Edward deseaba impresionar, sería el momento y el lugar perfectos para decirle que tenían la posibilidad de volver a empezar.

Hester lo deseaba con todas sus fuerzas. Quizá sucediera un milagro; a veces pasaba. Ella no perdía la esperanza. No podía permitirse el lujo de perderla. Era su única salida.

Miller llamó a la puerta del camarote de Jess cuando pasaban pocos minutos de la una y le dijo que Alistair solicitaba su presencia en cubierta.

Intentando ignorar sus nervios y sus dudas, siguió al joven por la escalera que conducía arriba. La última conversación que había mantenido con Alistair a la luz de la luna había sido muy tensa. Jess se había pasado horas pensando en su invitación de que fuese a verlo a su camarote. No podía aceptar y creía que él lo sabía, pero la invitación se había quedado en el aire, flotando entre los dos. Había una parte de ella, la parte que Alistair siempre conseguía tentar, que la instaba a acudir, pero otra, la más sensata, la hizo entrar en razón.

¿Qué querría decirle? En el relativamente poco tiempo que hacía que lo conocía habían compartido muchas intimidades. Los pensamientos de Jess estaban invadidos por él de un modo en que nunca lo habían estado por nada ni por nadie. No entendía cómo había logrado seducirla tanto física como mentalmente, pero ésa era la realidad.

La noche anterior, él se había ido dejando la decisión en sus manos, aunque, al mismo tiempo, le había dejado claro que no iba a desistir. Y Jess dudaba que existiese algo que Alistair Caulfield quisiera y no pudiese conseguir a la larga.

En cuanto se dirigieron hacia el timón, la salada brisa marina la envolvió, despertando sus sentidos. Animada y nerviosa, se detuvo al ver una enorme sábana blanca extendida sobre la cubierta, con las cuatro puntas sujetas bajo cajas llenas de balas de cañón. Encima de la sábana había cojines y cestas rebosantes de fruta.

Un pícnic. En el mar.

Alistair estaba de pie en el otro extremo de la sábana, esperándola. Iba impecablemente vestido, con pantalones marrones metidos dentro de un impresionante par de botas Hessian, un chaleco color beige y una americana asimismo marrón. El viento le había alborotado el pelo y parecía que se hubiese pasado los dedos entre los mechones.

Igual que muchas mujeres antes que ella, Jess pensó que era el hombre más guapo que había visto nunca. También el más exótico. Descaradamente seductor. Y el más peligroso.

Delicioso. Jessica quería desnudarlo, deleitarse con su cuerpo perfecto sin el estorbo que era la ropa. Ahora ya no podía evitar tener tales deseos, con la atracción que sentían el uno por el otro al descubierto.

Era impresionante verlo allí de pie, en la cubierta de un navío tan espectacular, rodeado de hombres que trabajaban para él. Jessica apenas podía recordar a aquel joven que aceptaba cualquier apuesta y que vivía al margen de la respetabilidad. Pero sabía que estaba allí, en alguna parte, escondido bajo aquella superficie impoluta, tentándola con promesas pecaminosas que Jess sabía que él convertiría en realidad.

—Milady —la saludó con una reverencia.

—Señor Caulfield.

Jessica miró por la cubierta y se dio cuenta de que la docena de marinos o más que había allí mantenían la vista apartada de ellos.

Alistair le indicó que se sentase y ella se puso de rodillas. Él también se sentó y cogió una cesta, de la que sacó un pan, que partió por la mitad. Después hizo lo mismo con un trozo de queso y con una pera. Puso la comida de Jessica en una servilleta y se la dio.

Ella la cogió con una sonrisa.

—Un banquete impresionante, teniendo en cuenta que estamos en un barco.

—Dentro de nada pedirás a gritos un poco más de variedad.

—Hay quien diría que ofrecerme un pícnic en un barco es señal de que me estás cortejando —le dijo, utilizando adrede un tono bromista—. Y todos coincidirían en que es muy romántico.

—Vivo para servirte.

Esbozó su pícara sonrisa y Jessica tuvo un escalofrío. Qué fácil le resultaba seducir a cualquier mujer, y lo hacía con una voz relajada, como si así pudiese restarle intensidad a sus palabras.

Ella no sabía si esa respuesta tan ensayada, tan poco íntima, la había dicho con intención de tranquilizarla o para que echase de menos el fervor con que solía hablarle.

Alistair mordió el pedazo de pan con su inmaculada dentadura y a Jessica le pareció erótico incluso el modo en que masticaba. Él no parecía estar haciéndolo a propósito, lo que reafirmaba su teoría de que la sensualidad era innata en Alistair.

Jessica dio un mordisco al queso y miró el vasto océano. El sol resplandecía sobre el agua y, aunque hacía frío, pensó que el día era precioso. La ansiedad que siempre había sentido cerca de Alistair se transformó en otra cosa, en un sentimiento que le gustó de tan viva como la hacía sentir.

La habían educado para que mantuviese cierta distancia con los demás y esa actitud le había resultado muy fácil a través de su modo de hablar y de su compostura, y la mayoría de los hombres se sentían desalentados ante ella.

Sin embargo, para Alistair era un desafío. Él no iba a permitirle que se alejase, lo que la obligaba a reconocerse a sí misma que en realidad no quería que lo hiciera. Deseaba estar justo donde estaba: a punto de vivir una aventura con un hombre deliciosamente perverso.

Y entonces recordó lo que Alistair le había hecho. Ella había hecho cosas parecidas con Tarley y a la mañana siguiente no había tenido ningún problema para mirarlo a la cara a la hora del desayuno. Pero con él se sonrojaba casi sin motivo, su cuerpo ardía sólo con verlo. De algún modo, las caricias de Alistair habían sido más íntimas que las de su marido. ¿Cómo era eso posible?

—¿Has dormido bien? —le preguntó él, atrayendo de nuevo su atención.

Jessica negó con la cabeza.

—Ya somos dos. —Se tumbó de lado, apoyó la cabeza en la palma de una mano y se quedó mirándola con aquellos ojos resplandecientes que veían demasiado. Aquellas ventanas del alma lo hacían parecer mayor y hablaban de una oscuridad que no debería habitar dentro de alguien tan joven—. Cuéntame qué te pasó el otro día, cuando te alejaste corriendo del timón. ¿De qué estabas huyendo? ¿De mí?

Jess se encogió de hombros, incómoda.

—Había mucho ruido y mucho jaleo. Me sentí... aturdida.

—¿Es por culpa de que no oyes por el oído izquierdo?

Ella lo miró enarcando las cejas. Ahora que lo pensaba, Alistair siempre le susurraba al oído derecho.

—Te has dado cuenta.

—Michael me lo dijo —contestó, mirándola con ternura.

Era un tema del que ella no hablaba nunca. Le repugnaba tanto hablar de ello que incluso estaba dispuesta a tratar otras cosas que de otro modo jamás habría sacado a colación.

—No estaba huyendo de ti.

—¿No?

—Sólo hace un año que ha muerto Tarley.

Alistair la miró burlón.

—¿Y piensas honrar su memoria con la castidad? ¿Durante cuánto tiempo?

—Al parecer, durante doce meses —contestó ella, seca.

—Te avergüenzas del deseo que sientes por mí, pero eso no va a detenerme.

Vergüenza. ¿Era ésa la palabra? Jess no sentía vergüenza. Más bien confusión. La habían educado para que viviese según ciertas normas. Si tenía una aventura con Alistair entraría en un mundo completamente desconocido para ella. Recuperando su analogía con el baile, podría decir que no conocía los pasos y que por eso se tropezaba. A Jess la habían enseñado a la fuerza a no cometer errores y le resultaba extraordinariamente duro olvidar esas lecciones.

—No hace falta tener una aventura para disfrutar del sexo —dijo—. Es posible y respetable, aunque sin duda está pasado de moda, sentir placer en el lecho conyugal.

—¿Estás sugiriendo que nos casemos? —preguntó él en un tono de voz bajo y tenso.

—¡No! —Se arrepintió de contestar tan rápido y con tanto fervor, pero no obstante, añadió—: No volveré a casarme. Con nadie.

—¿Por qué no? Fuiste feliz en tu primer matrimonio.

Alistair cogió una pera.

—Tarley y yo teníamos una afinidad muy poco habitual. Él sabía lo que yo necesitaba y yo sabía lo que él esperaba de mí. Conseguimos conjugar ambas cosas y establecer un acuerdo amigable. Es muy poco probable que vuelva a tener tanta suerte.

—Cumplir las expectativas es importante para ti.

Jess lo miró a los ojos. Como siempre, había algo en su mirada que la desafiaba a ser más de lo que ella creía ser. Sus ojos la retaban a decir en voz alta pensamientos que apenas se atrevía a contemplar en privado.

—Si las expectativas se cumplen, se vive en armonía.

Alistair ladeó la cabeza y se quedó pensándolo.

—Para valorar la armonía, uno tiene que conocer el caos.

—¿Podemos hablar de otra cosa?

Se hizo una pausa larga y entonces él dijo:

—Podemos hablar de lo que tú quieras.

Ella mordisqueó el pan durante un rato y aprovechó para poner orden en sus pensamientos. ¿Por qué siempre tenía la sensación de que Alistair podía ver en su interior? Era injusto que, en cambio, él fuese todo un misterio para ella.

—¿Fue elección tuya seguir esta línea de negocio?

—¿Y de quién iba a ser?

—Me dijiste que tu padre te dio la plantación y el barco. Me preguntaba si se lo pediste tú o si sencillamente seguiste los pasos que dictó Masterson.

Alistair bajó la vista hacia sus manos.

—Yo no quería nada de él, pero para mi madre significaba mucho que aceptase tal muestra de generosidad. Le sugerí que comprase una plantación de caña de azúcar porque sabía que sería rentable y porque sabía que a mi padre le gustaría la idea de tenerme tan lejos de casa. Mi presencia llevaba años molestándolo.

Jess recordó que, en una ocasión, ella le había dicho algo parecido a Hester respecto a Alistair y se sintió culpable por haber hecho un comentario tan cruel. Lo había prejuzgado y había dado por hecho que carecía de ambición y de capacidad para los negocios. Lo había menospreciado sólo por haber nacido el último en una familia. Y también porque se había ganado la admiración de Hester. Ahora podía reconocerlo. Aunque su hermana lo había elogiado sin darle mayor importancia, Jess se había sentido celosa, porque se notaba posesiva con él.

—Algunos padres demuestran su cariño siendo estrictos —sugirió—. Sus métodos dejan mucho que desear, pero tienen buena intención.

Ella no creía que su propio padre fuese uno de ellos, pero en ese momento eso carecía de importancia.

—¿Cómo lo sabes? —la desafió él con suavidad—. Tú siempre has sido perfecta. En cambio yo siempre he sido todo lo contrario.

—La perfección, si así la quieres llamar, sólo se consigue con mucho esfuerzo.

—Tú haces que parezca fácil. —Levantó una mano cuando vio que ella iba a protestar—. Masterson sólo siente cariño por mi madre. Ella es el único motivo por el que fue tan generoso conmigo. Le estoy agradecido por ello y por todo lo que ha hecho por mí en nombre de mi madre. A pesar de la pésima relación que existe entre nosotros dos, lo respeto porque ama a mi madre.

—¿Por qué no os lleváis bien?

—Cuando tú me cuentes tus secretos, yo te contaré los míos. —Lo dijo con una sonrisa tan devastadora que eliminó el dolor que causó su negativa—. Eres una mujer muy misteriosa, Jessica. Más me vale mantenerte igual de intrigada conmigo.

Ella masticó en silencio. Que Alistair creyese que era extraordinaria la hizo desear serlo realmente. Su educación había sido tan estricta y la habían castigado tan cruelmente cada vez que se alejaba del camino marcado, que cualquier seguridad que hubiese podido sentir en sí misma se había marchitado hasta morir.

Pero Alistair lograba que se cuestionase si estaba equivocada. Conseguía que se preguntase cómo sería convertirse en la clase de mujer que estaba a la altura de un hombre tan fascinante como él. Un hombre tan sensual y extremadamente guapo que las mujeres habían pagado para tener el privilegio de poseerlo, aunque fuese sólo un instante.

De repente se le ocurrió una idea; su imaginación podía crear un pasado lo bastante interesante como para hacerla destacar.

—Supongo que podría contarte lo que me pasó cuando me capturó el maharajá... —empezó.

—¿Ah, sí? —Los ojos de él brillaron con picardía—. Cuéntamelo, por favor.

10

La fascinación que Alistair sentía por Jessica aumentaba cada día que pasaba y estaba convencido de que el pícnic de esa tarde iba a marcar su destino para siempre. ¿Qué secretos le revelaría ella a través de aquel relato de ficción? El mero hecho de que se le hubiese ocurrido inventárselo ya decía mucho sobre su manera de ser; que podía ser imaginativa, aventurera, atrevida...

Claro que él ya sabía que tenía facetas ocultas. Había visto algunas por sí mismo. Más que cualquier otra cosa, era esa afinidad —reconocer a otra persona que había tenido que disfrazar su alma para poder sobrevivir— la que lo atraía hacia ella. Estaba impaciente por que llegase el día en que Jessica se conociera a sí misma. Sería una mujer formidable cuando se aceptase y supiese utilizar sus encantos.

Ella giró la cabeza y ocultó su mirada.

—Yo estaba viajando con una tribu de beduinos; transportábamos sacos de sal en los camellos cuando nos atacó una tribu enemiga.

Qué entorno tan exótico para una mujer conocida por representar el epítome de la dama inglesa. ¿Y la protagonista era una dama en apuros? Alistair estaba encantado con la historia.

—¿Y qué estabas haciendo en el desierto del Sahara, si puede saberse?

—Escapar del frío del invierno.

—¿No tenías miedo?

—Al principio sí. No sabía qué podían hacerle a una mujer en aquellas tierras tan hostiles. Me llevaron a un oasis y me metieron en la tienda del *sheik*.

Una cautiva. El relato se volvía excitante por momentos.

—¿Estabas atada?

—Sí. —No pudo disimular la excitación en su voz—. Tenía las muñecas atadas.

Alistair sonrió para sus adentros. Por mucho que Jessica se empeñase en insinuar que quería dominarlo sexualmente, era más que evidente que también deseaba que él le diese órdenes. Fue un pensamiento muy provocador.

—¿Cómo era el *sheik*?

—Más joven de lo que yo esperaba. Y muy atractivo.

—¿Qué aspecto tenía?

Ella lo miró y le sonrió enigmática.

—El tuyo.

—Estupendo —murmuró él, alegrándose de que lo hubiese incluido en el relato. Y también era significativo que a Tarley no, pero Alistair tenía que escuchar el resto de la historia antes de poder estar seguro. Quizá el impecable marido de Jessica acabase siendo el héroe y la rescatara de las garras del lujurioso *sheik*—. ¿Y qué te dijo cuando te vio?

—Me sedujo. Me cogió en brazos y me subió a su montura para llevarme lejos del mundo que yo conocía.

A Alistair los paralelismos con la realidad le parecieron muy prometedores; la interminable arena del desierto y el inacabable océano. Se tumbó de espaldas y se puso un cojín bajo la cabeza para mirar el cielo azul.

—Había comida y jarras de vino —siguió Jessica—. El suelo de la tienda estaba cubierto de alfombras y lleno de cojines. Me pidió que me tumbase con él en el suelo. Igual que tú y yo ahora.

Me quitó las cuerdas que tenía alrededor de las muñecas, pero yo seguía desconfiando de él.

—¿Por qué? A mí me parece un hombre muy agradable.

—¡Me secuestró! —se quejó en broma.

—No puedo culparlo por querer huir contigo. Un hombre no se encuentra con un tesoro así cada día y menos en un paraje tan inhóspito.

Él también sabía crear similitudes.

—¿Así que un hombre puede quedarse con cualquier cosa que desee?

—Si al hacerlo no le hace daño a nadie, ¿por qué no?

Jessica se rió y a Alistair le encantó el sonido.

—Tú, señor mío, eres incorregible.

—Tan a menudo como me es posible —reconoció.

—El *sheik* también lo era, me temo. Me parecía un hombre encantador, aunque algo obstinado. A pesar de las numerosas veces que le advertí que yo provenía de un mundo mucho más rígido que el suyo y que tarde o temprano esa diferencia se interpondría entre nosotros, no le preocupó lo más mínimo.

—Ya me cae bien.

—No me sorprende. —Jessica aprovechó para comer algo.

—¿Y qué hiciste?

—Eres un oyente horrible —se quejó ella—. No me dejas que te cuente las cosas a su debido tiempo. Por fortuna para mí, al *sheik* se le daba mejor que a ti escuchar.

—¿Qué cosas le contaste?

—¿Sigues insistiendo incluso después de que te haya dicho que no te portas bien?

Alistair la miró y vio que ella lo estaba observando. No su rostro, sino el resto de su cuerpo, y eso le gustó mucho.

—La insistencia es una virtud.

—Creo que la frase correcta se refiere a la paciencia. Sea como sea, al *sheik* no le conté cosas. Le conté historias.

—¿Para distraerlo de sus intenciones amorosas? ¿Igual que Sherezade?

—Más o menos. —Desvió la vista hacia sus dedos, que estaban desmigando un trozo de pan—. ¿De qué otra cosa podíamos hablar? ¿De normas de etiqueta, de estrategias de ajedrez? Tales temas de conversación habrían aburrido a un hombre tan aventurero.

—Estoy seguro de que cualquier cosa que le hubieses dicho le habría parecido interesante —señaló Alistair—. O incluso aunque no le hubieses dicho nada, el *sheik* habría disfrutado sencillamente mirándote.

—Tienes un talento innato para halagar a las mujeres —contestó ella con una sonrisa.

—Y tú tienes total libertad para halagarme cuando quieras. Aunque no puedo garantizarte que me mantenga impasible si lo haces.

—¿Sobre qué prefieres que te halaguen?

—Me da igual, siempre que el halago sea sincero.

Dio otro mordisco a la pera y sintió que no quería estar en ningún otro lugar, lo que le produjo una desconocida sensación de calma. Desde que tenía uso de razón, Alistair había querido dirigirse hacia distintas direcciones a la vez. Siempre estaba pendiente de nuevas oportunidades de negocio o de nuevas aventuras. El fracaso nunca había sido una opción.

Jessica apretó los labios pensativa.

—A mí me gustaría que me halagasen por algo que fuese mérito mío. Todavía no me ha pasado, pero espero conseguirlo.

—Explícate.

—¿Cómo puedo llevarme el mérito por mi aspecto físico? Si

acaso, es mérito de mis padres. ¿Y cómo puedo sentirme orgullosa de mi compostura si, aunque quisiera, no sabría comportarme de otra manera?

—¿No podrías?

—De pequeña no tuve elección y ahora ya lo tengo tan interiorizado que no puedo imaginar comportarme de otro modo.

—No tuviste elección —repitió él—. Todos tenemos elección: podemos comportarnos como quieren los demás o hacer lo que queremos de verdad.

Los ojos grises de Jessica lo miraron más serios que antes.

—Depende de las consecuencias.

Alistair observó su cambio de humor, consciente de que estaba navegando por aguas muy profundas. Y consciente también de que ella no estaba dispuesta a permitirle que nadase a su lado de momento. Sin embargo, no pudo resistir la tentación de intentarlo.

—Tenía un amigo en Eaton —empezó— que probablemente era el tipo más inteligente que he conocido nunca. Y no me refiero sólo a los estudios, sino a que era muy observador y muy astuto. Sin embargo, siempre que le elogiaban su rápida capacidad de reacción y por saber aprovechar al máximo cualquier circunstancia, intentaba disuadirme. No confiaba en sí mismo y yo no podía entender por qué. Más adelante, cuando conocí a ciertos miembros de su familia, me di cuenta de que eran la clase de gente que no sabía valorar su agudeza mental, lo que menoscababa la autoestima de Barton. Sus padres querían que sacase mejores notas en el colegio y todo lo demás carecía de importancia.

—Entiendo cómo se sentía.

—Estoy seguro, hay muchas similitudes entre ustedes dos. Igual que hacía Barton, tú también te esfuerzas mucho en disuadirme cuando te halago. Pero a diferencia de él, tú confías en ti misma. A ti no te intimidan tus semejantes y a él sí. En tu caso, crees que no tienes mérito por tener algo que, si lo tuviese otra persona, se lo reconocerías. Y sugieres además que adquiriste alguno de esos logros por la fuerza. ¿Quién te forzó? ¿Tu madre? ¿La competencia que existía entre tus hermanos?

Jessica lo miró exasperada.

—¿Siempre eres tan curioso? Y si lo eres, ¿sientes el mismo nivel de curiosidad por todo el mundo o sólo por las mujeres que quieres llevarte a la cama?

—Eres tan arisca como un puercoespín e igual de difícil de atrapar. Me encanta.

—Lo que te encanta es el reto —lo corrigió ella—. Si yo te fuese detrás, las cosas cambiarían mucho.

—Hazlo —contestó él mirándola a los ojos—. Ponme a prueba.

—Otro desafío. ¿O es una apuesta? Ambos te resultan irresistibles.

Se metió en la boca el último pedazo de pan que le quedaba y después se dedicó a poner bien los almohadones. Cuando por fin se recostó en uno, apoyó el codo y lo miró y a Alistair la pose le resultó fascinante, de una elegancia natural y de una belleza carente de artificios.

Optó por no seguir discutiendo sobre la sinceridad de sus intenciones y retomó la conversación inicial.

—¿Y qué piensas hacer para conseguir que te elogien en el futuro? ¿Cuáles son tus planes?

—Quizá se me dé bien gestionar «Calipso». —Dio un delicado mordisco a un trozo de pera—. Tengo intención de hacerlo lo mejor posible.

—Apenas tendrás nada que hacer. Tarley tiene contratados a un capataz excelente y a un mayoral muy competente, y también tiene unas condiciones inmejorables con la compañía naviera que transporta su producción, si me permites que te lo diga. Es una maquinaria con el engranaje muy bien engrasado y funciona sin necesidad de que tengas que hacer nada.

En cuanto vio que el rostro de Jessica se ensombrecía, supo que había cometido un error. La verdad era que estaba muerto de miedo de que ella no lo necesitase para nada, lo que era más que probable si no tenía intenciones de vender la plantación. Pero eso no era excusa para echar por tierra sus ilusiones.

Jessica quería conquistar un territorio hasta el momento desconocido para ella y tenía que apoyarla, independientemente de las consecuencias que eso tuviese para él. Dios sabía que la admiraba por ello.

—Con todo esto no quiero decir que no haya nada que hacer —se apresuró a añadir—. Siempre es posible mejorar las cosas.

Jessica lo miró con gratitud, pero también diciéndole que sabía por qué había dicho eso. A pesar de que era nueva en el juego de la seducción y de la conquista sexual, se había dado cuenta de que Alistair había añadido esa frase para cortejarla.

—Eso espero. Como mínimo, me gustaría que el negocio siguiese funcionando bien.

—Y dices que no eres interesante —sonrió él.

Jessica bajó la vista hacia el zafiro que llevaba en el dedo.

—Quizá un poco —convino—. Al menos a ti te lo parezco.

—Y soy al único al que tienes que parecérselo.

Él le habría comprado un rubí. El rojo haría juego con el fuego que ella mantenía oculto en su interior.

—Puedes... ¿Podrás ayudarme? —Levantó la cabeza y lo miró entre las pestañas—. Tú empezaste de la nada, por lo que deduzco que sabes todo lo que hay que saber sobre el cultivo de la caña de azúcar.

El alivio que sintió Alistair fue acompañado de una emoción más cálida y suave.

—Por supuesto. Cuando te hayas instalado, puedo explicarte lo que quieras. No quisiera importunarte demasiado pronto, pero si algún día te surge cualquier duda, me sentiría honrado de poder ayudarte.

—Gracias.

Comieron en silencio durante un rato. El mero hecho de compartir el almuerzo y aquel día tan maravilloso con Jessica hacía feliz a Alistair, y se dio cuenta de que, cuanto más se mordía él la lengua, más se relajaba ella. Lo que lo llevó a preguntarse hasta qué punto permitía la joven que los demás la conociesen. Evadía más preguntas de las que contestaba. A pesar de ello, era más que evidente que a lo largo de su infancia había vivido momentos difíciles, con consecuencias lo bastante graves como para convertirla en una clase de mujer que no terminaba de encajar con quien quería ser realmente.

Volvió a mirar el anillo con el zafiro que brillaba en su delicada mano y se preguntó hasta qué punto la había conocido Tarley. La mayoría de los matrimonios de aristócratas eran uniones vacuas, basadas en el mutuo acuerdo de que nunca discutirían temas serios ni demasiado profundos entre ellos. No era inusual que los cónyuges hablasen sólo por encima de lo que habían hecho durante el día y que apenas se molestasen en averiguar cuáles eran los sentimientos del otro más allá de lo superficial.

¿Jessica tenía a alguien con quien pudiese compartir confidencias?

—Tenías una perra —recordó Alistair—. Siempre iba contigo.

—*Temperance* —contestó ella con añoranza—. Murió hace unos años. La echo muchísimo de menos. Hay veces que la falda me roza los tobillos y durante un instante me olvido y creo que es ella.

—Lo siento.

—¿Alguna vez te has encariñado de un animal?

—Mi hermano Aaron tenía un beagle que me gustaba bastante. Albert tenía un mastín que babeaba a todas horas como una fuente. Y Andrew tenía un terrier al que le puso de nombre *Lawrence*; era terrible y, lógicamente, me hice muy amigo suyo. Pero después de que *Lawrence* destrozase los muebles y las alfombras de casa, mi padre decretó que ya no entrarían más animales en casa. Tengo la mala suerte de ser el más joven y el último descendiente.

—Seguro que si hubieses tenido una mascota la habrías malcriado —adivinó Jessica con una sonrisa.

Alistair quería malcriarla a ella, llenarla de regalos, cubrir su cuerpo desnudo de joyas...

Se aclaró la garganta y le dijo:

—¿A lady Regmont también le gustan los animales?

—Hester siempre ha estado demasiado ocupada como para poder dedicarle tiempo a una mascota. Son pocos los días que no tiene completamente ocupados.

Alistair recordó lo vivaz que era la chica cuando él la conoció años atrás.

—A Michael le gustaba mucho esa característica de tu hermana, él también disfruta estando rodeado de mucha gente.

—A todo el mundo le gusta Hester. —Sopló el viento y un rizo le acarició la mejilla antes de que pudiese apartárselo—. Lo contrario es imposible.

—Michael no tenía ojos para nadie más cuando los dos estaban en la misma habitación.

—Hester brilla por encima de los demás en cualquier parte.

Alistair detectó la melancolía en su voz.

—La echas de menos.

—En más de un sentido —suspiró ella—. Mi hermana ha cambiado mucho a lo largo del último año. Me avergüenza decir que no sé si el cambio ha sido gradual o repentino. Después de que Tarley enfermase, apenas tenía tiempo para visitar a nadie.

—¿En qué sentido ha cambiado?

Jessica se encogió de hombros en señal de confusión.

—No sé si está enferma. Ha adelgazado mucho y siempre está muy pálida. Hay días que aprieta los ojos y los labios como si tuviese algún dolor, pero le he suplicado que llame a un médico y ella insiste en que no le pasa nada.

—Si le pasase algo, estoy convencido de que Michael se ocuparía de todo durante tu ausencia. Puedes estar tranquila.

—Con todos los temas que requieren su atención, dudo que el pobre tenga tiempo ni para ocuparse de sí mismo. Pobre hombre. Necesita una esposa que lo ayude a sobrellevar la carga.

—Tu hermana posee la habilidad de disponer siempre de toda su atención y tengo la teoría de que ése es precisamente el motivo por el que no se ha casado.

—¿Estás diciendo que Michael siente algo romántico por Hester? —preguntó, abriendo los ojos como platos.

—Desde hace años —sentenció Alistair, rotundo.

Él sabía demasiado bien lo mucho que podía llegar a consumir una obsesión.

—No —suspiró Jessica—. No puede ser. No puedo creérmelo. Michael nunca se ha comportado como si sintiese algo más allá de amistad.

—Y tú siempre te has fijado tanto en él que puedes estar segura, ¿no?

Ella se lo quedó mirando largo rato y luego sonrió arrepentida.

—No tenía ni idea.

—Y tampoco lady Regmont, y ése es el problema de Michael.

—Hester me habló de él en una ocasión, mientras confeccionaba una lista de las cualidades que debía tener su futuro esposo.

—¿Ah, sí? ¿Qué dijo? Quizá a Michael le consolaría saber que al menos algunos aspectos de él le parecen atractivos. Claro que quizá le resulte muy doloroso, teniendo en cuenta que ahora ya no hay nada que hacer.

—Creo recordar que dijo que le gustaba su simpatía. —A Jessica le brillaron los ojos—. Claro que, físicamente, tú eres el que más elogios recibió por parte de mi hermana.

—Me siento halagado. ¿Y tú le dijiste que opinabas igual?

—Mentí.

Alistair levantó las cejas.

—Más o menos —especificó ella—. Le dije que eras demasiado joven para que pudiese opinar al respecto.

Él se llevó una mano al corazón.

—¡Oh! La bella dama me ha asestado una herida mortal.

—Calla —lo riñó Jessica.

—La juventud tiene sus ventajas. El vigor, la resistencia...

—El ímpetu.

—Que puede ser delicioso si se utiliza como es debido —señaló él—. Y dado que has confesado que mentiste, lo que en realidad me estás diciendo es que incluso entonces te parecía atractivo. ¿Por qué no se lo dijiste a tu hermana? ¿Acaso no le cuentas tus pensamientos más íntimos a nadie?

—¡No podía permitir que Hester se interesase por ti! Haríais muy mala pareja.

—Aunque ella se hubiese fijado en mí, yo jamás le habría correspondido. Dice muy poco de la inteligencia de un hombre cortejar a una hermana cuando ha perdido la cabeza por la otra.

—Tú nunca has perdido la cabeza por nadie —replicó Jessica, sonrojándose—. No es propio de ti. Además, igual que en el caso del señor Sinclair, ni siquiera me insinuaste que supieras de mi existencia.

—Lo mismo puede decirse de ti. Al parecer, los dos nos habíamos fijado en el otro, pero tú estabas comprometida con Tarley y yo era demasiado joven. No tenía ni idea de lo que quería hacer contigo, más allá de cogerte sin límites, pero no sabía cómo conseguirlo. Eres una criatura tan perfecta, tan inmaculadamente gloriosa, que me parecía obsceno, además de imposible, lanzarme encima de ti y echarte un polvo.

Que Jessica no se escandalizase por su vocabulario tan directo demostraba que cada vez se sentía más cómoda con él, a diferencia de lo que habría sucedido apenas unos días atrás.

—Al parecer, ahora se te da mejor contener esos instintos, mucho más que cuando te vi en acción hace años.

—Contigo habría sido distinto.

Ella se sonrojó todavía más y apartó la mirada hacia la comida que había entre los dos.

—Quizá si Michael hubiese sido más atrevido, o más directo en cuanto a sus sentimientos por Hester, y no estoy insinuando que no sea considerablemente feliz con Regmont...

—Yo evito especular sobre el pasado. La vida es como es. Intentar sacar lo mejor de ella ya resulta bastante difícil, no tiene sentido malgastar energías lamentando algo que no se puede cambiar.

Jessica asintió dándole la razón, pero su mirada ausente delató lo confusa que estaba.

—Tú actúas decidido a no lamentar nada de lo que haces —murmuró casi para sí misma—. Mientras que yo siempre he optado por no hacer nada y así no tener nada que lamentar.

—¿Y quién decide cuál de las dos opciones es mejor?

—A mí me gustaría probar la tuya, al menos durante un tiempo.

Alistair levantó la vista hacia el cielo para mitigar la presión que pudiesen ejercer sobre Jessica sus siguientes palabras:

—Ahora es el momento perfecto. Ahora que estás lejos de casa puedes reinventarte y nadie tiene por qué enterarse.

—Tú te enterarás.

—Ah, sí, pero no se lo diré a nadie.

Ella dijo que no con un dedo y a él ese gesto le pareció encantador y juguetón.

—Me estás influenciando, pero todavía no sé si para bien o para mal.

—Yo sé exactamente lo que necesitas.

—¿Ah, sí?

—Completa libertad. —Se sentó—. Existe, y yo puedo enseñártela.

—La libertad siempre tiene consecuencias.

—Sí, pero ¿las críticas y la reprobación son consecuencia de la libertad o simplemente un incordio? ¿De verdad importa lo que los demás piensen de ti si tienes a tu alcance los medios para ignorarlos?

Jessica exhaló y dijo:

—Empieza a importarme lo que pienses tú de mí.

—Estoy loco por ti. —Alistair cogió la botella de vino que sobresalía de la cesta—. Y por ahora me gusta todo lo que voy descubriendo.

—No puede ser que los dos prescindamos de las convenciones sociales.

—¿Por qué no?

—Alguien tiene que ser la voz de la razón, y te elijo a ti para que lo seas.

—¿En serio? —se rió Alistair.

—Intercambiaremos los papeles: yo me comportaré como si las consecuencias de mis actos no me importasen lo más mínimo y tú estarás pendiente de las normas de decoro. Te irá bien la práctica, teniendo en cuenta que quieres volver a entrar en sociedad cuando regreses a Inglaterra.

Él estaba más que intrigado por la escandalosa sugerencia de Jessica.

—Vamos —lo animó ella—. Los dos sabemos lo bien que se te da romper las reglas; la cuestión es si eres capaz de seguirlas. ¿Puedes renunciar a un negocio, a un objetivo o a un deseo sólo por el mero hecho de que sea escandaloso? ¿Puedes dejar pasar una oportunidad sólo para evitar la censura?

—¿Y tú, puedes romper las convenciones? —preguntó él—. ¿Puedes seguir adelante con algo a pesar de que sea escandaloso? ¿Puedes aprovechar una oportunidad aunque corras el riesgo de que critiquen?

—Puedo intentarlo. —Le sonrió de un modo que él no le había visto nunca—. ¿Quieres que apostemos algo para que mi sugerencia te resulte todavía más interesante?

—Oh, así ya me parece muy interesante. —Intercambiar sus papeles abría un abanico de nuevas y sensuales posibilidades—. Pero ya me conoces, nunca rechazo una apuesta. ¿Veinte guineas?

Jessica le tendió la mano.

—Hecho.

11

─¡Es un sombrero precioso! ─exclamó lady Bencott.

Hester se quedó mirando la monstruosidad que adornaba la cabeza de lady Emily Sherman e intentó determinar si lady Bencott estaba siendo cruel o si sencillamente tenía mal gusto. Lady Bencott recibía muchos elogios por seguir siempre los dictados de la moda, así que Hester decidió que probablemente sería lo primero.

─En el escaparate hay un bonete ─sugirió Hester─. Creo que te quedaría precioso, Em.

Mientras caminaba hacia la parte delantera de la tienda, Hester pensó en lo mucho que echaba de menos a Jessica. La presencia de su hermana animaba cualquier salida para ir de compras, como la que había organizado ese día. Siempre sabía cómo mantener a raya a mujeres como lady Bencott expresando sus críticas con tanta suavidad que no dejaba espacio para ningún reproche.

Hester envidiaba la firmeza de Jessica. Ella no poseía la misma fortaleza que su hermana. Era mucho más afable, se le daba bien limar asperezas y evitar conflictos, fuera cual fuese el coste para sí misma.

Llegó a donde estaba el antes mencionado bonete, encima de un expositor precioso, pero se detuvo al ver una figura fuera de la tienda. Como de costumbre, la calle Bond estaba llena de peatones y, sin embargo, uno llamó especialmente su atención.

Era un hombre alto y musculoso, elegante, con las piernas de un jinete y una espalda que no necesitaba hombreras. Llevaba un abrigo verde oscuro y pantalones grises, discretos a la vez que sin duda carísimos. Desprendía tanta seguridad en sí mismo que, cuando caminaba, el resto de los transeúntes le abrían paso. Las mujeres lo miraban sin disimulo y los hombres se apartaban de su camino.

Y como si hubiese notado la intensidad de la mirada de Hester, el hombre giró la cabeza y la miró. Ella habría reconocido aquella mandíbula cuadrada en cualquier parte.

Michael.

Sintió cómo el calor se extendía por sus venas, algo que no le pasaba desde que Regmont le pegó por primera vez. Aquel día algo murió dentro de ella, pero ahora volvía a revivir, a despertarse.

Dios santo. ¿Cuándo se había vuelto Michael un hombre tan atractivo?

¿Cuánto tiempo hacía que su amigo de la infancia había dejado atrás la adolescencia? ¿Era porque se había convertido en lord Tarley? ¿O el cambio se había producido antes? Hester lo veía tan poco que no era capaz de señalar el momento exacto.

Él se quedó tan petrificado como ella, una figura inmóvil en medio de un mar de actividad. Tenía un porte tan distinguido, tan tranquilo. Se sentía cómodo siendo tan alto, algo que el esposo de ella, que era un poco más bajo, nunca había conseguido.

Hester levantó la mano y antes de darse cuenta de lo que estaba haciendo, se vio fuera de la tienda, esperando a Michael, que la saludó a su vez, impaciente, mientras se abría paso entre la gente.

—Buenas tardes, lord Tarley —le dijo Hester cuando él llegó a su lado.

La sorprendió que su voz sonase tan serena y calmada, pues estaba alterada y confusa.

Michael se quitó el sombrero y dejó al descubierto su pelo color chocolate. Le hizo una reverencia y la saludó.

—Lady Regmont. Me siento muy afortunado de haberme cruzado con usted esta mañana.

Hester se sintió ridículamente feliz por el cumplido.

—El sentimiento es mutuo.

Él miró por encima del hombro de ella, hacia la sombrerería.

—¿Ha salido a pasear con sus amigas?

—Sí. —Lo que significaba que no podía hablar con él del tema que más la preocupaba—. Tengo que verlo lo antes posible. Me urge hablar con usted.

Michael se puso tenso.

—¿Qué sucede? ¿Ha pasado algo?

—Me he enterado de su apuesta con Regmont.

—No le haré daño —aclaró él, enarcando ambas cejas—. No demasiado.

—No es Regmont quien me preocupa.

Michael no tenía ni idea de la bestia que podía llegar a despertar.

Él intentó contener una sonrisa, pero no lo consiguió y le sonrió de oreja a oreja. El gesto dejó a Hester sin aliento y la obligó a darse cuenta de las pocas veces que lo había visto sonreír. La cautela de Michael siempre había sido más que evidente, él nunca había caído rendido ante sus encantos, como solían hacer la mayoría de los hombres.

—No sé si sentirme halagado por que se preocupe por mí —le dijo— o insultado por su falta de confianza en mi técnica pugilística.

—No puedo soportar la idea de que te hagan daño.

—Por ti, haré todo lo que pueda para protegerme. Aunque tienes que saber que, para lograrlo, lo más probable es que tu esposo salga vapuleado.

¿Los ojos de Michael siempre la habían mirado con tanta ternura?

—Regmont es físicamente capaz de protegerse solo.

En cuanto vio que Michael fruncía el cejo, se dio cuenta de que quizá había revelado más de lo que debía e intentó distraerlo.

—Me encantó que vinieras a verme el otro día. Me gustaría que me visitases más a menudo.

—Ojalá pudiera, Hester —contestó él en voz baja e íntima y con los ojos entrecerrados—. Lo intentaré.

Se fueron cada uno por su lado y ella tuvo que recurrir a toda su fuerza de voluntad para no darse la vuelta mientras regresaba a la tienda. Una cosa era que hubiese salido un momento para hablar con el cuñado de su hermana y otra muy distinta que la pillasen mirándolo descaradamente.

—El título le sienta muy bien a Tarley —dijo lady Bencott en cuanto Hester se reunió con ellas.

Ella se limitó a asentir, consciente del dolor y de las obligaciones que Michael había heredado junto con ese título.

—Si tienes suerte, Emily —siguió lady Bencott—, quizá consigas llamar su atención con el nuevo sombrero y comprometerte con él.

—Ojalá fuese tan afortunada. —Em cogió otro sombrero horrible y se lo colocó sobre sus preciosos rizos negros—. Hace tiempo que me fijé en él.

Hester sintió una punzada en el pecho al oír el tono embelesado de su amiga. Se dijo a sí misma que era culpa del embarazo y no de algo mucho más complicado e imposible..., como los celos.

—¿Querías verme?

Michael levantó la vista al oír que su madre entraba en el despacho. A pesar del nada despreciable tamaño de la estancia, la delicada presencia de la condesa de Pennington parecía dominar el espacio. Lo que hacía de Elspeth Sinclair una mujer tan formidable era su espíritu y la fuerza que desprendía. Su carácter complementaba maravillosamente su belleza física y su elegancia.

—Sí. —Michael dejó la pluma y se puso en pie. Rodeó el escritorio de caoba y señaló uno de los sofás; esperó a que su madre se sentase antes de tomar asiento frente a ella—. Tengo que pedirte un favor.

Ella lo estudió con la mirada. La reciente pérdida de su amado hijo se reflejaba en las profundidades de sus ojos, y la tristeza la envolvía como un manto.

—Sabes que sólo tienes que pedírmelo. Si está en mi mano concedértelo, dalo por hecho.

—Gracias.

Michael ordenó sus pensamientos, buscando el mejor modo de formular su petición.

—¿Cómo estás? —le preguntó Elspeth, entrelazando los dedos en el regazo y levantando el mentón. Tenía algunos mechones plateados en las sienes, pero su rostro apenas mostraba síntomas de envejecimiento. Seguía siendo bella y serena—. He intentado respetar tu intimidad tanto como me ha sido posible, pero te confieso que estoy preocupada por ti. No eres el mismo desde que murió Benedict.

—Ninguno de nosotros lo es. —Michael se recostó contra el respaldo del sofá y exhaló agotado.

Hacía tiempo que veía venir aquella conversación. Su madre había dado verdadera muestra de paciencia al posponerla tanto, teniendo en cuenta que quería estar informada de todo lo que les sucedía a los miembros de su familia, minuto a minuto. Mientras Pennington, su padre, se había quedado de luto en el campo, ella hacía semanas que había llegado a la ciudad para facilitar la transición de Michael a su nueva vida del modo menos intrusivo posible.

Elspeth fingía estar ocupada con sus amigas, pero él sabía que el verdadero motivo por el que había ido allí era para apoyar al único hijo que le quedaba, mientras éste intentaba, sin conseguirlo, ocupar la vacante que había dejado su fallecido hermano.

—Todos habíamos dado por hecho que Benedict siempre estaría aquí y lo digo con el mayor de los respetos —señaló Michael, cansado—. Jamás se nos ocurrió pensar que un día nos dejaría y que iríamos a la deriva sin él.

—Tú no estás yendo a la deriva —lo contradijo Elspeth—. Eres más que capaz de asumir tus nuevas responsabilidades, pero tienes que hacerlo a tu modo. No hace falta que seas como Benedict.

—Lo estoy intentando.

—Estás intentando encajar en el molde que tu hermano se hizo a su medida y te suplico que no creas que eso es lo que queremos tu padre y yo.

—No se me ocurre mejor hombre al que emular.

Su madre levantó una mano y lo señaló, empezando por las botas y terminando por la corbata.

—Apenas te he reconocido cuando he entrado. Los tonos sombríos de tus nuevos trajes y la completa ausencia de adornos... Éste no eres tú.

—Ya no soy un mero Sinclair —se defendió él—. Ahora soy Tarley y algún día, y Dios quiera que falte mucho tiempo para eso, seré Pennington. Tengo que ser sobrio y formal.

—Tonterías. Lo que tienes que ser es feliz y sensato. Las cualidades que hacen que tú seas tú ayudarán mucho más al título que el hecho de que intentes imitar a tu hermano.

—La cordura es un lujo que todavía me tengo que ganar. Por ahora, apenas consigo mantener el ritmo. No tengo ni idea de cómo lo hacía Benedict para cumplir con todas sus obligaciones, pero Dios, hay ocasiones en que la cantidad de trabajo parece inacabable.

—Tendrías que delegar y confiar más en los demás. No tienes por qué hacerlo todo solo.

—Sí, sí que tengo, al menos hasta que sepa lo suficiente como para permitir que lo haga otra persona. No puedo dejar en manos de unos empleados la estabilidad económica de nuestra familia sólo para facilitarme la vida o para no quedar como un ignorante. —Michael miró a su alrededor y se sintió como un intruso, ocupando aquel lugar impregnado de la esencia de su hermano. Él nunca habría elegido aquellos tonos rojos y marrones, pero no había querido cambiar nada después de su muerte. Se sentía como si no tuviese derecho a hacerlo, ni tampoco ganas—. A diferencia de Benedict, yo ni siquiera tengo que preocuparme por «Calipso», y sin embargo me siento como si apenas estuviese rozando la superficie de todo lo que tengo que hacer.

Elspeth negó con la cabeza.

—Sigo teniendo sentimientos encontrados acerca de la decisión de tu hermano de dejarle a Jessica una responsabilidad tan grande.

—Teniendo la propiedad de la plantación a ella no le faltará nada durante el resto de su vida.

—Su estipendio anual es más que suficiente para considerarla una viuda rica. La plantación no era una de las mayores fuentes de ingresos porque sí; consumía mucho tiempo de tu hermano y gran parte de sus esfuerzos. Seguro que a Jessica le resultará demasiado difícil hacerse cargo de su gestión. Tiemblo sólo de pensarlo.

—Benedict me lo contó antes de hacer testamento y la verdad es que comprendí por qué lo hacía.

—Entonces explícamelo.

—La quería —dijo sin más—. Decía que esa isla tenía un efecto especial en Jessica, que la afectaba y alteraba su personalidad de un modo que él quería que fuese definitivo. Quería que ella sintiese el poder que acompaña la autosuficiencia en el caso de que algún día tuviese que vivir sin él. Me dijo algo acerca de que había estado encarcelada y que necesitaba ser completamente libre.

—Supongo que tenía buena intención, pero Jessica tendría que estar aquí con nosotros. Me duele pensar que está sola.

Michael aprovechó para sacar el tema por el que la había mandado llamar.

—Su hermana, lady Regmont, siente lo mismo. Y hablando de Hester, el favor que quiero pedirte tiene que ver con ella.

—¿Ah, sí?

—Me gustaría que estrechases tu amistad con ella, que la introdujeses en tu círculo social. Que pasases más tiempo en su compañía.

Elspeth levantó las cejas.

—Es una chica encantadora, pero nos separan muchos años. No estoy segura de que tengamos demasiados intereses en común.

—Inténtalo.

—¿Por qué?

Michael se inclinó hacia adelante y apoyó los antebrazos en las rodillas.

—Temo que esté pasando por un mal momento y necesito tu opinión al respecto. Si estoy en lo cierto, seguro que tú lo notarás en seguida.

—Lo que quería decir es por qué muestras tanto interés por lady Regmont. ¿Es por Jessica?

—Por supuesto que me hará muy feliz poder tranquilizar a Jessica —respondió—. Las dos hermanas están muy unidas.

—Lo que es lógico y encomiable por tu parte. Sin embargo, sigo sin entender por qué te preocupas por el bienestar de la esposa de Regmont. —Su tono fue más curioso que argumentativo—. Si le sucediese algo que requiriese especial atención, seguro que su marido se ocuparía. Tú, por otro lado, necesitas buscarte tu propia esposa de la que ocuparte.

Michael gruñó resignado y echó la cabeza hacia atrás con los ojos cerrados.

—¿Acaso sólo piensas en casarme? Las páginas de sociedad no paran de especular y están repletas de chismes acerca de mis intenciones. Y ¡ahora ni siquiera puedo estar tranquilo en mi propia casa!

—¿No hay ninguna mujer que te llame la atención?

«Pues claro que sí, tal como has deducido, estoy locamente enamorado de la esposa de otro hombre.»

Se incorporó.

—Basta. Estoy bien. Los asuntos de la familia están bien. No hace falta que te preocupes por nada. Estoy cansado y me siento poco preparado, pero estoy aprendiendo rápido y seguro que pronto será como si lo hubiese hecho toda la vida. No hace falta que te angusties por mí, por favor.

Su madre se puso en pie y se acercó a la cuerda de la campanilla. Su falda de seda color melocotón rozó la alfombra al caminar.

—Necesito tomarme un té bien cargado.

Michael se tomaría algo más fuerte.

—Bueno —se resignó Elspeth—, cuéntame qué es lo que te preocupa de lady Regmont.

Michael apenas se alegró de haber logrado que su madre capitulase. ¿Qué motivos podía tener Hester para tener tanto miedo de que dos caballeros civilizados practicasen un poco de pugilismo? Todavía recordaba el modo en que lo había mirado cuando se habían encontrado antes, implorándole con lágrimas en los ojos. Y muy preocupada.

—Está cadavérica y demasiado pálida. Parece demasiado frágil, tanto física como mentalmente. Ella no es así. Hester era muy vivaz y siempre estaba llena de energía y de ganas de vivir.

—Los hombres no suelen fijarse en esos cambios ni siquiera cuando los sufre su esposa, y mucho menos las de los demás.

Michael levantó una mano para detener la reprimenda y las especulaciones de su madre.

—Sé cuál es mi lugar y el suyo. Y ten presente que estoy dejando el asunto en tus manos. Si me ayudas, podré concentrarme en el montón de temas que tengo pendientes.

Una doncella con cofia blanca apareció tras abrir la puerta y Elspeth le pidió que les trajese el té. Después, volvió a ocupar su anterior asiento y se alisó la falda al sentarse.

—Tu combate de boxeo contra Regmont cobra de repente un nuevo sentido. A mí me parecía que correr el riesgo de provocar a la magistratura no encajaba con el nuevo hombre en que te has convertido. La verdad es que pensé que por fin estaba reapareciendo el viejo Michael.

—Ves motivos ocultos donde no los hay. Y no es ningún combate, como dices tú, lo que sin duda llamaría la atención de la magistratura. Sólo somos dos hombres que vamos a practicar un poco de deporte juntos.

Elspeth lo miró con la exasperación propia de una madre.

—No creerás que no me he dado cuenta de que no dejas de tocarte la cadena del reloj de bolsillo, o que no paras de mover el pie derecho. Ambos son tics que tienes desde hace mucho tiempo, pero que a lo largo del último año habías conseguido controlar. Sin embargo, te basta con hablar de lady Regmont, con pensar en ella, para que vuelvan a despertarse. Ella te afecta profundamente.

Él se frotó el rostro con una mano.

—¿Por qué las mujeres insistís siempre en buscar un significado oculto a cualquier acto sin importancia?

—Porque las mujeres nos fijamos en todos los detalles del día a día, algo de lo que los hombres sois incapaces. Y por eso somos más listas que ustedes.

Le sonrió, mostrando su perfecta dentadura blanca.

Michael, que conocía esa sonrisa, se tensó al verla, consciente de lo que significaba.

—Me ocuparé de Hester por ti —le dijo su madre con dulzura—, pero a cambio de algo.

Claro. Lo sabía.

—¿De qué?

—Tienes que dejar que te presente a damas casaderas.

—Maldita sea —soltó él—. ¿No puedes hacerlo por la bondad de tu corazón?

—Lo haré por ti. Tienes demasiado trabajo, estás demasiado cansado y te faltan mimos. No me extraña que te sientas atraído por alguien que te resulta familiar y confortable.

Michael comprendió que seguir discutiendo con su madre sólo lo perjudicaría, así que se mordió la lengua y se puso en pie.

Era evidente que el té no era la bebida fuerte que necesitaba. El coñac que Benedict guardaba en la estantería detrás del escritorio le iría mucho mejor. Se acercó al lugar y se agachó para abrir el pequeño armario que había en la parte inferior del mueble.

—Me alegro de que no digas nada —continuó su madre—, porque ahora lo que te conviene es escuchar. Estoy casada con un Sinclair y he criado a otros dos; sé perfectamente de qué pasta estáis hechos.

Michael se llenó medio vaso de coñac, pero recapacitó y siguió echándose hasta llegar al borde.

—¿Somos distintos de los demás?

—Hay hombres que eligen a sus parejas con la cabeza, sopesando los pros y los contras de un modo completamente analítico. Otros, como tu amigo Alistair Caulfield, reaccionan ante la atracción física. Pero los Sinclair las elegís con esto —se golpeó el pecho encima del corazón— y cuando habéis tomado una decisión es muy difícil haceros cambiar de opinión.

Michael se bebió el contenido de la copa en dos tragos.

Elspesth chasqueó la lengua para mostrar su desaprobación.

—Tu abuela tardó años en aceptarme, opinaba que yo era demasiado testaruda e intratable para ser una mujer, pero tu padre se negó a ceder.

—Me pregunto por qué opinaría eso la abuela.

—Y Jessica... La quiero como si fuese mi propia hija, pero al principio tenía mis reservas respecto a ella. Es el tipo de persona que nunca llegas a conocer, pero Benedict no quería ni plantearse elegir a otra.

—Y fue muy feliz.

—¿Lo fue? Entonces, ¿por qué tenía que esforzarse tanto, como por ejemplo legándole la plantación, para que ella sacase su lado más profundo? El amor conlleva el deseo innato de querer poseer a la otra persona en cuerpo y alma. Creo que, a la larga, Benedict probablemente habría llegado a lamentar que Jessica fuese incapaz de abrirse a él. Por desgracia, su matrimonio ya no tiene importancia. Ahora tú eres el que tiene sentimientos por una persona completamente inapropiada y el que necesita fijarse en otra. Es el mejor modo de olvidar un amor no correspondido.

—Tengo asuntos más importantes de los que ocuparme.

—Quizá antes habrías podido quedarte soltero, pero ahora no.

Michael se quedó mirando la copa vacía que tenía en la mano, haciéndola girar sobre sí misma para atrapar la luz que se colaba por la ventana de su izquierda.

De todos los deberes que había heredado como Tarley, el que más le dolía era la obligación de encontrar esposa. Iba a tener que casarse sin amor e iba a tener que perpetuar el fraude durante toda la vida. Se deprimía y agotaba sólo de pensarlo.

—Visita a lady Regmont —dijo entre dientes—. Dale los consejos que necesite o escúchala si le hace falta y durante todo el tiempo que sea preciso. A cambio, yo me prestaré a que me busques esposa.

Elspeth sonrió satisfecha.

—Hecho.

12

Jess paseó por la cubierta cogida del brazo de Beth. La brisa del mar soplaba con fuerza e hinchaba las velas al mismo tiempo que propulsaba el navío rumbo a su destino. Aunque para su doncella el barco no iba lo bastante rápido.

— Estoy cansada de ver el mar y de este barco —se quejó la chica—. Y todavía nos faltan semanas.

—Oh, no hay para tanto.

Beth la miró con una sonrisa pícara.

—Usted tiene una distracción de lo más atractiva que la ayuda a pasar el rato.

Jess intentó poner cara inocente.

—Jamás lo reconoceré.

Gracias a su relación con Alistair, Jessica por fin había comprendido lo que sentían las jovencitas cuando se enamoraban en la adolescencia. Ella no lo había experimentado hasta entonces. Pensaba en Alistair con alarmante regularidad, tanto cuando estaba despierta como cuando dormía.

—Recuérdame cómo era tu novio de Jamaica —le dijo a la joven para ver si así el objeto de su fascinación le daba un respiro.

—Ah..., mi Harry. Es un hombre muy dulce y fogoso. Y ésa es la mejor combinación, si me permite que se lo diga.

Jess se rió.

—¡Eres una descarada!

—A veces —reconoció Beth sin avergonzarse.

—¿Dulce y fogoso dices? Nadie me dijo que buscase esas cualidades en un hombre.

—Algo debieron de contarle si ha conseguido atrapar al hombre más guapo que he visto nunca —contraatacó la doncella—. Claro que cuanto más guapo es el hombre, más difícil lo tiene la mujer.

—¿Ah, sí? ¿Y eso por qué?

—Porque reciben un trato distinto. En algunos aspectos se espera más de ellos y en otros menos. Se les perdonan cosas que a los demás no se les perdonarían y se los valora más por otras. —Beth la miró—. No es mi intención faltarle al respeto, señora, pero debe tenerlo presente.

Jess asintió. Lo tenía presente.

—En resumen —concluyó la joven—, son hombres que tienen más libertad que el resto y que sufren menos consecuencias. Se los perdona más veces de las que merecen. Y, por desgracia, las mujeres somos incapaces de dejar de quererlos. A mí, si me diesen a elegir entre un hombre guapo y encantador y uno dulce y fogoso, escogería el dulce. Sé que sería mucho más feliz.

—Eres una mujer muy sabia, Beth.

—He aprendido a base de errores —contestó ella, quitándose importancia—. Pero también estoy agradecida por ellos. Aunque si le digo la verdad, probablemente haría una excepción para el señor Caulfield. Están los hombres guapos y luego están los hombres que te ponen la piel de gallina. Y éstos son un caso especial.

—Sí, el señor Caulfield causa ese efecto, ¿a que sí?

Lo que hacía que le resultase extremadamente difícil resistirlo y también evitar las consecuencias que sin duda conllevaría tener una aventura con él. Jessica todavía no había logrado encontrar ningún motivo que lo justificase. Arriesgarlo todo por unas meras horas de placer le parecía una frivolidad.

—No tiene de qué preocuparse. Está completamente a salvo.

Jessica se sentía de todo menos a salvo, así que miró intrigada a la doncella.

—¿En qué sentido?

—Es demasiado pronto para usted. Todavía está de luto. Cuando el corazón está sanando, buscamos a alguien que nos haga olvidar que nos duele. Pero un día ya no queremos olvidar y dejamos que esa persona se vaya. Cuando llegue ese momento, usted se despedirá del señor Caulfield sintiéndose agradecida de haberlo conocido y sin ningún remordimiento. Así es como las mujeres sobrevivimos a la pérdida de nuestros hombres.

—¿De verdad?

Jess no sabía que existiera la posibilidad de tener una relación más íntima con Alistair sin sentir nada más profundo por él. La idea la sorprendía... y aliviaba.

—Bueno... la persona cuyo corazón está sanando no siente dolor porque durante el proceso dicho corazón crea un caparazón. Para protegerse hasta que esté listo para volver a amar. —Le apretó el brazo a Jess y continuó—: Y yo no me preocuparía demasiado por el señor Caulfield, señora. Hay algo extraño en él. Según mi experiencia, ese tipo de hombres hace años que llevan un caparazón. Y se han acostumbrado tanto a vivir así que no tienen intención de quitárselo.

Un niño cruzó corriendo la popa. La imagen fue tan inesperada que Jess se olvidó de lo que iba a decir. El niño no parecía tener más de once años, con sus mejillas todavía infantiles y una mata de rizos rubios. Iba corriendo hacia el timonel cuando alguien le puso la zancadilla. El niño tropezó y se cayó llorando en la cubierta.

Horrorizada ante ese comportamiento tan cruel, Jess se puso todavía más furiosa cuando el marino que había hecho tropezar al niño lo levantó por las orejas y empezó a reñirlo con un lenguaje tan soez que ruborizaba.

El niño se asustó ante tal muestra de violencia, pero tuvo la valentía de mantener la cabeza erguida.

En ese instante, Jess recordó lo que se sentía al estar en aquella situación. Mentalmente volvió a la época en que el pánico convivía en su interior con la certeza de que iba a recibir otro golpe. Porque siempre había otro. La furia enfermiza que dominaba a hombres como su padre, o como el marinero que tenía delante, se retroalimentaba e iba en aumento hasta que el agotamiento físico les impedía seguir abusando de sus víctimas.

Incapaz de mirar hacia el otro lado, se soltó del brazo de Beth y se encaminó hacia ellos.

—¡Usted, señor!

El marinero estaba tan ocupado riñendo al niño que no la oyó. Jessica volvió a llamarlo más alto y consiguió que otro miembro de la tripulación le prestase atención y le diese un codazo a su compañero para que le hiciese caso.

Se detuvo ante ellos.

—Señor, no puedo tolerar que trate así a un niño. Hay modos mejores de enseñar disciplina.

El hombre la miró con ojos fríos y oscuros.

—Esto no es asunto suyo.

—Cuida tus modales con mi señora —lo riñó Beth, consiguiendo que el tipo las mirase peor.

Jess conocía perfectamente esa mirada. A aquel hombre le ardía la sangre de odio y necesitaba desahogarse. La triste realidad era que había muchos como su padre, hombres que carecían de la inteligencia o de la fuerza de voluntad necesaria para encontrar otros métodos menos nocivos para relajarse. Lo único que sabían hacer para desprenderse de su odio era soltarlo sobre los demás y tenían la mente tan dañada que además disfrutaban haciéndolo.

—Usted no sabe cómo se maneja un barco, señora —dijo burlón—. Y hasta que no lo sepa, más le vale dejar que yo me ocupe de *aprenderle* al niño cómo sobrevivir en uno.

Otros tripulantes fueron rodeándolos, aumentando la ansiedad de Jessica.

—Enseñarle —lo corrigió ella, luchando por controlar los nervios que le tensaban los hombros y el cuello—. Si eso es lo que quería decir, no depende de dónde se haga. Y, en cualquier caso, lo está haciendo mal.

El marinero se puso las manos en los bolsillos y se balanceó sobre los talones sin dejar de sonreír entre la barba rojiza que le cubría el rostro. A Jessica le puso los pelos de punta.

—Cuando a un marino se le dice que vaya a buscar algo, ¡más le vale no olvidar lo que le han pedido ni que tiene que ir a buscarlo!

—¡Es sólo un niño! —exclamó ella, notando que se le quebraba la voz y fue como si le diesen un latigazo. Dio un paso hacia atrás sin darse cuenta.

Algo se rompió en su interior al darse cuenta de que la calma que tanto le había costado conseguir, y de la que se sentía tan orgullosa, se alteraba con tanta facilidad. Se había convencido de que si de adulta se encontraba con algún individuo violento, sería capaz de controlar la situación, a diferencia de cuando era pequeña. Creía que sería más fuerte y que podría decir las palabras cortantes que se había imaginado de niña. Y, sin embargo, allí estaba, con un nudo en la garganta y la espalda completamente rígida, temblando de tensión.

—Ante todo, el niño es un marino. —El hombre cogió al pequeño del pelo y tiró con fuerza. El niño chocó contra el torso de su agresor y gritó asustado—. Y tiene que aprender a ganarse el pan y a no entrometerse.

Jessica se tragó su miedo.

—A juzgar por lo que he visto, diría que ha sido su pie el que se ha entrometido en su camino.

—Lady Tarley.

Al oír la voz de Alistair, Jessica se dio media vuelta.

Los marinos que había allí parados le abrieron paso a medida que él iba acercándose y el silencio aumentaba con cada paso suyo. Sólo con su presencia, Alistair Caulfield inspiraba respeto. Los puños cerrados de Jessica se relajaron, aunque volvió a apretarlos al notar su creciente frustración. No tendría que hacerle falta que viniese otra persona a solucionar sus problemas, pero al parecer así era y eso la hacía sentir débil e indefensa.

—¿Sí, señor Caulfield?

Él la miró directamente a la cara.

—¿Desea que la ayude?

Jess pensó la respuesta durante un segundo y luego dijo:

—¿Podríamos hablar en privado?

—Por supuesto. —Alistair fulminó a los presentes con la mirada—. Volved al trabajo.

Los marinos se dispersaron al instante.

Señaló al hombre que había hecho enfadar tanto a Jess.

—¡Tú!

El marinero se quitó el gorro de lana.

—¿Sí, señor Caulfield?

El cambio que se produjo en Alistair fue sorprendente. El azul de sus ojos se heló por completo e incluso Jess se asustó. Recordaba haberle visto esa mirada en su juventud, cuando ese azul hielo le servía para seducir a mujeres y apostar con hombres.

—Replantéate seriamente tu comportamiento con nuestro joven marino —le advirtió cortante—. Yo no tolero el maltrato de niños en mi barco.

Una potente oleada de admiración y placer inundó a Jess. Seguro que Alistair había presenciado lo sucedido mientras se acercaba, y que él tuviese aquella opinión al respecto significaba mucho para ella.

Le tendió una mano al niño.

—¿Quieres desayunar con nosotros?

El niño abrió mucho los ojos, como si eso le diese más miedo que recibir una paliza. Negó con la cabeza con vehemencia y se acercó a los demás hombres.

Jessica se sintió confusa; estaba convencida de que el crío suspiraría aliviado y agradecido. Pero luego lo comprendió. Una de las lecciones que más le había costado aprender de pequeña era que posponer lo inevitable sólo servía para que al final recibiese peor castigo.

Se le llenaron los ojos de lágrimas que no derramó, tanto por el niño que tenía delante como por la niña que ella había sido. Lo más probable era que con su comportamiento sólo hubiese conseguido empeorar la situación del pequeño.

Sin esperar a Alistair, giró sobre sus talones y corrió hacia el pasadizo. Cuando notó una mano en su espalda se le nublaron los ojos. Dejó que él la acompañase y le dio las gracias por conducirla hasta el piso inferior y encerrarse con ella.

El camarote de Alistair. A pesar de lo distraída que estaba y de que tenía los ojos llenos de lágrimas, lo supo en cuanto lo olió. La exquisita fragancia que lo identificaba impregnaba el lugar y la reconfortó.

Tenía unas dimensiones similares a las de su camarote y los mismos muebles, pero estando en los dominios de él, Jessica se sentía distinta, más alerta, consciente de la inevitable atracción entre ambos.

Respiró con el aliento entrecortado y se apretó las manos, que no dejaban de temblarle. A pesar de lo que había creído, todavía no se había librado de su padre. Y ahora sabía que jamás lo lograría.

—¿Jessica? —Alistair se colocó delante de ella y soltó el aliento—. Maldita sea... No llores.

Ella intentó apartarse, pero él la cogió y la abrazó, pegándola a su cuerpo de los pies a la cabeza. La mejilla de Jessica descansó sobre la sedosa superficie de su chaqueta. Podía oír el corazón de él latiendo con fuerza.

—Háblame —le pidió Alistair.

—Ese... ese hombre me resulta ofensivo en todos los sentidos. Es malo y no tiene ningún pudor en demostrarlo. Conozco a la gente de su calaña. Es un animal. Te convendría deshacerte de él.

Cuando ella terminó de hablar, se hizo un largo silencio, durante el cual la respiración de Alistair fue demasiado alta y regular como para ser natural. Jessica lo conocía lo bastante bien como para saber que estaba analizando las implicaciones de lo que había dicho y especulando acerca del origen de esos pensamientos.

Él le acarició la espalda.

—Tengo intención de hablar con el capitán Smith. Ese hombre será despedido en cuanto lleguemos a puerto.

Jessica se irguió, apartándose un poco. Alistair hacía que tuviese ganas de apoyarse en él y no sólo físicamente. Y eso era muy peligroso.

—Jess... —Que la llamase por ese apodo tan familiar confundió sus sentimientos todavía más—. Quizá te haría bien hablar del motivo por el que estás tan alterada.

—¿Contigo? —se burló, dirigiendo hacia él la rabia que sentía, para así defenderse. Alistair la afectaba demasiado, en su presencia se sentía demasiado expuesta—. ¿Quieres que desnude mi alma ante un extraño?

Él aceptó el insulto con tanta elegancia que Jessica se avergonzó de habérselo dicho.

—Tal vez yo sea tu mejor opción —le dijo calmado—. Soy una persona imparcial sobre la que, además, posees cierta información delicada sobre su pasado. En el caso de que me sintiese tentado de divulgar lo que vayas a contarme, cosa que sabes que no haría jamás, estoy demasiado lejos de tu círculo de amistades como para que pudiese afectarte.

—No se me ocurre nada de lo que me apetezca menos hablar. —Se acercó a la puerta.

Alistair le bloqueó el paso y se cruzó de brazos.

Estar encerrada empeoró su ya inestable humor.

—¿Pretendes retenerme?

Él la retó en silencio con una suave sonrisa. A diferencia de la mueca de desprecio del marino, la mirada de Alistair la hizo sentir poderosa.

—Ahora te sientes muy vulnerable —le dijo—. Y mientras sigas sintiéndote así te quedarás conmigo.

A Jessica no le pasó por alto el paralelismo entre esa frase y lo que Beth le había dicho antes. Alistair había querido decir otra cosa, pero el significado seguía siendo el mismo. Gracias a la experiencia de su doncella, ahora comprendía por qué se sentía tan atraída hacia la tentación que Alistair representaba. Pero seguía sin entender qué sacaría él de todo eso.

—¿Y a ti qué te importa?

—Tú eres mi amante, Jess.

—Todavía no.

—A estas alturas, el sexo es una mera formalidad —contestó en voz baja e íntima—. Nosotros dos siempre hemos sido inevitables. Y yo no soy un hombre que se conforme con quedarse sólo con una parte de lo que quiere. Yo tengo que tenerlo todo. Lo bueno y lo malo.

—¿Quieres que vomite toda la historia? —Pronunció las palabras furiosa, porque de repente tenía muchas ganas de contárselo—. ¿Acaso eso no me equipararía a ese marinero? ¿Obligando a otra persona a soportar el peso de mis desgracias?

Alistair dio un paso hacia ella.

—A diferencia de ese niño, yo puedo soportarlo. Mejor dicho, *quiero* soportarlo. No hay nada de ti que no quiera.

—¿Por qué?

—Porque te deseo sin restricciones y es así como te quiero. De todas las maneras.

Jess sintió la necesidad de caminar arriba y abajo, pero se contuvo gracias a años de práctica. Las damas no pasean nerviosas. Las damas no revelan ninguna emoción excepto serenidad. Las mujeres existen para hacer que las cargas de un hombre sean más llevaderas, no para añadirle otras.

Sin embargo, Alistair, la criatura más masculina que conocía, era la única persona con la que se sentía lo bastante cómoda como para desvelarle los secretos más oscuros de su alma. Jessica sabía, sin ninguna duda, que, a diferencia de otros, él no pensaría mal de ella. No la trataría de un modo distinto. Él sabía lo que era la oscuridad. Había vivido dentro de ella, le había rendido pleitesía y había salido victorioso y más fuerte de la experiencia.

A Jessica seguía sorprendiéndola lo decidido que era, lo imparable que podía llegar a ser y lo dispuesto que estaba a caer en desgracia ante los ojos de la sociedad si con ello conseguía lo que se proponía.

De joven, su sensualidad innata y su excesivo atractivo físico lo pusieron en manos de personas lascivas de baja moral que lo utilizaron. Alistair, consciente de que dependía de sí mismo para tener un futuro, se aprovechó como pudo de esas insostenibles circunstancias. Pero ¿a qué precio?

—Jessica, ¿qué piensas cuando me miras así?

Se había quedado mirándolo hipnotizada por su belleza oscura y por el aura que lo rodeaba. Ella no tenía la experiencia necesaria para detectar eso a lo que había hecho referencia Beth, pero seguía siendo una mujer con todos los instintos propios de su género. La sensualidad que exudaba Alistair por todos los poros era adictiva. Cuando no estaba con él se moría de ganas de estarlo. Los sentimientos que había desarrollado hacia ese hombre a lo largo de las últimas semanas la asustaban, porque era consciente de que entre ellos dos no podía existir nada permanente.

Su mundo no era el de él y el de él no era el suyo. Eran dos viajeros que compartían viaje durante un breve período de tiempo, pero sus caminos volverían a separarse. Jessica no se quedaría en las Antillas para siempre y él no podría soportar la alta sociedad londinense durante mucho tiempo, a pesar de que ahora afirmase lo contrario. El deseo que sentía hacia ella no era lo único que no conocía límites para Alistair. Era un hombre atrevido y vibrante y muy poderoso. La buena sociedad, a cuya imagen y semejanza ella había sido moldeada, no tardaría en aburrirlo y exasperarlo.

No, Jessica no tenía la experiencia de Beth... pero Alistair sí. Él también le había dicho que su aventura iba a durar un tiempo limitado. Que empezaría y terminaría con rapidez y que, cuando se separasen, entre ellos sólo habría cariño y gratitud.

Jessica tenía que confiar en que tanto Beth como Alistair sabían lo que decían.

—Te admiro —le dijo.

Aunque él no pareció impresionado por el comentario, notó que se tensaba.

—¿A pesar de todo lo que sabes de mí?

—Sí.

Se produjo un silencio cargado de significado.

—De las personas que conocen mi pasado, tú eres sin duda la única capaz de decir eso.

—Y sin embargo tú no dudaste en ser sincero conmigo. Confiaste en mí y en que supiese mantener la mente abierta.

—Tenía mis dudas —confesó, con la mandíbula apretada—, pero sí, estaba convencido de que no me echarías en cara los errores de mi pasado.

El vacío que hasta entonces había sentido Jessica en el pecho se llenó de un sentimiento cálido y tierno.

—Yo no habría creído eso de mí misma.

Carecía de las palabras para explicarle cómo se estaba sintiendo. Victoriosa; en cierta manera lo completamente opuesto a lo que había sentido al abandonar la cubierta, y le parecía imposible que un sentimiento pudiese suceder al otro con tanta rapidez.

Seguía siendo ella misma.

Sin duda su cuerpo había resultado herido y sus emociones podían ceder rápidamente ante el miedo, pero su mente seguía intacta. Jessica era capaz de no juzgar a Alistair a pesar de las estrictas normas que le habían inculcado. Los esfuerzos de su padre habían sido en vano, porque ella no pensaba como él. Había lugares en su interior a los que su padre no había logrado acceder.

La libertad inherente a esa revelación la sacudió profundamente. Y era Alistair quien había hecho posible ese descubrimiento. Sin él, quizá no lo habría averiguado nunca. Nunca antes se le había presentado la oportunidad de aceptar algo que en principio era inaceptable. El mundo de Jessica no le habría permitido tomar esa decisión.

Alistair siguió quieto como una estatua, con su atractivo rostro impasible mientras el mundo de ella se tambaleaba bajo sus pies.

Jessica lo observó y lo comprendió; él todavía no había asumido las consecuencias de las decisiones que había tomado. No con la misma libertad que asumía las de ella.

Con lentitud, Jessica se desató el lazo del sombrero y se lo quitó para dejarlo luego con cuidado encima de una silla. De camino a la puerta, rozó a Alistair con la falda, pero aunque él se volvió para mirarla, no la detuvo. Jessica sabía que la seguiría si salía del camarote y se sintió muy afortunada por ello.

Echó el cerrojo de latón y oyó que Alistair se quedaba sin respiración.

Jess se acercó a la cama y se sentó despacio en el extremo de la misma.

La mirada hambrienta que le lanzó él la hizo temblar de emoción y de deseo. Pero Alistair disimuló de inmediato y volvió a mirarla con seriedad.

—Según los términos de nuestra apuesta —dijo él, cogiéndose las manos detrás de la espalda—, me veo en la obligación de recordarte que es muy inapropiado que te encierres en mi camarote.

En el rostro de Jessica apareció una sonrisa radiante. Hasta ese momento no había surgido la oportunidad de poner en práctica el intercambio de papeles que habían acordado.

—¿Te parece que me importa lo más mínimo lo que es o no apropiado?

—¿Has pensado en las consecuencias?

Las manos de él encima de ella. La boca. Sus seductoras técnicas amatorias dedicadas a darle placer. Jessica necesitaba compartir esa intimidad con él. Sentía mucho cariño y gratitud por los cambios que Alistair había llevado a su vida.

—Oh, sí que he pensado en ellas.

A él se le oscurecieron los ojos al oír su respiración entrecortada.

—Debería enumerártelas, sólo para estar seguros.

—No. —Jessica se puso las manos sobre las rodillas—. Nada de juegos ni de apuestas, por favor. Ahora no.

—Dime por qué has decidido rendirte ahora.

—¿Y por qué no?

—¿Por qué ahora? Hace días que te invité a que vinieses a mi camarote y has ignorado mi invitación hasta este momento. Y hace sólo un instante has intentado irte. ¿Qué te ha hecho cambiar de opinión? ¿Es porque tienes ganas de olvidar? ¿Acaso crees que acostarte conmigo tendrá el mismo efecto que el clarete? Tengo que advertirte que yo no soy de tan buena cosecha.

—No quiero olvidar nada. A decir verdad, espero recordar cada segundo de lo que suceda aquí hoy.

Alistair no mostró ninguna emoción, sin embargo, el aire alrededor de él pareció extrañamente turbulento.

—Me siento muy unida a ti —continuó Jessica—, pero no lo bastante. Me ayudaría mucho que nos desnudásemos.

—No quiero que estés alterada, ni tampoco ebria.

—No lo estoy. Ya no. —Su cautela decía mucho de sus intenciones. Si Alistair quisiese sólo sexo, no le preocuparían los motivos por los que ella se lo estaba ofreciendo—. ¿No te basta con que te desee? ¿Tiene que haber algo más?

—Ahora no voy a ser capaz de detenerme como hice la otra noche. Es mediodía. Pasarán las horas y alguien se dará cuenta de que no estás. Como mínimo tu doncella y mi ayuda de cámara sabrán qué estás haciendo. Quizá incluso alguien más, si no vamos con cuidado y nos oyen.

Jess lo pensó con calma.

—Estás intentando disuadirme. Quizá lo que pasa es que has cambiado de opinión.

Jessica sabía que ése no era el caso y mucho menos con el

modo tan indecente en que la estaba mirando, pero no lograba comprender su razonamiento.

—Llevo tanto tiempo deseándote... —dijo él con voz ronca—. No me acuerdo de cómo era estar sin este deseo quemándome por dentro. Pero tienes que saber lo que haces. Necesito que sepas quién eres, dónde estás y quién soy yo. Piensa en cómo cambiarán las cosas una vez hayamos cruzado esta línea. Piensa en el aspecto que tendrás cuando abandones este camarote, desarreglada y con cara de haber estado echando un polvo. Piensa en cómo te sentarás delante de mí a la mesa durante la hora de la cena, rodeada por hombres que en cuanto te vean sabrán que te he cogido como nunca.

La crudeza de esa descripción afectó a Jessica físicamente y le sorprendió notar que se excitaba. Se sonrojó. El hombre que tenía delante no sería un amante tierno y delicado. Ese hombre era famoso por su carácter mordaz, por poseer una lengua capaz de seducir a mujeres y de destrozar a los hombres con la misma destreza. Un hombre dispuesto a todo para conseguir lo que quería.

Y la quería a ella. Jessica se aferró a esa idea y ganó confianza en sí misma.

Alistair se le acercó.

—Tienes que saber por qué estás aquí, Jessica —volvió a decirle, sin ceder lo más mínimo—. Yo puedo esperar hasta que estés lista.

—No quiero esperar más. —Se puso en pie y señaló una silla—. Siéntate, señor Caulfield. Ha llegado el momento de que te haga mío.

13

Alistair respiró hondo hinchando el pecho y luego soltó el aliento. Giró sobre sus talones y se acercó a la silla, deteniéndose un segundo para quitarse la chaqueta y colgarla del respaldo antes de sentarse.

—Según nuestro acuerdo, se supone que yo soy la voz de la razón. La viva imagen del buen comportamiento.

Jess se quedó mirándolo, admirando la sensualidad inherente en sus movimientos. Y también admiró su prieto trasero, ansiosa por verlo desnudo.

—Como quieras, pero no cambiaré de opinión. Sin embargo, soy consciente de lo mucho que te disgusta perder una apuesta.

Él colocó las manos en las rodillas y esperó. Bastaba con mirarle los ojos entrecerrados para comprender lo tenso que estaba. Entre sus piernas se marcaba la silueta de su erección y, en cuanto la vio, a Jessica se le aceleró la respiración.

—Ésta no. Entregaría toda mi fortuna a cambio de acostarme contigo; nuestra apuesta es ridícula, estoy más que dispuesto a perderla a cambio del privilegio de tenerte.

A Jessica se le hizo un nudo en la garganta al oír el fervor de sus palabras. El corsé pasó a ser una opresión imposible de soportar y se acercó a Alistair.

—Ayúdame —le pidió, mostrándole la espalda.

Sus dedos la tocaron con suavidad y no bastaron para calmar el anhelo que sentía por él. Cuando notó que el vestido se abría,

Jess se sintió acalorada y levemente mareada. El olor que desprendía la piel de Alistair, mezclado con aquel aroma tan intrínsecamente suyo, le llenaba los pulmones cada vez que tomaba aire. Sabía que él tenía que tener tanto calor como ella y se moría por tocarlo desnudo, por acercar los labios a su piel.

Alistair le tiró de las mangas del vestido y Jess movió los brazos para facilitar que la prenda se deslizase hasta el suelo. Él se dedicó entonces a aflojarle las cintas del corsé y lo hizo con suma destreza. Ella ya había disfrutado de su pericia, la recordaba a la perfección y soñaba con ella.

Alistair la ayudó a deslizarse el corsé hasta por debajo de la cintura y luego Jessica salió de la prenda sintiéndose nuevamente liberada y completamente desinhibida.

—Jess —suspiró él, un instante antes de rodearla con los brazos y de acercar el rostro a su espalda.

Sus manos le cubrieron los pechos, apretándoselos con firmeza y ternura al mismo tiempo.

Ella echó la cabeza hacia atrás con los ojos cerrados y suspiró. Las ganas que tenía de entregarse a él eran casi irresistibles, pero consiguió contenerse. Si se lo permitía, Alistair tomaría las riendas de aquel encuentro y eso no era lo que Jessica quería.

Él ya se había acostado con demasiadas mujeres que lo habían obligado a hacerlo todo en la cama. Jessica no quería parecerse a ellas y mucho menos después de lo que le había dicho la otra noche. Jessica quería darle placer y quería que él lo aceptase.

Se dio media vuelta con cuidado en el círculo de sus brazos y se colocó entre sus muslos separados. Le cogió el rostro entre las manos y acercó los labios a los suyos, buscando los besos que él le daba y que la hacían sentir seductora y deseable. Alistair le rodeó la cintura con las manos y la acercó.

—Deja que te toque —le suplicó ella, pegada a su cuerpo—. La última vez te negaste...

—Después de siete años, no puedes pedirme que tenga paciencia.

Jessica le pasó los dedos por el pelo.

—Después de siete años, ¿qué son unos minutos más?

Alistair gimió resignado y echó la cabeza hacia atrás, mirándola con pasión desatada. Jessica no terminaba de creerse que fuese capaz de causarle tal efecto a un hombre tan atractivo y sensual como él. Ella era una noble conocida por su frialdad, mientras que Alistair irradiaba calor sexual por todos sus poros y era ese calor el que había logrado derretirla.

Le acarició el pelo y las cejas, que le daban un aspecto pícaro al mismo tiempo que enmarcaban sus preciosos ojos y sus espesas pestañas. Jessica le pasó los pulgares por los pómulos y lo sujetó para darle un beso en la punta de su aristocrática nariz.

—Por Dios, Jess —dijo él con voz ronca—. Si lo que pretendes es matarme, ten piedad y hazlo rápido. No me atormentes.

Ella se apartó y empezó a aflojarle el pañuelo.

—Todavía no he hecho nada.

—Vas a volverme loco.

La cogió por las caderas y tiró de ella hasta que consiguió capturar un pezón con la boca. Gimió de deseo y Jess se estremeció entre sus manos.

Aunque seguía llevando la camisola, la caricia la quemó. Echó la espalda hacia atrás y suspiró de placer mientras notaba un temblor entre las piernas de lo hambrienta que estaba por tener allí a Alistair.

Lo cogió por los hombros para sujetarse cuando se le doblaron las rodillas. La lengua de él la recorrió sin darle tregua y ella recordó la última vez que había tenido su boca sobre su cuerpo. Los pechos empezaron a pesarle de deseo y cuando su pezón estuvo rosado y palpitante, Alistair se apartó y dedicó la misma atención al otro. Jess notó el húmedo calor de su propio deseo, su carne se empapó gustosa.

—Quiero verte desnudo —suplicó—. Quiero sentirte dentro de mí.

Él la soltó con un gemido gutural.

—Y me sentirás, amor. Sentirás cada centímetro. Jamás he estado tan excitado. Voy a llenarte del todo y tú te correrás una y otra vez y otra y otra.

Alistair empezó a desabrocharse los botones del chaleco y se quitó la prenda con rapidez. Se puso en pie con un movimiento grácil y Jessica se apartó con piernas temblorosas; sentía como si su cuerpo no le perteneciese. Era un manojo de nervios y de deseo, tenía los sentimientos tan a flor de piel que si no hubiese estado tan excitada quizá se habría ido de allí asustada.

Siete años. Era como si la atracción que sentía por él hubiese ido en aumento durante todo ese tiempo, como si hubiese estado esperando que Alistair la tocase para liberarla. Y ahora la sobrecogía e invadía su piel y hacía que el peso de la camisola y de la ropa interior fuese insoportable.

Pero Jessica no se atrevía a quitárselos. Ya era demasiado vulnerable. Ya estaba demasiado desnuda. No tenía ningún escudo con que protegerse; ni su comportamiento distante, ni sus respuestas cortantes, ni sus modales impecables. No tenía nada a su alcance. No sabía quién era debajo de todas aquellas capas de protección y eso la hacía sentirse desprotegida.

Sin saber que Jess estaba enfrentándose a un duro conflicto interior, Alistair terminó de soltarse el pañuelo de cuello, que lanzó a un lado. Después se quitó la camisa por la cabeza. Iba a desabrocharse los pantalones cuando ella lo detuvo, tragando saliva.

Cuando iba vestido era sumamente elegante, pero sin ropa era la más pura representación de la masculinidad. El color tostado de su piel tan perfecta hablaba de las veces que había trabajado sin camisa y los anchos bíceps y los músculos del abdomen reafirmaban que solía ayudar a quienes estaban a su servicio.

Jessica levantó una mano para tocarlo; sus pies avanzaron hacia él por voluntad propia. Colocó la palma encima de la cálida piel de Alistair y un escalofrío le recorrió todo el cuerpo. Notó que a él se le aceleraba el corazón. Desprendía tanto poder y tanta fuerza... El deseo que sentía por ella era tangible y visible; tenía unos músculos tensos y deliciosos. Que fuese tan viril la excitaba, temblaba sólo de pensar que aquel cuerpo tan absolutamente masculino se dedicaría a darle placer.

Alistair le cogió la muñeca.

—Me muero de deseo por ti.

—No eres el único que siente deseo —susurró ella, soltándose para poder tocarle los hombros.

Se los acarició con ambas manos y luego las deslizó por los bíceps, que apretó con los dedos, descubriendo que no cedían bajo su presión. Alistair era como una estatua de mármol caliente. Jessica quería tocarlo por todas partes, tomarse su tiempo, apoyar la nariz en su torso e inhalar hasta que se le metiese dentro. Lo deseaba. En aquel preciso instante lo quería más que a nada en el mundo.

Sintió como si el deseo y los sentimientos que tenía por Alistair, y que había contenido durante tanto tiempo, la embargasen por completo. Ahora que él había derribado sus defensas, lo único que quedaba de ella era ese deseo y esos sentimientos.

Alistair apretó los puños a los costados al notar que ella deslizaba las manos por su abdomen, duro como una piedra.

—¿Estás húmeda de deseo por mí? ¿Te notas vacía sin mi miembro dentro de ti?

Jess asintió y notó que los labios de su sexo se estremecían ansiosos.

—Deja que te llene —la tentó con voz ronca—. Deja que me meta dentro de ti y que te dé placer...

—Todavía no.

Lo rodeó con los brazos y se acercó un poco más. Retrasó su rendición porque quería que Alistair se rindiese primero. Le pasó la lengua por el pezón.

Él apretó los dientes y la sujetó por las caderas con fuerza.

—Dentro de un segundo te tumbaré en la cama y no volveré a preguntártelo.

—¿Dónde está esa famosa fuerza de voluntad de la que tanto alardeabas la otra noche?

—Tú estabas borracha y, antes de empezar, yo ya sabía que no haríamos nada. Ahora... ahora ya no hay vuelta atrás. Sé que estoy a pocos minutos de poseerte de la manera que llevo años necesitando.

—Alistair...

—Maldita sea, estoy intentando comportarme como un hombre civilizado. —Le dio un beso en la frente—. Estoy haciendo todo lo que puedo para no tomarte en brazos, lanzarte sobre la cama y cogerte como si fuese un animal salvaje. Pero sólo soy un hombre, uno con muchos defectos y, por desgracia, sé lo maravillosas que serán las cosas entre nosotros. No querré parar jamás y por eso mismo me muero de ganas de empezar.

Jess se quedó quieta, acariciándole la piel con su aliento y notando una opresión en el pecho al percibir lo elevadas que eran las expectativas de Alistair. Se moriría si lo decepcionaba. No podía permitirlo. Él esperaba sentir mucho placer estando con ella y Jessica estaba decidida a dárselo. Acercó las manos a la parte delantera de sus pantalones y desabrochó los botones.

Alistair levantó los brazos y empezó a quitarle las horquillas.

—Quiero sentir tu pelo sobre mi cuerpo. Quiero cogerlo con mis manos y sujetarte mientras te cabalgo profunda y lentamente.

A ella le temblaron los dedos cuando tocó la ropa interior de él y apretó su erección con la mano. Alistair gimió y Jessica notó su miembro vibrar.

—Estás tan caliente —dijo ella.

Apartó el estorbo que era la ropa de Alistair y liberó su miembro. Él gimió desde lo más profundo de su garganta, un sonido casi animal, cuando su pene quedó descansando sobre las palmas de ella.

Jess se quedó sin aliento al bajar la vista y ver aquel miembro tan magnífico apuntándola hambriento. Tal vez tendría que haber adivinado que esa parte del cuerpo de Alistair también sería perfecta, pero en ese sentido ella jugaba con desventaja. Sólo había visto desnudo a un hombre y jamás había creído que compartiría aquel tipo de intimidad con otro.

Lo exploró con los dedos con cuidado, tocando los lugares que devoraba con los ojos. Recorrió las venas que sobresalían. Él estaba completamente excitado. Tenía los testículos apretados y pegados al cuerpo, aunque seguían siendo impresionantes. También eran muy grandes, una prueba más de la virilidad que Alistair le había prometido con tanta arrogancia. Jessica se preguntó si su cuerpo sería capaz de acogerlo. El miembro era largo y grueso, ancho desde la punta hasta la raíz.

—Di algo —dijo él, emocionado—. Dime que me deseas.

—Te lo demostraré. —Se lamió los labios y se puso de rodillas.

—Jessica.

El cambio que se produjo en la voz de él la llenó de poder e hizo desaparecer el malestar que le causaba notar el suelo de madera bajo las rodillas. Alistair se quedó completamente quieto y enredó las manos en el pelo de ella. El pecho le subía y bajaba despacio de lo mucho que le costaba respirar y una leve capa de sudor le cubría el abdomen.

Al menos en eso Jessica sabía que le estaba dando placer. Separó los labios. La boca se le hizo agua y rodeó el grueso prepucio.

—Maldita sea —masculló él, temblando violentamente.

Un lento y constante flujo de pre eyaculación le cubrió la lengua. Jessica gimió al notar su sabor y succionó en busca de más.

—Sí... Jess. Sí. —Alistair le sujetó la cabeza con las manos y con los pulgares le acarició las mejillas—. He soñado con esto. Lo deseaba tanto que creía que iba a perder la cabeza.

Movió las caderas ayudando a que su miembro entrase y saliese de la boca de Jessica. El hermoso rostro de él estaba desfigurado por la lujuria, tenía la piel tirante por encima de las mejillas, los labios apretados en un intento de contener el placer que estaba sintiendo. Que él la desease tanto la habría asustado, de no ser porque, al mismo tiempo, la miraba con ojos llenos de ternura y la tocaba con suavidad.

Jessica empezó a sudar, empezó a recordar las caricias que él le había hecho el otro día, a sentir su lengua y sus dedos sobre su cuerpo. Dentro. Recordó el éxtasis casi insoportable. Ella quería hacerle sentir lo mismo, quería que Alistair se quedase con un recuerdo igual de imborrable.

Le colocó una mano en una de las caderas y con la otra le tocó el escroto. Él se mordió los labios para no soltar un grito y tensó todo el cuerpo al notar su caricia. Jessica le pasó los dedos por los testículos y lo acarició otra vez más. Con la lengua también empezó a probar cosas nuevas y rodeó con ella el prepucio para luego pasarla por la parte más sensible de su erección.

—Dios santo —gimió él, con los músculos del estómago contraídos—. Succiona, Jess... más fuerte... sí, así...

Ella cogió la base del pene y lo apretó justo cuando notó que Alistair empezaba a temblar y a soltar una maldición. Mirarlo era algo hipnótico, era tan increíblemente erótico, tan sincero en sus reacciones. Jessica apretó los muslos y contuvo la reacción de su cuerpo, que buscaba aliviar el insoportable anhelo que sentía. Era dolorosamente consciente de lo excitada que estaba, de cómo temblaba de deseo. Pero todavía deseaba más darle placer a él, quería mirar a Alistair, presenciar su orgasmo, absorber todas sus expresiones cuando lo alcanzase.

Se sentía como si fuese otra mujer, una criatura muy femenina que no respetaba ningún límite, ni ninguna barrera o norma, una fuerza de la naturaleza incapaz de ser retenida.

Alistair le acarició las comisuras de los labios con los pulgares y ella abrió un poco la mandíbula para que él pudiese deslizarse un poco más, sin hacer caso de la incomodidad que sintió durante un instante.

Eso nunca lo había hecho con Benedict. Su esposo siempre había sido dulce y amable y sus relaciones sexuales habían estado dominadas por la ternura y por el respeto hacia el otro.

Alistair era muy sincero en sus reacciones, no intentaba disimularlas ni contenerlas, lo que creaba una intensa sensación de intimidad. Ella jamás se había sentido tan unida a otra persona, nunca había experimentado aquella sensación de estar tan conectada a otro ser.

—Estoy a punto —confesó él—. Ah, Dios... tu boca es divina...

Le sujetó la cabeza y aceleró el ritmo de las caderas, sin detenerse, y lo único que pudo hacer Jessica fue sujetarse de sus muslos y succionar más fuerte. Lo hizo con desesperación. Los sonidos que él hacía, sus gemidos descontrolados, las palabras de cariño dichas con la voz entrecortada, estuvieron a punto de llevarla al orgasmo.

—¡Sí! —gritó Alistair un segundo antes de tensarse y de que la primera eyaculación impregnase la lengua de Jessica.

Alcanzó el orgasmo con la misma intensidad con que hacía todo lo demás. Tensó las venas del cuello y echó la cabeza atrás para gritar mientras le inundaba la boca. Ella siguió acariciándolo con las manos, masturbándolo, deseando quedarse con todo su placer, reclamándolo como suyo por derecho propio.

En el mismo instante en que creyó que él empezaba a relajarse, Alistair la cogió por los brazos y la puso en pie.

Luego la llevó a la cama.

Después de experimentar un orgasmo tan intenso que casi le había doblado las rodillas, Alistair abrazó a Jessica contra su pecho y sintió la apremiante necesidad de reducirla al mismo estado en que estaba él. Ella lo había desnudado por completo. Notaba como si su piel fuese demasiado pequeña para contenerlo y demasiado delgada. Tenía el pelo empapado y las gotas de sudor se deslizaban por su espalda. Y se notaba la garganta seca de tanto gritar.

Él jamás se había imaginado que nada pudiese hacerlo sentirse tan bien. Jessica había lamido su pene como si se muriese de ganas de tener su sabor en los labios y había gemido y lo había sujetado como si se fuese a morir si él se apartaba. Como si él hubiese sido capaz de hacerlo... Alistair dudaba de que se hubiese apartado de ella aunque el barco se estuviese hundiendo.

Jess tenía las manos entre su pelo y todo su cuerpo se movía junto al de él. Alistair la sentó en el extremo de la cama y le quitó la camisola por la cabeza. La lanzó a un lado y centró toda su atención en los pechos de ella, que subían y bajaban con cada respiración. Se los cogió y le acarició los pezones con los pulgares.

Jessica se echó hacia atrás y se apoyó en los antebrazos. Estaba sonrojada y sus ojos grises se le habían oscurecido tanto que parecían casi negros. La melena dorada le caía por los hombros, alborotada. Tenía la mirada nublada y parecía que se hubiese estado revolcando. Era lo más bonito que había visto nunca.

—Gracias —murmuró Alistair, empujándola un poco hacia atrás para poder capturarle un pezón con la boca.

La generosidad de Jess había significado más de lo que podía expresar con palabras. Hacía tanto tiempo que necesitaba tantas cosas de ella, y ella se le había entregado con sincero entusiasmo.

Le acarició la punta del pezón con la lengua y succionó suavemente a propósito. Para atormentarla. Para que ella lo desease más.

—Alistair...

Su tono de voz le estaba diciendo que se había rendido. Jessica ya no iba a resistírsele, ni tampoco a ser cauta ni recelosa. Él no sabía qué había sucedido para que se le entregase tan libremente, pero tenía tiempo de sobra para averiguarlo. Por el momento, lo único que quería era que ella se deshiciera en sus brazos, quería oírla decir su nombre al alcanzar un orgasmo.

Le deslizó una mano entre las piernas y cuando las metió por debajo de la ropa interior, tuvo la satisfacción de encontrarla húmeda. Le separó los labios y deslizó dos dedos por el centro de su deseo. Jessica estaba lista para él. Más que lista. Mojada y caliente, a punto para que la poseyera.

Alistair movió con cuidado los dedos, dentro y fuera, y tuvo que apretar los dientes cuando notó que ella se los apretaba. Succionó el pecho que tenía entre los labios con fuerza y luego lo soltó.

Los brazos de Jess cedieron y se desplomó encima del cubrecama marrón, evocando la imagen de un ángel caído. Alistair se apartó y le separó las rodillas con ambas manos.

—Eres tan bonita —le dijo, al mirar la piel rosada que brillaba entre sus piernas.

Por un instante, se planteó la posibilidad de terminar de desnudarse ambos por completo, pero desechó la idea. Ya se desnudarían la próxima vez, cuando ella estuviese repleta de su semen y completamente saciada. Se cogió el miembro con una mano y lo colocó encima del vértice del sexo de Jessica. Era una sensación exquisita y su pene se extendió como si no acabase de tener el mayor orgasmo de su vida.

—Todavía estás excitado —dijo ella, apoyándose en los codos.

—Contigo siempre lo estoy. Tengo intención de cogerte durante todo el día —le prometió lascivo—. Y toda la noche.

—Estoy ansiosa por ver pruebas de tu tan cacareada resistencia.

—¿Me está retando, milady? —Le enseñó los dientes en una mueca que podría ser una sonrisa—. Ya sabes cómo respondo a los desafíos.

Abrió los pliegues de su pequeña hendidura y, despacio, empezó a penetrarla. Jessica se quedó boquiabierta al notar que su prepucio entraba en ella.

Alistair se mordió los labios para no gritar como un animal y luchó contra la necesidad que sentía de poseerla hasta lo más hondo. De ese modo todo terminaría demasiado rápido y le arrebataría a ella la sensación de descubrir que él la estaba poseyendo.

Quería que Jessica notase cada centímetro, quería ver cómo se movía a medida que la iba poseyendo, quería que recordase el primer embate, aquel que haría que sus testículos se pegasen a ella por primera vez.

De modo que le mantuvo las piernas separadas mientras se deslizaba en su interior y no apartó la mirada ni un segundo del lugar donde se unían sus cuerpos. Se notaba los pulmones ardiendo, como si le costase respirar, y todas las terminaciones nerviosas de su cuerpo estaban pendientes de los sedosos labios del sexo de Jessica, de cómo se movían y lo apretaban. Una miríada de sensaciones lo quemaba por dentro. Tenía la espalda y el torso empapados de sudor, prueba del férreo control que estaba ejerciendo sobre su propio cuerpo.

—Estás tan prieta —dijo entre dientes y apretando con fuerza la mandíbula—. Como un guante... caliente y prieta...

Jessica se movió desesperada debajo de él y se mordió el labio inferior al notar que Alistair entraba y salía de su interior y que con cada movimiento llegaba más y más hondo.

—Por favor. Date prisa.

Él se inclinó hacia ella y le clavó los dientes en el hombro. Lo bastante fuerte como para dejarle una marca, pero no lo suficiente como para desgarrar la piel. Jessica gimió y arqueó la espalda en busca de sus labios. Fue un acto muy primitivo, cuya intensidad aumentó cuando Alistair sintió que el sexo de ella aprisionaba la punta de su miembro, como si intentase mostrarle que aquél era su hogar.

Desnudos, no había nada que se interpusiera entre la parte más íntima de él y la de ella. Nunca en toda su vida Alistair había estado con una mujer sin utilizar protección. Y sólo renunciaría a ella por Jessica. Por la mujer que en cuanto la vio la primera vez, supo que había nacido para ser suya.

Apartó las manos de los muslos de ella y las colocó en la cama para apoyarse mientras movía las caderas a un ritmo lento y constante. Jessica aprovechó la inesperada libertad y le rodeó la cintura con las piernas, obligándolo a penetrarla más. La oyó quedarse sin aliento y pronunciar su nombre con desesperación cuando él se hundió por completo en su interior.

Alistair se quedó quieto y luchó por recuperar el control. Esperó a que el tenso cuerpo de Jessica se acostumbrase a la sensación de tener dentro su miembro palpitante y erecto. Ella levantó la vista para mirarlo; tenía los ojos brillantes y completamente abiertos, como ventanas para que Alistair entrase en su alma. En ellos no había ni rastro de la altivez por la que era tan conocida. Ardía de deseo debajo de él, alrededor de él; toda aquella fachada se estaba derrumbando y el distanciamiento entre los dos estaba desapareciendo.

Alistair nunca había visto a nadie mirarlo así y sin embargo él sentía exactamente lo mismo. Nunca nada lo había afectado tanto y notaba como si lo hubiesen abierto en canal, como si estuviese expuesto y no pudiese esconderse en ninguna parte.

Cuando Jessica se incorporó y le dio un beso en la mandíbula, algo se rompió dentro de él y lo sacudió hasta lo más hondo. Su sangre ardía por ella, le quemaba por los siete años que había tenido que esperar para estar donde estaba, pero Jessica había conseguido apaciguar esa virulencia con un simple y tierno beso.

Comparar su ternura con el brutal deseo que sentía él lo devastó. Apoyó una mejilla empapada de sudor en la cara de ella y la acarició con la nariz, respiró hondo y olió el perfume del deseo y de la lujuria de la mujer que amaba. Ella encajaba con él a la perfección, tal como Alistair había sabido que sucedería.

Su preciosa e irreprochable Jess. Una mujer capaz de hacer callar a una habitación repleta de gente escandalosa sólo con una mirada. Sin embargo, su cuerpo había sido creado para abrazarlo, para convertirse en el hogar de un hombre que había nacido para dar placer a las mujeres del modo más escandaloso posible.

No era vanidad, Alistair sabía que estaba muy bien dotado. En cuanto aprendió lo satisfactorio que era para las mujeres, su miembro pasó a ser el instrumento que utilizó para salir adelante.

Pero él no estaba destinado a estar con esas mujeres. Estaba destinado a estar con Jessica, igual que ella estaba destinada a estar con él. Y aunque muriese en el intento, se lo demostraría.

Le recorrió la curva de la oreja con la lengua y notó que el sexo de Jessica respondía apretándose más.

—Perfecto —susurró, tumbándose sobre ella cuando Jessica cayó sobre la cama—. Como dos mitades de un todo.

Ella se sujetó a la parte superior de los brazos de él y le lamió el labio inferior. Movía las caderas en círculos para acomodarlo mejor.

—Por favor —le suplicó otra vez, con una voz tan ronca que fue la perdición de Alistair.

Apoyó las palmas en la cama y salió despacio del interior de Jessica, deleitándose en cómo ella intentaba retener su miembro. Luego volvió a entrar y se abrió paso por la poca resistencia que quedaba. Jessica movió la cabeza de un lado a otro con los ojos cerrados, algo que él no podía permitir. Necesitaba que se quedase con él, que lo mirase cuando estallase la tormenta.

La presión del inminente orgasmo le atenazó los testículos y le hizo temblar el pene, advirtiéndole que estaba a punto de eyacular dentro de la mujer que tenía debajo. Incluso sabiendo que ella tenía el poder de destruirlo, fue incapaz de apartarse. Jessica lo había capturado por completo muchas noches atrás, lo había hechizado irremediablemente y él no tenía elección.

De algún modo, tenía que conseguir convertirse asimismo en la única elección de ella.

Le deslizó los brazos por debajo de los hombros y le sujetó la cabeza con las manos. Cubrió su boca con la suya y ladeó la cabeza para besarla más profundamente. Ella lo cogió por la cintura y se arqueó hacia él. El sudor de sus cuerpos pegó sus torsos el uno contra el otro, añadiendo otra capa más a aquella experiencia tan intensa.

Alistair se movió y ella también. Lo hicieron al mismo ritmo. Jessica le clavó las uñas en la espalda y él la besó como si fuera a morirse si sus labios se separaban. Su lengua entraba y salía igual que su pene, ambos movimientos decididos a volverla loca.

Alistair necesitaba volverla loca, tan loca y desesperada como lo estaba él.

Movió las caderas y la penetró con cada centímetro de su pene duro como el acero, absorbiendo todas las respuestas de su delicioso cuerpo. Encontró el lugar que la hacía temblar y lo atacó una y otra vez.

Gimió al notar que ella alcanzaba el orgasmo y sintió cómo los delicados músculos del sexo de Jessica se apretaban alrededor de su pene. Él se aferró al poco control que le quedaba porque quería darle placer a ella antes de alcanzar el suyo, sobre todo después de todo lo que ella ya le había dado.

Aminoró la intensidad de sus movimientos y levantó la cabeza para verle la cara. Ahora le resultaba más fácil entrar y salir, pues el cuerpo de Jessica estaba completamente húmedo y aceptaba gustoso que la poseyera. Ella tenía los ojos brillantes, los labios hinchados. Susurró su nombre...

—Alistair.

Él volvió a excitarse.

—Tú no... tú todavía...

—Todo el día —le recordó él, acelerando de nuevo el tempo—. Y toda la noche.

Ella apretó los dedos que tenía en su espalda y las piernas con que le rodeaba la cintura.

—Sí. Por favor.

14

Jess se despertó al notar unos dedos firmes deslizándose por su antebrazo. Estaba tumbada boca abajo y tenía un brazo por encima del torso de Alistair. Le dolían algunas partes del cuerpo y se sentía como si hubiese estado practicando sexo durante horas.

Se quedó allí tumbada largo rato, intentando asimilar lo raro que era despertarse con un hombre a su lado. Era sorprendentemente agradable y reafirmaba la sensación de intimidad que se había creado entre ambos mientras hacían el amor.

Fuera estaba oscureciendo. Los rayos de sol que antes se habían colado por el ojo de buey se veían ahora apagados. Habían pasado varias horas y varios orgasmos. Jessica no sabía que su cuerpo fuese capaz de alcanzar el placer una vez tras otra con tanta facilidad, ni tampoco que un hombre pudiese tener tanta resistencia.

Aunque en alguna ocasión Benedict la había poseído más de una vez la misma noche, siempre pasaban horas entre un encuentro y el siguiente. Alistair en cambio no tenía que esperar demasiado para recuperarse... apenas unos minutos. Él le había dicho que era porque estaba con ella, por lo mucho que la deseaba. Claro que también era más joven que Benedict. Más joven que ella... pero Jessica se negó a pensar en eso.

La mayor revelación de esa noche era que ya no le daba miedo la intensidad de los sentimientos de Alistair. ¿Cómo podía temerlo si ella sentía exactamente lo mismo? Esa gratitud de la que le había hablado Beth era tan sólo una pequeña parte de las docenas de emociones que experimentaba en su interior. El afecto que sentía por el hombre que estaba tumbado a su lado era tan intenso que se le hizo un nudo en la garganta.

Se movió y colocó una pierna encima de la de él y le dio un beso en el brazo. Alistair gimió satisfecho.

—Si hubiese sabido —empezó a decir él con los ojos brillantes— que el sexo iba a relajarte tanto, te habría llevado a la cama mucho antes.

—¿Te parece que esperar dos semanas es mucho? —le preguntó ella, sorprendiéndose a sí misma de lo rápido que Alistair se le había metido bajo la piel.

—Han pasado varios años antes de estas dos semanas. —Le cogió la mano que ella tenía encima de su torso y le besó los nudillos—. ¿Qué ha pasado para que dejases de resistirte y para hacerte cambiar de opinión?

—Digamos que no comprendía todos los aspectos de nuestra relación. Cuando pensaba en nosotros, sólo lo veía como una complicación innecesaria. No tenía ni idea de que tener una aventura fuera lo más natural para una viuda, parte del proceso de curación, para que pueda seguir adelante con su vida sin su esposo.

La mano que sujetaba la suya se tensó levemente.

—¿Y eso lo has descubierto hoy?

Jess asintió y se le acercó más, hasta que tuvo la mitad del cuerpo encima de él. Se sentía cómoda con Alistair. Segura. Libre.

—Ahora estoy preparada para disfrutar de ti sin reservas, porque sé que cuando llegue el momento de separarnos ambos nos alejaremos sintiendo cariño por el otro. Y yo seré más fuerte gracias a esta experiencia.

—Así que voy a ser una experiencia —dijo como si lo estuviese pensando—. ¿Y cuándo prevés que llegará el momento de separarnos?

—No tengo la menor idea —contestó ella, encogiéndose de hombros—. Y la verdad es que ya no me preocupa.

Ya había cambiado mucho gracias a él, en más de un sentido. Alistair no iba a ser sólo una experiencia para ella, sino toda una aventura, tan llena de posibilidades como lo era su viaje a las Antillas.

—¿Y si a mí me preocupa? —murmuró él.

Su tono pesó sobre sus palabras. A Jessica le dolió, pero se esforzó por ocultárselo. No era culpa de Alistair que ella no supiese cómo tener una aventura, y no quería que él se arrepintiese de nada.

—No finjas. Ambos sabemos que tú te cansarás antes de mí.

—A ver si lo he entendido bien, ¿seguirás siendo mi amante hasta que uno de los dos deje de desear al otro?

—Tú conoces las reglas de una aventura mejor que yo.

Alistair la tumbó en la cama con suma agilidad y economía de movimientos. Se cernió encima de ella, le separó las piernas y se colocó en medio. El olor de su piel, mezclado con la fragancia de ella, era estimulante.

—Eres consciente de que has vuelto a retarme, ¿no? —le preguntó con voz ronca—. A que me quede contigo para siempre.

Jessica se lo quedó mirando; adoraba aquellos mechones de pelo negro que le caían por la frente y que lo hacían parecer atrevido y pecaminoso. Levantó una mano y le acarició el arco de una ceja con un dedo.

—No tardarás en aburrirte de tener una amante tan aduladora, estoy segura.

Con un movimiento de caderas deliberadamente lento, colocó

la punta de su miembro ante la entrada del sexo de ella y empujó un poco hasta deslizarse en su interior. Jess todavía estaba húmeda del semen de él, llena. Sin embargo, quería más. Le daba miedo lo mucho que lo deseaba.

Alistair movió una mano entre los dos hasta encontrarle el clítoris, que acarició con sumo cuidado. Jessica suspiró entre dientes y casi gimió. Estaba cansada y dolorida, pero no le importaba. Necesitaba entregarse a él y sentir el placer que parecía tan empeñado en darle. Necesitaba olvidar aquella conversación acerca de que lo suyo terminaría, pues tan sólo estaba empezando.

La boca de Alistair se detuvo sobre la suya, sus sensuales labios esbozaron una sonrisa que no le suavizó la mirada.

—Te reto a que me lo demuestres.

Se agachó y la besó, haciéndola gritar de placer al recibir su repentina invasión. Alistair había tenido mucho cuidado antes, le había dado tiempo para que procesase todo lo que estaba sucediendo antes de hacer algo más. Jessica sintió que esta vez en cambio iba a poseerla del todo, a hacerla irremediablemente suya. Se movió debajo de él e intentó acomodarse a la erección que la había penetrado tan profundamente.

—Adúlame —la desafió algo enfadado—. Agasájame con tus atenciones y verás qué pasa.

Jess iba a decirle que no tenía intenciones de hacer que él la dejase antes de tiempo, pero Alistair empezó a moverse de manera mucho más agresiva que la vez anterior. Más duro. Acertaba con cada acometida, su magnífico pene acariciaba todas las terminaciones nerviosas de Jessica y le ponía la piel de gallina. Le clavó las uñas en la espalda para acercarlo más.

Él le besó la frente y luego restregó una mejilla con la de ella, mezclando sus sudores.

—Esta vez —le susurró—, voy a cogerte, Jess. Voy a cogerte del modo en que necesito hacerlo desde hace años.

La crudeza del lenguaje contradijo la ternura con que la besó. El deseo de Jessica se agudizó. Alistair le cogió la parte trasera de una rodilla y le levantó una pierna, abriéndola todavía más. Su siguiente acometida consiguió arrancarle un gemido, tuvo la sensación de que la penetraba tanto que el placer rozaba el dolor. Se mordió el labio para no volver a gritar.

—Déjame oírte —pidió él.

Apoyó las palmas en el colchón para sostener el peso de su cuerpo al tiempo que mantenía las caderas elevadas, una postura que le proporcionaba gran libertad de movimiento. Con la pierna de Jessica rodeándolo y la pelvis levantada, ella no tenía defensa posible. El miembro de Alistair entraba y salía con suma velocidad, sus caderas se levantaban y bajaban, el pesado escroto la golpeaba a un ritmo sumamente erótico.

—Dime lo mucho que te gusta —le pidió él—, lo bien que te hace sentir...

Suaves gemidos de placer escaparon de los labios de ella. El enorme cuerpo de Alistair la cubrió como un manto, la dominó e hizo que le fuese imposible ser consciente de nada excepto de él. Todo aquello a lo que Jessica se había aferrado desapareció y sólo quedó el deseo, la ardiente necesidad de entregarse a aquel hombre que la estaba marcando como suya.

—Jess... —gimió él. Le cayeron gotas de sudor de la frente al mover las caderas—. Nunca me cansaré de esto. Ni de ti. Dios mío... No creo que pueda parar.

—No pares. —Le rodeó la cintura con la pierna que tenía libre y también intentó hacerlo suyo acompasando sus movimientos a los de él—. No pares.

El sexo de Jessica se contrajo con desesperación, el orgasmo la recorrió con lenguas de fuego y el placer que sintió rompió el caparazón en el que llevaba viviendo toda la vida. La violencia con que Alistair le estaba haciendo el amor la sacudió por dentro y la dejó indefensa frente a él, dispuesta a entregarle las emociones que llevaba tanto tiempo ocultando.

Jessica notó que se derrumbaba y, de repente, los ojos se le llenaron de lágrimas.

Alistair la observó mientras se rendía entre sus brazos, sus ojos azules brillaron fervientemente en medio de la penumbra. Jessica se estremeció al alcanzar el clímax y gimió cuando él movió las caderas para aplicar la presión exacta en su clítoris y hacer que el orgasmo siguiese y siguiese.

Le rodeó la nuca con los brazos y se incorporó en busca de la conexión que necesitaba; un beso largo y apasionado. Los labios de su sexo se contrajeron alrededor del pene de él, incitándolo a que siguiera moviéndose.

Alistair le soltó la pierna y le pasó los brazos por debajo de su cuerpo para abrazarla. Acercó los labios a una de sus mejillas y ella notó su acelerada y ardiente respiración pegada a la oreja.

—Me toca a mí —susurró él guturalmente, sujetándola por los hombros y acometiendo con fuerza—. Abrázame.

Jess hundió el rostro en el torso cubierto de sudor de Alistair y lo abrazó. Sintió su cuerpo moviéndose con el suyo. La dulce fricción de su pene amenazó con volver a llevarla al límite, pero se resistió, porque quería notar lo que sentía él al alcanzar el orgasmo. Se había pasado la tarde dedicado a ella, manteniendo bajo control al animal que él sabía que habitaba en su interior. Y ahora, por fin, su famosa voluntad de hierro parecía haber perdido la batalla contra una pasión tan feroz que era imposible que no ocultase una emoción tan intensa como la que Jessica sentía.

Notó que se tensaba y lo vio apretar los dientes para intentar contenerse.

—Córrete dentro de mí —le pidió, rindiéndose a los embates de sus caderas y de su pene. Las reservas que había tenido se habían convertido en ceniza con el juego de la pasión de Alistair y ahora sólo quedaba una mujer lo bastante valiente, y lo bastante atrevida, como para decir las palabras que sin duda lo llevarían a la locura—: Me gusta tanto..., tanto...

—Maldita sea —masculló él, excitándose todavía más.

El primer chorro de semen la hizo gemir de placer. Alistair se tensó y se estremeció con cada eyaculación, cerrando los puños sobre las sábanas a ambos lados de la cabeza de Jessica.

Eyaculó durante mucho rato, sin dejar de gemir el nombre de ella, frotando el rostro y el torso con los suyos, como si quisiese marcarla con su olor.

Jess lo entendió y lo abrazó mientras Alistair se rompía en mil pedazos, igual que había hecho él antes con ella; una ancla en medio de la tormenta.

Los dedos de Alistair se pasaron nerviosos por encima de la mesa de madera del camarote principal, incapaz de apartar la mirada de Jess, mientras ésta hablaba con el capitán durante la cena.

Llevaba un vestido de cuello alto para ocultar su mordisco, y el tono entre morado y gris de la prenda le recordó a Alistair su estado de viudedad.

Tal como él había anticipado, tenía cara de haber echado un polvo, con las mejillas sonrojadas y los labios hinchados por los besos. Le brillaban los ojos y tenía la voz ronca y los normalmente expresivos gestos de sus manos y de sus brazos estaban ahora impregnados de cierta sensualidad. Nunca la había visto tan relajada y hermosa y, sin embargo, la satisfacción que debería sentir por ser el artífice de tal logro estaba empañada de preocupación.

Estaba loco por ella, enamorado como no lo había estado nunca de ninguna mujer, mientras que ella parecía encontrarse mucho más tranquila y compuesta que él.

Ese día había alterado drásticamente el futuro de Alistair; todo lo que hasta entonces había considerado sagrado —su soltería, su libertad para ir y venir cuando quisiera, poder rehuir a la buena sociedad siempre que se le antojase— acababa de desaparecer. A partir de ese momento, Jessica determinaría el rumbo de su vida, porque él no podía vivir sin ella.

Ese descubrimiento lo sacudió por dentro. Hacía mucho tiempo que sabía que estaban destinados a estar juntos, pero hasta esa tarde no se había dado cuenta de que también estaban destinados a que fuese para siempre.

Soltó el aliento y se pasó una mano por el pelo. Jess lo miró por encima del borde de la copa de vino y frunció el cejo. Él le quitó importancia moviendo impaciente la muñeca.

Había recibido más de lo que esperaba de ella. Su generosidad en la cama iba mucho más allá del regalo que era su cuerpo. Jessica no le escondía nada. Ni las lágrimas, ni las sonrisas, ni los susurros provocativos... En su espalda tenía marcadas sus uñas, pero eran las heridas que le había hecho en el interior las que ahora le escocían. Jessica le había permitido ver todas sus emociones mientras él le hacía el amor y eso lo abría en canal. Y cada vez que ella lo abrazaba con fuerza cuando él estaba a punto de alcanzar el clímax, como si quisiese mantenerlo a salvo, lo desgarraba un poco más.

¿Cómo diablos podía estar allí sentada como si nada después de lo que había sucedido esa tarde? Era como si Jessica no comprendiese las consecuencias de lo que había pasado entre los dos. Pero Alistair sabía que eso no era verdad. Ella no era de la clase de mujer que practica sexo como si nada. Para hacerlo, tenía que sentir una conexión plena, en cuerpo y alma. Debía de estar mucho más afectada de lo que aparentaba, pero su condenada fachada de respetabilidad lo escondía demasiado bien. Y, mientras tanto, él no podía evitar perder los papeles.

Le parecía que las paredes del camarote se iban acercando, se le aceleró la respiración y tuvo calor. Se metió un dedo entre el pañuelo y el cuello e intentó aflojarse el nudo.

La cena duró una eternidad. Alistair rechazó la copa de oporto de rigor y se disculpó en cuanto le fue posible. Esbozó una breve sonrisa en dirección a Jessica y salió huyendo.

Cuando llegó a la cubierta principal, se sujetó a la borda y respiró hondo para ver si el aire del mar conseguía hacerle recuperar la calma.

—Señor Caulfield.

Cerró los ojos al oír su voz. Imágenes de esa tarde se agolparon en su mente y en seguida comprendió su error: Jessica se había metido en su cabeza y no tenía escapatoria.

—¿Sí, Jessica?

—¿Estás... ? ¿Va todo bien?

Alistair miró el mar y asintió.

Ella se colocó a su lado y juntos se quedaron observando el reflejo de la luna sobre el agua.

—Has estado muy callado durante la cena.

—Te pido disculpas —contestó automáticamente, algo ausente.

—Preferiría que me dijeses qué es lo que te tiene la mente tan ocupada.

—Tú.

—¡Oh! —Giró el cuerpo hacia él—. Dicho con esta cara de preocupación no parece ningún halago.

—Sólo estoy pensativo —la tranquilizó, aunque tuvo que reconocer, al menos para sí mismo, que sí estaba preocupado. Lo que no era nada propio de él. Durante toda su vida, pasada y presente, había tenido la capacidad de ocultar lo que sentía—. Antes hemos dejado a medias la conversación sobre el altercado que has tenido esta mañana.

Jessica levantó el mentón y respiró hondo.

—No me niego a contestarte —empezó—, pero antes quiero saber una cosa: ¿de verdad quieres que te cuente las desgracias de mi pasado? Te confieso que preferiría que tuvieses una imagen idealizada de mí y no la de una mujer herida y llena de defectos.

—¿Eso es lo único que quieres de mí? —le preguntó entre dientes, rebelándose contra la distancia que los separaba—. ¿Ver sólo la superficie y no conocerme en profundidad?

—No. —Le colocó una mano en el antebrazo.

Alistair se la cubrió al instante con una de las suyas.

Ella lo miró a los ojos.

—Quiero saber muchas cosas de ti. De hecho, quiero saberlo todo.

—¿Por qué?

Jessica frunció levemente el entrecejo. Estaba preciosa a la luz de la luna, su melena rubia parecía plateada y su piel brillaba como las perlas. Poseía una nueva suavidad que Alistair no había detectado antes. Se preguntó si durante la cena ya la tenía y él sólo era capaz de verla entonces porque estaban a solas. La parte de él que era presa de la angustia optó por la segunda opción y su humor empeoró todavía más. Maldito fuese por necesitarla tanto.

—Porque me fascinas —respondió Jessica en voz baja—. Justo cuando creo que te conozco, me muestras otra faceta tuya completamente inesperada.

—¿Como cuál?

Ella entrecerró los párpados y las pestañas le ocultaron los ojos.

—Como cuando te vi llevando el timón. O cuando organizaste el pícnic en cubierta. Y cuando te fuiste de mi camarote la otra noche.

Alistair asintió.

Jessica se mordió el labio inferior, pero dejó de hacerlo al instante, como si se hubiese dado cuenta de que ese gesto delataba sus nervios.

—No sé qué te pasa. ¿Te ha disgustado algo de lo que he hecho? —preguntó ella.

—Si me gustase más de lo que ya me gusta, seguro que perdería la poca cordura que me queda —contestó, y entrelazó los dedos con los suyos.

Jessica respiró varias veces despacio y después de tomar aire empezó a hablar:

—Mi padre creía que no pegar a los niños equivalía a malcriarlos.

Alistair se puso tenso.

—¿Ah, sí?

—Digamos que yo no nunca fui malcriada y que no se contuvo a la hora de pegarme. —Se sujetó de la mano de él con más fuerza—. Por eso me altera tanto ver a gente violenta, en especial cuando no están dispuestos a tener consideración con la infancia.

La rabia hizo arder la sangre de Alistair.

—¿Éstas son las consecuencias a las que te referías el otro día? ¿Te pegaban si no te portabas bien? ¿Hadley te pegaba?

—Pensándolo en retrospectiva, supongo que era una niña muy traviesa.

—Aunque fuese cierto, tendría que haber recurrido a la paciencia y no a la violencia. Y tú lo sabes.

—Lo hecho, hecho está —le quitó importancia ella, pero le tembló la voz.

—Pero no está olvidado. —Se acercó más—. Hoy estabas muy alterada. Los malos recuerdos siguen envenenándote la mente.

—En cierto modo sí —asintió Jess, sonriéndole con ternura, lo que hizo que Alistair se sintiese todavía peor—. Pero hoy me he dado cuenta de que soy más fuerte de lo que creía. A pesar de todos los esfuerzos de Hadley por lograr lo contrario, sigo siendo capaz de admirar el modo en que te enfrentas a la vida y los problemas que eso conlleva. Soy capaz de estar contigo sin reservas.

Él sintió una opresión en el pecho.

—Te has entregado a mí en un acto de rebeldía, porque sabes que tu padre jamás lo habría aprobado.

—No, he decidido estar contigo porque ya no me importa lo que hubiese opinado él al respecto. Ya no. No creo que puedas entender lo trascendental que ha sido para mí darme cuenta de esto, descubrir que el control que ejerció sobre mí no fue nunca absoluto y que conseguí mantener intacta una parte de mi individualidad. Y como persona individual, te deseo.

—¿Tiene esto algo que ver con tu teoría de que tomarme como amante te ayudará a aliviar el dolor que sientes por la muerte de Tarley?

Alistair odió oír la rabia que desprendían sus palabras, pero el dolor que le retorcía las entrañas no le permitía actuar como si nada. Al parecer, él encajaba perfectamente en los planes de Jessica, excepto en el único papel que quería desempeñar: el del hombre al que ella le entregara su corazón.

Deseó ser capaz de conformarse con que lo utilizase para superar sus penas, pero ayudarla a olvidar a Tarley y a Hadley no le bastaba. No cuando él había cambiado tan profundamente que había perdido para siempre la posibilidad de seguir viviendo tal como lo hacía antes.

—Alistair... —Jess se dio media vuelta de repente y se sujetó de la borda con la mano que tenía libre. Tenía la espalda completamente rígida y la cabeza bien alta. Había algo inherentemente desafiante en su postura y él la admiró por ello y su cuerpo se excitó—. Tengo la sensación de quieres que diga algo, lo que sea, para tener la excusa de pensar mal de mí y poder alejarte.

¿Alejarse? La idea era sencillamente absurda. Él ya era adicto a la conexión tan pura e inocente que había sentido estando con ella en la cama. No podría dejarla, lo sabía con la misma certeza con que sabía que no podía cambiar su fecha de nacimiento. Se había pasado toda la vida luchando contra la necesidad de depender de alguien, pero ahora ya no tenía escapatoria. Al menos, él no.

—¿Qué crees que puedes contarme que hará que me sienta menos cautivado por ti? Dímelo y así sabré qué tengo que ocultarte para evitar que pierdas interés en mí. Claro que si saber que me prostituí no lo consiguió, tal vez lo único que lo logre sea portarme bien. Quizá sólo te gusto porque soy un indeseable.

—Para —dijo ella entre dientes, fulminándolo con la mirada—. No me gusta el tono con que me estás hablando.

—Me disculpo por ello. ¿Acaso he sido demasiado indeseable para tu gusto? ¿Quieres que tu amante sea sólo un poco maleducado?

Jessica le soltó la mano y se dio media vuelta.

—Te veré mañana, Alistair, y espero que después de dormir un rato estés de mejor humor.

—No quieras librarte de mí —dijo él, luchando contra el impulso de retenerla a la fuerza.

Él jamás haría eso y menos ahora que sabía lo que había sufrido de pequeña.

Ella se detuvo.

—Estás inaguantable. Y te muestras muy cruel. Y ni siquiera sé por qué.

—Yo siempre he creído que podía tener todo lo que me propusiese si trabajaba lo bastante duro. O si hacía los sacrificios necesarios, o si hacía un pacto con el diablo, o si pagaba cantidades escandalosas de dinero.... Pensaba que lo tenía todo al alcance de la mano. —Acalló la voz que oía en su mente y que le decía que fuese cauto y que intentase protegerse—. Y ahora tengo delante a la persona que quiero por encima del resto del mundo y sé que no puedo comprarte, ni sobornarte y que tampoco puedo obligarte a aceptarme. No soporto sentirme tan indefenso. Me pone de mal humor y me frustra enormemente.

—¿Qué estás intentando decirme? —le preguntó ella con los labios apretados.

—Quiero que empieces a pensar que nuestra relación es infinita, no finita. Quiero que intentes imaginar una serie inacabable de días como hoy. Mañanas despertándote entre mis brazos. Noches enteras sintiéndome dentro de tu cuerpo. Paseos por Hyde Park y valses delante de la flor y nata de la alta sociedad.

Jessica se llevó una delicada mano al cuello.

—Serías muy desgraciado.

—Sin ti, sí. —Alistair se cruzó de brazos. La brisa del océano le alborotó el pelo. Ahora era él quien se sentía desafiante y rebelde—. Siento no haberte dicho esto al principio. Sé que dije que nuestra aventura tenía fecha de caducidad y que ésta no tardaría en llegar. Pero mis intenciones, mis necesidades, han cambiado.

—No estoy segura de comprender cuáles son esas intenciones —dijo Jessica con cautela—. ¿Qué me estás pidiendo exactamente?

—Antes has dicho que ya no te preocupa saber cuándo va a

acabar lo nuestro, pero en el fondo sigues pensando que el final es inevitable. Me gustaría que creyeses que es evitable.

—Creía que ambos estábamos de acuerdo en que seríamos amantes hasta que uno de los dos se cansase del otro. ¿Qué más podemos hacer?

—Podemos esforzarnos para que esto —señaló impaciente entre los dos— funcione, en vez de permitir que se marchite hasta desaparecer. Cuando surja un problema, podemos solucionarlo. Y si la atracción que sentimos empieza a apagarse, podemos buscar modos de reavivarla.

Jessica se humedeció los labios.

—¿Y cómo lo llamaríamos?

Alistair hizo a un lado la ansiedad que amenazaba con dejarlo sin voz.

—Creo que lo llaman noviazgo —contestó como si nada.

15

Hester bebió el té despacio, en un valiente intento de retener algo en el estómago. A pesar de que por la noche estaba hambrienta, por la tarde todavía tenía náuseas.

—En mi opinión, debería intercambiar los lazos, excelencia —le dijo a la condesa de Pennington—. Pruebe a combinar el marrón con el azul y el verde con el de color melocotón.

Elspeth levantó la cabeza y miró de reojo hacia donde Hester estaba sentada, en una de las butacas que la condesa tenía en sus aposentos privados.

—¿Tú crees?

La mujer volvió a centrar toda su atención en las cintas que tenía encima de la cama, le indicó a la modista que hiciese los cambios que había sugerido Hester y luego asintió.

—Tienes razón.

Hester sonrió. Aunque al principio le había extrañado un poco que la condesa insistiese tanto en quedar con ella, pronto se dio cuenta de que la trataba como a una hija. Era el papel que Jessica había desempeñado y Hester descubrió que le gustaba recibir las atenciones de una madre.

Era consciente de que la necesidad que sentía Elspeth sería pasajera y que debía de estar relacionada con su vuelta a la sociedad, después de haber pasado tantos años en el campo. Hester envidiaba la vida idílica que la mujer había llevado en la maravillosa mansión Pennington.

—Tienes que probar los bollos de limón —le dijo Elspeth—. Te juro que jamás has comido nada igual. Se derriten en la boca.

—Gracias, quizá en otra ocasión.

La condesa negó con la cabeza y se le acercó para sentarse en la butaca que tenía enfrente.

—¿Has probado beber té de jengibre, o un poco de caldo, o ambas cosas? Los dos te irán bien para el estómago. Y no tomes comida demasiado grasienta de noche. Las galletas saladas también ayudan.

Tras una pausa, Hester preguntó:

—¿Tan evidente es?

—Sólo para una mujer que se ha pasado casi cada día de la última semana contigo.

—Por favor, le suplico que sea discreta.

Los oscuros ojos de Elspeth brillaron al detectar un secreto.

—¿Tú y Regmont preferís disfrutar de la noticia en la intimidad? Maravilloso.

Hester dudó un instante, no quería compartir el secreto que había guardado en su pecho, pero finalmente, dijo:

—Regmont todavía no lo sabe.

—Ah... ¿Y por qué no?

—No me encuentro nada bien y no puedo dejar de pensar que algo va mal. A Regmont no le gustaría... a él no... —Dejó la taza de té en el plato y después lo depositó en la mesilla que había entre las dos—. Es mejor que espere a saber que todo progresa como es debido.

—Querida... —La condesa cogió las pinzas y se sirvió un bollo de la bandeja—. Estás desaprovechando una de las pocas oportunidades que tiene una mujer de pedirle a su esposo lo que quiera y asegurarse de recibirlo.

—Regmont ya me da demasiado. —Pero no lo que ella más

quería; que él estuviese bien mentalmente—. Y quiero que Jessica siga disfrutando de su viaje.

—Tu hermana se alegrará mucho por ti.

—Sí. —Hester se alisó la falda—. Pero quizá se ponga triste por ella y últimamente ya ha sufrido bastante.

—Sufrirá más si no se lo dices.

—Le escribí una carta pocos días después de su partida. Creo que es mejor así. De este modo no tendrá que hacerse la fuerte. Cuando se entere de la noticia podrá reaccionar como verdaderamente lo sienta y cuando volvamos a vernos, las dos experimentaremos sólo alegría.

Elspeth bebió un poco de té tras dar un bocado.

—Estáis muy unidas.

Hester se tocó el corazón.

—Sí. Es mi hermana, mi madre y también mi amiga más cercana.

—Jessica me contó que su madre murió cuando eran muy pequeñas.

—Yo tenía diez años, pero puede decirse que la perdí mucho antes de que muriese. Su melancolía la debilitaba mucho y sólo la veía breves momentos. Para mí era como un fantasma, una mujer frágil y delicada que carecía completamente de ganas de vivir.

—Lo siento —dijo Elspeth con una sonrisa cariñosa—. La maternidad es un regalo. Es una pena que lady Hadley fuese incapaz de verlo así.

—Jess habría sido una madre maravillosa. Y Tarley un gran padre.

—Lo mismo puede decirse de ti y de Regmont, estoy segura.

Hester apartó la vista y consiguió esbozar una trémula sonrisa a la ayudante de la modista cuando ésta se dirigió a la galería con la selección de Elspeth.

—Querida —dijo la condesa en voz baja, captando de nuevo su atención—. ¿Es posible que tú también estés sufriendo de melancolía?

—Oh, no. De verdad. Lo único que pasa es que estoy todo el día agotada. Y le confieso que me preocupa el combate entre Regmont y Michael de mañana. Ojalá existiese alguna manera de disuadirlos. Mi marido se toma esa clase de cosas muy en serio.

—A ti te importa Michael.

Hester notó que el rubor se extendía por sus mejillas. A lo largo de la última semana, se había fijado más de lo apropiado en él. Lo buscaba en todos los eventos a los que asistía, incluso por la calle, con la esperanza de verlo aunque fuese sólo un segundo. La punzada de emoción que sentía cuando lo conseguía, la alegraba y la entristecía al mismo tiempo. Y era prueba innegable de que el amor que sentía por su esposo había perdido la capacidad de llenarla.

—Es un buen hombre.

—Sí. —Elspeth dejó la taza con un suspiro—. Tengo que ser sincera contigo. Cultivar nuestra amistad me interesaba por más de un motivo. Aunque te agradezco profundamente que me ayudes con mi vestuario, hay otro tema con el que preferiría que me echases una mano.

—Si de verdad puedo serle de ayuda, me sentiré honrada de poder hacerlo.

—Me gustaría que me dieses tu experta opinión acerca de las debutantes que te parezcan más adecuadas para Michael. Dado que él te importa tanto como a mí, estoy segura de que querrás que sea feliz en su matrimonio.

—Por supuesto.

Hester se enfrentó a la mirada inquisitiva de la condesa y superó la prueba gracias a que Jessica se había pasado años enseñándole a ocultar lo que sentía. No tenía sentido que desease que Michael siguiese tal como estaba para siempre.

Elspeth le sonrió.

—Gracias. Espero verlo felizmente casado antes de que termine el año.

—Eso sería maravilloso —convino Hester—. O antes, si fuese posible.

Alguien llamó a su puerta.

Jess sonrió al identificar la cadencia de los golpes. La puerta se abrió sin que ella hubiese dado permiso y Alistair entró en la habitación con la seguridad de que iba a ser bien recibido.

Era tan guapo que quitaba el aliento. Había cambiado desde que se habían hecho a la mar y mucho más en la semana que hacía que eran amantes. Sus preciosos ojos azules se veían ahora más brillantes y tenía tendencia a sonreír y a mirarla con ternura. Su rostro también se había suavizado y eso, aunque pareciese imposible, lo hacía todavía más guapo. Y el modo en que se movía... La sensualidad inherente a él también se había apaciguado. Como si estar con ella tranquilizase a la bestia que tenía en su interior. Era una tontería, pero a Jessica le hacía muy feliz pensar eso.

Alistair se acercó a donde ella estaba sentada y se agachó para darle un beso en la frente. Jessica levantó la cabeza y refunfuñó para reclamar un beso de verdad.

—Buenas noches —lo saludó, sintiéndose inusualmente feliz por la intimidad que existía entre ambos.

Era similar a la sensación de paz que había tenido viviendo con Tarley y al mismo tiempo no era igual. Ella respondía a Alistair de un modo mucho más profundo y complejo.

Le dolía darse cuenta de que su relación con Benedict no había sido todo lo que quizá habría podido llegar a ser. Pero también sospechaba que fuera lo que fuese lo que le había faltado a su matrimonio, probablemente había sido debido a Alistair. Jessica no había sido consciente de ello, pero éste se había mantenido oculto entre las sombras, ocupando un lugar en su mente e impidiendo que ningún otro la conquistase.

—Ahora lo son —dijo él incorporándose y ella vio que llevaba un cuaderno de piel debajo del brazo.

—¿Qué es eso?

—Trabajo. —Lo dejó encima de la mesa.

Jessica le sonrió y devolvió al tintero la pluma con que le había estado escribiendo una carta a Hester.

—Me alegro de que hayas venido a verme, pese a tener cosas más importantes que hacer.

—Yo preferiría hacerte el amor, pero me temo que estás indispuesta para recibir tales atenciones.

Ella arqueó las cejas. Esa misma mañana había empezado a menstruar.

—¿Cómo lo sabes?

Alistair se quitó la chaqueta y la colocó en el respaldo de la silla que Jessica tenía delante.

—¿Y cómo podría no saberlo? Toco tu cuerpo más que el mío. Tienes los pechos hinchados y te duelen y durante los últimos dos días has tenido muchas más ganas de practicar sexo. Entre otras cosas.

—Eres un hombre muy observador —contestó ella con una sonrisa.

—No puedo evitarlo —dijo él, devolviéndosela—. No puedo apartar los ojos de ti.

—Adulador —lo provocó—. Y, por desgracia, es verdad que estoy indispuesta. Pero podría darte placer de otra manera...

Alistair se sentó.

—Una sugerencia deliciosa, pero soy feliz simplemente estando contigo.

Jess tomó aire, una reacción necesaria después de que se le acelerase el corazón al oírle decir eso. Él lo había dicho como si nada, pero a Jessica le afectaba mucho comprobar que Alistair se atrevía a colocarse en una posición tan vulnerable. Dios sabía que ella también lo estaba.

—Yo siento lo mismo —le dijo en voz baja.

—Lo sé. —Alistair alargó la mano por encima de la mesa para tomar la de ella—. Y no puedo decirte lo mucho que significa para mí que quieras pasar tiempo conmigo, independientemente de que tengamos o no sexo.

Jessica no sabría explicar por qué la sorprendió descubrir que un hombre tan guapo como él quería que lo valorasen por algo más que su aspecto físico y su talento en la cama.

—Alistair...

—No sientas lástima por mí —le dijo él, cortante, al notar la compasión en la voz de ella—. Estoy dispuesto a aceptar cualquier cosa que sientas por mí excepto ésa.

—Te adoro.

—Eso servirá. —Aflojó la dura línea de sus labios.

Jessica negó con la cabeza.

—No quiero que te avergüences de ti por mí. Yo nunca te he juzgado, ni te juzgaré jamás, por las decisiones que te viste obligado a tomar en el pasado, pero si no puedes ser tú mismo cuando estamos juntos, entonces es mejor que nos separemos.

—Espera un momento —replicó Alistair con el cejo fruncido.

—No, espera tú. Tienes que aceptar ahora mismo que te mereces todo mi afecto igual que cualquier otro hombre. Si no puedes hacerlo, preferiría que te fueses.

Él maldijo por lo bajo.

—No puedes decirme esas cosas.

—Pues claro que puedo, maldita sea —contraatacó ella—. Tal vez tú hayas logrado engañarte a ti mismo y creas que soy perfecta, pero sólo soy una mujer. O media, según se mire, puesto que soy estéril. Y deja que te diga que es muy injusto que no pueda tener hijos y que sin embargo sangre como si pudiese.

—Entonces, ¿tienes la menstruación? —le preguntó, en un tono demasiado indiferente.

—Si estabas preocupado por lo contrario, no tenías motivos para estarlo.

Alistair le sostuvo la mirada.

—¿Estás segura? Quizá el problema fuese de Tarley.

—No. Él tuvo un hijo con su amante antes de que nos casáramos.

—Quizá el hijo no era suyo.

—Si vieras al niño, no te cabría la menor duda. Igual que en el caso de tus hermanos, es la viva imagen de su padre.

Alistair asintió y dirigió su atención al libro de cuentas.

Jess sintió un escalofrío. Si él quería hijos, como la gran mayoría de los hombres, su relación terminaría irremediablemente. Y Alistair se merecía experimentar esa clase de felicidad.

—Te he estado observando cuando estás con el niño —le dijo, refiriéndose al que ella había intentando proteger hacía una semana. Alistair demostraba un interés especial por el joven marino y le estaba enseñando a hacer nudos y otras técnicas útiles para su trabajo. A Jessica le gustaba verlos juntos—. Algún día serás un padre maravilloso —concluyó con voz estrangulada.

Él levantó la vista para mirarla y se apoyó en el respaldo de la silla con los brazos cruzados. Le había crecido el pelo y a ella le encantaba el modo en que los mechones negros le enmarcaban el rostro.

—Jessica —suspiró—. Nunca he pensado demasiado en tener hijos. Y ahora dejaré de pensar en ello por completo.

—No digas eso. No puedes negarte esa alegría de un modo tan precipitado.

—Para procrear hace falta tener pareja, como bien sabes. Tú eres el primer eslabón de esa cadena. Y si resulta que también eres el último, pues no pasa nada. Yo ni siquiera soy capaz de plantearme la posibilidad de intentarlo con otra persona.

A Jessica se le nubló la vista. Parpadeó varias veces para eliminar las lágrimas y se apartó de la mesa a toda velocidad para ir en busca de la caja que había en la esquina y que contenía las botellas de clarete.

—Jess...

Ella oyó cómo las patas de la silla se arrastraban por el suelo y un segundo antes de agacharse para agarrar la botella, notó las fuertes manos de él sujetándola por los hombros.

—¿Oír lo que siento por ti te lanza a la bebida? —le preguntó al oído.

—No. Ser lo bastante egoísta como para alegrarme de que te sientas así, sí.

—Quiero que seas egoísta conmigo.

Ella negó con la cabeza con vehemencia.

—El amor no es egoísta. O eso dicen.

—Para algunos quizá sí. Pero a ti y a mí ya nos han arrebatado demasiadas cosas. Tiene sentido que ambos sintamos la necesidad de quedarnos con el otro.

Jessica cerró los ojos y apoyó la cabeza en el hombro de Alistair, que la rodeó con los brazos.

—Tienes muchos hermanos. Seguro que te gustaría tener una familia numerosa.

—Si vamos a hablar de mi familia, sí necesitaremos esa botella de vino.

Alistair se apartó, Jess cogió la botella y se incorporó. Cuando se dio media vuelta vio que él había sacado dos copas del pequeño armario que había junto a la puerta del camarote.

Dejó el vino en la mesa y se sentó. Alistair colocó las copas y descorchó la botella. Tras dejar que el clarete respirase, volvió a sentarse y la miró pensativo y expectante al mismo tiempo.

Ella esperó pacientemente.

—¿Alguna vez te has preguntado por qué los rasgos de Masterson están tan presentes en mis hermanos y sin embargo yo soy la viva imagen de mi madre?

—No me he cuestionado por qué he tenido tanta suerte.

El cumplido le valió una sonrisa de Alistair.

—Entonces —continuó Jessica—, deduzco que Masterson no es tu padre.

—Y no te importa —señaló él en voz baja.

—¿Por qué iba a importarme?

—Jess... —Se rió nervioso—. Tenía miedo de contártelo, ¿sabes? Tú eres famosa por acatar siempre todas las normas. Tenía miedo de que pensases mal de mí.

—Imposible. ¿Tus hermanos pensaban mal de ti? ¿Acaso ya no estás tan unido a Albert?

—A mis hermanos nunca les ha importado. Pero a Masterson... a él no puedo complacerlo. —Que lo dijese como si nada, puso de manifiesto sentimientos más profundos—. Personalmente ya no me importa, pero a mi madre le preocupa que nos hayamos distanciado tanto. Si pudiese tranquilizarla, lo haría, pero al parecer no puedo hacer nada para cambiar las cosas.

—Lo lamento por él. —Por fin entendía por qué Masterson

no había querido ayudar a Alistair a abrirse camino en el mundo—. Se está perdiendo un hijo maravilloso.

Él negó con la cabeza, incrédulo.

—Todavía no puedo creerme que te lo tomes tan bien. Tengo que advertirte de que cada vez que aceptas como si nada uno de mis oscuros secretos, estoy más decidido a quedarme contigo para siempre. Al parecer, nada de lo que te diga hará que te alejes de mí.

Jessica sintió un calor extendiéndose por su pecho.

—Alguien tiene que mantenerte alejado de los líos.

—Y sólo tú eres apta para la tarea.

—Eso espero, por tu bien.

—Vaya, milady, juraría que eso ha sido una especie de advertencia.

Jess fingió que se ponía seria.

—Yo valoro la constancia y la lealtad, señor Caulfield.

—Igual que yo. —Tamborileó en la mesa con los dedos—. Hubo una época en que creía que Masterson amaba de verdad a mi madre y que ella sentía lo mismo por él. Le permitió que se quedase conmigo y me aceptó como hijo suyo, a pesar de lo mucho que lo corroe por dentro, porque sabía que ella jamás le perdonaría si la obligaba a deshacerse de mí. Pero ahora...

Al ver que se detenía, Jessica lo instó a seguir.

—¿Ahora...?

Él exhaló y continuó.

—Soy consciente de la gran diferencia de edad que existe entre ellos. Y sé el efecto que tienen esos años en el físico de Masterson y en su capacidad para mantener relaciones maritales satisfactorias. Pero Dios, yo sería incapaz de mirar hacia otro lado, dejar que tú satisficieses tus necesidades en otra parte y llamar amor a mi indiferencia. Me ocuparía de ti de otra manera; con mi boca, con mis manos, con instrumentos para dar placer..., con cualquier cosa que tuviese a mi alcance. Yo intento conservar lo que es mío y no estoy dispuesto a compartirlo.

—Quizá ninguno de los dos sabe cómo sacar el tema. Yo no sería tan estricta a la hora de juzgarlos.

—Prométeme que siempre sentirás completa libertad para hablar conmigo de cualquier tema.

Era una promesa muy fácil de hacer. Alistair provocaba que a Jessica le resultase fácil abrirse a él sólo por el modo en que la miraba. Benedict la había mirado igual, pero nunca le había hecho preguntas. Su esposo le había dado cariño en silencio, sin esperar nada. Las exigencias de Alistair eran mucho más elevadas y más comprensibles. Pero también lo eran los límites de su aceptación.

Jessica asintió, ofreciéndole su promesa.

Él señaló el papel que ella tenía delante.

—¿Una carta?

—Para mi hermana. Le estoy contando lo que ha sucedido durante el viaje.

—¿Le has hablado de mí?

—Sí.

El placer que sintió se reflejó en sus ojos.

—¿Qué le has dicho?

—Oh, todavía no he terminado.

—¿Tantas cosas tienes que contarle?

—Muchas, y además tengo que elegir con cuidado cada palabra. Al fin y al cabo, le dije que se mantuviese alejada de ti.

—Egoísta.

Jessica se puso en pie y rodeó la mesa. Él la siguió con la mirada, mientras se acercaba, observándola sin disimulo. Ella le colocó una mano en el hombro y le apartó un mechón de pelo de la frente antes de depositar allí un beso.

—Me gusta poder decir que eres mío —murmuró, pensando en Masterson y en la estupidez que estaba cometiendo por orgullo.

Él la cogió por la cintura.

—Me pregunto si sentirás lo mismo cuando estemos en Londres —murmuró—, rodeados de gente que te juzgará por haberme elegido.

—¿De verdad crees que soy tan maleable, que resulta tan fácil influenciarme?

—No lo sé. —Levantó la cabeza y la miró a los ojos—. Y creo que tú tampoco lo sabes.

En cierto modo, Alistair tenía razón. Jessica siempre había hecho lo correcto y lo que se esperaba de ella.

—Mi padre estaría en desacuerdo contigo. Te diría que es muy difícil hacerme cambiar de opinión.

Alistair tiró de su mano y la sentó con cuidado en su regazo para abrazarla con fuerza.

—Sólo pensar en él y en cómo te trató hace que se me lleven los demonios.

—Él no se merece que malgastes tus esfuerzos. Además, por algunas cosas le estoy agradecida. Lo que en un principio me resultaba difícil, se convirtió en algo natural para mí y me hizo la vida más fácil. —Le pasó los dedos por el pelo—. Y mira cómo has echado a perder tú todo ese entrenamiento en sólo una semana.

—Yo quiero echarte a perder para cualquier otro.

—Lo estás consiguiendo. —Con cada hora que pasaba, Jessica se sentía más libre. Igual que cuando se quitaba el corsé después de un día muy largo. Empezaba a dudar de su capacidad para volver a aceptar las restricciones de su vida pasada si algún día tenía que volver a enfrentarse a ellas—. ¿Te asusta? ¿Te hace perder el interés? En seguida caigo rendida en tus brazos. ¿No te aburre no tener que esforzarte para conseguirme?

—Contigo tengo que esforzarme constantemente, Jess. Me asustas. —Descansó la cabeza en sus pechos—. No sé cómo funcionar dependiendo de alguien para todo y sin embargo he descubierto que dependo de ti.

Ella le rodeó los anchos hombros con los brazos y apoyó el mentón en su cabeza. Tendría que haber adivinado que un hombre como él, que nunca hacía nada a medias, también se entregaría del mismo modo. Pero ni se le había pasado por la cabeza que estuviese tan dispuesto a comprometerse con una sola mujer cuando tenía tantas entre las que elegir.

—Te confieso que yo estoy aterrorizada. Todo ha cambiado muy rápido.

—¿Y tan terrible es eso? ¿Acaso antes eras feliz?

—No era infeliz.

—¿Y ahora?

—No me reconozco a mí misma. ¿Quién es esta mujer que se sienta en las piernas de un hombre y que le ofrece favores sexuales con la misma tranquilidad con la que le ofrecería una taza de té?

—Es mía y a mí me gusta mucho.

—No me extraña, siendo un descarado como eres. —Le acarició el pelo con la mejilla—. ¿Tu madre te quiso como era debido, Alistair? ¿Es por eso por lo que se te da tan bien cuidar de mí?

—Sí, a pesar del dolor que le causó quedarse embarazada de mí y tenerme. Y yo haría cualquier cosa para asegurar su felicidad.

—¿Y no crees que a ella le encantaría tener nietos?

Él se apartó y la miró a los ojos.

—Eso es responsabilidad de Baybury, que es el heredero. Él se los dará.

—¿Y qué responsabilidad tienes tú? —le preguntó, pasándole el pulgar por la mejilla.

—Ser la oveja negra de la familia, corromper a jóvenes viudas y conducirlas hacia el pecado.

Jessica lo besó. Con los labios pegados a los suyos, le dijo:

—Me encargaré personalmente de que no te alejes del buen camino que has estado siguiendo estos últimos años.

Las fuertes manos de él se deslizaron por su espalda.

—Menuda pareja hacemos. La viuda escandalosa y el seductor reformado.

Jess contuvo el vuelco que sintió en el estómago y se dijo que ya tendrían tiempo de afrontar la cruda realidad de su relación. Habían pasado muchas cosas en muy poco tiempo y todavía debían recorrer un largo camino para poder afirmar que estaban destinados a terminarlo juntos. Mientras tanto, ella seguiría el ritmo que él marcase. Si su felicidad estaba destinada a ser sólo temporal, lo asumiría. Ahora ya era demasiado tarde para volver atrás.

Le dio un beso en la punta de la nariz.

—¿Por qué no nos bebemos esa botella de vino?

16

—Lamento molestarlo, lord Tarley.

Michael se detuvo con un pie en el primer escalón del Club para Caballeros Remington's y cuando giró la cabeza vio a un cochero de pie en la acera, con el sombrero en las manos.

—¿Sí?

—Mi señora le suplica que hable con ella un segundo, si es tan amable.

Miró por encima del hombre y se fijó en el carruaje que estaba detenido allí cerca, con las cortinas echadas. Se le aceleró el pulso de emoción. Supuso que la ocupante podía ser una debutante con demasiado atrevimiento, pero él deseaba que fuese Hester.

Asintió para dar su conformidad y se acercó al vehículo. Se detuvo delante de la puerta.

—¿Puedo ayudarla en algo?

—Michael. Entra, por favor.

Estuvo a punto de sonreír, pero se contuvo. Subió al coche y ocupó la banqueta opuesta a la de Hester. El perfume de ella había invadido el interior y, aunque por las cortinas se colaba el suficiente sol como para que pudiesen verse, la sensación de intimidad era abrumadora.

Aunque seguramente sólo existía en la mente de Michael.

Al menos eso creía hasta que vio el pañuelo que ella tenía en su regazo. Años atrás, Hester le había dado uno como muestra de su afecto; cuando jugaban a las princesas y a los caballeros y él desempeñaba el papel de príncipe valiente. Miles de años atrás. En otra vida.

—¿Has venido para darme algo tuyo y que me traiga suerte durante la batalla? —le preguntó, obligándose a utilizar un tono frívolo.

Ella se lo quedó mirando largo rato. Se la veía muy frágil con aquella pelliza verde con ribetes de un color que Michael no lograba discernir con aquella luz. Hester suspiró.

—No puedo hacerte cambiar de opinión, ¿no?

Su tono apesadumbrado impulsó a Michael a echarse hacia adelante. Y de repente se dio cuenta de qué era lo que había hecho cambiar a Hester; el peso de la infelicidad oprimía su carácter jovial.

—¿Por qué te preocupa tanto un simple combate de boxeo?

Nerviosa, ella abrió y cerró las manos sobre su regazo.

—Tanto si ganas como si pierdes, no va a terminar bien.

—Hester...

—Probablemente Regmont empiece el combate relajado —continuó ella sin mostrar ninguna emoción—, pero a medida que vaya haciéndose evidente que dominas la técnica del boxeo, se irá concentrando más. Si no puede derrotarte, quizá sucumba a su temperamento. Si eso sucede, ve con cuidado, porque se olvidará de las reglas y peleará para ganar. No jugará limpio.

A Michael, oír un disparo no lo habría sobresaltado tanto.

—Jamás le diría esto a otra persona —siguió Hester con la cabeza bien alta, subrayando su postura ya de por sí digna—, pero sospecho que tú eres muy metódico en el cuadrilátero, que eres capaz de mantener la cabeza en su sitio, por lo que seguirás las normas y tengo miedo de que eso te impida anticipar los golpes más dañinos de Regmont.

—¿Lo has visto sucumbir a su temperamento delante de alguien? —No tenía derecho a preguntárselo, pero ya no podía seguir conteniendo la pregunta—. ¿Te maltrata, Hester?

—Preocúpate por ti —lo riñó ella y consiguió esbozar una sonrisa que no alivió en absoluto las sospechas de Michael—. Tú eres el que va a pelear con él.

Y Michael se moría de ganas de que empezase el combate, ahora mucho más que antes, cuando sólo estaba impaciente.

Hester alargó la mano con el pañuelo, pero la apartó cuando él fue a tomarlo.

—Si quieres esto, primero tienes que prometerme que vendrás a verme.

—Extorsión —contestó Michael con la voz ronca, al comprender que ella estaba esquivando su anterior pregunta.

Le hervía la sangre. ¿Hester creía que él iba a ser metódico durante el combate, que iba a mantener la calma?

—Coacción —lo corrigió ella—. Sólo para asegurarme de que no resultas malherido.

Michael apretó la mandíbula al comprender que no podía hacer nada. No podía interceder de ninguna manera. Lo que un hombre hiciera con su esposa era asunto suyo. El único recurso que tenía a su alcance ya lo había puesto en marcha una semana atrás; un combate de boxeo durante el cual podría pegarle a Regmont hasta cansarse.

—Te prometo que iré a verte.

—Antes de que termine la semana —insistió ella, con sus ojos verdes entrecerrados a modo de amenaza.

—Sí. —Michael cogió el pañuelo como si le perteneciese por derecho. Llevaba una «H» bordada en un extremo, lo que hacía que el regalo fuese todavía más personal—. Gracias.

—Ten cuidado. Por favor.

Él asintió y salió del carruaje. El vehículo arrancó antes de que hubiese llegado al primer escalón del Remington's.

—No te dejes engañar por su tamaño.

Michael estaba saltando sobre los pies y se volvió hacia la voz que acababa de hablarle. Se encontró con el conde de Westfield, un noble soltero que sufría las mismas presiones para contraer matrimonio que él. Westfield era agradable y muy atractivo, lo que hacía que gustase tanto a hombres como a mujeres.

—Nada en él me engaña.

—Interesante —señaló Westfield, metiéndose en el cuadrilátero, delimitado por unas líneas blancas pintadas en el suelo de madera—. Haces que me alegre mucho de haber apostado por ti.

—¿Has apostado por mí? —Michael escudriñó la estancia con la mirada; estaba a rebosar de espectadores.

—Sí, he sido uno de los pocos que lo ha hecho. —El conde esbozó una de aquellas sonrisas que cautivaban a las mujeres—. La corta estatura de Regmont hace que sea rápido y ágil. Y nunca he visto a nadie con tanta resistencia, por eso gana tan a menudo, porque aguanta mucho más que cualquiera. Y por eso los demás han apostado en su favor; porque confían en que tú te cansarás antes que él.

—Me gusta creer que esa teoría también tiene en cuenta la cantidad de golpes que recibirá Regmont y la frecuencia.

Westfield negó con la cabeza.

—Para algunos hombres, yo, por ejemplo, perder es un incordio que sencillamente preferimos evitar. Para otros, como Regmont, es algo que los hace inhumanos. Su orgullo le dará fuerzas hasta que esté convencido de que se ha resarcido del mal que le has causado.

—Es sólo un deporte, Westfield.

—No lo es, a juzgar por el modo en que le estás mirando. Es evidente que tienes un ajuste de cuentas pendiente con él. No me importa. Lo único que quiero es ganar mi apuesta.

En otro momento, Michael quizá le habría sonreído, pero ahora estaba furioso. A pesar de todo, él siempre había sabido aceptar un buen consejo cuando se lo daban. Y también sabía que, a juzgar por la sonrisa de Regmont, éste estaba convencido de que iba a ganar.

Aunque Michael estaba seguro de que el dolor físico era lo mínimo que se merecía el conde, decidió que la humillación sería un castigo más duradero.

Esquivó unos cuantos golpes de Regmont y dejó que le diese algunos y luego canalizó todo el amor no correspondido que sentía por Hester y todo el odio que sentía hacia su indigno marido en un único puñetazo.

Regmont se desplomó inconsciente en el suelo tras un único minuto de combate.

—Me resulta muy difícil concentrarme si me estás mirando.

Jessica levantó la vista hacia Alistair, que estaba sentado en la cubierta, con la espalda recostada en una caja. Se había quitado la chaqueta y tenía una pierna extendida delante de él y la otra con la rodilla levantada para apoyar en ella los papeles en los que estaba trabajando. Era la misma postura que le había visto adoptar cuando leía o trabajaba en la cama y siempre conseguía despertar su admiración.

—No me hagas caso —dijo él.

Una petición imposible y mucho menos con lo guapo que estaba en mangas de camisa, con aquellos pantalones hechos a medida que hacían resaltar sus musculosas piernas, y con sus botas Hessian recién lustradas. El viento le alborotaba el pelo del modo en que ella querría hacerlo con los dedos.

Para Jessica hacía un día precioso. Ligeramente nublado, con el suficiente frío para que hubiese cogido un chal, pero no tanto como para que no fuese agradable estar en cubierta.

Había salido a tomar el aire y una hora más tarde Alistair había ido a hacerle compañía con una de sus carpetas. Se había sentado a unos metros de distancia, pero levantaba la vista a menudo y la miraba con inexplicable intensidad.

Jess se rió por lo bajo y volvió a concentrarse en su costura.

—¿Acaso la impecable lady Tarley acaba de reírse de mí? —le preguntó él, con una ceja enarcada.

—Una dama no se ríe de nadie.

Pensó que era bonito que Alistair se esforzase tanto para estar con ella cuando tenía tantos asuntos de los que ocuparse.

Se había convertido en su amigo, en alguien con quien lo compartía casi todo. Era un milagro que, en su vida, hubiese encontrado a dos hombres dispuestos a quererla tal como era. No por su actitud externa, conseguida a base de una rígida educación, sino por la mujer que se escondía debajo y que ellos habían conseguido hacer salir a la luz.

—Quizá las otras damas no lo hagan —dijo él en voz baja, para que sólo pudiese oírle ella—, pero tú haces un sinfín de ruidos deliciosos.

Jess se excitó con esa frase tan sencilla y provocativa. Hacía una semana que no practicaban sexo y, ya que había terminado su menstruación, tenía tantas ganas que le resultaban casi insoportables.

—¿Quién es ahora la que está mirando? —la provocó Alistair, sin apartar la vista de sus papeles.

—Porque estás demasiado lejos como para que pueda hacer nada más.

Él levantó la cabeza de golpe.

Ella sonrió y se puso en pie.

—Disfrute del resto de la tarde, señor Caulfield. Creo que me retiraré a mi camarote para dormir un rato antes de la cena.

Volvió a su habitación, donde encontró a Beth ocupadísima aireando sus vestidos.

—Que Dios proteja al señor Caulfield —dijo la joven, deteniéndose—. Tiene usted una mirada peligrosa.

—¿De verdad?

—Ya sabe que sí. —Beth sonrió—. Hacía años que no la veía tan feliz. Empiezo a sentir lástima por el hombre.

—Me dijiste que él sabía proteger su corazón.

—A veces me equivoco, milady. Pocas, pero ha pasado.

La sonrisa de Jess se ensanchó sólo de pensarlo. Era un alivio oír la opinión de Beth. Lo único que ensombrecía su felicidad era la posibilidad de que aquello no fuese a durar y de que ella no fuese capaz de conservar el interés de un hombre como Alistair Caulfield durante mucho tiempo.

Jess creía no estar a su altura y sabía que había mujeres que lo estaban más. Mujeres que podían darle cosas que ella no podía: experiencia en la cama, un espíritu tan aventurero como el suyo, hijos...

Se quitó el chal y se le desvaneció la sonrisa. Los dos eran jóvenes. A pesar de que ya había conseguido muchas cosas en la vida, Alistair todavía tardaría años en sentir la necesidad de casarse y procrear. Era imposible que él supiese que se acabaría sintiendo de ese modo, pero ella sí lo sabía. Y le correspondía por tanto hacer lo correcto en su relación.

Sus reconocibles y decididos golpes resonaron en la puerta.

Beth se rió y guardó el vestido que había estado aireando en el baúl y a continuación fue a abrir con una sonrisa.

—Buenas tardes, señor Caulfield.

Ella se quedó de espaldas, con los ojos cerrados para disfrutar de la educada respuesta que él le daría a su doncella.

—¿Necesita algo más, señora? —le preguntó Beth.

—No, gracias. Disfruta de la tarde.

La puerta apenas se había cerrado cuando Jessica oyó que algo caía al suelo. Un segundo más tarde, se encontró pegada a la mampara, con un hombre de casi dos metros completamente excitado, contra su cuerpo. Contenta ante su inesperada fogosidad, le rodeó la cintura con los brazos y le devolvió el beso con el mismo fervor.

—Eres mala —la acusó él, deslizando la boca por su mandíbula—. Estás intentando que me vuelva loco.

—No tengo ni idea de qué estás hablando.

Alistair le mordió la oreja y Jess se arqueó, riéndose. Deslizó la vista hacia la carpeta que él había lanzado al suelo y se quedó quieta.

—Cuando ya no estés indispuesta —dijo Alistair con voz ronca y cargada de sexualidad—, voy a hacerte pagar por haber provocado a un hombre que lleva una semana sin estar dentro de ti.

—Ya no estoy indispuesta —contestó como si nada, porque estaba fascinada con los dibujos que sobresalían de la carpeta—. Desde hace dos días.

—¿Disculpa? —Alistair se apartó.

—¿Qué es esto? —Se escurrió de entre sus brazos y se agachó para recoger los papeles.

—Dos días —repitió él.

Jessica apartó la cubierta de cuero negro y se quedó sin aliento.

—Dios mío, Alistair... Son impresionantes.

—Lo que es impresionante es lo poco que me deseas.

—No seas ridículo. Una mujer tendría que estar muerta para no desearte. —Se quedó mirando el retrato que había dibujado a lápiz. Era un dibujo de ella en cubierta, pocos minutos antes, lo que explicaba que la hubiese estado mirando tanto—. ¿Es así como me ves?

—Así es como eres. Maldita sea, Jess. Llevo una semana muriéndome por ti. Y tú tenías que saberlo. Es imposible que no te hayas fijado en la erección que tengo desde hace días.

Ella deslizó los dedos por el dibujo. Alistair la había hecho hermosa, había suavizado sus facciones y le había llenado los ojos de ternura. Nunca se había visto tan guapa.

—Sí —contestó distraída—. Es imposible ignorar un apéndice de ese tamaño cuando te toca la espalda, como hace tu miembro cuando te acuestas conmigo.

—No bromees —le dijo enfadado—. Explícate.

—¿De verdad tengo este aspecto?

—Sí, siempre que me miras. Si no me contestas, Jess, no me hago responsable de mis actos.

—No digas tonterías. Quería demostrarte que deseo tu compañía con independencia de los múltiples orgasmos que tan hábilmente consigues provocarme. —Sujetó la carpeta en la mano y soltó el aliento. Miró los otros dibujos que él había hecho de ella y se quedó asombrada por el talento de Alistair—. No supongo ningún misterio para ti, ¿no? Lo que siento por ti es más que evidente, cualquiera puede verlo reflejado en mi rostro.

—No hace falta que lo digas como si fuese algo malo —masculló él, acercándose—. Estoy seguro de que yo te miro de la misma manera.

Jess se volvió hacia él.

—No, tú no me miras así. Tú me miras como un felino que está a punto de abalanzarse sobre su presa. Yo me derrito al mirarte y tú te afilas como una navaja.

—Soy un hombre muy sexual —se defendió él—. Eso no significa que no tenga sentimientos. Me gusta creer que eres capaz de ver cómo me siento, aunque no esté reflejado en mi rostro.

—Sí, lo soy.

Pasó los dibujos, deteniéndose cada vez que veía un retrato suyo de una época pasada. Había uno en el que era mucho más joven y el papel tenía un tono amarillento de tan viejo que era, pero lo que de verdad le llamó la atención fue la lujuria que desprendía la escena. En el dibujo, ella tenía los ojos abiertos, las pupilas dilatadas y los labios entreabiertos, como si estuviese conteniendo la respiración. Era la representación de una joven que se moría por estar con el hombre que tenía al lado.

—Alistair...

—La noche en el jardín.

—¿Cómo es posible que tengas este dibujo en tu poder y que dudes del deseo que siento por ti?

Él le quitó la carpeta y los dibujos de las manos y los lanzó sobre la mesa.

—Te juro que terminarás por volverme loco. ¿Me has negado lo único que sé hacer para sentirme unido a ti para así demostrarme la profundidad de tus sentimientos?

Ella esbozó una sonrisa.

—Eres un hombre de sangre caliente. Para ti el sexo es como comer o dormir.

La insaciabilidad de Alistair había quedado clara durante los primeros días de su aventura y la había ayudado a entender cómo había sido físicamente capaz de prostituirse. Para él, el sexo era tan necesario para su salud como lavarse los dientes, y emocionalmente también tenía la misma importancia. Eso no significaba que Jessica no sintiese que la quería cuando compartían la cama, pero sabía que Alistair utilizaba el acto sexual para conseguir un fin que ella todavía no había logrado descifrar.

Él decía que la decisión de vender su cuerpo había sido fruto de la necesidad y Jessica le creía, pero no por los motivos que Alistair aducía. A pesar de lo joven y de lo fogoso que era durante su juventud, aunque necesitase dinero, eso no explicaba que hubiese decidido vender su cuerpo como si fuese un objeto. Jessica sospechaba que esa decisión la había tomado por algo que le había sucedido.

Quizá fuera por Masterson, o por el padre ausente al que nunca había conocido, o quizá se debiese a otra cosa, pero fuera cual fuese el motivo, Alistair había llegado a la conclusión de que sólo valía lo que los demás estuviesen dispuestos a pagar por él.

Jessica quería contrarrestar esa creencia, quería demostrarle que lo valoraba por cosas que iban más allá de lo físico, pero al parecer, Alistair todavía no estaba preparado para eso. A pesar de que no dejaba de insistir en que ambos compartiesen sus pensamientos más íntimos y sus recuerdos más dolorosos con el otro, seguía necesitando que ella lo tocase para sentir que lo quería.

Alistair la hizo retroceder hasta la mampara y le colocó uno de sus poderosos muslos entre las piernas para retenerla allí. Apoyó una mano en la madera al lado de la cabeza de ella y la miró.

—Estás agotando mi paciencia.

—No es ésa mi intención —dijo ella, sincera, mientras su cuerpo respondía ante la agresiva sensualidad de él—. Tus dibujos me han emocionado y tu talento me parece tan puro que incluso me duele el corazón.

Él le dio un beso en la frente.

—¿Te duele alguna otra parte del cuerpo? —le preguntó con la voz ronca y cambiando ligeramente de postura, para que su rodilla quedase encima del sexo de Jessica.

Jess cerró los ojos un instante y se regodeó en la sensación de tener el fuerte cuerpo de Alistair y su adorado aroma pegados a ella. El deseo de él se le metió en los poros, convirtiéndola en una mujer descarada y capaz de deslizar una mano entre las piernas de él y colocarla encima de su pene.

Alistair se estremeció con violencia y respiró entre los dientes.

—Dios.

—Te deseo desde la primera vez que te vi —confesó Jessica, humedeciéndose los labios—. Y cada hora que pasa te deseo más.

Los ojos azules de él se habían vuelto oscuros de pasión.

—Pues tómame cada hora.

Ella lo acarició por encima de los pantalones y notó que su propio cuerpo se relajaba y se humedecía, expectante.

—El sexo es algo innato en ti, lo exudas como si fuese una fragancia sumamente adictiva. Pero ¿cómo puedo distinguirme yo de las otras mujeres que te han deseado si sólo te demuestro que necesito tu cuerpo?

—¿Qué otras mujeres?

Eso la hizo sonreír, pero las facciones de él no se suavizaron.

—Tócame —le suplicó Jessica, sintiendo como si, sin querer, hubiese provocado un distanciamiento entre los dos.

—Todavía no.

Que Alistair se negase a tocarla le resultó inesperadamente excitante. Ella estaba tan acostumbrada a que él llevase la voz cantante en la cama que su falta de participación hizo que lo desease todavía más.

—¿Por qué?

—Deberías arder de deseo tanto como yo. Tanto como ardo yo cada minuto que no estoy dentro de ti.

Jessica echó la cabeza hacia atrás y le besó la tensa mandíbula. Sintió el calor en su piel.

—Quieres castigarme.

Alistair le sujetó el rostro entre las manos.

—No. Tú has sido la que ha utilizado el sexo como cuña entre los dos. Tenemos que devolverlo a su lugar.

Jess tiró de la camisa de él para sacársela de los pantalones y le tocó la piel de la espalda.

—Te estás olvidando de que he sido yo la que te ha atraído hasta aquí para seducirte.

—Al parecer, crees que soy increíblemente obtuso.

—¡No creo tal cosa! —replicó ella—. De hecho, creo que tienes una mente excepcional.

—¿Ah, sí? —Le acarició el labio inferior con el pulgar y la leve caricia hizo que Jessica se muriese por sentir sus manos en el resto del cuerpo—. Te has pasado días enseñándome a hacer el amor y, sin embargo, pareces empeñada en creer que no he aprendido la lección.

Ella apretó los dedos contra los rígidos músculos de la espalda de él.

—La primera vez que te poseí —susurró Alistair, apoyando la frente en la suya—, comprendí la diferencia que había entre lo que creía que sabía sobre el sexo y lo que me faltaba por aprender. Ahora ni siquiera recuerdo cómo fui capaz de hacerlo sin ti o de intentarlo.

Jessica se puso de puntillas y lo abrazó para ver si así lograba transmitirle la emoción que sentía.

—Te necesito. —Apretó la cara contra la garganta de él—. Has hecho que te necesite.

—No puedo creer que antes pensase que un orgasmo era algo estrictamente personal. —Alistair apartó el muslo que tenía entre las piernas de Jessica.

Ella se quejó y su sexo echó de menos la presión que él ejercía.

—Por favor...

Alistair le levantó la falda, le cogió las nalgas con fuerza y apretó hasta casi hacerle daño. Había ocasiones en que estaba juguetón en la cama y otras en las que era muy cariñoso, pero cuando más excitaba a Jessica era cuando se comportaba con tanta ferocidad.

Con dedos temblorosos, ella intentó desabrocharle los botones de los pantalones. Por fin consiguió liberar su erección y se quedó sin aliento en cuanto la tuvo en las manos. Lo acarició con ganas; las palabras y los dibujos de Alistair la habían excitado mucho, igual que el hecho de que hubiese tardado tan poco en abandonar la cubierta y seguirla.

Tenía el don de hacer que se sintiera especial y deseable y también a salvo y segura. Le daba la libertad que necesitaba para ser quien quisiera ser. Con él podía mostrarse tan atrevida como desease.

Alistair la observó por entre sus espesas pestañas. Movió las caderas y deslizó su miembro entre los dedos de Jessica. El sexo de ella se humedeció, celoso de sus manos.

Como si lo supiese, Alistair deslizó una mano desde atrás por entre las piernas de ella y la metió dentro de su ropa interior para separarle los labios.

—Estás excitada.

—No puedo evitarlo.

—Y yo no quiero que lo evites.

Sin previa advertencia, la cogió por la parte trasera de los muslos y la levantó del suelo. La erección se escapó de entre las manos de Jessica y ésta se quejó.

Entonces notó la punta del miembro de él acariciando la entrada de su sexo y gimió de placer. Le rodeó los hombros con los brazos y, con la boca, buscó aquel punto detrás de la oreja que avivaba tanto su pasión.

—Presta atención —le ordenó, cuando empezó a deslizarse en su interior.

Jessica apoyó de nuevo la cabeza en la mampara y gimió sin poderlo remediar. Alistair la hizo descender encima de su pene con acuciante lentitud, asegurándose de que notaba cada centímetro.

—Dios —masculló ella, intentando moverse a pesar de que él se lo impedía.

En aquella postura apenas podía recibirlo, pero él siguió penetrándola sin darle tregua, llenándola hasta que a Jessica le costó incluso respirar. Y cuando Alistair por fin llegó al final, ella ya no podía contener la necesidad de moverse y de buscar su propio placer. Que ambos estuviesen completamente vestidos, excepto por la parte en la que estaban unidos, resultaba increíblemente erótico. La armadura de Jessica nunca había supuesto ningún impedimento para él.

Alistair la retuvo y la aprisionó con su cuerpo contra la mampara. Le cogió una muñeca y le levantó la mano para colocarla encima de su corazón. Jessica notó cómo latía desbocado bajo su palma. El pecho de él subía y bajaba a un ritmo considerable.

—Apenas he hecho ningún esfuerzo. Pesas menos que una pluma. Dime, Jess, ¿por qué se me ha acelerado el corazón? ¿Por el sexo animal que todavía no hemos empezado a tener? ¿O porque me late así siempre que estoy contigo?

Ella enredó los dedos de la mano que tenía libre en el pelo de Alistair y le acarició una mejilla con la suya. Quería decirle algo, cualquier cosa, pero tenía un nudo en la garganta.

—Si pudiera —siguió él—, me quedaría así para siempre, dentro de ti, prisionero dentro de tu cuerpo, formando parte de ti, sin moverme lo más mínimo. Cuando hacemos el amor, lucho contra mí mismo para no alcanzar el orgasmo. No quiero eyacular; no quiero que termine. No importa lo mucho que lo intente ni lo mucho que dure, nunca es suficiente. Me pongo furioso cuando noto que ya no puedo aguantar más. ¿Por qué, Jess? Si lo único que me interesase fuera saciar mi naturaleza lujuriosa, igual que tengo que dormir o que comer, ¿por qué insistiría en negármelo?

Jessica giró la cabeza y, atrapando la boca de él con la suya, lo besó con desesperación.

—Dime que lo entiendes —le pidió él, moviendo los labios debajo de los suyos—. Dime que tú también lo sientes.

—Yo te siento a ti —susurró Jess, embriagada por el ardor de Alistair como si fuese un vino exquisito—. Tú lo eres todo para mí.

Él la sujetó con fuerza y se dirigió con ella hacia la cama.

17

≈∽≈

Jess cayó en la cama y Alistair la siguió de inmediato, colocándose encima de ella. La caída los sorprendió a ambos y el pene de él se hundió en su interior en cuanto tocaron el colchón. Jessica gimió y una fina capa de sudor le cubrió el cuerpo. Alistair gruñó y se sujetó de la colcha a ambos lados de la cabeza de ella para volver a moverse. Su embate fue poderoso y deslizó a Jessica por encima de la seda hasta que sus hombros toparon con los antebrazos de él.

—No —gimió ella al borde del clímax.

Si se lo permitía, en cuestión de segundos Alistair le arrancaría el primer orgasmo de muchos. La cabalgaría sin darle tregua, retrasando su propio placer hasta que estuviese temblando, loca de deseo. Los desnudaría a ambos cuando Jessica estuviese demasiado agotada como para moverse y después volvería a hacerle el amor durante horas, derribando todas sus defensas con absoluta determinación.

Alistair se detuvo y la miró con tanto ardor que a Jessica le quemó la piel.

—¿No?

Ella se apoyó sobre los codos.

—Deja que yo te haga el amor.

Él se incorporó, quitándose el chaleco, el pañuelo y la camisa sin salir de su cuerpo, aunque no tuvo más remedio que hacerlo para desnudarse de cintura para abajo. El sexo de Jessica intentó retenerlo y él respiró entre dientes al apartarse.

Ella se permitió unos segundos para admirar el perfecto cuerpo de Alistair desnudo. Nunca se cansaría de mirarlo. Era alto y delgado, pero tan fuerte que los músculos se marcaban bajo su piel perfecta. Su mirada lo recorrió desde los hombros hasta los pies y luego volvió a subir, acariciándolo, amando cada centímetro de su piel.

Alistair no se movió lo más mínimo y sin mostrar ni un ápice de vergüenza, dejó que lo contemplase. Cuando sus miradas se encontraron, Jessica estaba sin aliento y embriagada de deseo.

—Eres exquisito —susurró, levantándose de la cama. Se acercó a él y le rodeó la cadera con un brazo, depositando un beso encima de su corazón—. Y no tienes precio.

Alistair le devolvió el abrazo con tanta fuerza que casi la dejó sin aire.

—Y tuyo, Jess. No lo dudes nunca.

—Me alegro, porque estoy locamente enamorada de ti —contestó, con la mejilla pegada a su pecho, inhalando aquella esencia tan masculina propia de él.

A Alistair se le aceleró el corazón al oír sus palabras, demostrándole lo que Jessica ya sospechaba; que sus miedos lo estaban afectando y que lo llevaban a aferrarse a ella como si temiese perderla en cualquiera momento. Algo imposible, teniendo en cuenta lo unida que se sentía a él. Pero Alistair no lo sabía.

—Me gustaría que me dijeses esas cosas más a menudo —le dijo, emocionado.

Y, como siempre, su brutal sinceridad y la vulnerabilidad que demostraba en su presencia, la hicieron sentir mal por ser tan reticente a comportarse igual con él.

—No sé cómo hacerlo.

Giró la cabeza hacia un lado al notar que él empezaba a desabrocharle los botones de la espalda del vestido.

—Es imposible que lo hagas mal. —Alistair le dio un beso en el hombro y luego la mordió, clavándole los dientes hasta estar a punto de hacerle daño. Ese acto tan primitivo la excitó—. ¿Nunca hablabas de tus sentimientos con Tarley?

—Nunca hablábamos de eso. Estaban sencillamente allí, entre nosotros, ambos los dábamos por hecho y nos sentíamos cómodos así.

Alistair la apartó un poco para poder aflojarle el corsé.

—A mí no me basta con eso.

—Me estoy enamorando de ti tan rápido, tan profundamente... —le confesó, alterada—. No puedo detenerlo ni moderarlo. Me da vueltas la cabeza. Me asusta lo que siento y tengo miedo de que sea tan intenso que te asuste a ti también.

—Dime qué te da miedo, yo lo hago.

Jess cerró los ojos, consciente de que todavía tenía mucho que aprender sobre él. Era culpa suya que supiese tan poco de lo que lo había llevado a ser el hombre que era; ella no le hacía tantas preguntas como él. A Jessica la habían enseñado a no mostrar curiosidad, pero iba a tener que olvidarse de todo lo que le habían enseñado si de verdad quería hacer feliz a Alistair.

—Lo intentaré. Tú expresas lo que sientes con mucha naturalidad. —El vestido se arremolinó a sus pies—. Te envidio.

Alistair le quitó el corsé, la camisola y la ropa interior sin ninguna dificultad, dada la práctica que había adquirido últimamente.

—¿Alguna vez...? —Jess se aclaró la garganta—. Tiene que haber habido alguien que te importase.

—¿Tiene? —preguntó él, dando un paso hacia atrás.

Lo miró de reojo. Alistair esperó y Jessica comprendió que la estaba esperando a ella, obedeciendo lo que le había pedido antes, cuando lo había detenido.

—Túmbate en la cama.

Alistair se dispuso a cumplir sus órdenes y, en un abrir y cerrar de ojos, se tumbó con movimientos gráciles y elegantes. Se colocó parcialmente reclinado sobre los cojines, con las piernas extendidas delante de él, sumamente cómodo con su desnudez.

Jessica fue hasta el lado de la cama intentando decidir por dónde empezar. La erección de Alistair era una tentación imposible de resistir, dura y gruesa, inclinada hacia su ombligo, pero a ella le gustaba todo de él.

—¿Quién era? —le preguntó, sintiéndose celosa de la mujer fantasma, de todas las mujeres de su pasado que lo habían visto así.

—Estás muy segura de que existió.

—No empezaste tu vida sexual siendo Lucien, así que es imposible que yo sea la única mujer que te ha conocido carnalmente como Alistair.

Él se cogió el pene con la mano y empezó a masturbarse despacio; su mirada no podía ocultar que estaba intentando provocarla.

—No tienes vergüenza —le dijo ella con la voz ronca, subiéndose a la cama.

—Estás desnuda. Mi miembro se muere por ti.

Y Jessica se moría por él. Ya no estaba al borde del orgasmo, pero a Alistair le costaría muy poco volver a llevarla hasta allí.

Él alargó una mano para tocarla, pero ella negó con un gesto.

—Quiero que te quedes quieto y que dejes que te haga lo que quiera.

—¿Que me quede quieto? ¿Te has vuelto loca?

—Te ataré si es necesario.

—Jess... Maldición —gimió frustrado—. Han pasado siete días. Deja tus juegos para más tarde, para cuando esté más receptivo.

Ella le rodeó el pene con la mano y se quedó sin aliento al notar el calor y la dureza del miembro de él. Los tendones del cuello se le marcaron y Alistair apretó los dientes al notar que ella lo acariciaba con más delicadeza de la que había utilizado él. Jessica se lamió los labios.

—No —dijo él—. Estoy demasiado excitado como para disfrutar de tu boca como es debido.

—De acuerdo. —Se colocó a horcajadas sobre él y colocó su sexo justo encima de su erección. Chasqueó la lengua para reñirlo al notar que la sujetaba por la cintura—. No me toques.

—Maldita sea. ¿Cómo voy a darte placer si no puedo tocarte? Jessica sonrió.

—Ése es el quid de la cuestión.

Alistair abrió la boca para quejarse, pero se quedó sin palabras cuando ella se colocó justo encima de su pene y empezó a bajar. Un gemido de placer se escapó de los labios de Jessica. Los músculos de las piernas le temblaron a medida que fue bajando y deslizándose el miembro hacia su interior. Éste entró despacio pero inexorable, y un pálpito sacudió las extremidades de Jessica.

Alistair se arqueó hacia arriba y, abrazándose a ella, escondió el rostro entre sus pechos. Sus caderas ya se estaban moviendo, describiendo círculos, y la sujetó con los brazos mientras la penetraba hasta lo más hondo, buscando, y encontrando, aquel lugar que la hacía enloquecer.

—Túmbate —le dijo Jessica, luchando contra el deseo egoísta de sucumbir y dejar que él llevase la voz cantante.

—Déjame que te ayude a correrte —susurró Alistair con crudeza—. Déjame...

—Todavía no. —Se estremeció al notar que él le cogía las caderas para acompasar su ritmo al suyo, aplicándole al mismo tiempo presión en el clítoris—. Para. ¡Me lo has prometido!

Alistair soltó una maldición y se detuvo; su enorme cuerpo quemaba la piel de Jessica.

—Dios, Jess. ¿Qué me estás haciendo?

—Quiero ser yo la que te ayude a correrte —le dijo, soltándole los brazos que él tenía a su alrededor—. Y quiero mirarte cuando lo hagas.

Alistair se desplomó sobre las almohadas con un gemido. Con los ojos cerrados, se pasó las manos por el pelo. Tenía unos brazos preciosos. Cada vez que ella lo veía flexionar los bíceps, su sexo se apretaban alrededor del rígido pene de él. Alistair volvió a maldecir y los músculos del abdomen se le tensaron al máximo.

Jess se agachó y acercó los labios a los suyos. Él creía que los orgasmos eran algo sumamente privado y se aseguraba de no compartir los suyos con ella. Primero hacía todo lo posible para que Jessica estuviese exhausta de placer y apenas lúcida y entonces cedía al clímax y escondía el rostro en el cuello de ella, o en su pelo, y la abrazaba con todas sus fuerzas, para así esconderse también. Incluso cuando Jessica le daba placer con la boca, Alistair echaba la cabeza hacia atrás, impidiéndole que lo viera.

Le cogió la cabeza con las manos y la ladeó para darle el beso que él necesitaba. Engulló la respiración de ella y deslizó su lengua junto a la suya. A Jessica se le puso la piel de gallina y sus pezones suplicaron que Alistair les prestase la misma atención. Los besos de éste eran indescriptibles, la emoción que se escondía tras ellos bastaría para romperle el corazón. La besaba con tanta pasión, pegando sus labios a los suyos, acariciándola con la lengua con sumo erotismo.

Notó cómo el pene de él se excitaba y endurecía aún más en su interior. Le dio un vuelco el corazón al pensar que Alistair podía alcanzar el orgasmo sólo besándola. Él interrumpió el beso y se apartó con la respiración entrecortada, luchando contra lo inevitable.

Cogiéndolo de las muñecas, Jessica le apartó las manos y se irguió. Luego entrelazó los dedos con los suyos y se arqueó, acariciándole el miembro con los labios de su sexo. Volvió a bajar muy despacio, apoyándose en los brazos de Alistair, manteniéndolos ocupados para que él no pudiese esconder el rostro detrás.

Él respiraba entre los dientes y sus ojos azules se habían oscurecido tanto que parecían zafiros. Estaba acalorado, tenía los labios hinchados de los besos de Jessica, y el pelo, despeinado por sus dedos. Ella nunca había visto a nadie tan hermoso en toda su vida.

Se le hinchó el corazón e incluso le dolió el pecho. Movió las caderas y se levantó de nuevo; luego volvió a bajar. Oyó los sonidos provocados por los fluidos de su cuerpo, que evidenciaban lo excitada que estaba. Observó a Alistair entre las pestañas, buscando pistas para entender mejor su placer. Cuán de rápido tenía que acariciarlo, cómo de profundo, qué ángulo conseguía que se le perlase la frente de sudor.

—¡Jesús! —exclamó él, cuando los movimientos de Jessica se tornaron más violentos y su cuerpo tembló con cada impacto.

Estaba en lo más profundo de su cuerpo, su pene tocaba el final del sexo de ella. La tensión que recorría su musculoso cuerpo era tangible.

Jess le apretó las manos con más fuerza y empezó a cabalgarlo con intensidad, subiendo y bajando con rapidez, apretando las piernas al subir y aflojándolas al bajar. Consiguió llevar a Alistair a aquel lugar de su interior que hacía que él sacudiese la cabeza de un lado al otro y que patease nervioso debajo de ella.

—Espera... —intentó sentarse—. Maldita sea... ¡Para un poco!

—Déjate ir —le pidió Jessica sin aliento, deslizando una mano por detrás, entre las piernas de él, para atormentar el pesado saco de sus testículos—. Yo te sostendré.

—Jess...

Se soltó las manos que Jessica le retenía y la cogió por las caderas. La mantuvo inmóvil y se impulsó hacia arriba, moviéndose a tanta velocidad que lo único que pudo hacer ella fue sujetarse de sus antebrazos y dejar que se desahogase.

Gritó como un animal al notar que le arrancaba las primeras gotas de semen y la soltó de golpe. Dejó caer las manos a ambos lados del cuerpo para sujetarse de la sábana. Arqueó la espalda y echó el cuello completamente hacia atrás. La ferocidad de su orgasmo fue magnífica, y oírlo pronunciar su nombre entre dientes, todavía más.

—Sí —lo animó ella, moviéndose encima al ritmo del orgasmo de él, conteniendo el suyo propio para no perderse ni el más pequeño detalle.

Se quedó hipnotizada viéndolo sentir placer, atónita de que ella fuese capaz de hacerle sentir tanto con un acto que en el pasado había carecido absolutamente de importancia para él.

—Dios... Eres hermoso.

Y completamente vulnerable. Desprotegido. Las emociones atravesaban su rostro sin censura; el doloroso éxtasis, la necesidad, el amor... Incluso la rabia.

Alistair los tumbó a los dos e intercambió sus posiciones. Jessica quedó en el borde de la cama y él empezó a mover las caderas antes de que ella pudiese reaccionar; su duro miembro arrancó un orgasmo a su sobreestimulado cuerpo y Jessica gritó de placer. Se sujetó de los costados de él y separó las piernas, dispuesta a aceptar todo lo que quisiera darle.

Su boca cubrió la de ella, silenciando los gemidos de ambos al alcanzar un clímax casi violento.

—Te amo —exhaló Jessica dentro de aquel beso casi frenético, incapaz de seguir callando, y negándose a hacerlo, el sentimiento que se escondía detrás de besos como aquél.

Como respuesta, Alistair la abrazó, dejándola sin aire.

A Alistair, cuya existencia acababa de tambalearse, le pareció que el balanceo del barco era muy apropiado. Seguía pasando los dedos por el pelo de Jessica mientras no podía dejar de pensar en las dos palabras que estaba seguro de que ella le había dicho.

Sabía por experiencia que las mujeres decían esas cosas en los momentos de pasión y por eso no se las tomaba en serio. Y también sabía que Jessica se había sentido embriagada de poder al comprender lo fácil que le resultaba desnudarlo en cuerpo y alma. Alistair no podía evitarlo cuando estaba con ella, no tenía ni idea de cómo impedírselo.

Y ahora ella permanecía muy quieta, acurrucada a su lado, mientras la piel de los dos se iba enfriando y sus respiraciones se acompasaban. Por un instante, Alistair se sintió bien y completamente saciado, pero luego desapareció cualquier distracción de la angustia que estaba sintiendo.

¿Por qué Jessica no le decía nada? ¿Por qué no repetía lo que acababa de decirle?

Empezó a hablar sólo para conservar la cordura.

—Me inicié sexualmente como la mayoría de los jóvenes adolescentes: con cualquier mujer hermosa que estuviese dispuesta.

—Dios santo —se rió ella en voz baja—. Supongo que las chicas caían rendidas a tus pies sin que tuvieras que hacer nada.

A pesar de que había sido así, Alistair no dijo nada, porque no quería que Jessica tuviese celos de algo que en realidad no lo merecía.

—Mi hermano mayor, Aaron, me llevó con él una noche. Yo

tenía casi quince años y quería ser un hombre de mundo, como él. Terminamos en una fiesta que se organizaba en el pequeño salón de la casa de una cortesana.

Jessica levantó la cabeza y lo miró.

—¿Con catorce años?

—Casi quince —le recordó Alistair—, y no era muy inocente, si es que alguna vez lo fui. Acuérdate de que mi madre se había visto obligada a explicarme por qué Masterson ni siquiera soportaba mirarme.

Jessica cruzó los brazos encima del abdomen de él y apoyó el mentón en ellos.

—Masterson es la única persona del mundo que tiene ese problema.

Alistair le deslizó los dedos por la delicada mandíbula.

—En la fiesta había una cortesana que se fijó en mí y yo me fijé en ella.

—¿Qué aspecto tenía?

—Era muy delgada. Y rubia. De aspecto delicado, con los ojos de un azul pálido que se oscurecían según su humor y que a veces podían parecer grises.

—Oh... —Los de Jess se volvieron letales—. Soy afortunada de cumplir con todos tus requisitos.

Él reprimió una sonrisa para no meterse en líos.

—A decir verdad, mis gustos los decidiste tú cuando te conocí dos semanas antes de ir a casa de la cortesana. Era ella la que cumplía con todos los requisitos.

Jessica lo miró, confusa, pero al comprender lo que le estaba diciendo le cambió el semblante.

—Me temo que la chica fue una pobre sustituta —siguió Alistair, desviando la mirada hacia la pared que había detrás del hombro de Jessica—. Y distaba mucho de ser tan refinada como tú.

Esa joven hacía mucho tiempo que había perdido la capacidad de preocuparse por nadie que no fuese ella, cosa que a mí ya me convenía. No hacía falta que me gustase como persona para poder cogérmela.

A Jess le molestó que hablase mal, pero se mordió la lengua.

—Durante un breve período de tiempo, nuestra aventura fue perfecta. Ella perdió parte de su hastío, porque le gustaba enseñarme cómo hacerle bien el amor a una mujer, y yo era un alumno de lo más aplicado. Me enseñó a concentrarme en la parte mecánica del acto y supongo que lo hizo para que no me encariñase demasiado con ella.

—¿Y funcionó?

—Al cabo de un tiempo —contestó él, quitándole importancia—. Quizá no lo suficiente, porque un día llegué y la encontré con una amiga. Otra cortesana. Quería que me acostase con las dos y lo hice.

Jessica lo rodeó con los brazos, deslizándolos por debajo del hueco que dejaba la espalda de Alistair entre el cabezal y su cuerpo.

—Y pronto en lugar de una amiga pasaron a ser dos —dijo—. A veces, ella ni siquiera participaba y se limitaba a mirar. Y también trajo a otros hombres; le gustaba tener dos o más miembros dentro al mismo tiempo.

—Dios santo —susurró Jessica, con los ojos completamente abiertos—. ¿Y por qué ibas? ¿Por qué no dejaste que siguiese sola con su perdición?

—¿Para irme adónde? ¿A casa? Mi presencia creaba una tensión prácticamente insoportable entre Masterson y mi madre. Él la hacía muy desgraciada cuando yo estaba cerca. Y, además, nunca participé en nada en contra de mi voluntad. No fue horrible, Jessica. A esa edad yo casi siempre estaba excitado y los juegos de cama de esa mujer me daban la oportunidad de aliviarme.

Mantenía adrede un tono de voz relajada, pero ella debió de darse cuenta de los sentimientos que intentaba ocultar, porque le acarició el estómago con la mejilla y pasó la nariz por la delgada línea de vello que le recorría el vientre.

—No tendría que haberte presionado tanto hoy —murmuró—. Lo siento.

—No puedo aceptar que te disculpes por haberme regalado el mejor orgasmo de toda mi vida —se rió él.

Jessica retiró los brazos del cuerpo de Alistair y se incorporó en la cama.

—El mejor orgasmo, de momento —matizó, sentándose a horcajadas encima de él y abrazándolo por los hombros—. A partir de ahora, me dedicaré a darte más y más placer cada vez que hagamos el amor.

El pene de Alistair palpitó al iniciar su recuperación. En ese sentido, Jessica lo había dejado completamente seco.

—Todavía no —le dijo ella, con los labios pegados a su oído—. Deja que te abrace; te prometí que lo haría. No hace falta que siempre recurras al sexo para demostrarme cómo te sientes.

La emoción que asaltó a Alistair fue demasiado grande. Hizo que le escocieran los ojos y que se le cerrase la garganta. Colocó las manos en la cama para ocultar que le temblaban.

—¿Fue la única mujer por la que sentiste algo?

—Si así es como quieres llamarlo.

—¿Y tú, cómo quieres llamarlo? ¿Lujuria?

—No tengo ni idea. Pero sé que jamás fue nada parecido a esto.

—Pero hubo mujeres que te amaron. —No fue una pregunta.

—Si las hubo, llegaron a lamentarlo. Los inconvenientes de tener una relación conmigo superaban con diferencia las ventajas.

Ella posó los dedos en la nuca de él y le masajeó los músculos.

—No tienes por qué avergonzarte de nada de lo que hiciste.

—No sabes lo que hice.

—Te conozco. Te amo y no voy a arrepentirme de ello.

Alistair se quedó horrorizado al notar que se estremecía de pies a cabeza. Jessica se le había metido tan dentro que incluso era capaz de ver lo que él lograba ocultar en la superficie.

Dios, no quería que ella viese...

—Eso tampoco lo sabes —replicó decidido.

—Tendrás que confiar en mí, Alistair, tendrás que confiar en mi palabra.

Aflojó el abrazo y se apartó un poco para darle la oportunidad de irse, si huir era lo que quería.

Y, a decir verdad, Alistair estuvo tentado de hacerlo. Había hecho cosas en su vida que lo convertían en un hombre inaceptable... El mero hecho de haber nacido el último hacía que no fuese adecuado para ella. Jessica había sufrido mucho para convertirse en la mujer refinada, elegante e irreprochable que era ahora. Y si él la cortejaba, destruiría esa aceptación social por la que había trabajado tanto. Si pudiera, la mantendría prisionera en su cama, el único lugar donde estaba seguro de que podía hacer que se olvidara de todo excepto del placer que él podía darle.

La abrazó con fuerza y trató de ser dulce a pesar de lo violento que se sentía. Jessica necesitaba ternura y protección y él era como un carnero salvaje, un carnero que utilizaba su cornamenta para derribar las defensas que ella se había obligado a levantar al haber sido maltratada de pequeña.

—Confío en ti —le dijo, emocionado—. ¿Acaso no te lo cuento todo?

—Me cuentas todas las cosas malas. —Jessica se apartó para mirarlo—. Y me las dices como si me desafiaras a dejarte.

Mejor entonces que más adelante. Con cada día que pasaba, ella se le hacía más y más indispensable. Pronto dejaría de ser capaz de respirar si no la tenía a su lado. Había veces en que Alistair ya se sentía así.

Jessica le dio un beso en la comisura de los labios y luego en el lado opuesto.

—Sigue siendo constante y me quedaré contigo.

—Tú eres lo único que deseo —gimió, al notar que ella se movía sensualmente encima de él.

—Demuéstramelo —suspiró Jessica.

Como siempre, Alistair aceptó el reto.

Él conocía sus puntos fuertes: podía desconectar de su conciencia, se le daba muy bien hacer dinero, era atractivo y muy bueno en la cama. Y aunque tenía muy poco que ofrecerle a una mujer como Jessica, lo que tenía se lo ofrecería a raudales y rezaría para que fuese suficiente para poder conservarla a su lado.

18

Hester se detuvo en la entrada de su dormitorio y se quedó mirando a su marido, que se había quedado dormido. A lo largo de la última semana, Edward había visitado bastante su cama en busca de consuelo para su tormento. Ella había tratado de aliviarlo, había intentado decirle que al cabo de unos días nadie se acordaría del combate de boxeo, que no lo habían humillado ni tampoco se había convertido en el hazmerreír. Pero nada de lo que hacía o decía servía para aplacar su angustia.

Estaba exhausta por el esfuerzo y se ponía enferma al pensar en lo débil que era su esposo... y en lo débil que era ella por seguir con él. Pero a pesar de todo lo malo que había sucedido entre los dos, Hester seguía siendo incapaz de desearle ningún mal.

El mayor fracaso de su vida era no haber sido capaz de salvar de sí mismo al hombre que una vez había amado. Hester ni siquiera había podido salvar su amor por él, que se había marchitado y estaba a punto de morir. Por mucho que le doliese, ya no podía permitirse el lujo del malgastar su energía y su cariño con un hombre que no sabía valorar sus esfuerzos.

Ahora tenía que pensar en su hijo, aquel ser diminuto que dentro de un tiempo requeriría toda su atención y su afecto. El valor que no había sido capaz de encontrar dentro de sí misma, lo había hallado en el bebé que crecía en su interior.

Enderezó los hombros y se dirigió hacia la cama.

Regmont tenía potencial para ser un hombre maravilloso. Era

muy atractivo y sumamente encantador, además de ingenioso y brillante en todo lo que se proponía. Las mujeres lo deseaban y los hombres lo respetaban.

Sin embargo, él era incapaz de reconocer ninguna de esas cualidades en sí mismo. Por desgracia, lo único que Edward oía en su cabeza eran los comentarios despectivos y humillantes de su padre, que por sí solos podían borrar cualquier elogio que recibiese de otra persona. Estaba convencido de que no merecía ser amado y reaccionaba a esos sentimientos del único modo que le habían enseñado: recurriendo a la violencia.

Pero Hester ya no podía seguir justificándolo. Era completamente obsesivo con ella, tenía que controlarlo todo, desde la ropa que se ponía hasta lo que comía, y además la manipulaba. Él culpaba al alcohol de sus ataques de ira, a pesar de que no dejaba de beber en exceso, y si no era por el alcohol, decía que era por ella.

Si Edward no podía aceptar su parte de culpa, entonces era muy poco probable que cambiase. Y Hester tenía que tomar las medidas necesarias para proteger a su bebé.

En cuanto se acercó a la cama, él se movió y alzó uno de sus musculosos brazos, buscándola en su lado de la cama. Al notar que no estaba, levantó la cabeza de la almohada y, cuando la vio, esbozó una lenta sonrisa medio dormido.

Un leve estremecimiento recorrió el cuerpo de Hester. Despeinado y desnudo, su belleza dorada era más que innegable. El rostro de un ángel escondía los demonios que lo carcomían por dentro.

Edward se tumbó de espaldas y se incorporó para apoyarse en el cabezal de madera. La sábana se arremolinó en sus caderas, dejándole el torso y el estómago al descubierto.

—Puedo oírte pensar desde aquí —murmuró—. ¿Qué pensamientos te tienen tan ocupada?

—Tengo algo que decirte.

Él deslizó las piernas hasta el lateral de la cama y se puso en pie sin el menor pudor, mostrándose gloriosamente desnudo.

—Te prestaré toda mi atención... dentro de un instante.

Le dio un beso en la mejilla de camino al biombo que había en un extremo del dormitorio, detrás del cual se ocultaba el orinal. Cuando regresó, ella dijo:

—Estoy embarazada.

Edward se detuvo tan de repente que se tambaleó.

—Hester. Dios mío... —susurró, pálido y con los ojos abiertos de par en par.

Ella no sabía qué reacción estaba esperando, pero sin duda no era aquella estupefacción.

—Espero que estés contento.

A él le costaba respirar.

—Por supuesto que lo estoy. Discúlpame, me has pillado desprevenido. Empezaba a pensar que quizá eras estéril, como tu hermana.

—¿Es por eso por lo que estás tan enfadado conmigo?

Cuánto más furioso se pondría si supiera todo lo que ella había hecho a lo largo de los últimos años para evitar el embarazo... Tenía miedo sólo de pensarlo.

—¿Enfadado? —Se sonrojó—. No empieces una discusión. Hoy no.

—Yo nunca empiezo nada —contestó ella con voz neutra—. Odio discutir y tú lo sabes. En mi infancia tuve suficientes discusiones como para toda la vida.

Los ojos azules de Edward se entrecerraron peligrosamente.

—Si no te conociera tan bien, diría que estás intentando provocarme.

—¿Diciéndote la verdad? —El miedo aceleró el corazón de

Hester, pero se negó a ceder—. Sólo estamos hablando, Edward.

—No pareces muy contenta de estar embarazada.

—Lo estaré en cuanto sepa que el niño está bien.

—¿Sucede algo malo? —Él reaccionó y se sentó en la silla en la que había dejado el batín la noche anterior—. ¿Te ha visto el médico?

—Vomito por las mañanas, lo que es bastante habitual, según me han dicho. De momento va todo bien. —Resistió las ganas de erguir la cabeza porque sabía que esa postura tan desafiante lo pondría de peor humor—. Sin embargo, tengo que cuidarme y evitar que me pase nada malo.

—Por supuesto. —El temblor del músculo de la mandíbula advirtió a Hester.

—Y tengo que comer más.

—Te lo digo a todas horas.

—Sí, pero es difícil tener hambre cuando estás dolorida. —Edward apretó los labios hasta que se le quedaron blancos y Hester se obligó a seguir como si no lo hubiese visto—. Teniendo en cuenta todo esto, me gustaría adelantar mi partida al campo. Tú puedes reunirte allí conmigo cuando termine la Temporada.

—Eres mi esposa —sentenció furioso, atándose el cinturón del batín con un nudo—. Tu lugar está a mi lado.

—Lo entiendo. Pero ahora tenemos que pensar en el bebé.

—¡No me gusta tu tono, ni tampoco que insinúes que represento un peligro para mi propio hijo!

—Tú no. —Una mentira piadosa—. El alcohol que bebes.

—No beberé. —Se cruzó de brazos—. Por si no te has dado cuenta, hace casi tres semanas que no tomo ni una gota.

Edward se había mantenido sobrio durante períodos más largos de tiempo, pero al final siempre sucedía algo que volvía a empujarlo a la bebida.

—¿Acaso no crees que cualquier precaución es poca a la hora de proteger a nuestro hijo?

—Te quedarás aquí —decretó, dirigiéndose a la puerta que comunicaba los dos dormitorios—. Y no quiero volver a oírte decir esta tontería de que te quieres ir.

—Edward, por favor...

El portazo puso punto final a la conversación.

—¡Estás guapísimo! —exclamó Elspeth, mientras bajaba la escalera hacia el vestíbulo—. ¿Qué debutante será la afortunada que tendrá el placer de tu visita?

Michael dejó de tocarse el impecable nudo del pañuelo y observó a su madre a través del reflejo del espejo que tenía delante.

—Buenas tardes, madre.

Ella arqueó una ceja al ver que su hijo cogía el sombrero de encima del mueble y no le decía nada más. El sol de la tarde se colaba por la ventana del balcón del piso de arriba y se reflejaba en el suelo de mármol. Aquella luz indirecta le sentaba bien a su madre, cuyo vestido de estampado floral la hacía parecer más joven.

—Lady Regmont me ha ayudado a preparar una lista con las mejores debutantes —continuó la condesa con una sonrisa—. Es una mujer muy perspicaz e influyente y tiene muchas ganas de verte casado.

Michael se puso tenso. La chaqueta azul hecha a medida le quedó de repente demasiado estrecha.

—Me alegra oír que os lleváis tan bien. Supuse que sería así.

—Sí, no pensé que fuéramos a congeniar tanto. Esa pobre niña lleva demasiados años sin una madre y, ahora que Jessica no está, puedo mimarla como si fuese mi propia hija.

A Michael le habría gustado que lo fuese por haber contraído matrimonio con él, pero el destino tenía otros planes.

—Y ahora que está embarazada —siguió Elspeth la mar de contenta—, también puedo disfrutar de esa alegría. Y prepararme para cuando lo esté tu futura esposa, sea quien sea.

Michael respiró entre dientes y se sujetó del mueble para contener el dolor. Si le hubiese atravesado en el pecho con el atizador del fuego le habría dolido menos.

Se dio media vuelta y la miró.

—Guarda las uñas, madre. Ya me has herido mortalmente.

Ella retrocedió, pálida.

—Michael...

—¿Por qué? —le preguntó él con amargura—. Los dos sabemos que jamás podré tenerla. No tienes por qué hacerme más daño.

—Lo siento. —La mujer bajó los hombros y envejeció ante los ojos de su hijo—. Yo...

—¿Tú, qué?

—Tengo miedo de que el amor que sientes por ella te impida avanzar.

—Conozco mis responsabilidades. Y cumpliré con ellas.

—Pero quiero que seas feliz. —Dio un paso hacia él—. Lo deseo tanto. Creía que si lo sabías...

—¿Me desharía de estos sentimientos tan inconvenientes y seguiría con mi vida como si nada? —Se rió sin humor—. Ojalá fuera tan sencillo.

—Quiero ayudarte —suspiró su madre—. Pero no sé cómo.

—Ya te dije cómo. —Se puso el sombrero—. Cuida de Hester. Dale todo el apoyo que necesite.

—Me temo que no puedo hacer nada por esa chica, Michael. Y tú tampoco.

Él la miró.

—Regmont —dijo entre dientes, notando el ácido que corría por sus venas.

—Hester reacciona de un modo extraño siempre que oye su nombre... He visto esa mirada antes y nunca augura nada bueno. Pero ¿qué podemos hacer?

—Podemos ofrecerle nuestra amistad. —Se acercó a la puerta, que el mayordomo abrió con suma rapidez—. Y rezar.

A Hester se le aceleró la respiración al entrar en la estancia. Michael estaba de pie, esperándola, y sus ojos negros ardieron en cuanto la vio. Ella dejó que su evidente interés la hiciese entrar en calor y se abriese paso hasta los lugares más recónditos de su helado corazón.

—Has esperado hasta el final de la semana para cumplir la promesa de venir a verme —lo acusó.

La sonrisa que Michael le ofreció estaba levemente teñida de tristeza.

—Mi madre me sugirió que esperase.

—Ah. —Hester se sentó en un sofá que estaba delante de él—. Es una mujer muy sabia.

—Le gustas.

—El sentimiento es mutuo. —Se alisó la falda y parecía muy nerviosa—. ¿Cómo estás?

—A punto de volverme loco de la necesidad que tengo de hacerte esa misma pregunta. La última vez que te vi me dijiste varias cosas y temo haber empeorado tu situación... Sin querer, haberte causado... —Se pasó una mano por la cara—. Dios.

—Estoy bien, Michael.

—¿De verdad? —Bajó la mano a su regazo y aguzó la mirada—. Tendría que haberle dejado ganar. Fui demasiado arrogante, estaba demasiado enfadado... y no pude. Tendría que haber pensado en ti.

El corazón de Hester latió más fuerte y a un ritmo estable, igual que si Michael lo hubiese revivido. A decir verdad, hacía años que no se sentía tan viva como cuando estaba con él.

—Así que estabas pensando en mí...

Michael se tensó un segundo y luego se sonrojó.

—Aunque le prometieras a mi hermana que cuidarías de mí —continuó Hester—, dudo que Jessica esperase que lo llevases tan lejos. Pero me emociona que lo hayas hecho.

—¿Necesitas a alguien que te proteja? —le preguntó Michael en voz baja, inclinándose hacia ella.

—En algún lugar hay una princesa en apuros esperando que la rescates, noble caballero.

—Dios. —Se puso en pie con un movimiento violento y grácil al mismo tiempo. Contenido, a pesar de la frustración que sentía—. Odio hablar con acertijos.

Ella asintió y le hizo una señal a la doncella para que sirviese el té en la mesilla que tenía delante. Después de que la joven se fuera, Hester volvió a hablar.

—No has contestado a mi pregunta acerca de cómo estás.

Michael suspiró exasperado y volvió a sentarse.

—Tan bien como cabe esperar, teniendo en cuenta las circunstancias. Nunca me había fijado en la cantidad de obligaciones que tenía Benedict. Y llevaba el peso sobre sus hombros con suma elegancia. Todavía no logro entender cómo lo hacía. Seguro que sus días tenían más horas que los míos.

—Tenía una esposa que lo ayudaba.

—Dios santo, si alguien más me dice que una esposa aliviaría mi carga, no me hago responsable de mi respuesta.

Hester se rió suavemente, aliviada —y horrorizada de que así fuese— de que buscar esposa no tuviese ninguna prioridad en la lista de tareas de Michael.

—¿No crees que si tuvieras esposa ella te ayudaría?

—Apenas consigo sobrevivir al día a día. No tengo ni la menor idea de dónde sacaría tiempo para cuidar de una esposa.

—Quiero que encuentres una que te quiera mucho. No será difícil. Es muy fácil enamorarse de ti.

—Ojalá lo dijeras por experiencia —susurró él, despacio.

—Así es.

Los hermosos labios de Michael esbozaron una mueca.

—Por supuesto —contestó irónico

—Más de lo que yo misma creía —confesó—. Fui una tonta.

—Hester... —La sorpresa se reflejó en el rostro de Michael para terminar convirtiéndolo en la viva imagen de la desesperación.

¿Cómo había podido Hester no darse cuenta de que él estaba enamorado de ella? El atractivo de Regmont y la telaraña de sensualidad que éste tejió a su alrededor la cegaron. Cuando se casaron, Hester estaba desesperada por consumar la unión y excitada más allá de la cordura por culpa de las caricias clandestinas, de los besos apasionados y de la promesa de una pasión sin límites.

—Encontraremos a alguien que te ame con locura —le dijo, emocionada—. Alguien cuya única preocupación sea hacerte feliz y darte placer.

—Terminará odiándome.

—No. —Ella empezó a preparar el té; cogió unas cuantas hojas con la cuchara y las puso en la tetera llena de agua caliente—. Tú no tardarás en sentir lo mismo que ella. No podrás evitarlo. Y entonces seréis felices para siempre, tal como te mereces.

—¿Y qué pasará contigo?

Hester dejó reposar el té y se echó hacia atrás con una mano en el estómago.

—Yo tengo mi propio motivo de alegría en camino.

La sonrisa de Michael fue sincera, aunque algo melancólica.

—No podría alegrarme más por ti.

—Gracias. Será mejor que intentemos acortar la lista que le ayudé a hacer a tu madre. —Se puso en pie y él con ella. Hester se acercó al escritorio que había junto a la ventana, lo abrió y sacó una hoja de papel. Luego se sentó en la silla de madera y destapó el tintero—. Dime qué atributos te parecen deseables en una mujer y yo los iré anotando.

—Preferiría que me arrancasen los dientes.

Ella recurrió a su expresión más temible.

—Maldita sea. No me mires así, Hester, por favor. Creía que yo te gustaba.

—¿Color de pelo?

—Que no sea rubia.

—¿Color de los ojos?

—Que no los tenga verdes.

—Michael...

Él se cruzó de brazos y arqueó una ceja.

—Al menos, tengo que darle una oportunidad a la pobre chica. Si no, no sería justo.

Hester se rió brevemente. Al otro lado de la ventana se oían las fustas de los carruajes y los relinchos de los caballos propios de la tarde. Casi todos los días, ella se sentaba junto a la ventana y observaba al mundo seguir con su rutina. Pensar que había casas en las que la gente era feliz y vidas completamente distintas a la suya la reconfortaba. Sin embargo, en aquel preciso instante la hacía feliz centrar toda su atención en su propia vida y en el hombre tan vi-

Siete años para pecar

brante que formaba parte de ella, aunque fuese sólo por un instante.

—¿Alta o baja?

—No tengo ninguna preferencia.

—¿Delgada o voluptuosa?

—Lo único que pido es que sea proporcionada.

—¿Algún talento en particular? —le preguntó, mirándolo al ver que se acercaba.

Michael se movía con tanta elegancia y seguridad en sí mismo que Hester no podía evitar contemplarlo.

Se detuvo junto a ella y apoyó una mano en el escritorio.

—¿Como por ejemplo?

—¿Cantar? ¿Tocar el piano?

—La verdad es que no me importan esas cosas. Lo que a ti te parezca bien.

Hester lo miró y se percató de lo bien vestido que iba.

—El azul te favorece, milord. Sinceramente, puedo afirmar que ningún otro caballero lo luce mejor que tú.

—Vaya, gracias, milady —contestó con los ojos brillantes.

El placer que se reflejó en el rostro de Michael dejó a Hester atónita y petrificada durante un instante. Un instante lleno de posibilidades imposibles. Intentó encontrar la fuerza de voluntad necesaria para romper la tensión y al final dio con una excusa horrible, que pronunció con la voz ronca.

—Soy una anfitriona desastrosa. El té se está enfriando.

—No me importa —murmuró él—. Estoy disfrutando de la compañía.

—Bailé mi primer vals contigo —dijo Hester, recordándolo.

—Me temo que mis pies todavía no se han recuperado.

Ella abrió la boca y fingió que se ofendía.

—¡Seguí tus pasos a la perfección!

Michael sonrió.

—¿No te acuerdas? —insistió Hester.

Ella había querido que fuese su primera pareja de baile porque confiaba en él y a su lado se sentía a salvo. Sabía que Michael probablemente le tomaría el pelo, pero con buena intención, y que se aseguraría de que aquella primera y, en principio, horrible experiencia fuese divertida.

Él la guió muy bien y la distrajo tanto que lo único que notó fue que se deslizaba triunfante por el salón. Hacía años que no se sentía tan bien.

—Como si pudiera olvidar uno de los momentos en que has estado entre mis brazos —dijo Michael en voz baja.

Aferrándose a esos recuerdos, Hester se puso en pie tan de prisa que volcó la silla, cogió a Michael por las solapas y posó los labios sobre los suyos. El beso fue breve y casto, una muestra de gratitud porque le había recordado a la joven atrevida que era antes.

Se apartó sonrojada.

—Lo siento.

Él estaba petrificado, con los ojos negros en llamas.

—Yo no.

Hester se pasó la mano por el pelo con dedos temblorosos y se acercó a la mesita donde tenían el té. Tomó aire despacio para intentar calmar los latidos de su descontrolado corazón. Oyó que Michael ponía bien la silla y de repente vio a Regmont de pie en el umbral.

El corazón le dejó de latir de golpe.

—Milord —lo saludó sin aliento.

Michael se quedó helado al oír el miedo en la voz de Hester con tanta claridad como si lo hubiese gritado. Giró sobre sus talones, dispuesto a enfrentarse a quien fuera que la estuviese amenazando y se encontró cara a cara con el hombre que avivaba su furia y su ira.

Midió a su oponente con la vista y se percató de que el conde tenía los puños cerrados y la mandíbula apretada. A pesar de que nunca había llegado a conocer a Regmont demasiado bien, Michael estaba convencido de que el hombre había cambiado mucho en los últimos años. De joven había sido un tipo engreído, cuya única virtud redentora era la adoración y el cariño con que miraba y trataba a su esposa. Pero ahora no había ni rastro de esa ternura en sus ojos. Sólo una frialdad calculada y mucha desconfianza.

—Regmont. —A Michael lo sorprendió sonar tan relajado cuando en realidad lo que quería hacer era cruzar el salón y darle un paliza al culpable de la infelicidad de Hester.

—Tarley. ¿Qué estás haciendo aquí?

Él se encogió de hombros. No sabía qué había visto Regmont exactamente y prefería ser cauto, para ahorrarle un mayor sufrimiento a Hester.

—Mi madre me ha pedido que viniese. Me ha dicho que si no colaboraba con lo de buscarme una esposa, terminaría casado con una mujer a la que no podría soportar.

Regmont miró a Hester.

—Sí, me han dicho que lady Pennington ha empezado a visitarte a menudo.

Ella palideció y lo miró asustada. Tragó saliva antes de hablar.

—Si mi hermana estuviese aquí, se habría dirigido a ella. Pero dado que Jessica no está, he estado ayudando a la condesa a conocer mejor a las debutantes de esta Temporada.

—Es muy amable de tu parte, cariño.

—Dios santo —dijo Michael volviendo a su butaca—, no las animes, por favor.

El conde los acompañó con el té y se sentó al lado de Hester. Ella respiró hondo y empezó a servirlo.

Primero a Regmont, quien bebió un sorbo y dejó su taza.

—Casi está frío.

Hester se encogió visiblemente.

—Es culpa mía —dijo Michael—. Esta mañana me he quemado la lengua cuando tomaba el café y todavía me duele. Lady Regmont ha tenido la amabilidad de adaptar el té a mis necesidades.

El conde giró sobre su asiento y quedó con las rodillas apuntando a su esposa.

—¿Y qué habéis estado haciendo mientras esperabais a que el té se enfriase?

Hester echó los hombros hacia atrás y miró a su marido con una sonrisa tan fría como la bebida de la que se estaba quejando.

—He escrito la lista de características que tiene que cumplir la esposa de Tarley.

Edward miró hacia el escritorio, se puso en pie y, de un par de zancadas, cruzó el salón. Levantó la hoja de papel y leyó las pocas anotaciones que había en ella. Después miró a Michael levantando ambas cejas.

—¿Sólo castañas y pelirrojas?

Como respuesta, él movió una mano con desdén.

Regmont se rió y dejó de estar tenso y el ambiente también se relajó.

—Las pelirrojas son unas fierecillas, ¿sabes, Tarley? Pregúntaselo a Grayson o a Merrick.

—Me gustan las mujeres con carácter.

«Como tu esposa antes de que tú la maltratases...»

—Lady Regmont sabrá guiarte en la dirección adecuada.

Michael le dio la espalda para que no viese el odio, la rabia y la desesperanza que ya no podía disimular. Si Benedict estuviese todavía con ellos, Michael se llevaría a Hester muy lejos de aquel horror. Podrían fugarse a las Antillas, o al Continente, o a América. A cualquier parte del mundo que ella quisiera. Pero ahora él estaba encadenado a Inglaterra.

Los dos estaban atrapados en unas vidas que no deseaban.

Y ninguno de ellos podía escapar.

19

—¡Lady Tarley!

Jessica alteró el ángulo de la sombrilla y vio a un robusto y diminuto caballero haciéndole señales desde el final de la pasarela.

—Es tu administrador —le explicó Alistair, mientras le colocaba una mano en el codo para que no se cayese—. El señor Reginal Smythe.

—¿Qué opinión tienes de él? —Levantó una mano enguantada para indicarle al hombre que lo había visto entre el bullicio del muelle. El olor a alquitrán y a café se mezclaban y los gritos de las focas competían con los de los marineros que iban cargando cajas y barriles en los estómagos ahora vacíos de los navíos.

—Es un hombre decente. Y muy competente. «Calipso» tiene casi doscientos esclavos y todos están lo suficientemente contentos como para ser productivos. Sin embargo, podría tener una opinión menos anticuada respecto a las mujeres que hacen negocios.

—Me temo que tú eres mucho más progresista que la mayoría de los caballeros.

—Por mi experiencia, sé que las mujeres pueden ser muy astutas e implacables en cuestiones de dinero. Es muy rentable hacer negocios con ellas.

—Y me juego lo que quieras a que ellas te hacen más concesiones a ti de las que le harían a cualquier otro hombre.

Alistair la miró y, aunque le quedaban parcialmente ocultos por el ala del sombrero, ella vio brillar sus ojos azules.

—Tal vez.

Jessica le sonrió. La presencia de Alistair a su lado aumentaba la felicidad que sentía por estar de nuevo en aquella exuberante isla verde que recordaba con tanto cariño. En su memoria había pintado el paisaje con tonos propios de piedras preciosas y le gustaba ver que no había exagerado. Detrás de ella, el océano era tan pálido como una aguamarina. Delante, unas colinas como esmeraldas se extendían hasta el horizonte. Benedict le había dicho en una ocasión que no había ningún lugar en toda la isla que estuviese a más de un par de kilómetros del mar.

«El paraíso», había dicho ella.

«Uno muy lucrativo», había contestado él.

—Señor Caulfield. —El señor Smythe se tocó el ala del sombrero a modo de saludo.

—Señor Smythe.

El administrador miró a Jess.

—Confío en que haya tenido un viaje tranquilo y agradable, milady.

—No podría haber sido mejor —contestó ella, pensando en Alistair y en lo distinta que se sentía en ese momento, comparado con el día en que abordó el barco.

Había empezado la travesía viuda y convencida de que se quedaría sola durante el resto de su vida. Y la terminaba con un amante, un hombre que la había desnudado en cuerpo y alma y al que había revelado secretos de su pasado que sólo Hester conocía.

Los dedos de Alistair le acariciaron el codo.

El señor Smythe asintió y señaló el landó que los estaba esperando allí cerca.

—Me encargaré de que alguien venga a buscar sus baúles, lady Tarley. Buen día, señor Caulfield. Le pediré una cita para hablar con usted esta semana.

Jessica miró a Alistair. Después de esas seis semanas en alta mar, durante las cuales su relación había nacido y florecido, ahora se veían obligados a decirse adiós. Había llegado el momento de que sus caminos se separasen: ella tenía que ir a su casa y él a la suya.

Alistair la miró a los ojos y esperó.

Jess podía ver la pregunta en su mirada; ¿cómo reaccionaría ella cuando tuviesen que enfrentarse de nuevo a las normas de la sociedad?

Su reacción era más intensa de lo que Jessica podía expresar con palabras. Quería que Alistair estuviese a su lado, siempre. En público y en privado. Sentado frente a ella a la hora del almuerzo y a su lado en el palco del teatro. Quería eso y lo tendría, si él aceptaba.

Habló con mucho sentimiento.

—Sé que tiene muchos asuntos que atender, señor Caulfield, pero ¿cree que podría acompañarnos a cenar? Así ya no tendrá que pedir ninguna cita, señor Smythe, y tampoco tendrá que contarme luego los resultados de la reunión.

El administrador parpadeó atónito.

Alistair le sonrió al ver que libraba la primera batalla para tomar posesión de la plantación y ladeó la cabeza para indicarle que se había dado cuenta.

—Será todo un placer, milady.

Jessica se alzó la falda y subió la colina. Las botas le resbalaban de vez en cuando en el suelo empapado por la lluvia, pero Alistair iba tras ella y sabía que la sostendría si se caía. Él siempre la cogía, siempre le pedía que se arriesgase porque él siempre iba a estar esperándola con los brazos abiertos al otro lado.

—Es aquí —dijo él, dirigiendo la atención de Jessica hacia la glorieta que había en un claro a la izquierda de donde habían subido.

La estructura era claramente reconocible: una réplica en miniatura de la glorieta que había en la mansión Pennington, a la que habían añadido unas redes en los costados. En el centro, se veía un pequeño entarimado cubierto por sábanas y almohadones.

Jessica se dio media vuelta y miró a Alistair mientras éste llegaba a su lado. Desde donde estaba podía ver los campos de caña de azúcar y el océano a lo lejos.

—¿Alguna vez has visto arder los campos de caña? —le preguntó él.

—No.

—Pues tendremos que remediarlo cuando llegue el momento. Te llevaré a un sitio donde no sople viento y donde no llegue el mal olor. A pesar de la destrucción que representa y de lo peligroso que es, es un espectáculo que no debes perderte.

—Tengo ganas de verlo contigo. —Se volvió hacia él y admiró su perfil—. Quiero verlo todo contigo.

Alistair le devolvió una mirada llena de ardor y sentimiento.

Jessica se acercó a la glorieta.

—¿Es esto lo que te ha tenido ocupado estos días?

Él había empezado a aparecer por las noches con pequeños cortes en las manos y con algún que otro morado en los antebrazos. No importaba lo que ella hiciese para sonsacarle información, Alistair se resistía a contárselo, aunque la animaba a seguir intentándolo por todos los medios que estimase oportunos.

—¿Te gusta? —le preguntó, estudiando su reacción.

—Me siento halagada de que te hayas tomado tantas molestias para seducirme. —Esbozó una media sonrisa—. Y sé que cuando tengo la menstruación tienes que quemar energía de otro modo. Estoy convencida de que necesitas más practicar sexo que comer o beber.

—Sólo contigo. —Alistair entró en la glorieta y dejó en el suelo la cesta que habían traído con ellos—. Y tú sabes por qué. Cuando estoy dentro de ti, sé que no te irás a ninguna parte. Sé que no te quieres ir a ninguna parte.

Jessica le dio la espalda al paisaje y lo miró a él, la vista más espectacular de todas.

—¿Y si también pudieras poseerme por fuera? ¿Convertir tu nombre en el mío y ponerme un anillo en el dedo? ¿Eso te calmaría?

Alistair se quedó inmóvil. Ni siquiera parpadeó.

—¿Disculpa?

—¿Por fin te he asustado? —le preguntó ella en voz baja.

—Tengo miedo de estar soñando. —Alistair salió de su estupefacción y se le acercó.

—Ya te he dicho que te amo. Muchas, muchas veces. De hecho, te lo digo cada día. —Jessica suspiró y rezó pidiendo coraje. No podía contener lo que sentía por Alistair, eran sentimientos demasiado intensos, le oprimían el pecho y hacían que le resultase imposible respirar—. Te amo tanto que sería capaz de apartarme de ti si crees que existe la posibilidad de que algún día quieras ser padre.

A Alistair se le hizo un nudo tan grande en la garganta que le costó tragar.

—Si algún día queremos niños, hay muchos huérfanos a los que podemos malcriar.

El corazón de Jessica latió lleno de esperanza.

Él le tendió una mano y ella colocó la suya encima y permitió que la acompañase hasta la tarima. Alistair le pidió que se sentase y, cuando lo hizo, él apoyó una rodilla en el suelo.

—Alistair... —susurró ella al comprender lo que estaba sucediendo.

—Se suponía que no ibas a adelantarme en esto, Jess —le dijo con ternura y emocionado mientras sacaba algo del bolsillo más pequeño de su chaleco.

No llevaba chaqueta ni pañuelo al cuello. Era escandaloso y completamente inaceptable, pero ¿quién podía verlos allí? Eso había sido lo más difícil de soportar a lo largo de la última semana; comportarse en público como si sólo fuesen conocidos, mientras que en privado compartían pura intimidad.

Era la peor de las torturas tener que ver a las debutantes locales, a las viudas e incluso a alguna que otra mujer casada, prestándole atención a Alistair descaradamente. Jessica había tenido que soportar que bailasen con él o que él tuviese que acompañarlas al comedor. Había visto a chicas jóvenes flirteando con él, chicas capaces de darle la familia que Alistair nunca había tenido y que ella jamás podría darle.

Él nunca les seguía el juego y la buscaba con la mirada en cuanto podía, para comunicarle lo mucho que la deseaba. Jessica intentaba no mirarlo, porque sabía que su expresión la traicionaría y revelaría lo enamorada que estaba de él. Lo desesperadamente que lo amaba. Lo vacía e inhóspita que sería su vida sin su presencia.

La verdad era que Alistair llevaba mucho mejor que Jessica el aspecto público de su relación. Teniendo en cuenta lo celoso que se sentía con respecto a la faceta más íntima de ella, no lo era tanto con su lado más público. Todo lo contrario, parecía gustarle ver cómo Jessica se movía por las aguas de la vida social y admiraba la facilidad con que manejaba sus distintos aspectos: las conversaciones, los bailes y todo lo demás.

Se sentía muy orgulloso de ella y le gustaba verla brillar en su entorno, pues eso hacía que al menos le pareciese que había valido la pena el dolor y la tristeza que ella había sufrido de pequeña para convertirse en la persona que era.

Alistair sacó un anillo. Una ancha alianza de oro coronada por un rubí casi tan grande como el nudillo de Jessica. La piedra color sangre descansaba sobre un lecho cuadrado de diamantes, proclamando a las claras la fortuna del hombre que la había comprado.

El anillo era casi vulgar en cuanto al tamaño y al brillo de sus piedras, lo que hizo sonreír a Jessica. Si casarse con Alistair no bastaba para demostrarle al mundo que había cambiado, seguro que ese anillo lo conseguiría.

—Sí —murmuró él, colocándole el rubí en el dedo—. Me casaré contigo. En cuanto sea posible. Al final de esta semana si soy capaz de organizarlo.

—No. —Jessica le cogió el rostro entre las manos y, con los dedos, le apartó el pelo de la frente—. Lo haremos como se debe hacer. En Inglaterra. Por la Iglesia, con amonestaciones incluidas y con nuestras familias y nuestros amigos presentes. Quiero que todo el mundo, y tú especialmente, sepa que hago esto después de habérmelo pensado mucho. Sé lo que hago, Alistair. Y sé lo que quiero.

—Preferiría que nos casáramos antes de volver.

—No te dejaré —le aseguró, consciente de que ésa era su preocupación.

—No puedes. No dejaré que lo hagas. —Le cogió las muñecas con suavidad y firmeza al mismo tiempo—: Pero habrá mujeres..., en fiestas y en banquetes... Ellas me reconocerán...

—Reconocerán a Lucius —lo interrumpió ella—. A ti no te conocen, no como yo. Y jamás lo harán.

Se inclinó hacia adelante y le dio un beso en el entrecejo, que él tenía arrugado.

—Amor mío —continuó Jessica—. No te crees que alguien pueda quererte incondicionalmente porque hasta ahora nadie te ha querido así. Pero yo sí. ¿Cómo podría no hacerlo? Y con el paso del tiempo te darás cuenta de que el efecto que has tenido en mí es irreversible. Yo he cambiado y soy quien soy ahora gracias a ti y, sin ti, dejaría de existir. No tengo ni idea de cómo voy a sobrevivir los próximos meses hasta que puedas volver a reunirte...

—¿Reunirme? —preguntó él, sorprendido—. ¿A qué te refieres?

—Esta tarde he recibido una carta de Hester. Debió de mandarla justo después de que zarpásemos, quizá incluso el mismo día, por lo que supongo que estaba embarazada antes de que nos fuéramos y que no me lo dijo porque no quería que anulase el viaje.

—¿Tu hermana está embarazada?

—No puedo creerme que Hester piense que no voy a volver en seguida. Tal como te he contado, hace tiempo que no está bien. Necesitará que cuide de ella. Tengo que estar a su lado.

—Yo volveré contigo, evidentemente. Con algo de suerte, quizá pueda tenerlo todo listo para que zarpemos dentro de dos semanas.

—No puedo pedirte que hagas esto. Has venido a esta isla por un motivo.

—Sí. *Tú*. Y por ese mismo motivo me vuelvo a Inglaterra. Viajé contigo porque no tenía nada que me retuviese en Inglaterra si tú estabas aquí y lo mismo es cierto en sentido contrario.

Jess se quedó tan sorprendida que su mente dejó de funcionar y entonces recordó la primera noche en que habían hablado, en la cubierta del *Aqueronte*, cuando él le había dicho que volvía a casa por una mujer. Descubrir que ella era esa mujer resultaba abrumador. Y muy romántico.

Alistair debió de darse cuenta de lo que estaba pensando y apretó la mandíbula.

—Te deseaba mucho, eso ya lo sabes. No te diré que fuera amor, pero era algo mucho más profundo que la lujuria. El deseo que sentía por ti me daba esperanzas de que algún día pudiese volver a disfrutar del sexo; pensé que podría volver a pensar en el acto sin tanto distanciamiento y buscando algo más que el mero alivio físico. Tenía que poseerte, Jess, al precio que fuese.

Ella se lo quedó mirando y preguntándose por qué no podía decirle que la amaba. Quizá no fuera así. Quizá no podía. Tal vez lo que tenían sería todo lo que jamás obtendría de él.

Tras pensarlo unos segundos, decidió que fuera lo que fuese lo que Alistair pudiese darle, sería suficiente. El amor que ella sentía bastaría para los dos.

Lo soltó, se apartó de él y se apoyó en los almohadones. Estiró los brazos por encima de la cabeza y se insinuó descaradamente. Si el deseo que Alistair sentía por ella era lo único que podía darle, se quedaría con todo.

Él avanzó a cuatro patas por la tarima y se acercó. Se apoyó en los cojines que Jessica tenía a ambos lados de los hombros, inclinó la cabeza y tomó sus labios, conquistándola con los suyos.

Un cálida y húmeda brisa sopló a su alrededor. En la distancia, Jessica oyó las voces de los hombres y de las focas. Estaban fuera de casa, donde podía verlos cualquiera, y eso la excitó todavía más. Le rodeó el cuello con los brazos y gimió de placer dentro del beso.

—Creía —murmuró él cuando Jessica separó los labios— que tendría que convencerte de que te casaras conmigo. Que me llevaría algún tiempo. Semanas. Meses. Quizá incluso años. He construido este lugar para que te resultase difícil escapar de mí mientras te exponía mis argumentos.

—Un público cautivo —sonrió ella—. ¿Qué habrías hecho para impedir que me fuese?

—Tal vez te habría escondido la ropa y te habría clavado al suelo con mi pene. También he traído unas cuantas botellas de tu clarete favorito. Me parece recordar que eres mucho más maleable cuando has bebido una copa o dos.

—Chico malo. —Deslizó la vista por el cuello de él hasta el pulso, que latía allí con fuerza—. Hazme todo lo que quieras. Me desdigo de mi aceptación.

—Ah, es que tú no has aceptado. Me lo has pedido y yo he aceptado. —Le acarició la punta de la nariz con la suya—. Y no puedo decirte cuánto ha significado para mí que lo hicieras.

—Puedes demostrármelo. —Le acarició la nuca del modo que tanto le gustaba.

Alistair se tumbó a su lado.

—Vuélvete.

Ella obedeció y sintió un cosquilleo en la espalda. Alistair le aflojó las cintas del vestido y luego empezó a desabrocharle los botones de la ropa interior, color lavanda.

A medida que sus dedos iban descendiendo, Jessica se excitaba más. Aunque él siempre gastaba bromas sobre su apetito sexual, el de ella por él era igual de insaciable. Cuando dejaba de menstruar y concluía la semana que había pasado sin Alistair, se moría de ganas de que la tocase.

—Quiero comprarte ropa —dijo él—. No repares en gastos. No quiero menospreciar el luto que llevas por Tarley, sé que fue bueno contigo, pero no quiero que honres su pérdida con tu vestuario si al mismo tiempo vas a casarte conmigo.

Jessica lo miró de reojo y asintió, amándolo todavía más que antes.

Él le pasó la lengua entre los omoplatos.

—Me gustaría verte vestida de rojo. Y de color dorado. Y también de azul brillante.

—A juego con tus ojos. A mí también me gustaría. Quizá puedas acompañarme a la modista.

—Sí. —Deslizó sus fuertes manos por la apertura del vestido y la sujetó por la cintura—. Tendrás que quedarte medio desnuda para que puedan tomarte medidas. Y yo podré disfrutar de la vista.

—Ahora mismo preferiría estar desnuda del todo.

Él la estrechó con suavidad y, acto seguido, la soltó y se tumbó de espaldas.

Jess se acercó al extremo de la tarima y se puso en pie.

Alistair se colocó un cojín debajo de la cabeza y se puso cómodo. Dobló una pierna y descansó la muñeca encima de la rodilla, ofreciendo una imagen relajada y al mismo tiempo insolente.

El montón de cojines de colores y las redes que había entre las columnas de la glorieta le recordó a Jessica la historia que ella le había contado sobre su aventura en el desierto con aquel seductor *sheik*.

Agachó la cabeza, adoptando deliberadamente la postura de una sumisa esclava. Alargó una mano y se deslizó el vestido por un hombro y luego por el otro. La prenda se detuvo al llegar a sus pechos.

—Podría pedir un rescate por mí, excelencia —susurró—. El dinero que le darán a cambio de que me lleve de vuelta, junto con el botín de la caravana, seguro que sobrepasará cualquier placer que yo pudiese darle en la cama.

La sorpresa de Alistair fue palpable. Se quedó en silencio durante un segundo, con el pecho subiendo y bajando con cada respiración. Y de repente:

—Pero vos sois el motivo por el que ataqué esa caravana, mi señora. ¿Por qué habría hecho tal esfuerzo si tuviese intención de devolveros?

—Por la fortuna que ganaríais con ello.

—El único tesoro que me interesa está entre tus piernas.

Una ola de calor le ruborizó la piel.

Él señaló el vestido con el mentón.

—Quítatelo. Deja que te vea.

Jess se humedeció los labios y tardó unos segundos más de la cuenta en obedecer. Se cogió la falda con las manos y tiró de la prenda hacia abajo con cuidado, como si el suyo no fuese un cuerpo que él conocía mejor que ella. El vestido se deslizó por su torso y sus caderas hasta caer arremolinado a sus pies.

—Y ahora —dijo él con la voz ronca— el resto.

—Por favor...

—No tengas miedo. Dentro de un instante te daré placer como no lo has sentido nunca. —Entrecerró los ojos un poco—. Y como no volverás a sentirlo jamás después de mí.

Jess se movió, inquieta, y lo miró furtivamente. Alistair se llevó una mano entre las piernas y acarició desvergonzado su erección. Voluptuoso hasta la médula. Atrevido... Con mucha más experiencia de la que ella tendría nunca. A no ser que él le pusiese remedio a esa carencia, cosa que Jessica dudaba que hiciese, si ella no lo empujase a ello.

Sospechaba que Alistair tenía miedo de corromperla más de lo que ya lo había hecho y ella en cambio tenía miedo de que él se aburriese en su cama.

—Yo no puedo decir lo mismo —dijo en voz baja.

Alistair se puso en pie y se le acercó con una gracia letal.

—Sí puedes.

Caminó a su alrededor como si estuviese sopesando su atractivo. Entonces se detuvo de repente a su espalda y la rodeó por la cintura desde atrás. Fue un gesto muy posesivo y la sorprendió al colocar las manos sobre sus pechos.

Jessica le apoyó la cabeza en el hombro.

—Pero tú has tenido muchas concubinas más atrevidas que yo. ¿Qué será de mí cuando pase la novedad?

—Subestimas el deseo que siento por ti. —Movió los labios junto al lóbulo de su oreja y luego la apretó contra su cuerpo para que pudiese notar la innegable prueba del deseo que sentía por ella—. ¿Notas lo excitado que estoy por ti? Llevo mucho tiempo deseándote mucho. Jamás me saciaré de ti.

—Antes de que atacaras la caravana, ¿te imaginabas poseyéndome? ¿Soñabas con cómo lo harías?

—Cada noche —gimió él, apretándole los pezones con los dedos.

Jessica ladeó la cabeza y frotó la mejilla con la suya.

—Enséñame qué soñaste. Enséñame a darte placer. Quiero aprender.

Alistair le deslizó una mano por el estómago hasta llegar a su entrepierna.

—¿Ya no quieres que pida un rescate por ti?

Jess gimió al notar que metía los dedos bajo su ropa interior y le separaba los labios. Con sus dedos, ásperos por haber estado trabajando la madera con la que había construido aquel lugar para la seducción, le acarició el clítoris, sabiendo perfectamente cómo tocarla para hacerla enloquecer.

—Si lo haces, ¿quién apagará el fuego que corre por mis venas?

—Nadie excepto yo —respondió Alistair mordiéndole el lóbulo—. Castraré a cualquier hombre que lo intente.

Loca de deseo por el modo en que le pellizcaba el pezón y porque la penetró de repente con un dedo, Jess movió las caderas y gimió. Un segundo dedo siguió al primero y él empezó a moverlos hacia dentro y hacia fuera del sexo de ella. Jessica respiró hondo, embriagada por el olor de la piel de Alistair bajo el sol.

—Por favor...

—Agáchate. —Acompañó la orden con un gesto y dobló a Jess por la cintura.

Ella se tambaleó hacia adelante y evitó la caída extendiendo los brazos. Alistair se incorporó y dejó que la brisa acariciase la espalda de su cautiva. Después, le bajó la ropa interior por detrás y la piel de ella quedó cubierta por una fina capa de sudor.

—Eres tan hermosa —dijo, pasándole ambas manos por las nalgas. Le tocó el sexo y se lo masajeó con la palma de la mano—. Estás tan excitada y tan húmeda. ¿Necesitas un pene dentro de ti, mi bella cautiva? ¿Te duele sentir que estás vacía?

En esa postura, en la que no podía ver su rostro ni sus movimientos, Jessica se sentía muy vulnerable.

—Siempre.

Oyó el sonido de la ropa al moverse y de inmediato el grueso miembro de Alistair estuvo contra su sexo. Fue la única advertencia que tuvo. Él la sujetó por las caderas y tiró de ella hacia atrás, al mismo tiempo que empujaba hacia adelante, penetrándola con un único movimiento de caderas.

Jessica gritó de placer y luchó por mantener los brazos firmes y extendidos.

—Dios. —Alistair se movió y llegó a tocar el final del cuerpo de ella—. Estoy tan dentro de ti, Jess. ¿Sientes lo dentro que estoy?

Ella cerró los ojos y exhaló. Notaba el ante de los pantalones de Alistair rozándole la parte trasera de los muslos y los puños de la camisa de él en las caderas. Y, cuando miró hacia abajo, vio la punta de sus botas cubiertas de barro.

Alistair estaba completamente vestido y protegido del entorno, mientras que ella estaba prácticamente desnuda, con él montándola como si fuese una yegua. La lasciva imagen que se dibujó en su mente acerca de lo que vería un caminante que pasase por allí avivó su deseo. Excitada más allá de lo que podía soportar, se movió vigorosamente sin apartarse de él. El gemido de placer de Alistair viajó por la brisa, pero a ella no le importó que alguien pudiera oírlos. Sólo podía pensar en las partes del cuerpo que mantenían unidas y en la delicada carne de su sexo, que se estremecía al notar que él la penetraba.

Alistair empezó a moverse. No fueron los movimientos agresivos que ella esperaba a juzgar por la postura, sino movimientos lentos. Deliberados. Él la tomó despacio, deslizando su pene hacia dentro y hacia fuera de su sexo con suavidad. La devastaba cuando le hacía el amor así. Sin prisa y con elegancia. Con una experiencia demoledora. Alistair le movía las caderas al mismo ritmo que sus embates y en todos ellos conseguía acertar en el lugar más delicado de ella.

Las piernas de Jessica cedieron y se cayó de rodillas en la tarima, él salió de dentro de su cuerpo para luego penetrarla con todas sus fuerzas al seguirla hacia el suelo.

Jessica gritó... conquistada sin remedio. Alistair le separó un poco más las piernas y aceleró el ritmo. El pesado saco de sus testículos golpeaba la húmeda piel de los muslos de ella una y otra vez, la cadencia de aquellos pequeños golpes añadieron una nueva oleada de sensaciones al acto. Jessica se quedó sin fuerzas en los brazos y apoyó los hombros en las almohadas, logrando que sus caderas se levantasen un poco más.

Ahora ya nada impedía que Alistair la poseyera, pero él seguía moviéndose de aquel modo tan contenido que hacía que ella clavase las uñas en la seda que tenía a su alrededor.

—Dios, así estás tan apretada —dijo él a media voz—. Y tan húmeda. Quiero correrme dentro de ti ahora...

—¡Sí!

Su ordinariez la hizo estremecer de pies a cabeza y alcanzó el clímax de repente y con tanta fuerza que todo su cuerpo vibró a causa de la intensidad. Él soltó una maldición al notar que ella lo apretaba frenética.

Alistair se quedó entonces quieto y la sujetó inmóvil contra el suelo, manteniendo a raya su propio placer. Le clavó los dedos en los muslos con tanta fuerza que seguro que le quedarían marcas. Y a Jessica le encantó. Le encantaba ser capaz de romper su férreo control sencillamente aceptando todo lo que necesitaba que ella cogiese de él.

Jess se rindió y dejó que el orgasmo la recorriese sin ponerle ninguna traba. Alistair aflojó los dedos al notar que ella se relajaba y la acarició con ternura al mismo tiempo que le susurraba palabras de cariño.

Jess estaba perdida en la languidez posterior al clímax y tardó un poco en darse cuenta de que Alistair estaba demasiado quieto. Abrió los ojos y giró la cabeza, y entonces vio que él la estaba mirando con la mandíbula apretada, conteniendo algo que no tenía nada que ver con el deseo.

—¿Qué pasa?

El placer que había sentido desapareció al ver el sombrío rostro de Alistair.

—¿Qué son estas marcas que tienes en el piel? —le preguntó, furioso.

Jess hizo una mueca de dolor. Odiaba que hubiese visto las

cicatrices que cubrían la parte superior trasera de sus muslos. Si no hubiesen estado fuera, bajo la luz del sol, quizá no las habría visto nunca. Aunque detestaba tener que contarle la verdad, lo hizo.

—Seguro que reconoces la firma de una vara.

—Maldita sea. —Se dobló encima de ella y cubrió su cuerpo con el suyo, rodeándole el torso con los brazos como si fuesen dos barras de acero. Protegiéndola y consolándola desesperadamente—. ¿Tienes más cicatrices?

—No en el cuerpo. Pero sea como sea, ya no importan.

—Y una mierda no importan. ¿Dónde más?

Jessica dudó un instante, porque lo único que quería era dejar atrás el pasado de ambos.

—*¿Dónde*, Jessica?

—No oigo con el oído izquierdo —dijo despacio—, pero eso ya lo sabes.

—¿Y Hadley es el responsable? Jesús...

—No quiero pensar en eso ahora —replicó—. Aquí no. No contigo dentro de mí.

Alistair abrió la boca y le acarició la espalda con los labios, para que ella pudiese sentir su cálido aliento.

—Haré que lo olvides.

Jessica gimió aliviada al notar que le tocaba los pechos y sus pensamientos se dispersaron con la brisa del océano.

—Pero yo no —juró él—, yo no lo olvidaré jamás.

20

Alistair ayudó a Jessica a bajar del carruaje y lo reconfortó ver el bulto que se marcaba debajo del guante blanco que ella llevaba y que proclamaba la presencia de su anillo de compromiso. Detrás de él estaba la mansión Regmont. La casa de ladrillo rojizo podía parecer inofensiva al resto de los transeúntes, pero para Alistair contenía algo innegablemente amenazador.

No tenía ni idea de lo que haría Jessica si su hermana se oponía a sus nupcias. No tenía ni idea de lo que haría él, pues dejar marchar a Jessica lo mataría.

—Hester sólo quiere mi felicidad —murmuró ella, esbozando una sonrisa reconfortante por debajo del ala de su sombrero de paja—. Quizá la sorprenda descubrir lo escandalosa que me he vuelto, pero no se opondrá.

Alistair se rió por lo bajo. Estaba claro que, en lo que se refería a Jessica, había perdido la capacidad de ocultar sus sentimientos.

Le tendió el brazo y la acompañó por el par de escalones. Alistair le entregó su tarjeta de visita al mayordomo cuando éste abrió la puerta y, en cuestión de segundos, se encontró en medio de una alegre sala de estar amarilla.

Él se quedó de pie a pesar de que Jessica optó por sentarse. Alistair estaba demasiado nervioso como para quedarse quieto y no tenía intención de permanecer allí una vez hubiese aparecido lady Regmont.

Sólo hacía unas horas que habían atracado en el puerto y tenía muchas cosas que hacer. El personal de su empresa en Londres no estaba al tanto de su regreso y tampoco lo sabían los empleados de su casa, por lo que ésta no estaría lista para recibirlo.

Por otra parte, tenía que escribirle a su madre para pedirle que fuera a verlo y poder hablarle de Jessica. Y también tenía que escribirle otra carta a Baybury.

La impaciencia lo ponía más nervioso. Tenía mucho que hacer antes de poder anunciar que Jessica y él estaban oficialmente comprometidos.

—¡Jess!

Miró hacia la puerta y, al ver entrar a Hester, el propio Alistair se quedó mudo. Hacía años que no la veía, aunque entonces la muchacha siempre estaba al lado de su hermana, que era la única que le llamaba a él la atención.

A pesar de eso, estaba seguro de que nunca le había parecido tan frágil. Calculó las semanas mentalmente y dedujo que a esas alturas tenía que estar de cinco meses más o menos y ni siquiera se le notaba el embarazo. Estaba demasiado delgada y pálida y el rubor que cubría sus mejillas parecía completamente artificial.

Tuvo un mal presentimiento. ¿Había perdido el bebé?

Las hermanas se abrazaron. Las diferencias entre ambas eran más obvias que sus semejanzas. Jessica desprendía vitalidad, tenía los ojos brillantes y los labios todavía rojos por los besos que él le había dado, la piel sonrosada por la frecuencia y el vigor con que hacían el amor. Comparada con ella, Hester parecía un fantasma.

—Dios mío —dijo ésta casi sin aliento—. ¡Estás increíble! Nunca te había visto tan guapa y feliz.

Jessica le sonrió.

—Eso tienes que agradecérselo al señor Caulfield.

La mirada verde de Hester se dirigió hacia Alistair sin perder calidez. Se le acercó con las manos extendidas y él se las cogió y se las besó, notando las venas azules debajo de la piel reseca. También era preocupante que se le vieran los capilares en los ojos y alrededor de la sien.

—Estoy en deuda con usted —le dijo—. Sé que está muy ocupado y, sin embargo, ha tenido la generosidad de buscar tiempo para cuidar de mi hermana.

—Ha sido un placer —murmuró e incluso consiguió esbozar una sonrisa.

¿Qué diablos le pasaba a Regmont para permitir que su esposa estuviese de ese modo? En especial ahora que estaba embarazada de su hijo. Si algún día Jessica adelgazase tanto y tuviese tan mala cara, él la metería en la cama y le daría de comer por la fuerza si fuese necesario y no se apartaría de su lado hasta que estuviese seguro de que saldría adelante.

—¿Cómo te encuentras? —le preguntó Jessica, mirando a Alistair a los ojos por encima de su hermana. Estaba tan preocupada como él.

—Muy bien. —Hester giró sobre sus talones y se acercó al sofá—. Tienes que haberte metido en un barco de regreso apenas desembarcaste.

—¿Y qué esperabas que hiciera después de recibir tu carta?

—Que te alegrases por mí y lo pasases bien.

Jessica empezó a quitarse los guantes.

—Hice ambas cosas y ahora estoy aquí.

—Estoy perfectamente —insistió Hester—. Las náuseas matutinas ya han desaparecido, gracias a Dios. Me paso el día exhausta, pero el médico dice que es normal. Siéntese, señor Caulfield. Hacía mucho tiempo que no le veía.

—Gracias, pero no puedo quedarme. Llevo meses sin visitar el país y tengo mucho que hacer.

—Por supuesto. —La sonrisa de Hester se desvaneció—. Lamento haber intentado retenerlo. Le agradezco que me haya devuelto a mi hermana. ¿Verá pronto a lord Tarley?

—Sin duda.

—Me alegro. Transmítale mis mejores deseos y sepa que a usted también lo acompañan.

Jessica dejó los guantes en el sofá tapizado de flores que tenía al lado.

—Me gustaría quedarme contigo un tiempo. Te he echado de menos.

—Estás preocupada por mí —la corrigió Hester—. Y no tienes por qué estarlo.

—Mis motivos son puramente egoístas —contestó Jessica como si nada—. ¿Quién si no tú me ayudará a planear mi boda?

Hester parpadeó atónita.

—¿Perdona? ¿Has dicho boda?

—Eso he dicho. —Jessica esbozó una sonrisa y se volvió hacia Alistair.

Él fue incapaz de apartar la vista y mucho menos con ella mirándolo de ese modo. Su rostro era tan expresivo que le transmitía sin ningún pudor el amor que sentía por él. Se le hizo un nudo en la garganta.

—¿¡Con *Alistair Caulfield*!? —exclamó Hester.

Él retrocedió al ver su más que evidente sorpresa, pero entonces la joven se puso en pie y corrió a abrazarlo.

—Te lo dije —articuló Jessica sin sonido, mirándolo con lágrimas en los ojos.

La tensión de Alistair se convirtió en alivio y le devolvió el abrazo a Hester. Y notó que era un saco de huesos.

Después de abandonar la mansión Regmont en la ciudad, Alistair se dirigió directamente al Club de Caballeros de Remington's. Necesitaba una copa, o quizá unas cuantas.

Dejar a Jessica le había resultado condenadamente difícil. Allí en Londres lo tendrían todo más difícil y serían muchas las fuerzas que intentarían separarlos. Cuando estaban juntos, Alistair tenía la sensación de que podían con todo. Pero cuando estaban separados, la echaba tanto de menos que temía lo peor.

Cruzó la doble puerta de la entrada y atravesó la zona de juegos en dirección al salón que había detrás, escudriñando los alrededores con la mirada y distinguiendo rostros conocidos antes de dar con un lugar vacío en la esquina más alejada. Por desgracia, su hermano Albert no estaba. Cuanto antes pusiese al tanto a su familia de su compromiso, antes podría dar los pasos necesarios para acallar el interés que tenía el resto del mundo sobre su vida amorosa.

En cuanto Jessica fuese su esposa, la buena sociedad y todas sus retorcidas opiniones y comentarios podían irse al infierno. Algunas instituciones seguían siendo sagradas y lo que hiciese un hombre con su mujer no era asunto de nadie.

A medida que iba cruzando el club se fue percatando de la cantidad de ojos que lo seguían. Saludó con un gesto a los hombres con los que hacía negocios y al resto los ignoró. Cuando por fin llegó a la barra, pidió un whisky, pluma, tintero y una hoja de papel. Antes de traérselo, verificaron que fuera miembro del club y eso le recordó que llevaba mucho tiempo sin hacer vida social en Londres.

Se acercó al sillón vacío que había visto antes y se sentó.

—Maldición —masculló, llevándose la copa a los labios.

Notaba todas las miradas puestas en él, pero no tenía ni idea de a qué se debía tanto interés. Alistair incluso comprobó su atuendo, buscando algo fuera de lugar que pudiese llamar tanto la atención.

Al no encontrar nada que justificase la curiosidad que su presencia había despertado, inspeccionó la sala en busca de alguien que lo desafiase con la mirada, alguien que estuviese dispuesto a retarlo y a contarle directamente qué pasaba en vez de mirarlo furtivamente. Para su sorpresa, algunos caballeros le sonrieron y lo saludaron como si fuesen viejos amigos. La suspicacia se convirtió en confusión.

Cuando un hombre alto y moreno y de aspecto muy familiar entró en la sala, Alistair se puso en pie aliviado.

La mirada de Michael se topó con la suya y su amigo abrió los ojos sorprendido. Después, cruzó la estancia a grandes zancadas y lo abrazó efusivamente.

—¿Acaso el mundo se ha vuelto loco? —masculló Alistair, apartando la mano con que sujetaba la copa para que el whisky no se le derramase en la espalda de Michael.

—¿Cómo estás? —preguntó éste, mirándolo con afecto.

Después miró al camarero para pedirle una bebida.

—Vivito y coleando.

—Sí, bueno, eso tiene su mérito, ¿no crees?

—Por supuesto.

Se sentaron y, en cuestión de segundos, apareció una copa delante de Michael.

—No te esperaba hasta dentro de unos meses como pronto —dijo.

—Eso habría sido lo ideal. Pero en cuanto lady Tarley se enteró de que su hermana estaba encinta, decidió volver a casa de inmediato.

Michael respiró entre dientes, pero no dijo nada.

Alistair pidió otra copa; él sabía demasiado bien lo que se sentía al desear a la mujer de otro hombre.

—Lady Regmont me ha pedido que te dé recuerdos. De hecho, parecía importarle mucho que te viese y te lo dijese.

—Probablemente te lo haya dicho porque cree que tú y yo tenemos mucho en común.

—¿Lo dices porque los dos estamos enamorados de las hermanas Sheffield? ¿Qué se supone que tenemos que hacer, intercambiar notas?

—¿Qué has dicho? —Michael se puso alerta de repente.

—Oh, vamos. Hace años que sé lo que sientes por la hermana de Jessica. Eres como Jess, llevas los sentimientos escritos en la cara.

—¿La has llamado Jess? ¿Qué diablos pasa? —La copa de Michael aterrizó con un golpe seco en la mesa—. Espero que no hayas sido tan estúpido como para practicar tus jueguecitos con la viuda de mi hermano.

—Jamás.

Michael suspiró aliviado.

—Sin embargo —prosiguió—, lo que haga con mi prometida no le incumbe a nadie excepto a mí.

—Por Dios, Alistair... —Su amigo se lo quedó mirando durante largo rato y luego vació el contenido de su copa de un trago—. ¿Qué crees que estás haciendo? Jessica no es la clase de mujer que uno puede tomarse a la ligera. Tu estatus social, incluso aunque te cases con ella, no bastará para hacerla feliz. Tendrás que ser cauto y discreto...

—O sencillamente fiel.

—¡No bromees!

—Para mí esto no es ninguna broma, Tarley. —Haciendo girar la copa entre los dedos, Alistair volvió a inspeccionar la sala, consciente de que el resto de los presentes opinarían lo mismo que Michael; que Jessica estaría mejor con otro hombre—. La amo desde que tú y yo éramos niños. En esa época creía que era la mujer perfecta, una criatura sin defectos que había venido al mundo con el objetivo de redimir mi alma llena de oscuridad.

—Ahórrate la poesía, no eres ningún Byron.

Alistair sonrió, su humor había mejorado al pensar en Jessica. Estaba a punto de casarse con un diamante de primera, una mujer tan perfecta para él que le dolía el corazón sólo de pensar en ella. No había ningún hombre en aquella sala que no supiera lo que valía y era suya.

—Ahora sé que son nuestros defectos los que nos hacen perfectos el uno para el otro. Y tengo intención de vivir monógamo y feliz durante el resto de mi vida.

—¿Y qué opina Masterson de todo esto?

—Como si me importase su opinión.

—¿Y qué me dices de tu madre, entonces? —lo retó Michael—. Quizá ella crea que ahora tiene la oportunidad perfecta de hacer las paces con su excelencia. Y Jessica es estéril, Alistair. Seguro.

—Lo sé y no me importa.

—No puedes ser tan cruel. Sé que tú y tu padre nunca os habéis llevado bien, pero este asunto va más allá de ustedes dos.

Delante de Michael apareció otra copa y Alistair cogió la suya y la vació.

—Se te ha fundido el cerebro de tanto trabajar —le dijo, secándose los labios.

—A partir de ahora, las decisiones que tomes tendrán consecuencias que perdurarán durante generaciones...

—Maldita sea. Dejemos las cosas claras... ¿Te estás oponiendo a que me case con Jessica no porque creas que no somos adecuados el uno para el otro, ni porque creas que somos incompatibles, sino porque opinas que tengo la obligación de tener descendencia?

—Ser responsable es un incordio, ¿no te parece? —contestó Michael con repentina amargura.

—Es obvio que la pena por la muerte de tu hermano te ha vuelto loco. Me niego a renunciar a la única cosa de este mundo sin la cual no puedo vivir sólo para tener hijos y ver si así me gano el cariño de mi padre.

—Arreglar las cosas con él es secundario, lo primordial es el deber que tienes para con tu título.

Alistair empezaba a creer que lo mejor sería salir de allí corriendo. De lo contrario, acabaría estrangulando a su mejor amigo. Michael no tenía ni idea de las verdaderas circunstancias de su nacimiento, pero a pesar de ello, lo que estaba diciendo carecía completamente de sentido.

—Asegurar el linaje de Masterson nunca ha sido ni será mi obligación.

Michael ladeó la cabeza y entrecerró los ojos. De repente, algo parecido al horror transformó su rostro.

—Dios mío... No lo sabes, ¿no?

—Alistair Caulfield —repitió Hester, negando con la cabeza—. Jamás lo habría adivinado. Siempre os habíais comportado con indiferencia el uno hacia el otro. A decir verdad, creía que no te gustaba demasiado.

Jessica se encogió de hombros para quitarle importancia, algo avergonzada por su comportamiento en el pasado.

—Ha cambiado, pero es más que eso, hay una profundidad dentro de Alistair que no ves si él no te la revela. Y tengo que confesar que siempre me había parecido muy atractivo.

—¿Y a qué mujer no? —Hester se inclinó hacia adelante como si fuese a compartir con ella un gran secreto—. Tiene un aspecto delicioso. Pecaminoso y decadente al mismo tiempo. Y, Dios santo, ahora es todo un hombre, alto y muy fuerte. Está más guapo que nunca y eso que de joven lo era muchísimo. Es difícil no quedarse embobada mirándolo.

—Lo sé. Estoy completamente enamorada. Es cierto. Si no me caso con él, me moriré de vergüenza, porque no puedo evitar que se me caiga la baba siempre que lo veo.

Su hermana se apartó y sirvió un poco más de té.

—El modo en que te mira es indecente. ¿Ya te has acostado con él?

—¡Hester!

—¡Te has acostado con él! —Echó la cabeza hacia atrás y se rió como lo habría hecho la alegre joven que había sido—. ¿Y bien? Tengo que saber si es tan bueno en la cama como parece.

Sólo con pensar en Alistair se le ponía la piel de gallina.

—¿Cómo es posible que hayas llegado a la conclusión de que hemos compartido tal intimidad? Quizá él ha sido un perfecto caballero.

—¿Alistair Caulfield? ¿Encerrado en un barco durante semanas? —Hester volvió a reírse—. Si fuese cualquier otro hombre, tal vez. Pero de un seductor como él no me lo creo ni un segundo. Así que...

—Así que... es tan bueno como parece.

—¡Lo sabía! —exclamó Hester por encima del borde de su taza—. Me alegro tanto por ti, Jess.

Ella quería sentirse igual de feliz por su hermana, pero las circunstancias no se lo permitían. Hester parecía demasiado débil, en especial para ser una mujer que estaba en mitad de un embarazo.

—¿Cómo van las cosas entre tú y Regmont?

—Él también es muy bueno en la cama —contestó Hester

con amargura—. Demasiado bueno, de hecho. Ningún hombre debería conocer así el cuerpo de una mujer.

—¿Te es infiel?

Su hermana bajó la taza y se quedó pensándolo.

—No tengo indicios de que lo sea. Si lo es, su apetito por mí no ha disminuido lo más mínimo.

Se produjo un largo silencio entre las dos y Jess intentó averiguar qué era lo que causaba tanto dolor a su hermana.

—Hester... —dijo al fin—. Cuéntame qué pasa, por favor. Has perdido mucho peso. El bebé necesita alimentarse y tú tienes que estar sana y fuerte.

—Ahora que estás aquí, comeré más.

—¿Y cuando no esté?

Jess se puso en pie y paseó nerviosa de un lado a otro del salón, un hábito que su padre le había quitado a golpes de pequeña.

—Has cambiado —comentó Hester.

—Y tú también. —Señaló los pastelillos de limón que seguían intactos en la bandeja—. Adoras esos pastelillos. Son tus preferidos. Siempre comes demasiados y les pones tanta crema encima que te manchas los dedos antes de morderlos. Y en cambio hoy todavía no los has probado. Ni siquiera les has echado un vistazo.

—No tengo hambre.

—Estoy segura de que el niño sí.

Hester retrocedió como si su hermana le hubiese pegado y Jessica se sintió fatal, pero tenía que hacer algo.

Se acercó a ella y se puso de rodillas para tomarle las manos. Se percató de que no eran más que huesos y se preocupó todavía más.

—Dímelo. ¿Estás enferma? ¿Te ha visto un médico? ¿O es otra cosa? ¿Es por Regmont? ¿Tienes miedo de contármelo porque fui yo quien te sugirió que te fijaras en él? Dímelo, Hester. Por favor.

Su hermana soltó el aliento que estaba conteniendo.

—Mi matrimonio ya no es un matrimonio feliz.

—Oh, Hester. —A Jessica se le rompió el corazón—. ¿Qué ha pasado? ¿Os habéis peleado? ¿Podéis arreglarlo?

—Hubo una época en que creía que sí. Y quizá todavía sería posible si yo fuese tan fuerte como tú. Pero mi debilidad lo pone furioso.

—Tú no eres débil.

—Sí lo soy. Cuando padre dirigía sus ataques de ira hacia mí, tú siempre intercedías. Y yo te lo permitía. Me sentía agradecida de que fueses tú y no yo la que recibía los azotes de la vara. —Apretó los labios—. Malditamente agradecida.

—Eras... Eras una niña. —A Jess se le quebró la voz por las lágrimas contenidas—. Hiciste bien en dejarme interceder. Lo contrario habría sido una estupidez.

—Quizá, pero también habría sido lo valiente. —Los enormes ojos verdes de Hester eran como lagunas en su rostro. El colorete que se había puesto para disimular su palidez resultaba incongruente encima de aquella piel por la que no circulaba la sangre y parecía una caricatura de una noble de tiempos pasados—. Ahora necesito esa clase de coraje y no sé de dónde sacarlo.

—Yo te ayudaré —respondió Jess, apretándole los dedos—. Juntas encontraremos el valor. Y en cuanto a Regmont, estoy segura de que está tan preocupado por ti como lo estoy yo. En cuanto vea que recuperas fuerzas, tu relación también mejorará. Es normal que una mujer experimente cambios de humor y cierta melancolía cuando está embarazada y seguro que a un hombre eso le resulta difícil de comprender. Sólo tenemos que educarlo.

Hester sonrió y le acarició la mejilla.

—Siento que no puedas tener hijos, Jess. Habrías sido una madre maravillosa. Mucho mejor que yo.

—No digas tonterías. Serás una madre fantástica y yo me sentiré muy orgullosa de ser tía.

—Tu prometido te ama mucho.

—Creo que sí —convino ella, descansando la mejilla en la rodilla de Hester—. De momento parece incapaz de decírmelo en voz alta, pero lo noto cada vez que me toca. Lo oigo en su voz cuando me habla.

—Por supuesto que te adora y es innegable que te desea. —Pasó sus fríos dedos por las cejas de Jess—. Serás la envidia de todas las mujeres de Inglaterra. Alistair Caulfield es rico, tan guapo que quita el aliento y está loco por ti. Si a eso le añades el ducado, no habrá ninguna mujer que no esté dispuesta a matar para cambiarse por ti.

Jess levantó la cabeza y se rió.

—Tienes delirios de grandeza. Alistair jamás heredará el título.

Su hermana parpadeó, incrédula, y acto seguido abrió los ojos con algo parecido al horror reflejado en ellos.

—Dios santo... No lo sabes, ¿no?

21

Alistair se paseaba nervioso por delante de la chimenea del salón principal de la mansión que Masterson tenía en la ciudad. Sus relucientes botas se deslizaban en silencio por encima de la alfombra oriental. Tenía las manos entrelazadas en la espalda y le dolían de tan fuerte como apretaba los nudillos.

—La viruela.

—Sí —respondió su madre con la voz marcada por la angustia.

Louisa, la duquesa de Masterson, estaba sentada en una silla de madera tallada, con la espalda dolorosamente erguida. Todavía tenía el pelo tan oscuro como Alistair, sin ninguna veta plateada, pero su rostro evidenciaba tanto su edad como el dolor que sentía por haber sobrevivido a tres de sus cuatro hijos.

El retrato de ella que había encima de la repisa de la chimenea era más alto y ancho que Alistair y presidía la estancia. Una versión más joven de la duquesa sonreía a los que lo contemplaban, con unos ojos azules que permanecían ignorantes de las tragedias que estaban por venir.

Alistair no tenía ni idea de qué decir. Sus tres hermanos estaban muertos y el dolor le oprimía el corazón como si fuese una losa muy pesada. Igual que el título que acababa de recibir, algo que él nunca había deseado.

—No lo quiero —dijo con voz ronca—. Dime cómo puedo salir de ésta.

—No puedes.

Miró a su madre. Masterson estaba en casa y, sin embargo, era ella la que tenía que enfrentarse sola a aquella horrible situación, porque su querido esposo no podía soportar ver a su hijo bastardo sabiendo que ahora sería él quien heredaría el título.

—Él podría contar la verdad sobre mi nacimiento —sugirió Alistair—, así se abriría la línea sucesoria.

La mujer se llevó un pañuelo a los labios y lloró, un sonido gutural que se clavó en las entrañas de su hijo como unas garras.

—Si ni siquiera es capaz de mirarme. Seguro que él también quiere encontrar la manera de librarse de esto.

—Si hubiese una alternativa con la que pudiese vivir, sí, lo haría. Pero no quiere pasar por la humillación de reconocer que le fui infiel y el siguiente en la línea sucesoria es un primo muy lejano cuya valía es más que cuestionable.

—No quiero nada de todo esto —repitió Alistair con el estómago revuelto.

Él quería viajar y vivir mil aventuras con Jessica. Quería hacerla feliz y llenarle la vida de retos y de libertad, para eliminar así la opresión a la que se había visto sometida de niña y de joven.

—Serás uno de los hombres más ricos de Inglaterra...

—Te juro por Dios que jamás tocaré ni uno de los preciosos chelines de Masterson —aseguró, hirviéndole la sangre sólo con oír la sugerencia—. No tienes ni idea de las cosas que he hecho para ser solvente. Él apenas me ayudó cuando más lo necesitaba. ¡Y maldito sea si voy a aceptar ahora su dinero!

Louisa se puso en pie y apretó nerviosa el pañuelo que tenía entre las manos. Las lágrimas resbalaban sin control por sus mejillas.

—¿Y qué quieres que haga? No me arrepiento de tu nacimiento. Si pudiera volver atrás en el tiempo, no te daría a otras personas. A cambio de tenerte en mi vida tuve que asumir este riesgo y Masterson lo asumió conmigo. Por mí. Tomamos esta decisión juntos y los dos afrontaremos las consecuencias.

—Y, sin embargo, estás aquí sola.

—Fue mi decisión —lo corrigió ella, irguiendo el mentón—. Son mis consecuencias.

Alistair se apartó de la chimenea y se acercó a su madre. El techo estaba a unos nueve metros por encima de sus cabezas, la pared más cercana estaba también a varios metros de distancia. Todas las residencias de Masterson consistían en esas estancias cavernosas repletas de muebles y de las obras de arte que se habían ido acumulando a lo largo de los siglos.

Alistair sintió que las paredes se cerraban a su alrededor y le oprimían el pecho.

Él jamás se había sentido conectado a nada de lo que había en esas casas, nunca se había sentido orgulloso de formar parte de aquella familia. Ni siquiera había tenido la sensación de formar parte de ella. Aceptar ese título sería como llevar una máscara. Él ya había fingido ser otra persona una vez para sobrevivir, pero ahora le gustaba ser quien era. Le gustaba ser el hombre al que Jessica amaba incondicionalmente.

—Fue tu decisión —repitió él en voz baja, sintiéndose como el impostor que le pedían que fuese—, pero soy yo el que va a tener que pagar las consecuencias.

Jessica se quedó como invitada en la casa de Regmont y no pegó ojo en toda la noche. Los pensamientos no paraban de agolparse en su mente y su corazón se rompía una vez tras otra.

Ahora Alistair era el marqués de Baybury. Y en el futuro, algún día, se convertiría en el duque de Masterson. Ambos títulos conllevaban mucho poder y enorme prestigio y, al mismo tiempo, un sinfín de obligaciones.

No podía casarse con una mujer estéril.

Tanto en el *Aqueronte* como en la isla, los dos dormían hasta tarde, sin embargo, al segundo día después de su llegada a Londres, Alistair fue a verla a las ocho de la mañana.

Jessica ya estaba vestida, lista para recibirlo, porque sabía que iría a verla en cuanto pudiese. Y sabía que tenía que ser fuerte por los dos.

Bajó la escalera con tanta dignidad como le fue posible, teniendo en cuenta que se sentía a punto de morir. Cuando llegó al primer rellano, vio a Alistair esperándola en el vestíbulo con una mano en el poste del comienzo de la escalera y un pie sobre el peldaño. Todavía llevaba puesto el sombrero e iba vestido de negro de la cabeza a los pies. Su rostro reflejaba la misma desesperación que sentía ella.

Abrió los brazos al verla y Jessica corrió a esconderse dentro de ellos, bajando los últimos escalones a toda prisa y lanzándose contra él. Alistair la cogió sin ninguna dificultad y la abrazó con todas sus fuerzas.

—Lamento tu pérdida —le dijo ella, masajeándole la nuca con los dedos.

—Y yo lamento mi ganancia.

Tenía la voz fría y distante, pero su abrazo no lo era. Apoyó la frente en la de Jessica y la sujetó como si no quisiera soltarla nunca.

Tras un largo rato, dejó que ella lo llevase a un salón. Ambos se quedaron de pie, el uno frente al otro. Él parecía cansado y mucho mayor de lo que era.

Se pasó la mano por el pelo y suspiró, frustrado.

—Me parece que estamos atrapados.

Jessica asintió y se tambaleó hasta la butaca más cercana. Tenía el corazón tan acelerado y errático que estaba incluso mareada. *Estamos*, había dicho Alistair, tal como ella había sabido que haría. Se desplomó en el orejero y tomó aire.

—Estarás muy ocupado.

—Sí, maldita sea. Ya ha empezado. En cuanto Masterson se enteró de que había vuelto, empezó a llenarme de cosas para hacer. No tengo ni un cuarto de hora para mí mismo durante los tres próximos días. Dios sabe si me dejarán ir al baño.

A Jessica le dolió el corazón por él. Alistair odiaba el camino que lo estaban obligando tomar, a pesar de que estaba más que preparado para ello. Tenía una mente brillante para los negocios y una presencia que se ganaba el respeto de los mejores hombres.

—En un abrir y cerrar de ojos lo tendrás todo bajo control y funcionando como la seda. La gente no tendrá más remedio que admirarte.

—No me importa lo más mínimo lo que piense él de mí.

—No me estaba refiriendo a Masterson, pero, sea como sea, sí te importa lo que piense tu madre y a ella le importa lo que piense Masterson. Tu madre te quiere y luchó por ti...

—No lo suficiente.

—¿Y cuánto es suficiente?

Alistair la miró como si tuviese ganas de pelea y ella le sostuvo la mirada.

Entonces, él gruñó con frustración.

—Dios, te echo de menos. Detesto tener que esperar a que sea una hora en concreto para poder verte y detesto tener que pasarme horas tumbado en la cama sin ti a mi lado. Echo de menos que me escuches y todos tus consejos.

A Jess le escocieron los ojos. Alistair parecía tan cansado, tan desanimado y tan solo. Se había quitado el sombrero y lo apretaba entre las manos sin dejar de darle vueltas una y otra vez.

—Siempre estaré disponible para ti.

—Sé que es lo que querías —le dijo él con la voz entrecortada—, pero no puedo esperar. Puede llevarme meses abrirme paso por el laberinto en que se ha convertido mi vida y no puedo concentrarme en nada si lo único que sé es que me muero de ganas de estar contigo. He venido a pedirte que te cases ya conmigo.

Jessica cruzó las manos encima del regazo. El dolor que sentía en el pecho era pura agonía y la estaba debilitando.

—Eso no sería lo más inteligente.

Alistair se detuvo en seco y entrecerró los ojos.

—No me hagas esto.

—Ya sabías que lo haría. Por eso estás tan nervioso y por eso has venido a verme en cuanto ha salido el sol. —Soltó el aire que tenía en los pulmones—. Pero necesitas que haga esto para poder seguir adelante.

—¿Hacer qué, Jessica? —le preguntó con una voz peligrosamente baja—. Dímelo.

—Darte tiempo para que te acostumbres a ser la persona que vas a tener que ser de aquí en adelante.

—Sé lo que quiero.

—Sabes lo que querías —lo corrigió ella—, pero ahora debes tener muchas más cosas en cuenta. ¿Cómo encajarás todas las piezas? Quizá algunas se sobrepondrán a las otras. Y quizá otras quedarán obsoletas. Todavía no lo sabes y no lo sabrás hasta que te hayas sumergido en tu nueva vida.

—No —replicó él, temblando de lo furioso que estaba—. ¡No te atrevas a sentarte ahí y decirme que quieres acabar nuestra relación, con la misma voz con que me ofrecerías una taza de té, cuando en realidad me estás arrancando el corazón!

—Alistair... —Le tembló el labio inferior y se lo mordió hasta que notó el sabor de la sangre.

—Tienes miedo —la acusó él.

—¿Y tú no? Lo peor que puedes hacer en este momento es tomar una decisión precipitada.

Alistair resopló.

—Tú tampoco puedes vivir sin mí, Jess.

No podía. Y ella lo sabía. Y esperaba no tener que hacerlo. Pero ambos tenían que estar seguros.

—Hester me necesita. No puedo dejarla.

—Y a mí sí.

—Tú eres mucho más fuerte que ella.

—Pero ¡te necesito! —exclamó, pronunciando cada sílaba—. Ella tiene a Regmont y a Michael, y a ti también. Yo sólo te tengo a ti. Eres la única que se preocupa por mí; la única que antepone mi felicidad a todo. Si me dejas, Jess, me quedaré sin nada.

—Yo jamás te dejaré —susurró ella—. Pero eso no significa que tengamos que estar juntos.

Sabía que Alistair podía ver en su rostro todo lo que sentía, que respiraba sólo por él. Pero se suponía que el amor era generoso, a pesar de que el propio Alistair afirmase lo contrario. Si contraían matrimonio, la relación entre él y su madre empeoraría drásticamente y ella era la única persona aparte de Jess que lo quería de verdad.

Si él estaba dispuesto a correr ese riesgo, ella lo correría con él, pero en aquel instante, Alistair todavía no había asimilado la gravedad del asunto. Había empezado a correr sin pensar, dispuesto a plantarle cara a un futuro que no era el que deseaba.

—Jess. —Su mirada era tan dura como una piedra preciosa—. En cuanto te vi, supe que eras mía. A pesar de lo joven que era, no tuve la menor duda. Nunca me he casado y no me he planteado, ni siquiera por un segundo, la posibilidad de hacerlo con la hija de un comerciante o de un terrateniente, ni con ninguna de las herederas que me han presentado a lo largo de los años y cuyas alianzas me habrían resultado muy beneficiosas. Las he rechazado a todas porque estaba convencido de que algún día estaría contigo. Ni siquiera podía soportar la idea de que no llegase a ser así. Te habría esperado veinte años. El doble incluso. No puedes pedirme que continúe con mi vida sin la posibilidad de que tú estés en ella. Más me valdría estar muerto.

—No me malinterpretes. —La voz de Jessica ganó convicción—. No voy a irme a ninguna parte. No buscaré a otro. Estaré aquí con Hester.

—¿Esperándome?

—No, no puedo. Eso te retendría. —Empezó a quitarse el rubí que llevaba en el dedo y sintió como si le atravesasen el corazón con una daga.

—Para. —Alistair soltó el sombrero y le cogió la mano antes de que Jessica pudiese quitarse el anillo. Volvió a colocárselo con la frente apoyada en la de ella. Con la respiración entrecortada, dijo—: Házmelo entender.

—Antes tengo que contarte qué es lo que entiendo yo. —Se aferró a su mano y rezó para que Alistair absorbiese su fuerza y el amor que sentía por él—. He pensado en cómo me sentiría si me viese obligada a renunciar a ti para proteger a un ser querido y lo injusto que sería que Hadley se beneficiase de mi sacrificio.

—No voy a renunciar a ti, Jess. No puedo y no voy a hacerlo.

—Chist... He deducido muchas cosas de lo que no me has contado de tu madre y de Masterson. Me imagino lo que tienes que haber pasado; vivir en medio de una falsa aceptación y rodeado constantemente por sus comentarios dañinos y despectivos. Masterson nunca ha permitido que tu madre olvidase el error que cometió ni el precio que ha tenido que pagar él por ello, ¿no es así? Y ella se ha pasado la vida sintiéndose culpable y arrepintiéndose de haberlo hecho. Ha dejado que Masterson la hiriese a diario porque cree que ésa es su penitencia. Y tú lo has presenciado todo y también te sientes culpable y arrepentido.

—¿Y todo esto lo has deducido? —Le tocó la mandíbula con ternura.

—Eres muy protector con tu madre, aunque hacerlo te perjudique. Uno no protege algo que no cree que corre peligro.

Alistair le pasó el pulgar por la mejilla.

—Mi madre es muy fuerte y decidida, excepto cuando el asunto tiene que ver conmigo.

Jessica inclinó la cabeza en busca de más caricias.

—No es por ti, amor mío. No es culpa tuya. Piénsalo detenidamente... Existen muchas maneras de prevenir un embarazo, tanto para un hombre como para una mujer. Si tu madre sólo hubiera estado satisfaciendo una necesidad, ¿no crees que habría tomado las medidas pertinentes? ¿O su amante?

—¿Qué estás diciendo?

—Que quizá tu madre vivió una gran aventura. Una pasión descontrolada. Quizá se sintió tan atraída por alguien que perdió momentáneamente la razón. Quizá por eso se siente tan avergonzada.

—Mi madre ama a Masterson, aunque sólo Dios sabe por qué.

—Y yo te amo a ti sin reservas, de un modo como nunca había amado a nadie. Pero en un par de ocasiones perdí la cabeza con Tarley; había veces en que creía que me volvería loca si no me tocaba.

Alistair le puso un dedo en los labios para silenciarla.

—No digas nada más —le pidió con la voz rota y la mirada triste.

—Tú también sabes que se puede sentir mucho placer sexual sin amor. Y si estoy en lo cierto, eso explicaría por qué tu madre necesita hacer penitencia. —Le sujetó la muñeca de la mano con que la acariciaba y se la apretó para darle ánimos—. También es posible que, sin decírselo a nadie, tu madre tuviese ganas de volver a concebir. Quizá intentó conseguirlo con Masterson durante un tiempo, antes de que él le comunicase su decisión de mirar hacia otro lado si quería serle infiel y puede que eso a ella la hiciera sentir menos mujer. Quizá se preguntó si su marido no se excitaba por su culpa. Hay muchos motivos que justificarían el conflicto constante que has presenciado entre tu madre y él. Y ninguno tiene nada que ver contigo.

Alistair se quedó mirándola y comprendió por qué Jessica podía identificarse con su madre. Ella también se había sentido inadecuada durante mucho tiempo.

—No es por ti —le repitió—. Pero tú te sientes responsable y te has pasado la vida esforzándote por estar lejos de la vista de tu padre y por no ser una carga. Y ahora tienes que convertirte en el bastión de una familia de la que no sientes que formas parte. Y, además, se supone que tendrás que sacarla adelante. Y en ese sentido yo no te sirvo de nada.

—No. —Alistair la besó en la frente—. Ni se te ocurra hablar de ti de esa manera.

—Ser estéril me causó mucho dolor en el pasado. Pero Tarley y yo sabíamos que teníamos a Michael y a los hijos que él tuviese en el futuro. Pero tú no tienes a nadie que pueda llevar esa carga, porque, si lo hubiera, no estarías aquí.

—No soy un maldito mártir, Jess. Ya he sacrificado todo lo que estaba dispuesto a sacrificar por esta farsa. No voy a renunciar a ti. Ni por esto ni por nada del mundo.

—Y yo no soportaría perderte por culpa de los remordimientos. Prefiero renunciar a ti ahora, amándonos los dos, que dentro de unos años, cuando la infelicidad de tu madre y tu sentido de la responsabilidad se interpongan entre nosotros.

—¿Y qué quieres que haga? —Los ojos se le oscurecieron—. Si no puedo tenerte a ti, no quiero a nadie. Y de ese modo nadie consigue lo que quiere.

—Pon al día tus asuntos y recupera la calma. Vive la vida que acabas de heredar. Acostúmbrate a ella y ordena tu mente. Y si después de todo eso me sigues queriendo y si tu madre puede darnos su bendición sin reservas, ya sabes dónde encontrarme.

Alistair la besó con ternura, pegando los labios a los de ella. Y cuando se apartó, la miró con los ojos entrecerrados, con las pupilas dilatadas de deseo. En aquel momento, su rostro era la viva imagen de la masculinidad y del tormento.

—Yo me ocuparé de esto mientras tú te ocupas de tu hermana. Pero date prisa. No tardaré en venir a buscarte y será mejor que estés preparada, Jess, y que sigas llevando mi anillo, porque entonces no podrás detenerme. Te arrastraré hasta Escocia encadenada si hace falta.

Y se fue sin decir nada más. Llevándose, como siempre, el corazón de Jessica consigo.

Jess todavía estaba en el salón cuando apareció su hermana, tres horas y tres copas de clarete, más tarde.

—Me han dicho que Baybury ha venido a verte esta mañana —murmuró Hester.

Sin darse cuenta, ella hizo una mueca de dolor al oír el título de Alistair, pero asintió y tomó otra copa.

Su hermana se detuvo junto a la mesa y miró a Jess con el cejo fruncido.

—¿Clarete para desayunar?

Ella se encogió de hombros. Había empezado a beber de pequeña, cuando la cocinera cogió la costumbre de echarle unas gotas de coñac al té para que no le doliese tanto el cuerpo y pudiera dormirse. No tardó en deducir que el alcohol también amortiguaba el dolor emocional.

Durante los primeros años de su matrimonio, apenas había sentido la necesidad de beber, pero cuando la tuberculosis clavó sus garras en los pulmones de Benedict, volvió a buscar consuelo en la botella y no la había abandonado desde entonces.

Hester se sentó en el sofá, a su lado.

—Jamás te había visto tan melancólica y no hay ningún motivo que justifique beber a primera hora de la mañana.

—No te preocupes por mí.

—¿Te ha dejado, Jess? —le preguntó su hermana con delicadeza.

No era de extrañar que dedujese eso, pues era, sin duda, la opción más lógica. Al fin y al cabo, las había educado el mismo hombre. Las esposas de un noble sólo sirven para darle herederos; cuantos más, mejor.

Jess alargó la mano para tomar la de su hermana y se la apretó.

—No. Y no va a dejarme. Me ama demasiado.

—Entonces, ¿por qué tienes la misma cara que tenías cuando *Temperance* murió? ¿Acaso quiere retrasar la boda?

—Todo lo contrario, ha venido a pedirme que me fugue con él para casarnos en Escocia.

—¿Y te has negado? ¿Por qué? —Le brillaron los ojos—. ¡Dios santo..., dime, por favor, que no te has quedado por mi culpa! No podría soportarlo. Ya has sacrificado demasiadas cosas por mí.

—Lo he hecho por él, porque es lo mejor para Alistair. Necesita tiempo para pensar, a pesar de que ahora se niega a reconocerlo. El hombre con el que yo quería casarme ya no existe. Va a tener que convertirse en un hombre nuevo con necesidades distintas y con objetivos que yo nunca podré hacer realidad. Es el Alistair de antes el que se aferra a mí con uñas y dientes. Y por eso le he pedido que se acostumbre a su nueva vida. Si el hombre nuevo me sigue queriendo y amándome de todo corazón, sin remordimientos y sin recriminaciones, entonces podremos ser felices y estaré encantada de casarme con él. Pero no puede decidirlo aún. Él todavía cree que es Alistair Caulfield.

—Volverá a por ti, ¿no?

A Jessica le dio un vuelco el corazón.

—Estoy segura. Hace mucho tiempo que me desea, desde antes de que me casara con Benedict.

—¿De verdad? —Hester se secó las lágrimas—. Me parece increíblemente romántico.

—Él lo es todo para mí. No puedo explicarte todo lo que ha hecho..., cómo me ha cambiado. Me conoce tan bien como tú. Todos mis secretos, mis miedos y mis esperanzas. No tengo que esconderle nada y no tengo motivos para querer hacerlo. Me acepta con mis defectos y con mis errores y está convencido de que son éstos los que nos han unido.

—¿Y qué me dices de *sus* errores?

A Jess le resultó muy revelador que su hermana le hiciese precisamente esa pregunta.

—Ha cometido muchos, como sabe todo el mundo, y se esfuerza mucho por contármelos.

—¿En serio? ¿Por qué?

—Me dijo que quería que lo supiese todo desde el principio, antes de que nuestros sentimientos fuesen a más y de que la posibilidad de separarnos fuese demasiado dolorosa.

Las buenas intenciones de Alistair al final no habían servido de nada.

Hester adoptó una expresión nostálgica.

—Jamás habría dicho que Alistair Caulfield pudiese ser tan...

—¿Maduro? —Jess sonrió con tristeza—. Sus circunstancias han sido más duras de lo que se imagina todo el mundo. Su madurez proviene del cinismo y del hastío. Es mucho más adulto de lo que corresponde a su edad.

—¿Qué harás ahora?

—Voy a dedicarme en cuerpo y alma a cuidarte. Y retomaré mi vida social. —Impaciente, se puso en pie—. Necesito vestidos nuevos.

—Tu período de luto ha terminado.

¿De verdad? Quizá el duelo seguía, pero ya no por su marido.

—Sí. Ha llegado el momento.

—Ha llegado el momento —repitió Hester.

Jess miró la botella que había encima de la mesa y sintió un cosquilleo en la punta de los dedos de las ganas que tenía de beber. También iba a tener que ponerle fin a esa dependencia. No tenía derecho a pedirle a Alistair que hiciese frente a sus demonios mientras ella seguía aferrándose a los suyos.

—Tenemos que desayunar bien y recobrar fuerzas si queremos hacer todas las compras que tengo en mente.

Hester se puso en pie como si fuese un espectro.

—Me encantaría verte con un vestido color granate.

—Rojo. Y también dorado.

—Increíble —dijo su hermana—. Seguro que a padre le daría una apoplejía.

Jess estuvo a punto de reírse al imaginárselo, pero Hester suspiró y se desplomó encima de ella. Apenas tuvo tiempo de reaccionar antes de que su hermana cayese inconsciente al suelo.

22

—Se está muriendo de hambre —dijo el doctor Lyons con sus pálidos ojos azules ocultos tras los cristales de las gafas—. Está demasiado delgada para cualquier mujer, pero en su estado es extremadamente peligroso.

—Desde que llegué come más, claro que de eso hace sólo dos días.

A Jess se le encogió el estómago de miedo. ¿Dónde diablos estaba Regmont? Todavía no lo había visto. Una de dos, o tenía un horario muy extraño, o hacía tres días que no aparecía por casa.

—No come lo suficiente ni de lejos. —El médico puso sus esqueléticos brazos en jarras. Para estar tan preocupado por el estado de Hester, él también parecía estar sumamente delgado—. A partir de ahora, tiene que hacer reposo y quedarse en cama tanto como sea posible, y comer pequeñas porciones de comida varias veces al día. Cada día. Y nada de emociones fuertes en su estado. Tiene el corazón delicado a causa de su debilidad.

—No lo entiendo. ¿Qué tiene? Hace meses que no deja de empeorar.

—Nunca he tenido oportunidad de examinar a lady Regmont como es debido. Ella siempre se muestra muy reticente. Excesivamente, en mi opinión. Pero al margen de eso, creo que tiene tendencia a la melancolía. Y la mente afecta al cuerpo mucho más de lo que pensamos.

A Jess le tembló el labio inferior, pero contuvo las lágrimas que amenazaban con derramarse.

La vida era demasiado frágil. Demasiado preciosa. Demasiado corta.

El médico cobró sus servicios y se fue de la casa.

Jess volvió al dormitorio de su hermana y se sentó en la cama para observar a Hester. La piel, que antes había sido resplandeciente, ahora tenía un color enfermizo.

Hester sonrió levemente.

—Estás muy seria. No es para tanto. Sólo estoy cansada porque he tenido unas náuseas matutinas muy fuertes, pero ahora ya ha pasado.

—Escúchame bien —le dijo Jessica, enfadada y en voz muy baja—, ya tengo cubierto el cupo de cuidar a gente moribunda.

—Sólo has cuidado a uno —le recordó su hermana.

—Ya son demasiados. Si crees que voy a volver a hacerlo, estás muy equivocada. —Le cogió la mano para suavizar la dureza de sus palabras—. Mi sobrino o mi sobrina está luchando con uñas y dientes para crecer dentro de ti, así que vas a ayudarlo, maldita sea.

—Jess... —A Hester se le llenaron los ojos de lágrimas—. Yo no soy tan fuerte como tú.

—¿Fuerte? Yo no soy fuerte. Bebo demasiado porque así puedo olvidar. He echado al hombre que amo de mi lado porque tengo un miedo atroz de que si no lo hago, él terminará echándome a mí del suyo y no podré soportarlo. En el barco de Alistair había un hombre que maltrataba a un niño y cuando me enfrenté a él pensé que iba a desmayarme, o a vomitar, o a hacerme pipí encima. Soy débil y tengo muchos defectos y soy absolutamente incapaz de ver cómo te echas a perder. Así que no pienso escuchar ninguna excusa más. Te comerás todo lo que te traiga y te beberás todo lo que te diga y dentro de unos meses, las dos recibiremos nuestra recompensa y tendremos a un niño al que querer y malcriar a nuestro antojo.

—Como tú digas —accedió Hester, mirándola enfadada y desafiante.

Jess se tomó aquella muestra de mal genio como una buena señal. Y también aprendió la lección que había recibido aquel día: la vida y la felicidad son demasiado buenas como para echarlas a perder.

Le daría a Alistair el tiempo que necesitaba para asumir su cambio de circunstancias, pero no lo dejaría escapar sin luchar. Si tenía que encerrarlos a él, a su madre y a Masterson en la misma habitación para que hablasen, lo haría.

Plantó un beso en la frente de Hester y se fue a hablar con la cocinera.

Michael entró en el despacho de Alistair y se lo encontró mirando unos proyectos sobre posibles sistemas nuevos de irrigación. Se detuvo un instante para asimilar los cambios que había sufrido su amigo de la infancia durante el tiempo que había estado lejos de casa.

—Tienes un aspecto horrible —le dijo, al ver la sombra de la barba del día anterior y el mal estado de su camisa—. ¿Y por qué estás aquí y no en la mansión Masterson?

Alistair levantó la cabeza.

—Por nada del mundo viviría bajo el mismo techo que mi padre.

—Sabía que dirías eso.

—Entonces, ¿por qué me lo has preguntado?

—Para hacerte enfadar.

Con un gemido que sonó peligrosamente parecido a un gruñido, Alistair se apartó de la mesa y se pasó una mano por el pelo. Michael sabía por experiencia lo abrumadores que iban a ser esos primeros meses para su amigo. Ya había transcurrido un año y medio de la muerte de Benedict y sólo ahora él empezaba a tener la sensación de que volvía a recuperar su vida.

—Ya estoy bastante enfadado sin tu ayuda.

—¿Y para qué están los amigos si no? —Michael levantó una mano antes de que Alistair pudiese contestar—. Tendrás problemas mucho más graves cuando salgas de tu escondite y reaparezcas en público. La buena sociedad te ha declarado mi sustituto como el soltero más codiciado de Londres, por lo que te estaré eternamente agradecido.

Alistair se desplomó en la butaca de piel de detrás del escritorio. La decoración de la estancia tenía un aire náutico, no muy obvio, pero presente de todos modos. Se detectaba en los colores elegidos, el azul y el blanco, y en el diseño de los muebles de nogal, rematados con detalles de cobre. El despacho hacía juego con el hombre que lo utilizaba, famoso por ser un aventurero y un trotamundos, lo que no encajaba en absoluto con la frase que Alistair dijo a continuación.

—Yo no estoy soltero.

—No estás casado —le señaló Michael, escueto—. Eso te convierte en soltero.

—Yo no lo veo así.

—¿Todavía sigues empeñado en estar con Jessica?

—Ya estoy con Jessica. —Miró a su amigo con un gesto claramente insolente—. El resto es mera formalidad.

—Espero que no estés insinuando que te has tomado libertades con ella.

La idea no le sentaba demasiado bien a Michael. Jessica era la viuda de su hermano. Formaba parte de su familia y, además, era su amiga. Había querido a Benedict y lo había hecho muy feliz y, cuando éste enfermó de tuberculosis, estuvo a su lado hasta el final. Abandonó por completo la vida social para estar junto a su marido, para cuidarlo y hacerle compañía. A cambio de todo ese cariño, Michael la protegería y defendería sus intereses durante el resto de su vida.

Alistair tamborileó el reposabrazos con los dedos y entrecerró los ojos para estudiar a su amigo.

—Mi relación con Jess no es asunto tuyo.

—Si tus intenciones son honorables, entonces, ¿por qué no has anunciado su compromiso?

—Si la decisión sólo dependiese de mí, ya estaríamos casados y viviendo bajo el mismo techo. Jessica es la responsable del retraso, por razones que no logro comprender. Se comporta como si creyese que existe algo capaz de hacer desaparecer lo que siento por ella.

—¿Como por ejemplo?

—Como por ejemplo la necesidad de Masterson de tener un heredero, combinada con una joven debutante capaz de dárselo. O que mi madre sea infeliz por culpa de la decisión que he tomado. O que de repente me dé un ataque y me entren unas ganas incontenibles de tener hijos.

—Todos ellos son argumentos razonables.

—Desde que tengo uso de razón estoy locamente enamorado de ella. Hasta ahora, el amor que siento por Jess ha vencido a todo lo demás y eso no va a cambiar en el futuro.

—Ha vencido a todo lo demás excepto a más mujeres de las que soy capaz de contar —le recordó Michael.

—Tendrías que contratar a un profesor para que te diese clases de matemáticas.

—No me hacía falta verlas —continuó su amigo—. Eran muy pocas las noches que no volvías apestando a sexo o al perfume de una mujer.

Para sorpresa de Michael, el hombre más libertino que conocía se sonrojó delante de él.

—Y de las que viste —dijo Alistair, todavía avergonzado—, ¿qué recuerdas de ellas?

—Lo siento, amigo. Tus amigas no me interesaban tanto como a ti. Y si no me falla la memoria, nunca te vi más de una vez con la misma.

—Vaya... ¿No te diste cuenta de que todas eran rubias, con la piel pálida y los ojos claros? Jamás logré encontrar a una que los tuviese grises como el color de una tormenta, pero me conformaba con eso. Yo nunca he sido capaz de contentarme con la réplica de algo inimitable. No hay nada como el objeto original —murmuró para sí mismo, con la cabeza claramente en otra parte—. Y cuando un hombre tiene la suerte de conseguir una mujer así, lo único que lo hace feliz es cuidarla y protegerla; convertirla en el centro de su hogar y de su existencia.

Michael frunció el cejo e hizo memoria. Soltó el aliento al comprender lo lejos que se remontaba la fascinación que Alistair sentía por Jessica. Quizá tan lejos como la suya con Hester.

—Maldita sea.

Alguien llamó a la puerta del despacho y Alistair arqueó una inquisitiva ceja.

El mayordomo dijo:

—Discúlpeme, milord, su excelencia la duquesa de Masterson ha venido a verlo.

Alistair suspiró resignado y asintió.

—Hágala pasar.

Michael se apoyó en los brazos del sofá para levantarse.

—Quédate —le pidió Alistair.

—¿Disculpa? —Su amigo levantó ambas cejas.

—Por favor.

Michael volvió a sentarse, sólo para levantarse segundos más tarde, cuando entró la madre de Alistair. Le sonrió, igual que hacían todos los hombres al encontrarse delante de una mujer bella. A diferencia de sus hermanos, su amigo se parecía mucho a ella. Los dos tenían el pelo negro y los ojos azules. Ambos poseían una elegancia y una sensualidad innatas, tanto en el porte como en su carácter, y un agudo sentido del humor capaz de seducir y de herir de muerte con la misma fiabilidad.

—Lord Tarley —lo saludó la duquesa con voz melodiosa—. Tiene buen aspecto y está demasiado guapo para la salud mental de cualquier mujer.

Michael le besó el dorso de las manos enguantadas.

—Excelencia, verla siempre es un gran placer.

—¿Asistirá al baile de máscaras de Treadmore?

—No me lo perdería por nada del mundo.

—Excelente. ¿Sería tan amable de acompañar a mi hijo hasta allí para que no se pierda?

Michael miró a Alistair de reojo y sonrió al ver que éste tenía ambas manos apoyadas en el escritorio y que los estaba fulminando con la mirada.

—No tengo tiempo para tales tonterías —dijo.

—Pues búscalo —contestó su madre—. La gente empieza a hablar.

—Que hablen.

—Llevas años ausente del país. Quieren verte.

—Entonces —dijo él—, un baile de máscaras no es el lugar más adecuado.

—Alistair Lucius Caulfield...

—Dios santo. ¿Cuándo es este maldito evento?

—El miércoles, por lo que tienes tiempo de sobra para organizar tu agenda y poder tomarte una noche libre.

—La primera de muchas —masculló él—, si te sales con la tuya.

—Me siento muy orgullosa de ti. ¿Es un crimen que quiera presumir de hijo?

Michael se cruzó de brazos y sonrió. Era muy agradable, e inusitado, ver a Alistair ceder ante otra persona.

—Iré —dijo finalmente, pero levantó una mano cuando su madre sonrió victoriosa— sólo si mi prometida también está invitada. Ella hará que sea soportable.

—¿Tu prometida...? —La duquesa se dejó caer despacio en la butaca que Michael tenía al lado. Una expresión de felicidad se extendió por su rostro—. Oh, Alistair. ¿Quién es ella?

—Jessica Sinclair. Lady Tarley.

—Tarley —repitió la mujer, mirando a Michael.

Éste se sujetó de los reposabrazos de la butaca, intentando contener la rabia.

—Mi cuñada.

—Sí, por supuesto. —La duquesa carraspeó levemente—. ¿No es... mayor que tú?

—Sólo un poco. Dos años no es una diferencia digna de mención.

—Estuvo casada con Tarley durante un tiempo considerable, ¿no?

—Varios años. Fue un matrimonio feliz en todos los sentidos.

Su madre asintió como si estuviese aturdida. Y la furia de Michael aumentó. A la duquesa no le importaba lo más mínimo si había sido o no un matrimonio feliz y el maldito Alistair lo sabía.

—Es una chica preciosa.

—Es la mujer más hermosa del mundo —dijo él, observando a su madre con la mirada de un halcón—. Estoy impaciente por que os conozcáis y os hagáis amigas, pero Jessica es algo reticente. Tiene miedo de que la juzgues por algo que no tiene nada que ver con su capacidad para hacerme feliz. Yo le he asegurado que no tiene de qué preocuparse.

—Por supuesto. —A la mujer le costó tragar.

—Quizá podrías escribirle una carta. Estoy convencido de que eso la tranquilizaría.

—Me esforzaré por encontrar las palabras exactas —dijo su madre, poniéndose en pie.

Ellos dos también se levantaron. Michael fue a servirse una copa de coñac mientras Alistair acompañaba fuera a su excelencia. Verse abocado a la bebida a esa hora del día puso al primero de todavía peor humor. Cuando eran jóvenes, Alistair siempre lo arrastraba a una aventura tras otra y lo hacía cometer locuras y, al parecer, su influencia seguía siendo cuestionable.

En cuanto oyó que volvía a entrar en el despacho, Michael se le encaró.

—Por Dios, eres un canalla, Baybury. Un completo imbécil.

—Pues tú te has vuelto loco si crees que conseguirás nada esgrimiendo mi título. —Caminó hacia él con calma y arrogancia—. Además, si te sorprende el modo en que he manejado la situación, es que llevas años sin recordar mis defectos.

—¡No hacía falta que me pidieses que me quedase para hacer eso! Ha sido muy incómodo, tanto para mí como para su excelencia.

—Sí hacía falta, maldita sea. —Alistair se acercó al mueble donde guardaba el licor y se sirvió una copa—. Tu presencia ha obligado a mi madre a contenerse. Ahora tendrá tiempo de sobra para pensar en lo que le he dicho y no dirá nada que ambos pudiésemos llegar a lamentar. Espero que, cuando lo asimile del todo, sea capaz de anteponer mi felicidad a otras consideraciones.

—Siempre has sido un insensato, pero esto..., esto afecta a más gente.

Alistair vació la copa de un trago y apoyó la cadera en el mueble.

—¿Me estás diciendo que hay algo que no estarías dispuesto a hacer para estar con lady Regmont?

Michael se quedó petrificado y apretó los dedos alrededor de la copa que sostenía en la mano. Teniendo en cuenta el impulso asesino que experimentaba siempre que veía a Regmont, no podía contestar a esa pregunta.

Alistair sonrió y dejó su copa encima de la mesa.

—Entiendo —dijo—. Tengo que hacer algunos recados. ¿Te gustaría acompañarme?

—Y por qué no —masculló Michael acabándose la bebida—. Podemos terminar el día en el manicomio, o esposados en la cárcel. Contigo no hay ni un minuto de aburrimiento, Baybury.

—Ah..., otra vez el título. Debes de estar muy enfadado.

—Y a ti más te vale ir acostumbrándote a ese nombre que tanto odias. En el baile de máscaras lo oirás cientos de veces.

Alistair le pasó un brazo por los hombros y juntos se encaminaron hacia la puerta.

—Cuando lo oiga acompañado del nombre de Jessica, me encantará. Hasta entonces, sencillamente tendré que asegurarme de que estés de buen humor.

—Dios, necesito otra copa.

—Esta tonalidad de rojo es impresionante —dijo Hester desde la cama, donde estaba sentada.

Rodeada por montones de almohadas parecía muy pequeña y muy joven, a pesar de que la decoración del dormitorio era sin duda adulta. De hecho, a Jessica los aposentos de su hermana la habían sorprendido mucho. A diferencia del resto de la casa, que estaba decorada en tonos alegres, el dormitorio y el vestidor de Hester exhibían solamente grises y azules, con algún que otro toque de blanco. El resultado final era muy espectacular, pero al mismo tiempo bastante sombrío. No era en absoluto lo que Jess esperaba encontrar.

—Muy atrevido —señaló lady Pennington por encima de su taza de té.

Jess volvió a centrar su atención en la seda roja y no pudo evitar pensar en lo que significaría para Alistair; le demostraría que él la había hecho cambiar, que la había vuelto más atrevida y que la había ayudado a encontrar una paz que Jessica nunca había creído posible.

—No sé cuándo podré ponerme un vestido confeccionado con esa tela.

—Póntelo en privado —sugirió Hester.

Jess miró a Elspeth y se mordió el labio inferior, preguntándose cómo afectaría a su suegra oír esa conversación. En los últimos años había sido como una madre para ella. ¿Le reprocharía que quisiera seguir adelante con su vida?

—Mi querida niña —dijo la mujer como si le hubiese leído el pensamiento—. No te preocupes por mí. Benedict te quería. Él habría deseado que fueras lo más feliz posible y yo te deseo lo mismo.

A Jess le escocieron los ojos y apartó la vista rápidamente.

—Gracias.

—Soy yo la que tiene que dártelas —contestó la condesa—. A pesar de lo corta que fue la vida de mi hijo, tú llenaste sus últimos años de una inmensa alegría. Y por eso siempre estaré en deuda contigo.

Un movimiento proveniente de la cama llamó la atención de Jess. Hester se había inclinado hacia adelante para pasar las manos por el suntuoso tejido.

La modista ensalzaba las virtudes de la tela en un tono de lo más escandaloso, lo que encajaba a la perfección con la reacción que provocaría cualquier mujer que fuese vista llevando un vestido confeccionado con ella.

—Tal vez podrías hacerte con esta tela sólo el corpiño —sugirió Hester—. Y combinarlo con una falda de seda beige o incluso con una de damasco. O podrías utilizarla sólo para las mangas. O para los complementos.

—No —murmuró Jess, cruzándose de brazos—. Todo el vestido tiene que ser de esta tela. Con el cuerpo drapeado y un escote bajo en la espalda.

—*C'est magnifique!* —exclamó la modista, sonriendo de oreja a oreja y chasqueando los dedos en dirección a sus dos ayudantes para que empezaran a tomarle medidas a Jessica.

Una doncella con cofia blanca las interrumpió e hizo una reverencia.

—Lady Tarley, ha llegado un paquete para usted. ¿Quiere que se lo traiga aquí?

—¿Hay algún motivo por el que tenga que verlo precisamente ahora? —preguntó ella, confusa—. ¿No puede dejarlo en mi habitación?

—Viene con unas instrucciones muy específicas y dice que tenemos que entregárselo de inmediato.

—Qué intrigante. Sí, tráigalo aquí.

—¿Qué puede ser? —preguntó Hester—. ¿Tienes alguna idea?

—Ninguna. —Aunque rezó para que fuera de Alistair, fuera lo que fuese.

Sólo llevaban unos días separados y ya estaba desesperada por verlo. De no ser por el precario estado de salud de Hester y porque tenía que estar constantemente encima de ella para que comiese, a esas alturas ya lo habría dejado todo para estar con él.

Unos segundos más tarde, reapareció la doncella con una cesta en la mano. La dejó en el suelo y la cesta se balanceó hacia delante y atrás. Un pequeño gemido proveniente de su interior hizo que Jess se acercase.

—¿Qué es? —preguntó lady Pennington, dejando la taza de té a un lado.

Jessica se agachó y levantó la tapa de la cesta, suspiró al ver el cachorro que había en su interior.

—Oh —exclamó, enamorándose del perro al instante.

Se agachó para recogerlo y se rió encantada al notar su pequeño y peludo cuerpo en las manos.

—Dios santo —exclamó Hester—. Es un perro.

Eso sólo consiguió que Jess se riese con más ganas. Se sentó sobre los talones y colocó al perrito encima de su regazo para poder mirar la medalla que le colgaba del collar de piel roja.

Aqueronte, decía en un lado y Jess sintió una punzada en el pecho. En el otro lado sencillamente ponía: *Con todo mi amor, ALC.*

—¿Quién te ha mandado esta criatura? —preguntó la condesa.

—Supongo que ha sido Baybury —contestó Hester, embobada.

Jess cogió la carta que colgaba de una cinta negra en el asa de la cesta. El sello lacrado no dejaba lugar a dudas acerca de quién era Alistair ahora, pero Jessica desechó ese pensamiento, completamente decidida a luchar por él.

Mi querida y obstinada Jess:

Espero que el pequeño amigo que acompaña esta carta te haga feliz. Y rezo para que te recuerde a todas horas al hombre que te lo ha regalado. Le he encargado que cuide de ti y que te proteja, porque sé que se enamorará de ti tan locamente como yo.

Su excelencia me ha exigido que asista al baile de máscaras que organiza Treadmore dentro de cinco días. Le he dicho que sólo iré si mi prometida también está presente. Soy capaz de meterme en el mismo infierno para verte.

Dale por favor recuerdos a tu hermana y dile que espero que se recupere muy pronto. Puedo entender que enfermase durante tu ausencia: en mí, no verte está teniendo el mismo efecto.

Tuyo para siempre,

Alistair

Un dibujo acompañaba la carta, un retrato de ella en la glorieta que Alistair había construido en la isla. En el dibujo, Jessica tenía la mirada perdida y parecía pensativa. Tenía los labios hinchados de los besos de él, y el pelo suelto le caía sobre los hombros. Apoyaba la cabeza en una mano y estaba cubierta únicamente por una camisa translúcida.

Ese día, Alistair no llevaba consigo sus utensilios de dibujo, lo que significaba que había guardado aquella imagen tan íntima de ella en su memoria y que la había dibujado luego.

—¡No llores, Jess! —le dijo Hester, alarmada al ver las lágrimas resbalándole por las mejillas.

—¿Va todo bien, querida? —le preguntó la condesa, levantándose para acercarse a ella—. ¿Echas de menos a tu *Temperance*?

Jess abrazó a *Aqueronte* y la carta que lo acompañaba contra su pecho.

—No, aunque pensar en ella me recuerda lo efímera que es la vida. Benedict era el hombre más sano y robusto que he conocido nunca. Alistair acaba de perder a sus tres hermanos. Hester y yo perdimos a nuestra madre. No podemos permitirnos el lujo de dejar escapar la felicidad. Tenemos que luchar para conseguirla y aferrarnos a ella con uñas y dientes.

Elspeth se arrodilló a su lado y le tendió las manos para que le dejase a *Aqueronte*.

—Eres una criatura adorable —le susurró al perro cuando Jess se lo entregó.

Mientras, ella se puso en pie y volvió a mirar la pieza de seda roja.

—Ahora ya tengo una ocasión para ponerme el vestido.

—Que Dios ayude a ese pobre hombre —dijo Hester con sus ojos verdes resplandecientes de picardía.

—Ya es demasiado tarde para él. —Jess levantó los brazos para que pudieran tomarle medidas—. Lo he atrapado... para siempre.

23

Era una verdad irrefutable que llevar máscara desinhibía bastante.

Hecho que Alistair pudo comprobar una y otra vez mientras estaba de pie junto a una columna dórica, en el salón de Treadmore, respondiendo a los invitados que lo saludaban.

En más de una ocasión estuvo tentado de meterse la mano en el bolsillo y tocar la carta que se había guardado, pero se contuvo. Las palabras de Jessica que contenía esa misiva le daban fuerza y paciencia para soportar a toda aquella gente que quería causarle buena impresión al futuro duque de Masterson.

Al parecer, no sabían que Alistair tenía muy buena memoria y recordaba bien a todos los que lo habían considerado un don nadie sólo por haber nacido en cuarto lugar. Se acordaba perfectamente de todas las mujeres que le habían pagado para que se las coja y lo habían hecho sentir sucio durante todo el proceso. Y no había olvidado a todos los que le habían hecho daño y habían herido su orgullo.

Mi amado y decidido Alistair:

Tu regalo y las palabras que lo acompañan me han atravesado el corazón y me lo han llenado de alegría. Cuando vuelva a verte, te demostraré lo agradecida que te estoy por ambos.

Y en cuanto al baile de máscaras, nada podrá mantenerme alejada de ti. Ni ahora ni en ningún otro evento en el futuro. Date por advertido.

Irrevocablemente tuya,

Jessica

A la izquierda de Alistair estaba Masterson, estoico y austero. A su derecha, su madre, desplegando sus encantos ante todos los que se acercaban a saludarlos. Sin embargo, no le había escrito a Jessica. Claro que él tampoco esperaba que lo hiciese.

—La hija de Haymore es adorable —murmuró Louisa, refiriéndose a la joven que se alejaba de ellos con el abanico.

—No me acuerdo.

—Pero si acabas de conocerla. Se ha bajado adrede la máscara para que pudieses verla.

Alistair se encogió de hombros.

—Confiaré en tu palabra.

La orquesta que había en el balcón superior marcó el inicio del baile con unas notas. El grueso de los invitados despejó la zona de baile y se reagrupó alrededor del salón.

—Empieza con una cuadrilla —señaló su madre—. Me gustaría que al menos le hubieses pedido a una de esas jóvenes damas que bailase contigo. Habría sido lo más educado.

—He sido extremadamente educado con todas.

—Eres muy buen bailarín y me gusta verte bailar. Y seguro que a todos los presentes también les gustaría.

—Madre —la fulminó con la mirada en cuanto la orquesta empezó a tocar—, no voy a permitir que todos los ecos de sociedad y las hojas de cotilleos especulen acerca de lo que se esconde tras mi elección de pareja de baile. No estoy en el mercado y me niego a dar la impresión de lo contrario.

—Pero ¡si ni siquiera les has echado un vistazo! —se quejó su madre con un susurro que quedó oculto tras la música—. Estás fascinado con una mujer hermosa y mayor que tú, una mujer de mundo. Puedo entenderlo, en especial teniendo en cuenta las circunstancias. Estoy convencida de que crees que su pericia para moverse por las complicadas aguas de la buena sociedad puede resultarte muy valiosa ahora, pero te pido por favor que lo reconsideres. Es viuda, Alistair y, por tanto, tiene más libertad que una debutante y podría serte útil fuera del matrimonio.

Él respiró entre dientes y luego soltó el aliento. Repitió el proceso otra vez para ver si así lograba contener la rabia que amenazaba con hacerle perder los estribos en público.

—Por el bien de los dos, voy a olvidar que has dicho eso.

Miró a su padre y vio que mantenía la mandíbula apretada, como si la conversación que estaba teniendo lugar delante de sus narices no fuese con él.

—¿Cuánto tiempo más tiene que durar esta hipocresía para que absuelvas a mi madre de sus pecados? ¿Acaso no ha sufrido bastante?

El duque siguió con la mirada fija hacia adelante y lo único que indicó que había oído a Alistair fue un tic en la mandíbula.

Él miró entonces a su madre y se quitó la máscara.

—Yo sí que he sufrido bastante, maldita sea. Toda mi vida he deseado tu felicidad, madre. Y he intentado facilitarte las cosas siempre que he podido, pero en lo que respecta a Jessica no voy a ceder.

Los ojos de Louisa brillaron por las lágrimas que no quería derramar. Verlas le hizo daño a Alistair, pero él ya no podía hacer nada más para ayudarla. Nada que estuviese en sus manos.

Un cúmulo de murmullos los rodeó en el mismo instante en que Alistair sentía un escalofrío recorriéndole la espalda. El anhelo por ver a Jessica se deslizó por sus venas, fiero y delicioso. Miró a su madre y vio que abría los ojos escandalizada ante lo que estaba sucediendo tras la espalda de su hijo. Alistair mantuvo la máscara entre sus dedos inertes y empezó a darse la vuelta despacio, saboreando la tensión que sólo sentía cuando Jessica estaba cerca de él.

Al verla sintió como si le hubiesen dado un puñetazo y se hubiese quedado sin aire en los pulmones. Iba vestida de rojo. Envuelta en seda, como si fuese un regalo. Llevaba los hombros al descubierto, dejando expuesta la piel blanca y las curvas de sus pechos, y su preciosa melena estaba recogida en una especie de maraña de rizos sueltos con cierto aire desaliñado. Era la viva imagen del pecado y la seducción, y del sexo. La mitad de los brazos le quedaba oculta bajo unos guantes largos blancos que no hacían nada para mitigar el aspecto descaradamente carnal de la mujer que los llevaba.

A pesar de que había gente bailando y, por tanto, eso quería decir que los músicos seguían tocando, él no oía ninguna nota, porque en sus oídos sólo resonaba el bombear de su propia sangre. Prácticamente todos los ojos estaban fijos en Jessica, que seguía avanzando por el lateral de la zona de baile sin detenerse. Cada paso que daba era sensual, erótico. Un movimiento que a Alistair lo atraía sin remedio.

Respiró hondo al notar que le quemaban los pulmones. Notaba una opresión en el pecho de las ganas que tenía de estar con ella. Sus ojos devoraron con avidez cada detalle en un vano intento de saciar el hambre que sentía de Jessica, después de varios días sin verla.

Llevaba un sencillo antifaz de color rojo, pero a medida que iba acercándose a él, iba aflojando las cintas que se lo sujetaban hasta que quedó colgando de sus dedos. Dejó que todo el mundo la viese bien mientras ella no apartaba ni un segundo la mirada de Alistair. Dejó que todo el mundo —aquellos nobles cuya censura él había temido que ella no pudiese soportar— viese el modo tan íntimo en que lo miraba. Sus ojos grises brillaban como si los iluminase una luz interior encendida por aquellas emociones que ya no se esforzaba lo más mínimo en ocultar.

Era imposible que alguien la viese y le quedase la menor duda de lo que sentía por él.

Dios, era tan valiente. Le habían pegado hasta dejarla sorda y la habían obligado a comportarse según los dictados de los demás y, sin embargo, esa noche se había acercado a Alistair sin la menor duda y sin la menor reserva. Sin miedo.

No había nadie más en el salón. No para él. No cuando ella lo estaba mirando de esa manera que decía más que mil palabras; Jessica lo amaba con todo su ser. Completa, irremediable e incondicionalmente.

—¿Lo ves, madre? —le preguntó en voz baja, completamente cautivado—. En medio de todas estas mentiras, no hay mayor verdad que la que tienes ahora delante.

Empezó a caminar hacia Jessica sin darse cuenta, atraído inexorablemente. Cuando estuvo lo bastante cerca como para oler su perfume, se detuvo. Apenas los separaban unos centímetros y las ganas que tenía de abrazarla, de pegarla a él, eran insoportables.

—Jess.

Abrió y cerró los dedos para reprimir la necesidad de tocar su suave piel.

Los bailarines dejaron espacio a su alrededor, boquiabiertos, pero Alistair no les prestó la menor atención.

El vestido de Jess era toda una declaración de principios y él jamás sería capaz de expresarle con palabras la gratitud que sentía. Aquélla no era la misma mujer que había subido a su barco. Jessica ya no creía que Alistair fuese «demasiado» y tampoco creía que no fuese la mujer adecuada para él.

Y Alistair la amó más entonces de lo que la había amado antes. Y seguro que al día siguiente la amaría más aún y al siguiente todavía más que el anterior.

—Milord —susurró ella, devorando su rostro con la mirada, como si hubiese estado tan desesperada por verlo como él lo había estado por verla a ella—. El modo en que me estás mirando...

Alistair asintió, consciente de que sus ojos revelaban todo lo que sentía en su corazón. Todo el mundo sin excepción sabía ahora que estaba loco por ella.

—Te he echado espantosamente de menos —le dijo emocionado—. La peor tortura que alguien podría infligirme es mantenerte lejos de mí.

Empezaron a sonar las primeras notas de un vals. Alistair aprovechó la oportunidad y cogió a Jessica por la cintura para llevarla a la zona de baile.

Alistair era la criatura más espléndida de todo el salón. Jess se había quedado sin aliento al verlo, impresionada por la masculinidad que desprendía vestido de fiesta. Llevaba pantalones y chaqueta negros y la sobriedad de su atuendo sólo servía para subrayar la perfección de su cuerpo y de su rostro. Con su pelo oscuro y resplandeciente y aquellos ojos azules brillantes como aguamarinas resultaba espectacular.

Alistair no necesitaba ningún adorno. Lo único que le hacía falta para fascinar a las mujeres era su sonrisa. Incluso los hombres se acercaban a él, atraídos por la seguridad en sí mismo que emanaba y por el poder que sabía sobrellevar tan bien.

Saber que aquel hombre tan increíble, tan innegablemente sexual, era suyo la dejó sin respiración. Y el modo en que él la miraba, con tanta ternura y deseo al mismo tiempo...

Dios santo. Tenía que estar loca para plantearse siquiera por un instante la posibilidad de dejarlo.

—¿Me estás pidiendo que baile contigo? —le preguntó, cuando él la llevó a la zona de baile.

—Tú eres la única pareja de baile que quiero tener, así que tendrás que complacerme.

Alistair la cogió por la cintura y luego le levantó el otro brazo. Se acercó a ella. Demasiado. Estaba escandalosamente cerca. A Jessica le encantó. Todavía no habían bailado juntos, pero ella se lo había imaginado muchas veces.

Alistair se movía con mucha elegancia y, si a eso se le sumaba su innata sensualidad, el resultado era que siempre representaba un placer mirarlo. Además, Jessica sabía lo que se sentía al tenerlo moviéndose dentro de ella. Sería una tortura estar entre sus brazos, tan cerca de su poderoso cuerpo, y tener que contenerse por culpa del decoro, con tantas capas de ropa entre los dos.

—Te amo —le dijo echando la cabeza hacia atrás para poder mirarlo—. No te dejaré escapar. Soy demasiado egoísta y te necesito demasiado.

—Voy a arrancarte este vestido con los dientes.

—Y yo que esperaba que te gustase.

—Si me gustase un poco más, ahora mismo lo tendrías arremangado hasta la cintura —contestó, con un brillo pecaminoso en los ojos.

Ella lo abrazó con más fuerza. Alistair olía deliciosamente bien. A virilidad y a sándalo, con algunas notas de cítricos. Jessica odió los guantes y a los cientos de invitados que tenían alrededor. Podría pasarse el resto de la vida sólo con él. Trabajando en silencio, escuchándolo tocar el violín, hablando con él de sus pensamientos y de sus sentimientos sin que nada los separase...

La música empezó a sonar con fuerza y Alistair esbozó una sonrisa e hizo girar a Jessica. Ella se rió encantada y fascinada por lo bien que se sentía estando en sus brazos, como si los hubiesen hecho para abrazarla a ella.

Alistair bailaba del mismo modo que hacía el amor, con intimidad, emanando poder y manteniendo un férreo control sobre cada paso con contenida agresividad. Sus muslos rozaban los de ella y la acercó a él hasta que apenas los separaron unos milímetros. Se movía al ritmo de la música, la abrazaba, la trataba como propia.

Cuando la miró, los ojos de Alistair se llenaron de intensidad y determinación, de calidez y ternura.

Hasta ese momento, Jessica no se había dado cuenta de lo mucho que necesitaba que él la mirase con amor.

—Todo el mundo puede ver lo que sientes por mí.

—No me importa, me basta con que tú puedas verlo.

—Lo veo.

Se movieron con las otras parejas a un ritmo un poco más acelerado, la falda roja de Jessica revoloteaba alrededor de los pantalones negros de Alistair. Ella se excitó tanto que se sonrojó. Se moría de ganas de sentir su boca sobre su piel, de oír cómo le susurraba eróticas promesas y amenazas que avivaban su deseo.

—¿Cómo está tu hermana? —le preguntó él, con una voz que evidenciaba el deseo que sentía por ella.

—Mejorando un poco más cada día. Al parecer, lo único que necesitaba era comer y pasarse todo el día en la cama, reposando.

—Eso es justo lo que yo también necesito. Contigo.

—Pero nosotros no reposamos cuando estamos en la cama, milord.

—¿Crees que dentro de cuatro semanas estará lo bastante recuperada como para prescindir de ti?

Jessica sonrió.

—Para cuando hayan leído las amonestaciones, Hester sólo me necesitará de vez en cuando.

—Me alegro. Yo también te necesito.

Jess no le preguntó por su madre ni por Masterson. Al llegar había visto la cara que ponía la duquesa mientras Alistair le decía algo. Fuera lo que fuese, él no había titubeado ni un segundo; ella ya sabía lo decidido que podía ser Alistair. En aquel instante, se reflejaba en su semblante lo que lo había hecho tan famoso en el pasado: su determinación y su audacia, era el semblante de un hombre que siempre aceptaba un desafío.

Cuando adoptaba esa expresión, todo el mundo sabía que jamás lograrían hacerlo cambiar de idea. No importaba cómo reaccionase su madre, Alistair estaba decidido y no iba a cambiar su decisión.

—Esta noche no puedo quedarme hasta muy tarde —le dijo Jessica—. No tengo ni la más remota idea de qué mantiene tan ocupado a Regmont, pero llega a casa cuando todo el mundo está ya acostado y se va antes de que bajemos a desayunar. Si no lo conociese, diría que me está evitando. Aparte de eso, alguien tiene que quedarse con Hester de noche y *Aqueronte* también me necesita.

Alistair inclinó la cabeza un poco más, hasta que sus labios estuvieron muy cerca.

—Me basta con esto por ahora. Necesitaba verte, abrazarte. Si no tienes ninguna objeción más, me gustaría cortejarte públicamente.

—Hazlo, por favor. —Sintió un cosquilleo en el estómago. La cercanía de Alistair la embriagaba de un modo como nunca podría hacerlo el clarete. Llevaba días sin beber y, aunque los efectos de la abstinencia habían sido duros al principio, empezaba a sentirse mejor. Más fuerte—. De lo contrario, mi reputación estará destrozada. Me tildarán de provocadora. Tienes que convertirme en una mujer respetable, milord.

—¿Después de lo mucho que me ha costado convencerte de que pecaras?

—Siempre pecaré por ti.

Alistair se detuvo al oír que la música cesaba, pero el corazón de Jessica seguía latiendo a toda velocidad. Él se apartó y se llevó la mano enguantada de ella a los labios.

—Ven, deja que te presente a mi madre y a Masterson antes de que te vayas.

Jessica asintió y, como siempre, dejó que él la guiase.

Alistair cogió el sombrero, el abrigo y el bastón que le ofrecía uno de los lacayos y se dirigió hacia la puerta para ir en busca de su carruaje. Cuando, media hora antes, Jessica se fue, la luz abandonó la fiesta y lo dejó sin ningún motivo para quedarse.

—Lucius.

Las firmes zancadas de Alistair titubearon un segundo. Tensó los músculos de la espalda y se dio media vuelta.

—Lady Trent.

Ella se acercó balanceando ligeramente las caderas y lamiéndose el labio inferior.

—Wilhelmina —lo corrigió—. Hay demasiada intimidad entre nosotros como para que nos andemos con formalidades.

Alistair conocía aquella mirada lasciva. Seguía siendo una mujer hermosa y todavía tenía unas curvas muy sensuales. Era una pena que estuviese casada con un hombre mucho mayor que ella.

A él se le revolvió el estómago de vergüenza y a su alrededor ya no tenía los muros que había levantado para protegerse. Jessica los había derribado todos, piedra a piedra, hasta demostrarle que era un hombre que valía la pena. Las decisiones que había tomado..., las cosas que había hecho con mujeres como lady Trent..., ahora lo ponían enfermo.

—Usted y yo jamás compartimos ninguna intimidad —le dijo—. Buenas noches, lady Trent.

Se fue de la mansión Treadmore a toda prisa y sintió un gran alivio al ver que su carruaje lo estaba esperando junto a la acera. Entró en él, iluminado por la suave luz de un quinqué, y se sentó en la banqueta de piel. El látigo resonó en el aire y el vehículo se puso en marcha por el camino. Se detuvo en cuanto llegó a la verja de hierro de la casa, que permanecía abierta para los invitados; la concurrida calle que cruzaba por delante de la mansión estaba atascada. Y seguiría así durante todo el camino de vuelta, Alistair lo sabía. Las calles de la ciudad estaban atestadas de carruajes que llevaban a miembros de la nobleza de una fiesta a otra.

Exhaló y se relajó y en su mente revivió el instante en que les había presentado a Jessica a su madre y a Masterson. Los tres eran actores tan expertos en las normas de la buena sociedad que Alistair no tenía ni idea de lo que opinaban unos de otros.

Los tres habían sido extremadamente educados y habían intercambiado las frases de rigor y comentarios sin importancia y se despidieron en el momento exacto para evitar un silencio incómodo.

Había sido demasiado fácil.

El carruaje se detuvo junto a uno de los pedestales ubicados en la entrada principal; encima del pedestal había la escultura de un león. Una silueta negra emergió de detrás del animal y abrió la puerta del carruaje.

El desconocido se topó con la afilada punta del espadín que Alistair llevaba oculto en el bastón.

Pero entonces una mano enguantada apartó la capucha del abrigo y dejó al descubierto la sonrisa de Jessica.

—Creía que ibas a atravesarme con algo mucho más placentero.

El arma desenfundada fue a parar al suelo del carruaje de golpe y Alistair metió dentro a Jess. Cerró la puerta tras ellos y se dijo que el cochero se había ganado un aumento de sueldo.

—¿Qué diablos estás haciendo?

Ella se lanzó encima de él y lo sentó de nuevo en la banqueta.

—Quizá tú te conformes con haber bailado conmigo, pero yo no. Ni mucho menos.

Se apartó de Alistair y echó las cortinas del carruaje. Luego se agachó un poco y se subió la falda de seda roja con impaciencia. Alistair vio las puntillas de su ropa interior y, acto seguido, ella se sentó a horcajadas encima de él.

—Jess —suspiró su nombre.

Alistair tenía la piel caliente, se notaba una opresión en el pecho y no podía tomar suficiente aire. Los sentimientos que tenía por ella eran demasiado volátiles como para que pudiese atraparlos. Jess lo abrumaba, lo sorprendía, lo seducía con pasmosa facilidad.

—Tengo que decirte... Tienes que saber..., yo..., lo siento. —A Jess se le quebró la voz y él se quebró entero—. Siento haberme asustado. Siento haberte hecho daño o haberte hecho dudar aunque sólo fuese un segundo. Te amo. Y te mereces algo mejor.

—Tú eres lo mejor —le dijo él, emocionado—. No hay nadie mejor que tú.

Las manos enguantadas de ella se pelearon con los botones del pantalón de Alistair. Él se rió por lo bajo, feliz al verla tan impaciente. Colocó las manos encima de las suyas y dijo.

—Ve más despacio.

—Me muero por ti. El modo en que bailas... —Los ojos de ella brillaban en medio de la penumbra del carruaje—. Creía que se me pasaría cuando me fuese, pero va a peor por momentos.

—¿Qué es lo que va a peor? —le preguntó Alistair, porque quería oírselo decir.

—El deseo que siento por ti.

A él se le aceleró la sangre y se excitó.

—Entonces no tengo más remedio que llevarte a casa conmigo.

No puedo. No puedo dejar sola a Hester tanto rato y tampoco puedo esperar tanto.

Al comprender que había entrado en su carruaje prácticamente para violarlo, Alistair casi perdió la razón. Estuvo tentado de tumbarla bajo su cuerpo y echarle el polvo que ella parecía necesitar, pero las circunstancias no eran las más apropiadas.

Justo al otro lado de las cortinas, los conductores de los carruajes se gritaban entre sí. Había personas paseando por la calle, riéndose y charlando. Estaban tan cerca del coche que tenían al lado que si él y el ocupante del otro vehículo sacaban la mano por la ventana, podrían tocarse los dedos.

—Tranquila —le dijo, acariciándole la espalda—. Haré que te corras, pero tienes que estar callada.

Ella negó con la cabeza con vehemencia.

—Te necesito dentro de mí.

—Dios. —Alistair apretó la mano con que le sujetaba la cintura—. Nos movemos a paso de caracol, Jess. Demasiado despacio como para que no se note el balanceo del carruaje. Y estamos rodeados por todas partes.

Ella se arqueó hacia él y le rodeó los hombros con los brazos.

—Piensa en algo. Ten imaginación. —Le acercó la boca a la

oreja y se la lamió—. Estoy húmeda y desesperada por ti, mi amor, y eres tú el que me ha puesto así. No puedes dejarme en este estado.

Un estremecimiento sacudió a Alistair de la cabeza a los pies. Jessica no podría haberle demostrado más claramente que confiaba en él; sin embargo, la desesperación con que decía necesitarlo dejaba entrever que no sólo estaba en juego su placer físico.

Quizá todo aquello fuera un efecto secundario de haber conocido a su madre y a Masterson, que no lo aceptaban a él y tampoco a la mujer que amaba. El entorno familiar de Alistair era muy distinto al que Jessica había conocido con Tarley y prueba de ello era que Michael siguiese protegiéndola.

Lo ponía furioso pensar que Jessica pudiese estar preocupada y el motivo de dicha preocupación era todavía peor. Ella era el diamante de la buena sociedad, perfecta en todos los sentidos, excepto en uno que ella no podía controlar. Después de todo lo que había sufrido para llegar a convertirse en la esposa perfecta para cualquier noble, no se merecía que nadie la despreciase.

Alistair le sujetó la cara entre las manos y la echó un poco hacia atrás para mirarla directamente a los ojos.

—Jess.

Ella se detuvo al notar lo serio que estaba.

Él ladeó la cabeza, posó suavemente sus labios sobre los suyos y susurró:

—Te amo.

24

Jess no se movió durante mucho rato, después de oír la ferviente declaración de amor de Alistair y, de repente, se aflojó la tensión que sentía y aquel apremiante anhelo de estar con él se convirtió en una necesidad más dulce y tranquila.

—Alistair.

—Yo también tenía miedo. Así que, ya ves, estamos en paz.

A Jessica le escocían los ojos y tenía tal nudo en la garganta que no podía hablar.

—Seguro que ya lo sabías —murmuró él, llevándose una mano a la boca. Atrapó la punta del dedo índice entre los dientes y tiró del guante.

—Sí, lo sabía —susurró ella—. Pero significa mucho para mí oírtelo decir en voz alta.

—Entonces te lo diré a menudo.

Terminó de quitarse el guante y soltó la prenda de entre los dientes. Cayó encima de su regazo, en medio de los dos.

Para su sorpresa, Jessica descubrió que le resultaba increíblemente erótico ver a Alistair quitarse los guantes. Él dirigió toda su atención a la otra mano y tiró de los dedos uno a uno hasta quitarse el guante con mirada sensual.

Ver cómo mordía la tela blanca había despertado una especie de instinto animal dentro de Jessica. Había algo primitivo en desnudar a alguien con los dientes, y entonces recordó que él le había prometido que utilizaría dicho método para arrancarle el vestido.

El segundo guante también fue a parar al regazo de Alistair y el carruaje giró lentamente.

Jessica levantó una mano y se la ofreció. Los dedos desnudos de Alistair buscaron los botones en la muñeca del guante de ella y se los desabrochó uno a uno. Cuando la piel de Jessica quedó al descubierto, él se la acercó a los labios. Le pasó la lengua por el pulso, dejándola sin aliento. El sexo de Jessica se estremeció de satisfacción.

La tela del guante le acarició todo el brazo cuando Alistair se lo quitó y, cuando llegó al segundo, Jess esperaba ansiosa la caricia. Él le besó el nudillo justo por encima del anillo con el rubí y luego lamió entre sus dedos. Si le hubiese acariciado el sexo con la lengua, no la habría excitado más.

Jessica se atrevió a deslizar entonces una mano por entre las piernas de él y acariciar con suavidad su rígida erección. Alistair gimió desde lo más profundo de su garganta y a ella le recordó el ronroneo de un tigre. Adoraba el modo en que él se movía, sin gestos teatrales, completamente dispuesto a dejarla que llevase las riendas.

—Tardaré más de una vida en saciarme de ti —le dijo Jessica.

Alistair deslizó las manos por debajo del vestido y le sujetó los muslos. Ella también adoraba que hiciese eso. Él siempre empezaba una caricia con un posesivo apretón, como si necesitase aquel breve instante de fiereza para mantener el control.

La miró a los ojos al tiempo que, con las manos, le rodeaba las nalgas para luego meterle los dedos por la ropa interior y descubrirla húmeda y excitada.

—Sí que es verdad que estás empapada —murmuró, separando los labios de su sexo para acariciarle el clítoris—. Y me pones tan duro...

Ella podía notarlo. Y la hacía sentirse muy poderosa saber que era responsable de haber excitado a una criatura tan magnífica y tan sexual hasta ese punto.

Sin los guantes entorpeciendo su camino, Jessica pudo desabrocharle los pantalones con la práctica que había adquirido últimamente. El miembro de Alistair, largo y ancho, cayó pesado sobre sus ansiosas manos. Aquel pene era un instrumento de placer brutal. La ensanchaba hasta el límite de su cuerpo y luego las venas que lo recorrían acariciaban las terminaciones nerviosas de su interior.

Lo sujetó con ambas manos y lo masturbó hasta que notó que Alistair empezaba a perder el control y desnudaba su alma.

Gimió y echó la cabeza hacia atrás para apoyarla en el respaldo del asiento. Al mismo tiempo, deslizó dos dedos dentro de ella y empezó a moverlos para prepararla para su pene.

Jessica estaba lista. Lo estaba desde que él la había hecho girar por el salón, mirándola como si fuese un oasis en medio de un desierto en el que él llevaba días perdido. Jessica estaba igual de sedienta y se había ido secando con cada día que pasaba sin verlo.

Se puso de rodillas en el asiento y apartó los dedos de Alistair para buscar su miembro. En cuanto la punta tocó la entrada de su sexo, Jessica empezó a temblar. Él la sujetó por las caderas, reteniéndola, pero dejó que ella marcase el ritmo al que quería ir descendiendo sobre su pene.

Jess quería sentir cada centímetro, así que fue muy despacio, un delicado gemido acompañaba cada leve movimiento de caderas mientras se iba empalando.

Levantó una mano y se sujetó en la madera lacada del techo del carruaje, mientras iba bajando despacio sobre él. Sus dedos le dejaron marcas en las caderas.

—Jess. ¡Espera! —Alistair tenía los muslos completamente

tensos—. Dame un segundo. Me estás apretando como un guante. No. Por Dios, no te muevas... ¡Ah, Dios!

Alcanzó el orgasmo con un gemido casi animal y apretó los dientes mientras su pene se estremecía dentro de Jessica y eyaculaba todo su semen, impulso tras impulso.

Sólo había llegado a entrar la mitad, pero ella estaba tan lubricada que no pudo seguir retrasándolo y se sentó del todo encima de Alistair.

Estiró los dedos de los pies y clavó las uñas de las manos en la piel y en la madera del techo del carruaje. Alistair se corrió con intensidad y tembló debajo de ella. Jessica lo miró, deleitándose en lo salvaje que era su placer y en lo erótico que le parecía. Él había conocido el sexo en todas sus facetas y ella conseguía darle un orgasmo demoledor sólo con su amor y entusiasmo.

—Jesús. —Alistair la rodeó con los brazos y la echó un poco hacia atrás para poder esconder el rostro en su escote. Se rió sin humor, burlándose de sí mismo—. Te has complicado la vida... y todo por nada.

Ella deslizó los dedos por el pelo de él y recordó que había aprendido a ponerle precio al placer. Literalmente. Sería difícil hacerle desaprender esa lección.

—Daría la vuelta al mundo descalza por esto.

Alistair la miró; tenía el rostro acalorado y los ojos brillantes. El carruaje se balanceó como si estuviese atravesando una calle de adoquines y los sonidos de la ciudad se filtraron hacia el húmedo interior. Él apretó la mandíbula y se movió dentro de ella.

—Tu placer también es el mío, Alistair, mi amor. Yo no sentiría nada si tú no sintieses lo mismo conmigo. Estaría vacía sin ti dentro de mi cuerpo. —Él le dio un beso en la punta de la nariz y sonrió—. Además, todavía estás excitado y sé que tienes mucha resistencia. Y nunca me has dejado insatisfecha.

Alistair se movió con extrema agilidad y levantó a Jessica para colocarla en la banqueta opuesta. Todo cambió y ella de repente se encontró debajo de él, clavada en el asiento con la fuerza de su pene. Tenía la espalda sobre la capa forrada de terciopelo y el torso cubierto por el poderoso cuerpo de Alistair.

Él apoyó una mano en el respaldo y la otra en el reposabrazos que quedaba cerca de la puerta. Mantuvo a Jessica abierta con una rodilla y sujetando una de las piernas de ella contra la parte trasera del carruaje, mientras que la otra pierna le colgaba por el extremo de la banqueta.

Ella estaba completamente expuesta, colocada de tal manera que Alistair tenía el poder; tenía absoluta libertad para hacer con ella lo que quisiera. Con un estudiado movimiento de caderas, la masajeó con el pene. Un placer indescriptible se extendió por el sexo de Jessica y la hizo gemir.

—Tienes que estar callada —susurró él y luego la acarició de ese modo que la hacía estremecerse.

Ella se aferró a él, dolorosamente consciente de que los dos seguían vestidos, excepto por donde estaban unidos. Alistair levantó la pelvis y logró que su pene se deslizase por los temblorosos labios de su sexo. Se detuvo un segundo cuando sólo mantenía la punta dentro de ella y se quedó mirando cómo Jessica se estremecía. Se le oscurecieron los ojos en el momento en que ella le clavó las uñas en la piel. Y después volvió a hundirse en su interior. Jessica se mordió el labio, pero no pudo contener un gemido.

—Chist —la riñó él con los ojos brillantes.

Alistair sabía condenadamente bien lo que estaba haciendo al ir tan despacio. Volvió a levantar las caderas y luego a bajarlas. Esta vez más despacio, un embate más corto.

—Alistair... —Ella se apretó alrededor de su pene, los músculos de su sexo se sentían avariciosos.

—Dios mío, estoy tan bien dentro de ti —suspiró él. Alistair se apoyó entonces encima de ella y le acarició el clítoris, su pene estaba tan metido en su interior que la poseía por completo—. Puedo notar mi semen dentro de ti. Estás empapada. Pero todavía tengo que darte más.

Jessica movía la cabeza de un lado a otro desesperada, estaba loca de deseo y empapada de sudor. Necesitaba que él la poseyera con fuerza, con movimientos bruscos y profundos, que le diese la fricción que anhelaba. Lo que Alistair le estaba dando en cambio eran lentas caricias y movimientos estudiadamente espaciados.

Como si fuese una máquina perfectamente engrasada, incansable, no cejaba de mover las caderas y de acariciarle el sexo con su miembro duro como el acero. Dentro y fuera, un ritmo tan fluido y preciso que rivalizaría con el metrónomo de Maelzel.

Jessica se arqueó para ver si así Alistair aceleraba el ritmo. Estaba tensa como un arco. Él le tapó la boca con la mano para amortiguar los gemidos que ella ya no podía contener.

Con los labios pegados a su oído, murmuró:

—Estamos rodeados por docenas de personas y te estoy cogiendo.

Jessica se estremeció; la pasión que sentía iba a hacerle perder la razón. En alguna parte de su mente oyó las voces de los peatones que había fuera del carruaje, el ruido de las ruedas de los otros carruajes y las risas de sus pasajeros. La amenaza de ser descubiertos era tan real que fue como si alguien echase queroseno a un fuego ardiente. Jess estaba loca de lujuria, Alistair la había reducido a un estado tan primitivo que ya sólo le importaba alcanzar el orgasmo.

—Si pudieras verte como yo —dijo él con voz ronca—, con las piernas abiertas en medio de la banqueta del carruaje y con la falda levantada hasta la cintura, con tu precioso sexo empapado de mi semen y mi miembro dentro de ti...

Jessica lo miró por encima de la mano con que él le tapaba la boca y vio que el amor y la ternura que brillaba en el fondo de sus ojos azules contradecía el mal gusto de su discurso.

El hombre que amaba tenía muchas facetas, algunas eran suaves como una piedra de río y otras ásperas como la arena; algunas eran vulnerables y otras muy depravadas. Jessica no podía imaginarse la vida sin ninguna de ellas. Juntas constituían el todo que la completaba.

Alistair movió las caderas y la tocó en lo más profundo.

—Tu sensualidad es un regalo para mí, Jess. Eres un regalo y lo sé, tú el nivel de confianza y la cantidad de amor que hace falta para que te entregues a mí de esta manera.

Una última y sensual caricia la llevó hasta el precipicio y se quedó allí colgando, rígida, con la espalda arqueada y sin aliento.

—Y por eso te amo —gimió él, aprovechando la postura de ella para dar el último embate que la llevó al orgasmo—. Te amo tanto... Más de lo que puedo soportar.

Jess se estremeció violentamente debajo de Alistair, su sexo se aferró a su erección y la succionó. Él también tuvo un orgasmo e intentó ocultar su gemido de placer en el hueco del cuello de Jessica. Se aferraron el uno al otro, gimiendo y temblando, buscando la cercanía que no podían encontrar estando vestidos.

Perdidos el uno en el otro en medio de la ciudad.

Mi más sentido pésame a todas las debutantes que creían que iban a poder despertar el interés del magnífico marqués. La antes gélida lady T, ahora viuda y despampanante de rojo, atrajo a lord B hacia ella como las miel a las moscas. Queridos lectores, el calor que desprendían era palpable.

Escandaloso. Infame. Decididamente delicioso...

Michael terminó de leer en voz alta y después bajó el periódico para mirar a Alistair con las cejas en alto.

—¿Qué? —preguntó él, antes de beber una generosa jarra de cerveza.

—No te hagas el tonto. Anoche vi a Jessica. Ese vestido... ¿Qué le has hecho a mi cuñada?

—¿Por qué no te preguntas qué me ha hecho ella a mí? La respuesta a esa pregunta es mucho más difícil, te lo aseguro.

Escudriñó con la mirada el salón principal del club Remington's para caballeros. A lo largo de su recorrido, se encontró con varios saludos y unas cuantas sonrisas. Ahora por fin comprendía el interés que tanto lo había confundido la semana anterior. Todo el mundo se había enterado del cambio de sus circunstancias antes que él, que todavía se estaba poniendo al día. Todavía estaba leyendo informes.

Esa misma tarde había quedado con la viuda de Albert para comprobar cómo estaba y para ofrecerle cualquier ayuda que pudiese necesitar. Había recibido una suma muy importante en la herencia, pero esa mujer quería a su hermano y seguro que en el futuro necesitaría algo más que dinero y que una propiedad. Necesitaría alguien en quien apoyarse y Alistair se había ofrecido, porque él sabía perfectamente lo doloroso que podía ser hacer algo tan sencillo como levantarse por la mañana o respirar en esos momentos.

A cambio, ella le había dado algo que podía cambiar mucho las cosas. Alistair mantenía ese secreto en su corazón, debatiendo qué hacer con él.

—Tu nombre y el de Jessica, eso es lo único que he oído en todo el día —se quejó Michael.

—El anuncio de nuestro compromiso aparecerá mañana en los periódicos y ocultará todas esas lascivas insinuaciones bajo un manto de respetabilidad. La noticia habría aparecido hoy, pero yo... Anoche llegué tarde.

Alistair había decidido que se quedaría con ese carruaje toda la vida. Jess y él bautizarían otros con su pasión, pero ése se quedaría en sus caballerizas para siempre. Y seguiría acostándose con Jessica dentro de él incluso después de que dejasen de utilizarlo para lo que había sido fabricado inicialmente.

—¿Y qué me dices de tus padres? —le preguntó Michael—. Distaban mucho de parecer eufóricos.

Alistair se encogió de hombros; sentía un poco de remordimientos, pero ni un ápice de responsabilidad.

—Saldrán adelante.

El ruido de las hojas de periódico arrugándose llamó su atención y vio que Michael lo estaba estrujando entre las manos. Se preguntó qué había dicho para provocar tal reacción, pero entonces se dio cuenta de que su amigo estaba mirando detrás de él. Siguió su mirada y se encontró con el conde de Regmont, que entraba en el salón con un par de amigos pisándole los talones.

—¿Deberíamos invitarlo a tomarse una copa con nosotros? —preguntó Alistair, dándole de nuevo la espalda al conde.

—¿Te has vuelto loco? —Michael entrecerró los ojos de un modo peligroso—. Apenas puedo soportar saber que respira.

Alistair levantó las cejas. No podía decirle nada. A pesar de las similitudes entre sus circunstancias, Alistair no podía manifestar su acuerdo con su amigo, porque, en su caso, el hombre que al final se había casado con la mujer que él amaba era precisamente el hermano de Michael.

—¿Puede saberse qué diablos le pasa? —soltó éste, furioso—. Su esposa está en casa, embarazada de su hijo, y él está aquí pasándolo bien como si fuese soltero.

—La gran mayoría de nobles lo hacen.

—La gran mayoría de nobles no están casados con Hester.

—Te sugeriría que te fueras del país una temporada, pero sé que no puedes.

Michael lo miró.

—¿Por eso estuviste tanto tiempo fuera de Inglaterra? ¿Porque Jessica estaba casada con Benedict?

—Sí, básicamente.

—No tenía ni idea. Disimulabas muy bien.

Él movió una mano para quitarle importancia al comentario.

—Digamos que tenía mucha práctica en escondérmelo a mí mismo. Me convencí de que sólo me gustaba y me dije que podría olvidarla fácilmente estando con otras. Supongo que, al final, engañarme fue mejor para todos. Si en esa época hubiese sabido que Jessica me afectaría tan profundamente y que me pondría por completo del revés, lo más seguro es que hubiese salido huyendo.

—La verdad es que pareces distinto —contestó Michael, mirándolo—. Menos nervioso. Más calmado. Tranquilo, quizá.

—Maldita sea, baja la voz si vas a decir esas cosas.

Una risa estridente captó la atención de Michael y volvió a mirar por encima del hombro de Alistair.

—Discúlpame un momento.

Alistair suspiró y negó con la cabeza antes de tomar otro trago. A decir verdad, él tampoco entendía a Regmont. El único motivo por el que él estaba en Remington's era porque Jessica no estaba esperándolo en casa.

—Lord Baybury.

Levantó la cabeza y se topó con la sonrisa de Lucien Remington.

—Remington, ¿cómo está?

—Muy bien. ¿Puedo hacerle compañía un segundo?

—Por supuesto.

—No le robaré demasiado tiempo. Si no estoy en casa dentro de una hora, mi esposa vendrá a buscarme en persona. —El propietario del club sonrió y ocupó la silla que estaba al lado de la que Michael había dejado vacía—. Discúlpeme por el atrevimiento. Tal como quizá sepa, estoy al corriente de muchas de las cosas que les acontecen a los miembros de mi club.

—Es lógico.

—Sí. —Los ojos de Remington, famosos por ser del color de las amatistas, brillaron con humor—. Por ejemplo, sé que usted y yo tenemos mucho más en común de lo que parece a primera vista. Y gracias a esa afinidad comprendo lo difícil que puede resultarle su situación actual.

Alistair se quedó callado. Remington era el hijo bastardo de un duque. Y, aunque era el hijo mayor, el título y las propiedades los heredaría su hermano pequeño, porque era legítimo.

—Maldición —masculló Alistair al comprender que Remington le estaba diciendo que sabía que era un bastardo, un secreto que sólo conocían su madre, Masterson y Jessica.

Había oído rumores acerca de las fichas que tenía Remington de sus clientes, pero nunca se había imaginado que contuviesen tanta información. Lo que hizo que se preguntase si el hombre sabía quién era su padre...

—Si alguna vez necesita ayuda o alguien con quien hablar —se ofreció Remington como si no acabase de sacudir los cimientos del mundo de Alistair—, estaré encantado de ayudarlo.

—¿Los bastardos tenemos que ayudarnos entre nosotros? —preguntó él, absteniéndose de formular una pregunta cuya respuesta no estaba seguro de querer averiguar.

—Algo así.

—Gracias.

Había hombres a los que valía la pena tener de tu parte y Lucien Remington era de uno de ellos.

Se oyeron unos gritos provenientes del bar. Remington se puso en pie al instante.

—Si me disculpa, milord, tengo que ocuparme de un problema que acaba de empeorar drásticamente.

Alistair miró detrás de él y vio a los escandalosos amigos de Regmont.

—Un momento, por favor, Remington. En cuanto a ese problema... Teniendo en cuenta que la esposa de lord Regmont va a convertirse pronto en mi cuñada, ¿es lógico asumir que él es también mi problema?

—Sí.

Remington le hizo una exagerada inclinación de cabeza y se fue.

Alistair se puso en pie y fue en busca de Michael, al que encontró apoyado despreocupadamente en la barra del bar, cerca del grupo de Regmont pero sin formar parte de él. Se le acercó.

—Vámonos.

—Todavía no.

Michael se llevó una mano al bolsillo interior de la chaqueta y sacó la pitillera de plata en la que guardaba los puros. Cerca de ellos, Regmont se rió y empezó a quejarse de las advertencias de Remington de que si no bajaban el tono los echaría del salón.

—Esto no acabará bien.

Alistair podía notar cómo el mal ambiente se hacía más denso a su alrededor, igual que las nubes de una tormenta. Regmont estaba lo suficientemente borracho como para comportarse con atrevimiento y con estupidez, y era evidente que Michael tenía ganas de pelea.

Lord Taylor, uno de los amigos del conde, se tambaleó hacia

atrás y le dio un golpe a Michael, al que se le cayó la pitillera y el pañuelo de la mano. Ambos objetos se precipitaron al suelo y los caros habanos rodaron por todas partes.

—¡Ten cuidado! —exclamó Michael, agachándose para recoger sus cosas.

Regmont le hizo un comentario cortante a Taylor y luego se agachó para ayudar a Michael. Cogió un puro y después el pañuelo y se quedó inmóvil mirándolo, de golpe sobrio.

Michael tendió la mano para que se lo devolviese.

—Gracias.

El conde pasó los dedos por el monograma que había bordado en una esquina del pañuelo.

—Un monograma interesante.

Alistair lo miró de cerca y contuvo una maldición al distinguir una «H» bordada con hilo rojo.

—Por favor, Regmont, si eres tan amable —le pidió Michael.

—Creo que no. —El conde miró a Michael a los ojos y después a Alistair y, acto seguido, se guardó el pañuelo en el bolsillo—. Me parece que esto me pertenece.

La tensión de Michael era palpable. Alistair le puso una mano en el hombro y se lo apretó en señal de advertencia. El conde apestaba tanto a alcohol que su aliento incluso podía emborrachar a otros, y él reconocía la mirada que se insinuaba en aquellos ojos inyectados en sangre; el demonio que habitaba dentro de Regmont había tomado las riendas e iba a llevarlo a un lugar muy peligroso.

Michael se puso en pie.

—Quiero que me lo devuelvas, Regmont.

—Ven a buscarlo.

Michael cerró los puños, pero Remington se metió entre los dos. El propietario del club era muy alto y estaba muy fuerte y era perfectamente capaz de defenderse solo, pero además estaba rodeado por tres de sus hombres.

—Pueden llevar esta pelea al piso de abajo si lo desean, caballeros —les advirtió, haciendo referencia a los cuadriláteros de boxeo de la planta inferior—, o pueden irse a cualquier otra parte, pero aquí no toleraré que haya violencia.

—O podemos retarnos en duelo —dijo Michael—. Nombra a tus padrinos, Regmont.

—Maldita sea —masculló Alistair.

—Taylor y Blackthorne.

Michael asintió.

—Baybury y Merrick irán a verlos mañana para terminar de concretar los detalles.

—Estoy impaciente —contestó Regmont, enseñándole los dientes.

—No tanto como yo.

25

Cariño:

Te confieso que he pensado en ti todo el día, en las cosas que te haría y que seguro que te gustarían. Espero que te estés cuidando.

Aqueronte ladró desde su almohada, junto a los pies de Jessica. Ella se detuvo con la pluma suspendida encima del papel y luego se inclinó para mirar al cachorro.

—¿Qué te pasa?

El perro le respondió con un gemido de desaprobación y luego se acercó a la puerta de la galería. Allí empezó a dar saltos y a girar sobre sí mismo en círculos. Cuando vio que Jess cogía el chal para sacarlo y que pudiese hacer sus necesidades, el animal volvió a dejar caer las orejas y a gruñir. Luego gimió y se hizo pipí en el suelo de madera.

—*Aqueronte.*

El tono de ella era de resignación. El cachorro gimió del mismo modo.

Jess cogió una toalla que había junto al aguamanil y se encaminó hacia la puerta. A medida que iba acercándose, oyó una voz masculina gritando furiosa. Soltó la toalla sobre el pequeño charco y giró el pomo. Sin la barrera de la madera, los gritos se hicieron más claros e identificó de dónde venían: de los aposentos de Hester.

—No me extraña que estuvieses nervioso —le dijo a *Aqueron-*

te en voz baja, mientras lanzaba el chal encima de la silla más cercana—. Quédate aquí.

Recorrió el pasillo sin hacer ruido. La voz de Regmont subía de volumen con cada paso que daba. Se le encogió el estómago y se notó las manos húmedas de sudor. Reconoció el miedo y luchó para seguir respirando tranquila.

—¡Me has humillado! Todas estas semanas..., el combate con Tarley... ¡No permitiré que me pongas los cuernos!

Las respuestas de Hester eran ininteligibles, pero el modo tan rápido en que las ofrecía sugerían que estaba enfadada... o asustada. Y cuando Jessica oyó que se rompía algo, corrió hacia la puerta y la abrió.

Dios santo...

Su hermana estaba en camisón y pálida como un muerto, con los labios apretados, los ojos abiertos como platos y el rostro desfigurado por un terror que Jessica conocía demasiado bien.

Hester ya tenía un morado en la frente.

Regmont estaba de espaldas a la puerta, con los puños cerrados a los costados. Iba vestido como si acabase de llegar y apestaba a licor y a tabaco. Una mesilla estaba patas arriba y la urna que la decoraba se había roto al caer al suelo.

Cuando Regmont empezó a avanzar, Jess gritó su nombre.

Él se detuvo y tensó la espalda.

—Vete de aquí, lady Tarley. Esto no es asunto tuyo.

—Creo que el que debería irse eres tú, milord —contestó ella, temblando—. Tu esposa está embarazada y el médico ha dicho que se abstenga de emociones fuertes.

—¿El niño es mío? —le gritó a Hester—. ¿Con cuántos hombres te has acostado?

—Vete, Jess —le suplicó Hester—. De prisa.

Ella negó con la cabeza.

—No.

—¡No puedes ser siempre mi salvadora!

—Regmont. —A Jess se le quebró la voz—. Vete, por favor.

Entonces él se dio media vuelta para mirarla y a Jessica se le paró el corazón. Tenía los ojos inyectados en sangre, rebosantes de la misma malevolencia que caracterizaba los del padre de ellas cuando estaba decidido a emplear los puños contra alguien que no pudiera devolverle los golpes.

—¡Ésta es mi casa! —le gritó—. Y tú..., tú has venido aquí con tus comportamientos de puta y has mancillado mi buen nombre. Y ahora tu hermana pretende hacer lo mismo. ¡No voy a permitirlo!

Jessica no podía oír nada excepto el sonido de su propia sangre agolpándose en los oídos, pero entendió que Regmont estaba amenazándola con enseñarla a comportarse como era debido. La habitación le dio vueltas. Ya había pasado por eso antes. Había oído esas mismas palabras. Tantas, tantas veces...

El miedo se fue tan rápido como había venido y la dejó extrañamente calmada. Ya no era una niña asustada. Alistair le había enseñado que era más fuerte de lo que ella creía. Y cuando él fuese a buscarla, algo que haría en cuanto pudiese avisarlo, Regmont pagaría por sus actos de esa noche.

—Golpearme a mí —le dijo— será el peor error de toda tu vida.

Regmont se rió y echó el brazo hacia atrás.

Michael saltó a lomos de su caballo y vio que Alistair hacía lo mismo. Una aguda sensación de desesperanza se apoderó de él. Quería recuperar su pañuelo, maldita fuera. Quería a Hester. Y deseaba la muerte de Regmont con tanto fervor que lo asustaba.

—¡Di algo! —le exigió a Alistair, que no había dicho nada desde que él había retado a Regmont.

—Eres un idiota.

—Dios.

—Lo matarás en el duelo. Y entonces ¿qué? —Alistair espoleó a su montura para alejarse del club—. Tendrás que huir del país para que no te juzguen. Tu familia sufrirá si no estás. Hester te odiará por haberle arrebatado a su marido. Jessica se pondrá furiosa conmigo porque no sé cómo me he visto metido en todo esto. ¿Y entonces te sentirás mejor?

—¡No te imaginas cómo es! ¡No sabes cómo me siento al ver que ella necesita que la cuiden y que yo no puedo hacerlo!

—¿Que no lo sé? —le preguntó Alistair en voz baja, mirando a su alrededor.

—No. No lo sabes. Tú envidiabas la suerte de mi hermano, pero al menos sabías que él sentía algo por Jessica y que se preocupaba por su bienestar. Él la hizo feliz. Tú no tenías que pasarte cada minuto de cada día preguntándote si le estaba levantando la mano. Si ella estaba muerta de miedo o malherida o...

Alistair tiró tan fuerte de las riendas de su caballo que el animal relinchó para quejarse. Los cascos resonaron en los adoquines como explosiones en medio de la oscuridad. El animal se movió nervioso y giró completamente sobre sí mismo.

—¿Qué has dicho?

—Le pega. Sé que le pega. Yo mismo he podido ver muestras de ello y mi madre también.

—Maldito seas. —La furia de Alistair era inconfundible—. ¿Y has dejado que se fuese? ¿Y si ha vuelto a casa?

—¿Y qué puedo hacer? —La furia de Michael también estaba a punto de estallar—. Ella es su esposa. No puedo hacer nada.

—¡Jessica está allí! Lo que más teme en este mundo es la ira de un hombre.

—¿De qué diablos...?

—Hadley las maltrataba —le explicó él, haciendo girar a su caballo—. Las castigaba tanto como quería y del modo más doloroso posible.

A Michael se le revolvieron las entrañas.

—Dios.

Alistair espoleó a su montura para ponerla al galope, agachándose sobre la crin del animal. Cabalgó peligrosamente por las calles de la ciudad y Michael lo siguió.

Jess vio que Regmont levantaba el brazo y se preparó para recibir el golpe, negándose a retroceder.

Pero antes de que éste llegase, un golpe escalofriante resonó en todo el dormitorio. Jessica observó, atónita y confusa, cómo su cuñado ponía los ojos en blanco y se desplomaba inconsciente en el suelo.

Sorprendida, se echó para atrás. La herida que Regmont tenía en la cabeza sangraba profusamente y la sangre brillaba a la luz de las velas. El ruido de una barra de hierro cayendo al suelo llamó su atención y vio que el atizador del fuego había caído... de entre los dedos de Hester.

—Jess...

Levantó la vista. Su hermana se dobló sobre sí misma y empezó a retorcerse de dolor. Había sangre alrededor de los pies de Hester y no paraba de resbalarle por las piernas, formando un charco que no cejaba de crecer. No...

Oyó unos pasos acercándose.

—¡Jessica!

Ella lo llamó a gritos y saltó por encima de Regmont para ir a ayudar a su hermana.

Alistair apareció seguido de Michael. Ambos se detuvieron en seco al ver el cuerpo de Regmont.

Jessica cogió a Hester justo antes de que a su hermana le fallasen las piernas. Juntas, se arrodillaron en el suelo.

—¿Está muerto? —preguntó Jess, paseando de un lado a otro del salón del piso de abajo. *Aqueronte* estaba tumbado bajo la mesa que había entre dos butacas y se quejaba.

—No. —Alistair se acercó a ella con una copa de coñac—. Toma. Bebe esto.

Jessica miró el líquido ámbar ansiosa por sentir el estupor que acompañaba a la bebida. Tenía la garganta seca y las manos temblorosas, síntomas que se aliviarían con un trago. Pero lo rechazó. No iba a volver a caer. Había dejado el pasado atrás. Y después de esa noche, estaba decidida a que siguiera allí.

Escudriñó la habitación con la mirada. Aquel color amarillo tan alegre le parecía absurdo, teniendo en cuenta la situación de la pareja que vivía en aquella casa.

—Lo ha golpeado con el atizador —murmuró, todavía intentando asimilar la gravedad de lo acontecido y que hubiese podido estar tan ciega ante los signos del maltrato.

—Bien hecho —dijo Michael con vehemencia.

Alistair dejó la copa de coñac y se acercó a Jessica por detrás. La cogió por los hombros y le masajeó los músculos.

—El médico se está ocupando primero de tu hermana, pero dice que Regmont necesitará puntos.

A Jess se le rompió el corazón.

—Antes ya estaba deprimida. Pero ahora que ha perdido al bebé...

Michael cogió la copa de coñac de encima de la mesa y la vació de un trago. Tenía el pelo hecho un desastre de las veces que se había pasado las manos por la cabeza y en su mirada podía verse su tormento.

Por fin Jessica podía ver con sus propios ojos el amor que Michael sentía por su hermana y el sentimiento de culpabilidad la corroyó como el ácido. Ella había empujado a Hester hacia Regmont cuando tenía delante de sus narices a un hombre más que digno de su hermana.

Miró a Alistair por encima del hombro.

—Cuando estemos casados, me gustaría que Hester se quedase a vivir con nosotros durante todo el tiempo que necesite. No creo que deba quedarse en esta casa más de lo estrictamente necesario.

— Por supuesto.

Los preciosos ojos de él estaban llenos de amor y comprensión.

Jessica respiró hondo para inhalar su aroma a sándalo y a almizcle con toques de verbena, y hacerlo la tranquilizó. Puso las manos encima de las de él y dio gracias por tenerlo. Era como un faro en medio del caos y la daba la fuerza que necesitaba para poder estar al lado de Hester.

—Mientras tanto —dijo Michael—, las dos deberías vivir conmigo. Tú has pasado más años que yo en esa casa, Jessica, y los sirvientes están acostumbrados a atender tus necesidades. A Hester el entorno le resultará familiar. Y mi madre reside allí ahora y también puede ser de gran ayuda.

El disparo de una pistola quebró el silencio, seguido de un grito desgarrador. A Jessica se le revolvió el estómago. Echó a correr hacia la escalera antes de ser consciente de ello. Michael la adelantó en el primer escalón, pero Alistair se quedó con ella y la cogió del brazo antes de que llegaran al dormitorio de Hester.

El doctor Lyon estaba en el pasillo, con la cara descompuesta. Señaló la puerta del dormitorio de Hester.

—Su señoría ha entrado en el dormitorio de su esposa y ha echado el cerrojo.

Al otro lado de la puerta, Hester seguía gritando.

El pánico hizo que a Jessica se le doblaran las rodillas, pero Alistair la mantuvo en pie. Michael cogió el picaporte y empujó la madera con el hombro. El marco se quejó, pero el cerrojo aguantó el embate.

El médico empezó a hablar precipitadamente, su voz iba subiendo de volumen con cada palabra:

—Estaba inconsciente cuando he empezado a coserle los puntos. Y entonces se ha despertado... Se ha puesto furioso... Me ha preguntado por lady Regmont. Le he dicho que bajase la voz, que se calmase. Le he explicado que su esposa estaba descansando porque había perdido al bebé. Se ha vuelto loco... Ha salido corriendo del dormitorio... He intentado seguirlo, pero...

Michael volvió a embestir la puerta. El pestillo se rompió, pero no cedió. Alistair fue a ayudarlo. Le dieron una patada a la puerta al mismo tiempo y la abrieron con un gran estruendo. Entraron, seguidos por el médico y Jessica pisándoles los talones, pero Alistair giró sobre sí mismo y la cogió por la cintura para sacarla al pasillo.

—No entres aquí —le ordenó.

—¡Hester! —gritó ella, intentando mirar hacia el interior del dormitorio por encima del hombro de Alistair.

Él la abrazó con fuerza y la pegó a su torso.

—Ha sido Regmont.

En cuanto Jessica entendió lo que eso significaba, sintió que la fuerza abandonaba sus extremidades.

—Dios santo. Hester.

Hester se acurrucó junto a ella y se apretó contra su hermana. A pesar de que estaba tapada por la colcha y de que se había metido en la cama con Jessica en el dormitorio de invitados, seguía teniendo frío.

Su hermana le acarició el pelo, susurrando palabras de consuelo. Era como si fuesen niñas de nuevo y Jess le estuviese enseñando a Hester lo que era sentirse amada y a salvo. Algo que Hester sólo había sentido con ella.

Le dolía todo el cuerpo. Era un dolor profundo que le había succionado toda la fuerza. Su hijo había muerto. Su marido también. Y lo único que podía sentir Hester era que ella también estaba muerta. La sorprendía notar que el aire se deslizaba entre sus labios. Había creído que esos gestos propios de la vida ya estaban lejos de su alcance.

—Al final era Edward —susurró.

Su hermana mayor se quedó en silencio.

—Cuando entró en mi dormitorio, era el hombre al que había llegado a odiar y temer. Tenía los ojos desorbitados y blandía una pistola. Sentí tal alivio al verlo... Pensé: «Por fin va a terminar mi dolor». Creí que se apiadaría de mí y me liberaría de todo esto.

Jessica la estrechó entre sus brazos.

—No pienses más en ello.

Hester intentó tragar, pero tenía la boca seca.

—Le supliqué: «Mátame. Toma mi vida. El bebé ya no está... Por favor. Deja que me vaya». Y entonces se convirtió en Edward. Pude verlo en sus ojos. Eran tan sombríos. Vio lo que había hecho cuando estaba fuera de sí.

—Hester. Chist... Necesitas des... descansar.

El tartamudeo de Jessica resonó dentro de su hermana.

—Pero Edward no me liberó de mi agonía. Fue egoísta hasta el final y sólo pensó en sí mismo. Y, sin embargo, lo echo de menos. Echo de menos al hombre que era. El hombre con el que me casé. Te acuerdas de él, ¿no, Jess? —Echó la cabeza hacia atrás y miró a su hermana—. ¿Te acuerdas de cómo era hace tanto tiempo?

Jess asintió, tenía los ojos y la nariz rojos de tanto llorar.

—¿Qué significa? —le preguntó Hester bajando de nuevo la barbilla—. ¿Que soy feliz porque se ha ido, pero que al mismo tiempo estoy triste?

Se produjo un largo silencio hasta que Jessica volvió a hablar.

—Supongo. Quizá lo que echas de menos es la promesa de lo que podría haber sido y al mismo tiempo estás agradecida de que se haya acabado.

—Puede. —Hester se acercó un poco más a ella en busca del calor que desprendía su cuerpo—. ¿Y qué..., qué hago ahora? ¿Cómo sigo..., cómo sigo adelante?

—Un día detrás de otro. Te levantas por la mañana, comes, te bañas y mientras estés tan triste, hablas sólo con la gente que te apetezca. Con el paso del tiempo te dolerá menos. Y luego un poco menos. Y así irás avanzando. —Jessica le pasó los dedos por el pelo—. Hasta que una mañana te despertarás y te darás cuenta de que el dolor es tan sólo un recuerdo. Siempre formará parte de ti, pero a la larga dejará de tener el poder de hacerte daño.

A Hester se le llenaron los ojos de lágrimas, que derramó encima del corpiño del vestido de Jess. Ésta se había metido en la cama vestida, ofreciéndole consuelo antes incluso de que Hester supiese que lo necesitaba.

—Supongo que tendría que alegrarme de no estar embarazada del hijo de mi marido muerto —susurró—, pero no puedo. Me duele demasiado.

Un sollozo resonó en el dormitorio, la expresión desgarradora de un dolor demasiado reciente como para hacerle frente. La agonía se abrió pasó por el entumecimiento de Hester y la desgarró por dentro.

—Quería a ese bebé, Jess. Quería a mi bebé...

Ella empezó a acunarla y a murmurar palabras de consuelo sin demasiado sentido, para intentar calmarla.

—Habrá otros. Algún día encontrarás la felicidad que te mereces. Algún día lo tendrás todo y entonces lo que hayas pasado para llegar hasta allí tendrá sentido.

—¡No digas eso! —Hester ni siquiera podía plantearse la posibilidad de volver a quedarse embarazada. Le parecía una traición demasiado grande para el bebé que había perdido. Como si los niños fuesen reemplazables. Intercambiables.

—Pase lo que pase, yo estaré a tu lado. —Jess le dio un beso en la frente—. Lo superaremos juntas. Te quiero.

Hester cerró los ojos, convencida de que su hermana era la única persona que podía decir eso. Porque incluso Dios la había abandonado.

Alistair entró en su casa destrozado. El dolor de Jessica lo sentía como propio y tenía el corazón apesadumbrado de la tristeza y el horror que ensombrecía la vida actual de ella.

Le entregó el sombrero y los guantes al mayordomo.

—Su excelencia lo está esperando en el despacho, milord —anunció Clemmons.

Alistair miró el reloj de pared y vio que era muy tarde. Casi la una de la madrugada.

—¿Cuánto tiempo lleva esperando?

—Casi cuatro horas, milord.

Estaba claro que su madre no era portadora de buenas noticias. Preparándose para lo peor, Alistair entró en su despacho y vio a la duquesa leyendo en un sofá. Tenía los pies debajo de ella y una manta delgada sobre las piernas. El fuego ardía en la chimenea, y un candelabro en la mesa que su madre tenía junto al hombro iluminaba las páginas del libro que estaba leyendo.

—Alistair. —Levantó la vista al oírlo entrar.

—Madre. —Rodeó el escritorio y se quitó el abrigo—. ¿Pasa algo malo?

—Tal vez yo debería preguntarte lo mismo —dijo ella, después de mirarlo.

—He tenido un día larguísimo y una noche interminable. —Se sentó en su silla y suspiró agotado—. ¿Qué necesitas que haga?

—¿Tengo que necesitar que hagas algo?

Alistair se quedó mirándola y vio que tenía arrugas alrededor de los ojos y de los labios, signos que, después de ver a lady Regmont, empezaba a relacionar con tener un matrimonio difícil. Signos que jamás vería en la cara de Jessica, porque él se moriría antes que causarle ninguna clase de dolor.

Al ver que Alistair no le contestaba, Louisa apartó la manta y bajó los pies del asiento. Se cogió las manos encima del regazo y echó los hombros hacia atrás.

—Supongo que me merezco tu suspicacia y que desconfíes de mí. Estaba tan concentrada en lo que yo sentía que me temo que nunca presté demasiada atención a lo que sentías tú. Y lo lamento profundamente. Te he hecho daño durante muchos años.

A él se le aceleró el corazón y la confusión se mezcló con la incredulidad. De pequeño había querido oír esas palabras más que nada en el mundo.

—He venido a decirte —siguió su madre— que deseo que seas feliz. Le hace bien a mi corazón ver que esa mujer te ama y te admira tanto. Porque lo vi. Y también lo sentí. Venera el suelo que pisas.

—Yo siento lo mismo por ella. —Alistair se pasó la mano por el lugar en el pecho que más echaba de menos a Jessica—. Y ni su estima ni su amor disminuirán jamás. Jessica sabe lo peor de mí y me ama a pesar de mis errores. No... Diría que quizá me ama gracias a mis errores; porque ellos son los que me han hecho como soy.

—El amor incondicional es un regalo maravilloso. Es culpa mía no haber sido capaz de dárselo a mi hijo. —Se puso en pie—. Quiero que sepas que apoyaré tu decisión hasta el final. Acogeré a tu esposa en mi corazón igual que has hecho tú.

Él pasó los dedos por la mesa lacada. Dios, estaba exhausto. Quería a Jess a su lado, cerca. Necesitaba abrazarla y encontrar su propia paz con ella.

—Significa mucho para mí que hayas venido, madre. Y que hayas esperado a que regresase. Y que me des tu bendición. Gracias.

Louisa asintió.

—Te quiero, Alistair. Haré todo lo posible para demostrarte cuánto, y espero que algún día ni la desconfianza ni la suspicacia tengan cabida entre nosotros.

—Yo también lo espero.

Su madre rodeó el escritorio y se inclinó para darle un beso en la mejilla.

Alistair le cogió la muñeca antes de que se apartase y la retuvo cerca de él para poder observar su reacción. ¿De verdad había ido a verlo porque se arrepentía de su comportamiento, sin ningún otro plan, sólo para demostrarle su afecto? ¿O ya se había enterado de lo que él todavía no le había contado y le daba su bendición porque creía que así era un riesgo controlado?

—Serás abuela —le dijo despacio.

Louisa se quedó petrificada, sin respirar y entonces sus ojos se llenaron de una alegría incontenible.

—Alistair...

No, su madre no lo sabía. El alivio que sintió al saber que su afecto había sido sincero se extendió por sus venas.

—No gracias a mí. Tal como dedujiste, Jessica es estéril. Pero Emmaline... Al final resulta que Albert cumplió con su deber. Quizá no sea niño y no pueda nombrarlo mi heredero, pero con independencia del sexo del bebé, al menos tendrás la alegría de ser abuela.

Una trémula sonrisa borró la melancolía de los ojos azules de Louisa, iguales a los de él.

Alistair le devolvió la sonrisa.

Epílogo

—Tu hermana tiene buen aspecto —comentó su excelencia la duquesa de Masterson.

Jess miró a la madre de Alistair por encima de la mesa de la terraza.

—Sí, tiene buena salud y ha recuperado las fuerzas. Y cada día que pasa se acuerda un poquito más de reír y de ser feliz.

Más allá de los balaustres de piedra que separaban el porche de los inmaculados jardines de la mansión Masterson, empezaban a llegar la docena de invitados que asistían a la fiesta de Jess. Incluso el duque estaba fuera, disfrutando del buen día, sujetando la mano del pequeño Albert, que se balanceaba por el camino de grava.

—Lord Tarley parece estar prendado de ella —señaló Louisa.

Jess desvió de nue hermana sujetaba una sombrilla y Michael tenía las manos entrelazadas a la espalda. Hacían muy buena pareja, él con el pelo negro y tan atractivo y su hermana tan rubia.

—Siempre ha sido muy buen amigo —dijo Jess—. Pero a lo largo de estos dos últimos años ha demostrado que su presencia es inestimable, en más de un sentido. Él la hace sentirse a salvo y gracias a eso Hester ha empezado a recuperarse. Igual que su hijo hizo por mí.

—Lo que tú has hecho por él es igual de importante, si no más. —La duquesa levantó su taza de té y se la llevó a los labios.

Protegía su delicada piel de porcelana con un sombrero de paja de ala ancha—. Por cierto, ¿dónde está mi hijo?

—Está resolviendo un problema de irrigación o algo por el estilo.

—Espero que sepa que Masterson está impresionado con él.

Alistair no tenía modo de saber tal cosa, porque los dos hombres apenas hablaban, pero aquel desafortunado tema era mejor dejarlo para otro día.

—No hay nada que no haga bien. Es verdad, me parece increíble que a una alma tan romántica y creativa como la de Alistair se le den tan bien los números, la ingeniería y un sinfín de temas analíticos.

Y también había que tener en cuenta sus aptitudes físicas, pero ésas sólo las sabía Jess y eran para su disfrute personal.

—Milady.

Una doncella se acercaba con una misiva en la mano. Jess le sonrió y cogió la carta, reconociendo de inmediato la letra de su esposo. Rompió el sello y sonrió.

Encuéntrame.

—Si me disculpa, excelencia —le dijo, apartándose de la mesa para ponerse en pie.

—¿Va todo bien?

—Sí. Como siempre.

Jess cruzó las puertas de la terraza y entró en la casa. El interior estaba tranquilo y en silencio. La finca, a pesar de su enorme extensión, conseguía mantener cierto aire hogareño y de intimidad. Alistair y ella residían en una ala de la mansión durante los meses de verano, mientras que el duque y la duquesa estaban allí casi todo el año. Aquél era el segundo año que pasaban el verano con la familia de él y, de momento, iba mejor que el primero.

Que Alistair hubiese nombrado heredero al hijo de Albert había significado un gran alivio para todos.

Jess había aprovechado la excusa para pedirle a Hester que se uniese a ellos durante el verano y así animarla a que volviese a entrar en sociedad la próxima Temporada. Los últimos dos años habían sido muy duros, con el escándalo que rodeó la muerte de Regmont y las especulaciones que surgieron a raíz de ello. El matrimonio de Jess con Alistair Caulfield, futuro duque, ayudó a desviar la atención, pero no había nada que pudiese acelerar el proceso de curación de su hermana.

Sin embargo, Hester seguía avanzando con paso firme y seguro, con Michael siempre a su lado por si lo necesitaba, un amigo discreto y de fiar. Quizá algún día él se convirtiera en algo más, cuando Hester estuviese preparada.

Alistair estaba convencido de que su amigo esperaría pacientemente, tal como él había hecho por Jess.

Jessica se dirigió primero al estudio de su marido, que estaba vacío. Entonces fue al vestíbulo y después a la sala de billar, pero no logró encontrarlo. Pero cuando empezó a subir la escalera adecuada, oyó un violín en la distancia. El corazón le dio un vuelco de alegría. Escuchar a Alistair tocar el violín era una de sus aficiones preferidas. A veces, después de hacer el amor, él se levantaba de la cama y cogía el instrumento. Ella se quedaba tumbada, escuchándolo, disfrutando de la emoción con que él interpretaba las notas y de lo que no sabía decir con palabras.

Era igual que con sus dibujos. El modo en que los lápices de Alistair capturaban un instante sólo era posible si el artista amaba a la persona que dibujaba. Esos dibujos le contaban a Jessica con elocuencia lo que significaba para él, lo a menudo que pensaba en ella y lo profundos que eran sus sentimientos.

Siguió las notas de la melodía hasta llegar a sus aposentos. Había dos doncellas en el pasillo tan atónitas como Jess, hasta que la vieron llegar y se fueron de allí corriendo. Ella abrió la puerta que conducía a su pequeño salón y la cerró tras de sí. La alegría la embargó a medida que la música iba subiendo de volumen. Encontró a su esposo en su dormitorio. Estaba de pie frente a una ventana abierta, sin más ropa que los pantalones color beige. *Aqueronte* estaba tumbado a sus pies, mirándolo absorto, igual que se quedaba todo el mundo al oírlo tocar.

Alistair deslizó el arco sobre las cuerdas y los músculos de sus brazos se flexionaron y contrajeron con movimientos fluidos, creando una imagen de la que Jess no se cansaría nunca. Se sentó en el banco que tenían a los pies de la cama y se quedó mirándolo y escuchándolo y notó que empezaba a espesársele la sangre de deseo.

Era mediodía. Tenían un montón de invitados esperándolos esparcidos por toda la casa. Y, sin embargo, él la había atraído hasta su cama para seducirla con su talento y su virilidad. Había logrado despertar una necesidad en ella que Jessica no sabía que tenía hasta que él se lo enseñó.

La música se fundió con la brisa del verano y ella aplaudió suavemente. Alistair guardó el instrumento con cuidado en la funda.

—Me encanta oírte tocar —le dijo en voz baja.

—Lo sé.

Ella le sonrió.

—Y me encanta verte la espalda desnuda y tu provocativo trasero.

—Eso también lo sé.

Alistair la miró y Jessica se quedó sin aliento. Estaba parcialmente excitado y era tan hermoso...

Jess se lamió el labio inferior.

—Me parece que voy demasiado vestida.

—Así es. —Se le acercó con su gracia felina, y su abdomen musculoso y su paso firme avivaron los instintos femeninos de Jessica.

—Hace más de un año que estamos casados y sin embargo todavía no he tenido el placer de llevarte de luna de miel. Y creo que es mi derecho como marido hacerlo.

Un escalofrío de placer le recorrió todo el cuerpo

—¿Ah, sí? Pobrecito. ¿Te han negado algún otro derecho marital?

—Tú no te harías eso a ti misma.

Alistair la cogió por los codos y la puso en pie. Había cierta urgencia y rudeza en sus caricias que estaba en contradicción con la melodía que la había dejado hipnotizada. Los pezones de Jessica se excitaron como respuesta.

Y él lo sabía, por supuesto. Le tocó los pechos con las manos y se los apretó un poco más de lo necesario. Que Alistair estuviese tan al límite excitaba a Jessica. Ella adoraba todas las maneras que tenía él de hacerle el amor, pero las veces que la buscaba en mitad del día porque no podía seguir manteniendo el control eran especiales.

Ella ya no tenía que llevarlo al borde del precipicio, Alistair se detenía en el acantilado y la esperaba, arrastrándola con él en esos momentos en que era capaz de ser tan vulnerable. Y entonces caían juntos, como lo hacían todo. Juntos.

Jessica le colocó las manos en las caderas y se acercó a él.

—Soy demasiado egoísta en lo que a ti se refiere —reconoció.

—Pues sé egoísta conmigo y llévame de luna de miel —le dijo

Alistair, con la voz oscura como el pecado—. Semanas en el barco. Meses en Jamaica. Tú y yo tenemos asuntos pendientes. Hester está lo bastante recuperada como para poder estar sin ti durante un tiempo y Michael cuidará de ella como si estuviese cuidando de su propio corazón.

—¿Y tú, puedes irte? ¿Puedes permitirte el lujo de estar un tiempo fuera?

—He hablado con Masterson. Ahora es el momento perfecto para irnos, mientras él todavía está fuerte y en plena posesión de sus facultades. —Deslizó las manos hasta el rostro de Jess y le acarició las mejillas. Ladeó la cabeza y la besó suavemente—. Quiero nadar desnudo contigo. Quiero enseñarte los campos ardiendo. Quiero...

—Coger bajo la lluvia —susurró ella, sólo para notar su reacción—. No hace falta que me seduzcas para que te acompañe. Iría contigo a cualquier parte, por cualquier motivo.

—Pero así es mucho más divertido. —Flexionó las rodillas para que su erección quedase a la misma altura que la entrepierna de ella y volvió a mover las caderas—. Con las ventanas abiertas y nuestros invitados fuera, tendrás que estar callada.

—¿Y tú me harás cosas malas para hacerme gritar?

—Cosas buenas.

Jessica esbozó una sonrisa pegada a los labios de él.

—Quizá serás tú quien gritará. Quizá sea yo la que te haga gemir y maldecir y suplicar.

—¿Me está retando, lady Baybury? —le preguntó con voz ronca—. Ya sabes que nunca he podido resistirme a un desafío.

Jess deslizó una mano detrás de él y le apretó sus deliciosas y prietas nalgas.

—Lo sé. De hecho, cuento con ello.

Aqueronte, habituado como estaba a las costumbres de sus

amos, se fue de allí y se tumbó en la manta que tenía junto a un sofá que había en el saloncito contiguo. Se acostó de lado y se rindió al estupor canino, oyendo de fondo los sonidos propios de la felicidad y del amor que escapaban del dormitorio que tenía a su espalda.

Sylvia Day es autora de más de doce novelas de éxito, muchas de las cuales han ocupado distintos puestos en las listas de los más vendidos y han recibido diversos premios, como el Reviewers Choise Award del *Romantic Times*, el EPPIE, el National Readers Choice Award —el galardón más importante concedido por los lectores norteamericanos—, y el Readers' Crown. Ha sido varias veces finalista del RITA, el prestigioso premio que concede la Asociación de Autores de Novela Romántica de Estados Unidos.

Publishers Weekly ha calificado su obra como «una aventura estimulante», mientras que Booklist la ha definido como «escandalosamente entretenida». Sus novelas han sido traducidas al alemán, el catalán, el checo, el japonés, el portugués, el ruso y el tailandés.

Antes de dedicarse a escribir novelas románticas, género en el que se ha ganado un indiscutible prestigio, trabajó como traductora de ruso para el servicio de inteligencia del Ejército de Estados Unidos.

Sylvia está casada y es madre de dos hijos.

Encontrarás más información sobre la autora y su obra en: www.sylviaday.com